RUTH RENDELL

Alle bösen Geister

Buch

Das Leben am Hexam Place wirkt von außen betrachtet gesittet und wohlgeordnet: Fahrer bringen ihre Chefs zur Arbeit und holen sie wieder ab, Hunde werden ausgeführt, Blumen werden gepflanzt und Gärten gepflegt. Doch unter der friedlichen Oberfläche steht diese urenglische Londoner Welt der Bediensteten und Hausherren kurz davor zu implodieren.
Henry, der attraktive Kammerdiener von Lord Studley, schläft sowohl mit der Ehefrau des Lords als auch mit dessen zwanzigjähriger Tochter. Montserrat, das faule AuPair-Mädchen der Familie Still, hilft ihrer Arbeitgeberin, deren Affäre mit einem Fernsehschauspieler geheim zu halten – gegen ein Taschengeld, versteht sich. June, die hochnäsige Haushälterin einer Prinzessin mit zweifelhafter Abstammung, versucht, ihre Kollegen und Kolleginnen für die *Gesellschaft der heiligen Zita* zu rekrutieren, die sich mit Beschwerden über die Arbeitgeber befassen soll. Zur gleichen Zeit glaubt Dex, der psychisch gestörte Gärtner des Viertels, dass eine Stimme in seinem Mobiltelefon ihm göttliche Anweisungen gibt – Befehle, die die Leben aller Bewohner von Hexam Place in große Gefahr bringen könnten.

Autorin

Ruth Rendell wurde 1930 in London geboren und lebte dort bis zu ihrem Tod 2015. Sie arbeitete als Journalistin, bevor sie sich ganz dem Schreiben von Romanen widmete. 1997 wurde sie mit dem Grand Master Award der Crime Writers' Association of America, dem renommiertesten Krimipreis, ausgezeichnet und darüber hinaus von Königin Elizabeth II. in den Adelsstand erhoben. Ruth Rendell ist auch unter dem Pseudonym Barbara Vine bekannt.

»Ohne jeden Zweifel eine der brillantesten Krimiautorinnen aller Zeiten.« *Patricia Cornwell*

Ruth Rendell

Alle bösen Geister

Kriminalroman

Deutsch von
Eva L. Wahser

blanvalet

Die Originalausgabe erschien 2012 unter dem Titel
The Saint Zita Society bei Hutchinson, London.

MIX
Papier aus verantwortungsvollen Quellen
FSC
www.fsc.org
FSC® C014496

Verlagsgruppe Random House FSC® N001967

1. Auflage

Redaktion: Dr. Rainer Schöttle
Umschlaggestaltung: www.buerosued.de
Umschlagmotiv: Plainpicture/Elektrons 08
Illustration auf S. 6/7 (Karte von Hexam Place): Roger Walker
AF · Herstellung: wag
Satz: Uhl + Massopust, Aalen
Druck und Bindung: GGP Media GmbH, Pößneck
Printed in Germany
ISBN 978-3-7341-0461-9

www.blanvalet.de

Meiner Cousine Sonia herzlichst gewidmet

Nummer 7
Preston und Lucy Still,
ihre Kinder Hero, Matilda
und Baby Thomas
Rabia, das Kindermädchen
Montserrat, das Au-pair-Mädchen

Nummer 5
Mr. und Mrs. Neville-Smith

Nummer 3
Dr. Simon Jefferson
Jimmy, der Chauffeur
Dex, der Gärtner

Nummer 11
Lord und Lady Studley
Richard, der Butler und Koch
Sondra, Richards Ehefrau
Henry Copley, der Chauffeur

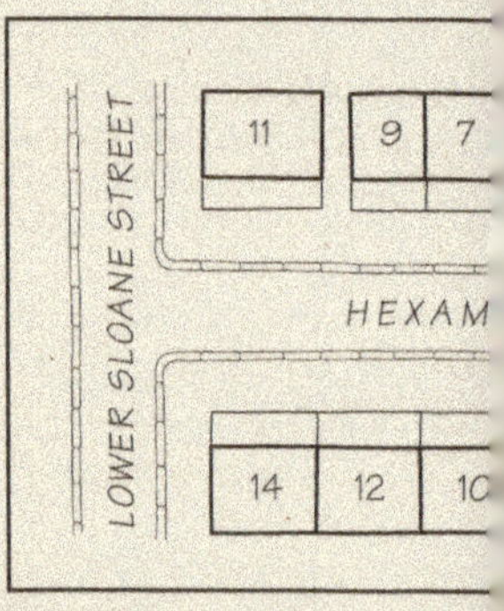

Pub Dugong

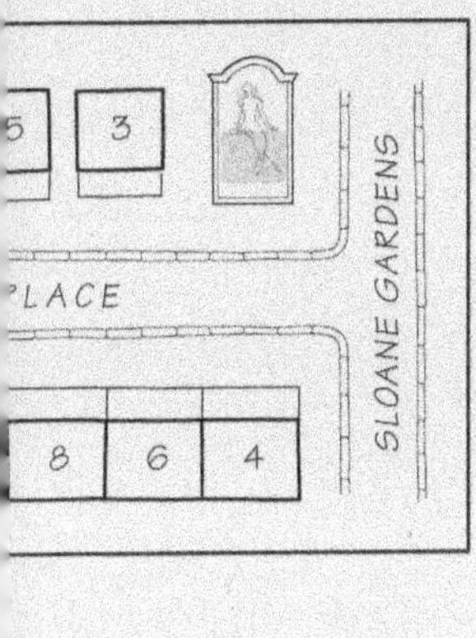

Nummer 6
Prinzessin Susan Habsburg
June Caldwell
Zinnia, die Putzfrau
Gussie, der Hund

Nummer 8
Roland Albert und Damian
Thea
Miss Grieves

1

Irgendjemand hatte Dex erzählt, die Königin wohne in Victoria, genau wie er. Allerdings gehörte ihr ein Palast, während er nur ein Zimmerchen in einer Seitenstraße vom Warwick Way hatte. Trotzdem malte er sich gerne aus, dass sie seine Nachbarin gewesen wäre. Eigentlich mochte er sogar ziemlich viel an seinem neuen Leben in den letzten Monaten. Er hatte einen Job bei Dr. Jefferson. Das bedeutete, dass er dreimal pro Woche vormittags im Garten arbeiten konnte. Außerdem hatte Dr. Jefferson gesagt, er würde mit der Dame von nebenan reden, ob Dex nicht auch noch einen Vormittag bei ihr arbeiten könne. Man hatte ihm erklärt, er dürfe nichts dazuverdienen, solange er die Beihilfe wegen Arbeitsunfähigkeit bekäme, aber Dr. Jefferson hatte nie danach gefragt, und vielleicht würde diese Dame – sie hieß Mrs. Neville-Smith – es auch nicht tun.

Jimmy, der Dr. Jefferson täglich zur Arbeit ins Krankenhaus fuhr, hatte ihn für heute Abend ins Pub eingeladen. Das Pub lag an der Ecke Hexam Place und Sloane Gardens und hieß Dugong. So einen seltsamen Namen hatte Dex noch nie gehört. Dort wollten sich alle Leute treffen, die am Hexam Place arbeiteten. Dex war noch nie auf irgendeiner Versammlung gewesen und wusste nicht recht, ob er so etwas mochte, aber Jimmy hatte versprochen, ihm sein Lieblingsgetränk zu spendieren, ein Guinness. Dex hätte jeden Nachmittag ein Guinness getrunken, wenn er es sich hätte leisten können. Mitten auf der Pimlico

Road zog er sein Handy heraus, um nachzusehen, ob er eine Sprachnachricht oder eine SMS von Peach hatte. Manchmal war das der Fall, und das löste bei ihm immer ein Glücksgefühl aus. Normalerweise wurde er in der Nachricht mit seinem Namen angeredet. Es hieß, er sei so toll gewesen, dass ihm Peach zehn kostenlose Anrufe schenke, oder so. Diesmal war keine Mitteilung eingegangen. Trotzdem würde er wieder einmal eine Nachricht bekommen, da war er sich ganz sicher. Vielleicht würde Peach sogar persönlich mit ihm sprechen. Peach war sein Herrgott. Das wusste er, weil die Dame aus dem ersten Stock zu ihm gesagt hatte, Dex, Peach ist dein Gott. Sie hatte ihn beobachtet, wie er mit strahlendem Gesicht immer wieder eine Handynachricht abgerufen hatte.

Dex brauchte einen Gott. Er sollte ihn vor den bösen Geistern beschützen, auch wenn er schon einige Zeit keinen mehr gesehen hatte. Aber das lag nur daran, dass Peach ihn beschützte, das wusste er. Genauso war er felsenfest davon überzeugt, dass Peach ihn warnen würde, sobald ein böser Geist in seine Nähe kam. Dex vertraute auf Peach, wie er noch nie einer Menschenseele vertraut hatte.

Vor dem Dugong blieb er stehen. Er kannte es gut, es lag gleich neben dem Haus von Dr. Jefferson – nein, nicht Wand an Wand, denn Dr. Jefferson hatte ein großes freistehendes Haus mit einem großen Garten, um den Dex sich kümmern durfte. Aber doch gleich nebenan. Auf dem Pubschild war irgendein großer Fisch abgebildet, der zur Hälfte aus den blauen Wellen herausragte. Es war ein Fisch, das wusste er genau, denn er schwamm im Meer. Dex drückte die Tür auf, und da war auch schon Jimmy und winkte ihm freundlich zu. Die anderen Leute um den großen Tisch schauten ihn alle an, aber er konnte sofort erkennen, dass kein böser Geist darunter war.

»Ich bin kein Dienstbote.« Thea nahm sich eine Handvoll Nüsse. »Du vielleicht, aber ich nicht.«

»Und was bist du dann?«, fragte Beacon.

»Keine Ahnung. Ich erledige für Damian und Roland ein paar Kleinigkeiten. Ich habe schließlich ein Diplom.«

»Wohl der, die nicht sitzt, da die Spötter sitzen.« Beacon zog die Schale außer Theas Reichweite. »Die Nüsse sind für alle da. Wer davon isst, sollte dazu wenigstens nicht die Hand benutzen, die er sich vorher in den Mund gesteckt hat.«

»Kinder, zankt euch nicht«, sagte June. »Wir wollen doch nett zueinander sein. Thea, wenn du kein Dienstbote bist, dann kommst du auch nicht dafür infrage, Mitglied in der Gesellschaft der heiligen Zita zu werden.«

Es war August, der Tag war sonnig und heiß gewesen. Leider konnten nicht alle künftigen Mitglieder der Gesellschaft anwesend sein. Das Kindermädchen Rabia, eine Muslima, ging abends nie aus, und schon gar nicht in ein Pub. Zinnia, die bei der Prinzessin, den Stills und bei Dr. Jefferson putzte, wohnte nicht in der Gegend, und Richard kochte heute Abend für die Gäste von Lady Studley, während seine Frau Sondra bei Tisch bediente. Das Au-pair-Mädchen der Stills, Montserrat, hatte geheimnisvoll getan und gemeint, sie käme vielleicht, allerdings habe sie später noch etwas zu erledigen. Und der Neue, dieser Dex, der Gärtner bei Dr. Jefferson, sagte außer »Prost!« keinen Ton. Allerdings erwarteten sie noch Henry. Und tatsächlich spazierte er herein, während sich June noch darüber beklagte, dass die Nüsse im Dugong nicht gesalzen waren und deshalb nach nichts schmeckten.

In der guten alten Zeit hätte der hünenhafte Henry, der große Ähnlichkeit mit Michelangelos David besaß, das Zeug zum Lakaien gehabt, und sein Ururgroßvater war um 1882 tatsächlich herzoglicher Lakai gewesen. Nach Montserrat war er der Zweitjüngste in der Gruppe. Er sah zwar wie ein Hollywoodstar in den Dreißigerjahren aus, war aber in Wirklichkeit Chauffeur, Teilzeitgärtner und Mädchen für alles bei Lord Studley, wo er die Dinge erledigte, zu denen Richard nicht fähig oder nicht willens war. Sein Arbeitgeber bezeichnete ihn als sein »Generalfaktotum« und lachte dabei gönnerhaft. Er wurde nie Henry oder Hal gerufen.

Beacon meinte, diese Runde ginge auf Jimmy. Was Henry trinken wolle? »Ein Glas vom weißen Hauswein, bitte.«

»Das ist doch nichts für Männer. Das ist ein Damengetränk.«

»Ich bin noch kein erwachsener Mann. Außerdem trinke ich bis zu meinem fünfundzwanzigsten Geburtstag nächste Woche weder Bier noch Schnaps. Habt ihr gesehen? Drunten am Embankment wurde wieder ein Junge erstochen. Damit wären es diese Woche schon drei.«

»Das steht hier nicht zur Debatte, Henry«, sagte June.

Einer wollte eindeutig nicht darüber reden, und das war Dex. Er trank seinen letzten Schluck Guinness aus, stand auf und ging wortlos. June sah ihm nach und meinte: »Keine Manieren, aber was kann man schon erwarten? Jetzt müssen wir uns über unsere Gesellschaft unterhalten. Übrigens, wie gründet man eigentlich eine Gesellschaft?«

»Man wählt einen Vorsitzenden, aber weil das vielleicht auch eine Dame sein kann, muss man von Vorsitz sprechen.«

»Das klingt wie ein Möbelstück. So bezeichne ich niemanden.« Thea griff nach der Schale mit den Nüssen. »Warum können wir nicht Jimmy zu diesem Vorsitzmenschen machen und June zur Schriftführerin? Und der Rest, also wir, sind einfach nur Mitglieder? Damit wäre die Sache geritzt. Dann könnte heute die Gründungsversammlung der Gesellschaft der heiligen Zita sein.«

Henry tippte gerade eine SMS in sein iPhone. »Wer ist diese heilige Zita?«

Den Namen für die Gesellschaft hatte June gefunden. »Sie ist die Schutzpatronin aller Dienstboten, die Essen und Kleidung an die Armen verteilt hat. Sie wird immer mit einem Beutel und einem Schlüsselbund abgebildet.«

»Der Junge wurde erstochen«, meinte Henry. »Seine Mama war im Fernsehen und hat gesagt, er hätte in drei Fächern kurz vor dem Schulabschluss gestanden und so ein gutes Herz für alle gehabt. Alle hätten ihn geliebt.«

Jimmy schüttelte den Kopf. »Ist doch komisch: Immer wenn eines dieser Kids ermordet wird oder sonst was mit ihm geschieht, heißt es nie, dass diese Mistkerle ihre Umgebung schikaniert haben.«

»Na ja, wer sagt das schon über einen Toten?« Henrys iPhone meldete mit einem Klingelton den Eingang einer SMS. Genau darauf hatte er gewartet. Bei Huguettes Nachricht musste er ein bisschen grinsen. »Übrigens, wofür soll diese Gesellschaft eigentlich gut sein?«

»Für Solidarität«, betonte Jimmy. »Zur gegenseitigen Hilfe. Außerdem können wir Ausflüge machen und ausgehen.«

»Das können wir doch sowieso. Um uns *Les Mis* anzuschauen, brauchen wir doch keine Dienstbotengesellschaft.«

»Ich bin kein Dienstbote«, sagte Thea.

»In dem Fall kannst du Ehrenmitglied werden«, entgegnete June. »Also, für mich wär's das. Es ist schon ziemlich dunkel. Die Prinzessin wird sich allmählich Sorgen machen.«

Montserrat war nicht erschienen, und niemand wusste, worum es sich bei ihrer »mysteriösen Angelegenheit« handelte. Jimmy und Thea diskutierten noch gut eine Stunde über die Gesellschaft. Welchen Zweck hatte sie? Könnte sie verhindern, dass Chauffeure bis in die frühen Morgenstunden hinein wach bleiben und Cola trinken mussten, während sie auf den Anruf ihrer Brötchengeber warteten? Dr. Jefferson sei davon natürlich ausgenommen, er sei ein leuchtendes Vorbild für alle Arbeitgeber. Henry wollte wissen, wer der komische kleine Typ mit dem Strubbelkopf gewesen sei, dieser Dex oder so. Den habe er vorher noch nie gesehen.

»Er macht unseren Garten.« Jimmy hatte sich eine Sprechweise angewöhnt, als gehöre Simon Jeffersons Besitz dem Kinderarzt und ihm zu gleichen Teilen. »Dr. Jefferson hat ihn aus reiner Herzensgüte eingestellt.« Jimmy trank sein Bier aus und fügte dramatisch hinzu: »Er sieht böse Geister.«

»Was tut er?« Henry riss den Mund auf, genau wie es Jimmy beabsichtigt hatte.

»Na ja, jedenfalls hat er das mal getan. Er hat versucht, seine Mutter umzubringen, und man hat ihn in – in eine Anstalt für verrückte Verbrecher gesteckt. Dort hat sich dann ein Psychiater um ihn gekümmert, und der war mit

Dr. Jefferson befreundet. Nachdem ihn dieser Psychiater kuriert hatte, wurde er entlassen, weil es hieß, er würde es nie wieder tun. Und dann hat ihm Dr. Jefferson diesen Job bei uns gegeben.«

Thea wirkte, als sei ihr leicht mulmig zumute. »Glaubst du, dass er deshalb einfach abgehauen ist, ohne Auf Wiedersehen zu sagen? Ist ihm das Gerede über den Erstochenen an die Nieren gegangen? War das der Grund? Was denkst du?«

»Dr. Jefferson sagt, er sei geheilt«, meinte Jimmy. »Er würde es nie wieder tun. Sein Freund hat es hoch und heilig geschworen.«

Henry ging als Letzter. Er gönnte sich noch ein Glas von dem Damengetränk. Die anderen waren alle in dieselbe Richtung gegangen. Ihre Arbeitgeber wohnten samt und sonders am Hexam Place, einer Straße mit goldfarbenen Backsteinhäusern mit weißen Stuckelementen. Unter Immobilienmaklern kannte man so etwas als georgianischen Stil, obwohl keines der Häuser vor 1860 gebaut worden war. Das Haus Nummer 6, direkt gegenüber vom Dugong, befand sich im Besitz Ihrer Kaiserlichen Hoheit, Prinzessin Susan Habsburg, ein Titel, der mit Ausnahme des Vornamens völlig unkorrekt war. Die Prinzessin – so kannten sie nicht nur die Mitglieder der Gesellschaft der heiligen Zita – war zweiundachtzig und lebte schon seit fast sechzig Jahren in diesem Haus. Und genauso lange war auch die vier Jahre jüngere June bei ihr.

Ein paar Stufen führten ins Souterrain hinunter, zu Junes Tür, aber immer wenn sie abends ausgegangen war, betrat sie das Haus durch die Vordertür, auch wenn sie dafür acht Stufen hinaufsteigen musste und nicht zwölf hinunter. An manchen Abenden machte June ihre Arthrose das Treppensteigen zur Qual. Und trotzdem tat sie es. Schließlich sollten vorbeigehende Fußgänger und andere Anwohner am Hexam Place ruhig wissen, dass sie für die Prinzessin eher eine Freundin war als eine bezahlte Hausangestellte. An ihrer Stelle hatte Zinnia heute Gussie gebadet und ein neues Raumspray besorgt, deshalb roch es weniger heftig nach Hund. Es war sehr warm. Wenn es ums Heizen ging, war die ansonsten geizige Prinzessin verschwenderisch. Die Zentralheizung lief den ganzen Sommer über, und wenn es zu warm wurde, riss man eben die Fenster auf.

Obwohl June hören konnte, dass bei der Prinzessin *Holby City* lief, marschierte sie zu ihr hinein. »Also, Madam, was kann ich Ihnen bringen? Einen schönen Wodka Tonic oder einen frisch gepressten Orangensaft?«

»Ich möchte gar nichts, meine Liebe. Meinen Wodka hatte ich bereits.« Die Prinzessin drehte sich nicht einmal um. »Sind Sie betrunken?« Diese Frage stellte sie regelmäßig, wenn sie wusste, dass June im Pub gewesen war.

»Selbstverständlich nicht, Madam«, antwortete June genauso regelmäßig.

»Also, meine Liebe, kein Wort mehr. Ich möchte unbedingt wissen, ob dieser Bursche Schuppenflechte oder ein bösartiges Melanom hat. Sie sollten jetzt besser zu Bett gehen.«

Das war ein Befehl. Auch nach sechzig Jahren hielt es June für klüger zu gehorchen, egal, ob Freundin oder nicht. Die jüngeren Mitglieder der Gesellschaft der heiligen Zita konnten gerne mit ihren Arbeitgebern auf freundschaftlichem Fuß verkehren. Montserrat sagte zu Mrs. Still sogar Lucy, aber mit zweiundachtzig und achtundsiebzig war das etwas anderes. Seit jenen Tagen, als Susan Borrington mit diesem schrecklichen italienischen Jungspund durchgebrannt war und June sie nach Florenz in sein Haus begleitet hatte, hatten sich die Regeln nicht sehr gelockert. June trollte sich ins Bett und war schon am Einschlafen, da läutete das Haustelefon.

»Haben Sie Gussie zu Bett gebracht, meine Liebe?«

»Das habe ich vergessen«, murmelte June völlig schlaftrunken.

»Nun, dann tun Sie es jetzt, ja?«

Alle Häuser hatten unterschiedliche Souterrainbereiche. Bei einigen waren unter der Treppe kleine Abstellkammern eingebaut, andere Abstellmöglichkeiten in Nischen an der Gartenmauer zum Nachbargrundstück. Vor den meisten Häusern standen Pflanztöpfe mit Baumfarnen, Orangenblumen und selbst gezogenen Avocadobäumen, und ab und zu gab es auch eine Skulptur. Alle verfügten über ein Außenlicht, meistens eine runde oder quadratische Wandlampe. Nummer 7, wo die Familie Still wohnte, hatte einen Abstellschrank in der Mauer, aber keine Topfpflanzen. Die Hängelampe über dem Souterraineingang brannte nicht. Trotzdem konnte Henry im matten Schein einer Straßenlaterne erkennen, dass eine Gestalt im Mauerschrank stand. Er blieb stehen und spähte übers Geländer. Eine männliche Gestalt drückte sich möglichst eng in die flache Nische.

Vermutlich ein Einbrecher. In letzter Zeit waren hier in der Gegend viele Straftaten vorgefallen. Erst letzte Woche hatte ihm Montserrat erzählt, dass in Nummer 5 – hier wohnte die Familie Neville-Smith – einfach jemand durchs Fenster spaziert war und sich den Fernseher, eine prall gefüllte Brieftasche und die Schlüssel für einen BMW geschnappt hatte. Danach sei er zur Vordertür hinausspaziert und mit dem Auto davongefahren. Aber was könne man erwarten, wenn sich die Fenster nicht absperren ließen und man obendrein im Erdgeschoss ein Fenster einen Spaltbreit offen ließ? Dieser Mann führte eindeutig nichts Gutes im Schilde. Henry mochte diesen Ausdruck, den er von seinem Arbeitgeber gehört hatte. Lord Studley würde ihm nahelegen, mit seinem Handy die Polizei zu rufen, aber erstens folgte er nicht jeder Empfehlung von Lord Studley, und zweitens hatte Henry gerade etwas vor, was der Lord zutiefst missbilligt hätte.

Er drehte sich um. In dem Moment öffnete sich die Souterraintür, und Montserrat erschien. Sie winkte Henry zu, rief Hallo und gab dem Mann in der Nische ein Zeichen. War sicher ihr Freund. Henry wartete auf einen Kuss, aber nichts geschah. Der Mann trat ein, die Tür ging zu. Eine Viertelstunde später war Henry in Chelsea, in der Wohnung des ehrenwerten Fräuleins Huguette Studley. Der Einbrecher oder Freund war längst vergessen. Henrys Besuche liefen in letzter Zeit immer nach demselben Schema ab: Erst ging es ins Bett, dann gab's Streit. Auf Letzteren hätte Henry liebend gern verzichtet, um dafür doppelt so lange im Bett zu bleiben, aber leider setzte er sich nur selten durch. Die neunzehnjährige Huguette, die den Namen ihrer französischen Großmutter trug, war bildhübsch. Sie hatte einen ausgeprägten roten Mund, blaue Kulleraugen und einen Krauskopf, wie es ihre Großmutter genannt hätte. Andere fühlten sich dagegen an die wilde Lockenmähne erinnert, die Julia Roberts in dem Film *Der Krieg des Charlie Wilson* in Mode gebracht hatte. Jedes Mal brach Huguette den Streit vom Zaun.

»Henry, wenn du hier bei mir wohnen würdest, könnten wir den ganzen Tag im Bett bleiben. Kapierst du das denn nicht? Dann gäbe es auch keinen Streit, weil wir dafür keinen Grund mehr hätten.«

»Und du kapierst nicht, dass mich dann dein Papa feuern würde. In zweierlei Hinsicht«, erwiderte Henry, der bei seinem Brötchengeber ein paar Brocken Parlamentarierjargon aufgeschnappt hatte. »Erstens weil ich nicht in Nummer 11 wohne, und zweitens weil ich seine Tochter bumse. Um das mal klarzustellen.«

»Du könntest dir einen anderen Job besorgen.«

»Wie denn? Ich habe schon ein Jahr gebraucht, um den hier zu bekommen. Und dein Herr Papa würde mir ein Zeugnis ausstellen? Denkste. Ich wäre ja gaga.«

Ans Heiraten verschwendete Henry keinen Gedanken, und wenn, dann käme so etwas für ihn nur infrage, wenn er schon um die fünfzig wäre, und auch dann nur eine mit eigenem Geld und einem großen Vorstadthaus. »Heute heiratet doch niemand mehr«, sagte er. »Außerdem bin ich schon weg. Vielleicht erinnerst du dich daran, dass ich um Punkt 7 Uhr früh vor Nummer 11 im BMW sitzen und auf deinen Herrn Papa warten muss, auch wenn er dann erst gegen 9 Uhr zu erscheinen geruht.«

»Schick mir 'ne SMS«, meinte Huguette.

Henry ging zu Fuß zurück. Aus dem Grundstück von Nummer 5 tauchte ein Fuchs auf, warf ihm einen giftigen Blick zu und lief dann über die Straße, um den Mülleimer von Miss Grieves zu plündern. Droben in Nummer 11 brannte immer noch Licht, im Schlafzimmer von Lord und Lady Studley. Henry blieb eine Weile stehen und schaute hinauf. Er hoffte, die Vorhänge würden sich teilen und Lady Studley würde herunterschauen, vorzugsweise in ihrem schwarzen Spitzennegligé. Vielleicht würde sie ihn zärtlich anlächeln und die Lippen zum Kuss spitzen. Leider geschah nichts dergleichen. Das Licht ging aus, und Henry betrat durch die Souterraintür das Haus.

Montserrat hatte nicht die Tür zu ihrem möblierten Zimmer samt Bad geöffnet, das ihre Arbeitgeber als Apartment bezeichneten, sondern hatte den Besucher über die Treppe ins Erdgeschoss und dann auch noch die nächste Treppe hinaufbegleitet, die in einem Halbbogen zur Galerie hinaufführte. Im Haus war es ganz still, nur droben im Kinderzimmer tappte Rabia mit ihren Pantoffeln über den Boden. An der dritten Tür rechts klopfte Montserrat, öffnete und verkündete: »Lucy, Rad ist da.« Dann waren die beiden sich selbst überlassen, wie Montserrat fünf Minuten später zu Rabia sagte. »Warum kommst du nicht ein bisschen runter, sobald alle schlafen? Ich habe noch eine halbe Flasche Wodka.«

»Montsy, du weißt doch, dass ich nicht trinke.«

»Du kannst den Orangensaft haben, den ich zum Mischen mit dem Wodka besorgt habe.«

»Ich würde aber nicht hören, wenn Thomas weint. Er bekommt Zähne.«

»Die bekommt er doch schon seit Wochen, können auch schon Monate sein«, erwiderte Montserrat. »Wenn er mein Kind wäre, würde ich ihn ersäufen.«

So dürfe sie nicht reden, schalt Rabia, das sei schlimm. Also erzählte Montserrat dem Kindermädchen die Sache mit Lucy und Rad Sothern. Rabia hielt sich die Ohren zu und ging wieder zu den Kindern. Hero und Matilda schliefen tief und fest in ihrem gemeinsamen Schlafzimmer. In der Kinderstube ruckelte Thomas in seinem Gitterbett herum, schrie aber nicht. Manchmal grübelte Rabia darüber nach, warum man ein Schlafzimmer als Kinderstube bezeichnete. Ihr Vater arbeitete in einer Gärtnerei und nannte das Treibhaus seine Kinderstube. Trotzdem fragte Rabia nie, denn sie wollte nicht dumm dastehen.

Montserrat hatte sich lautstark verabschiedet. Die Zeit verging sehr langsam. Allmählich wurde es spät, und Rabia dachte allen Ernstes daran, sich in ihrem Zimmer auf der Rückseite des Hauses schlafen zu legen. Aber was wäre, wenn Mr. Still heimkäme und anschließend hier hinaufginge? Manchmal tat er das. – Thomas fing an zu greinen und brüllte schließlich los. Rabia hob ihn hoch und ging mit ihm auf und ab. Das war das Allheilmittel. Die Kinderstube ging auf die Straße hinaus. Kopfschüttelnd sah Rabia durchs Fenster, wie Montserrat diesen Mann namens Rad über die Souterraintreppe hinausließ. Montserrat hatte mit einer begeisterten oder amüsierten Reaktion gerechnet, aber Rabia war einfach nur zutiefst schockiert.

Thomas hatte sich inzwischen beruhigt, aber als er wieder in sein Bettchen gelegt wurde, ging das Gequengel wieder los. Rabia hatte eine Engelsgeduld und liebte den Kleinen abgöttisch. Sie war Witwe, ihre beiden Kinder waren noch als Babys gestorben. Einer der Ärzte hatte gemeint, daran sei ihre Ehe mit einem Cousin ersten Grades schuld. Aber auch Nazir hatte nicht sehr lange gelebt, und jetzt war sie allein. Rabia setzte sich auf den Stuhl neben dem Bettchen und redete leise mit Thomas. Als er wieder zu weinen anfing, hob sie ihn hoch und ging mit ihm zu dem Tisch, auf dem ein Wasserkocher stand. In der Ecke war ein kleiner Kühlschrank. Sie kochte ihm eine Kindermilch. Sie war viel zu weit vom Fenster weg, um das Auto zu sehen oder zu hören. Erst als sie ziemlich schwere Schritte auf der Treppe hörte, wusste sie, dass Preston Still heimgekommen war. Anstatt im ersten Stock stehen zu bleiben, wo seine Frau schlief, ging er weiter nach oben. Damit hatte Rabia gerechnet. Preston war ein besorgter Vater, genau wie die Ente Pratschel-Watschel in einem Kinderbuch, das Rabia den Kindern manchmal vorlas. Diese meinten dann, mit Rabias Akzent würde es besonders komisch klingen. Oft dachte Rabia, Preston sei das genaue Gegenteil von seiner Frau. Er kam herein, sah müde und abgekämpft aus. Sie wusste, dass er auf einer Konferenz in Brighton gewesen war. Lucy hatte es ihr erzählt.

»Ist bei ihm alles in Ordnung?« Preston hob Thomas hoch und drückte ihn, allerdings so fest, dass es dem Kind unangenehm war. Nur selten spielte er mit Thomas, und noch weniger redete er mit ihm. Prestons einzige Sorge galt Thomas' Gesundheit. »Er hat doch nichts, oder? Beim geringsten Verdacht sollten wir Dr. Jefferson anrufen. Er ist ein guter Freund und würde auf der Stelle kommen, davon bin ich überzeugt.«

»Er ist völlig in Ordnung, Mr. Still.« Die Sitte, dass Rabia ihre Arbeitgeber mit Vornamen ansprach, galt nicht für Mr. Still. »Er will einfach nicht schlafen, das ist alles.«

»Wirklich sonderbar«, entgegnete Preston trübsinnig. Er konnte sich nicht vorstellen, dass jemand nicht schlafen wollte, besonders wenn es sich um sein eigen Fleisch und Blut handelte. »Und die Mädchen? Als ich Matilda gestern gesehen habe, hatte ich den Eindruck, sie würde leicht husten.«

Rabia meinte, Matilda und Hero schliefen tief und fest nebenan. Mit den Kindern sei alles in bester Ordnung. Und auch Thomas würde sich sicher beruhigen, wenn

Mr. Preston ihn einfach sanft hinlegen würde. Um ihn loszuwerden und endlich selbst ins Bett zu kommen, fügte sie noch hinzu: »Er hat nur seinen Papa vermisst, aber jetzt sind Sie ja da, und damit ist alles in Ordnung.« Rabia wusste genau, was er gerne hörte.

Na also, kein Kinderarzt und auch sonst keine Störung mehr. Sie konnte endlich schlafen gehen. Vielleicht für fünf Stunden. Als sie zu Mr. Still gesagt hatte, Thomas würde seinen Papa vermissen, hatte sie nicht die Wahrheit gesagt. Mit dieser Lüge hatte sie ihm eine Freude machen wollen. Insgeheim glaubte Rabia, dass keines der Kinder die Eltern auch nur einen Augenblick vermisste. Die Kinder bekamen Vater und Mutter nur selten zu sehen. Rabia gab Thomas ein Küsschen auf die Wange und flüsterte: »Mein Schatz.«

2

Auf dem Tablett stand ein kleiner Becher mit einem Joghurt, der angeblich für bessere Verdauung sorgte, dazu eine Feige, eine Scheibe Buttertoast, Marmelade und eine Kanne Kaffee. Die Joghurtphase der Prinzessin war zur Hälfte vorbei, das wusste June, denn solche Phasen dauerten immer circa vier Monate. Und zwei hatten sie schon hinter sich. Sie fischte das Tablett mit den vier Beinchen heraus – keine von beiden kannte die richtige Bezeichnung dafür – und stellte es auf die Daunendecke. Die Prinzessin drehte sich vor dem Schlafengehen regelmäßig die Haare ein. Jetzt nahm sie die Lockenwickler Stück für Stück heraus und verteilte dabei Schuppen auf dem Toast.

»Gut geschlafen, meine Liebe?«

»Ja, vielen Dank, Madam. Und wie steht es mit Ihnen?«

»Ich hatte einen höchst sonderbaren Traum.« Die Prinzessin hatte oft sonderbare Träume und schilderte jetzt ausführlich ihren letzten. June hörte gar nicht hin. Sie zog die Vorhänge auf, blieb am Fenster stehen und schaute auf den Hexam Place hinunter. Auf der gegenüberliegenden Seite, vor Nummer 11, stand Lord Studleys schwarzer BMW mit dem armen Henry am Steuer. June wusste definitiv, dass er schon seit zwei Stunden dasaß. Anscheinend war er eingeschlafen. Kein Wunder! Wirklich schade, dass die Gesellschaft der heiligen Zita keine Gewerkschaft war, aber vielleicht könnte man einige gewerkschaftliche Vorrechte übernehmen und sich gegen eine dermaßen herzlose Behandlung durch einen Arbeitnehmer verwahren. Handelte es sich dabei etwa um einen Verstoß gegen Henrys Menschenrechte?

Aus der Lower Sloane Street bog der schicke silbrige Schulbus mit dem blauen Rallyestreifen um die Ecke. Draußen vor Nummer 7 warteten bereits Hero und Matilda Still an der Hand von Rabia. Sie begleitete die Mädchen bis zum Bus, der sie dann in ihre sündhaft teure Schule nach Westminster brachte. Also wirklich, warum konnte das nicht ihre Mutter machen? Liegt noch im Bett, dachte June. Heißt Still und ist es auch. Was für eine Welt! Damian und Roland waren aus dem Haus Nummer 8 getreten. Leider konnte June deren Haustür von ihrem jetzigen Standplatz aus nicht sehen. Beide machten keinen Schritt allein. Als gemischtgeschlechtliches Paar hätten sie Händchen gehalten. Die durch und durch progressive June hielt es für eine himmelschreiende Schande, dass man diesen Punkt im Kampf gegen Vorurteile und Bigotterie noch nicht erreicht hatte. Soeben trat Mr. Still aus dem Haus Nummer 7, und auch die Prinzessin kam allmählich ans Ende ihrer Traumgeschichte. Aus jahrelanger Erfahrung wusste June instinktiv, wann dieser Punkt erreicht war.

»... aber leider war es nicht meine Mutter, sondern die Rothaarige, die für diese Tunten putzt. Und dann bin ich aufgewacht.«

»Faszinierend, Madam, aber ›Tunten‹ sagt man nicht mehr. Heutzutage spricht man von einem ›Schwulenpärchen‹.«

»Ach, na ja, wenn Sie darauf bestehen. Ich bin überzeugt, Lady Studley würde es sich verbitten, wenn Sondra in einem solchen Ton mit ihr spräche.«

»Vermutlich nicht, Madam«, sagte June. »Darf ich Ihnen sonst noch etwas bringen?«

Nein. Jetzt würde die Prinzessin noch eine Weile schmollen und dann aufstehen. June hatte Zinnia kommen hören. Diese Runde hatte sie gewonnen. Hocherfreut ging sie hinunter. Nachdem sie die Putzfrau überredet hatte, den Wandanstrich im Esszimmer zu reinigen, schickte sie sich an, die Tagesordnung für die nächste Zita-Sitzung voranzutreiben.

June war ganze fünfzehn gewesen, als ihre verwitwete Mutter, die bei Caspar Borrington als Wirtschafterin arbeitete, ihr eine Stellung als Kammerzofe oder besser gesagt als Mädchen für alles bei dessen Tochter Susan Borrington besorgt hatte. Ganze zwei Monate nach ihrem achtzehnten Geburtstag hatte Susan es geschafft, sich mit Prinz Luciano Habsburg zu verloben, dem Spross eines dubiosen italienischen Adelshauses, den sie beim Skifahren in der Schweiz kennengelernt hatte. Na ja, der Stammhalter war er vielleicht doch nicht ganz gewesen, denn er hatte zwei ältere Brüder und arbeitete als Skilehrer. Geld war hier nicht zu holen, und über den Titel lachten sich die Italiener regelmäßig schief, da Lucianos Vater seinen Familiennamen Angelotti erst vor wenigen Jahren gegen Habsburg eingetauscht hatte. Er besaß in Mailand einige Dessousläden. Seltsamerweise war gerade das ein Bindeglied zwischen beiden Familien, denn der schwerreiche Caspar Borrington, dem in Mayfair drei Häuser und eine Riesenwohnung gehörten, hatte sein Vermögen aus nicht ganz unähnlichen, ja sogar noch weniger gediegenen Quellen geschöpft. Seine Fabriken stellten Damenbinden her. Mit dem Auftauchen von Tampax war der Ruin vorprogrammiert gewesen, aber als Susan dem Prinzen Luciano begegnete, war die Familie stinkreich und Susan das einzige Kind gewesen.

Sie heirateten, und June zog mit ihnen nach Florenz, in die von Susans Vater bezahlte Wohnung. Die ganze Stadt war für June ein einziges Wunder gewesen: die Leute mit ihrer komischen Sprache, immer nur schönes Wetter – Susan hatte im Mai geheiratet –, die Gebäude, der Arno, die Brücken, die Kirchen. Kaum hatte sie sich an alles gewöhnt und konnte schon »Buon giorno« und »Ciao« sagen, da kam es zwischen Susan und Luciano zu einem ungewohnt heftigen Streit, der in eine Prügelei ausartete. Daraufhin befahl sie June zu packen. Sie würden heimfahren.

Da Susan die fixe Idee hatte, dass man sich in Italien nicht scheiden lassen konnte, kam es nie dazu. Caspar Borrington gab Luciano einen Riesenbatzen Geld, damit er den Mund hielt, und Susan sah ihn nie wieder. Jahre später ließ er die Ehe annullieren. Er war keine Kaiserliche Hoheit. Es bestanden sogar begründete Zweifel, ob er überhaupt ein Prinz war. Trotzdem nannte sich Susan Ihre Kaiserliche Hoheit Prinzessin Susan Habsburg. Diesen Namen ließ sie auf ihre Visitenkarten drucken und in der City of Westminster in die Wählerliste eintragen. Ihr Vater kaufte ihr das Haus Nummer 6 am Hexam Place. Damals war das noch keine ganz so schicke Adresse gewesen wie in späteren Zeiten. Seither hatte sie hier gewohnt und sich unter Generalswitwen, Exfrauen von Sportgrößen und uralten ledigen Töchtern von Fabrikdirektoren einen Freundeskreis aufgebaut. Auch Liebhaber hatte es gegeben, allerdings nicht viele und nicht für lange.

Auch Zinnia gehörte zu jenen Frauen, die sich umbenannt hatten. Der Name Karen, auf den man sie in Antigua getauft hatte, hatte ihr nicht gefallen. Ihr Familienname, St. Charles, war echt. Die Tatsache, dass sie im Herzen von Knightsbridge für eine Prinzessin arbeitete, verschaffte ihr ein großes Renommee. Die Putzstellen in den Häusern Nummer 3, 7 und 9 waren ihr in den Schoß gefallen. Nachdem June sie überredet hatte, im Esszimmer den Wandanstrich zu reinigen, fragte sie sie, ob sie nicht Mitglied in der Gesellschaft der heiligen Zita werden wolle.

»Was kostet das?«

»Nichts. Außerdem hast du die Chance, oft auf einen Drink eingeladen zu werden.«

»Okay«, meinte Zinnia. »Hab nichts dagegen. Ist Henry Copley auch Mitglied?«

»Ist er«, sagte June, »aber mach dir keine Hoffnungen. Er hat genug um die Ohren.«

Sie ging ins Arbeitszimmer, das die Prinzessin nie betrat, setzte sich an den von der Prinzessin nie benutzten Schreibtisch und begann, die Satzung der Gesellschaft zu formulieren. Außerdem machte sie sich darüber schlau, was alles zu einer richtigen Protokollführung gehörte.

Alle Häuser am Hexam Place hatten vorn und hinten Gärten, nur Nummer 3 besaß auch seitlich noch eine kleine Grünfläche, die es vom Dugong trennte. Die Vorgärten waren sehr pflegeleicht: gepflasterte quadratische Flächen mit je einem Baum in der Mitte, zum Beispiel eine Japanische Blütenkirsche im Pflaster vor Nummer 4 und vor Simon Jeffersons Haus zwei Affenschwanzbäume. Dex war froh, dass es in diesem Vorgarten nur wenig zu tun gab, denn die Affenschwanzbäume machten ihm Angst. Sie sahen ganz anders aus als alle Bäume, die er bisher gesehen hatte, und erinnerten mehr an Gewächse, die man unter der Meeresoberfläche, etwa in der Nähe eines Korallenriffs, erwartete. Solche Sachen kannte Dex aus dem Fernsehen. Wenn er sein Zimmer betrat, schaltete er sofort den Fernseher ein und ließ ihn bis zum Zubettgehen laufen, egal, was gerade kam. Wenn er sich fürchtete oder einfach auf der Hut war und Peach nicht zu ihm sprach, lief der Fernseher manchmal die ganze Nacht.

Dr. Jeffersons rückwärtigen Garten mochte Dex. Er war groß und hatte ringsherum eine Mauer und eine Rasenfläche. Dex mähte den Rasen öfter als nötig, weil der Rasenmäher so schön war und so gut lief. Dr. Jefferson meinte, Dex könne gerne Pflanzen kaufen, und wies Jimmy an, ihm Geld zu geben. Also ging Dex in die Belgrave-Gärtnerei und kaufte auf den Rat des großen Orientalen – er hieß Mr. Siddiqui – im Mai einjährige Pflanzen und im September Lavendel. Dr. Jefferson war mit seiner Arbeit zufrieden und empfahl ihn Mr. und Mrs. Neville-Smith in Haus Nummer 5. Damit hatte Dex jetzt zwei leicht zu bewältigende Jobs.

Seit er angefangen hatte, am Hexam Place zu arbeiten, hatte er keine bösen Geister gesehen, aber leider konnte er böse Geister nicht immer mit Sicherheit identifizieren. Manchmal musste er sie wochenlang beobachten und ihnen sogar oft nachgehen, bevor er sich sicher sein konnte. Andererseits musste er sich immer wieder vorsagen, was er Mr. Jeffersons Freund, Dr. Mettage, dem Psychiater in der Klinik, versprochen hatte: Er würde ihnen nichts tun, solange sie ihn nicht bedrohten. Natürlich hing das davon ab, was man unter »Bedrohung« verstand. Frauen waren für ihn sowieso eine Bedrohung, aber das hatte er weder Dr. Mettage noch Dr. Jefferson erzählt. Nur seinem Gott, aber Peach hatte nicht geantwortet.

Während es im Vorgarten von Nummer 3 wenig zu tun gab, hatte er im Vorgarten von Nummer 5 viel Arbeit.

Links und rechts von den Pflasterquadraten wuchs eine Hecke, die auch noch die vordere Treppe einrahmte, und vor der Hecke gab es eine schmale Blumenrabatte. Dex kniete sich hin, um in diesen Beeten Unkraut zu rupfen. Doch vorher legte er noch eine alte Fußmatte aufs Pflaster, die ihm Mrs. Neville-Smith zum Schutz seiner Knie gegen die kleinen Steine gegeben hatte.

Er beobachtete gerne die Leute vom Hexam Place, auch wenn er nicht mit ihnen reden wollte: die Rothaarige von gegenüber, die rauchend auf der Treppe saß, die alte Dame namens June, die einen fetten kleinen Hund Gassi führte, den jungen Mann, der eher wie ein Fernsehstar aussah und am Steuer eines großen glänzenden Autos saß. Allerdings wartete er mehr, als dass er fuhr. Im selben Haus wie die Rothaarige wohnten zwei Männer. Jeden Morgen, wenn Dex gerade mit der Arbeit angefangen hatte, gingen sie gemeinsam aus dem Haus. Sie trugen immer Anzug und Krawatte und an kalten Tagen schmal geschnittene Mäntel.

Jetzt musste er hinten weitermachen, und dann sah er nur noch Klematis, Dahlien und Rosen. Mr. Neville-Smith liebte Rosen über alles. Nebenan, in Nummer 7, wohnten viele Kinder, zwei größere und ein Baby, und ein Mädchen, das Jimmy ein Au-pair nannte. Dex sah sie die Souterraintreppe von Nummer 7 hinauf- und hinuntergehen. Er sah auch eine Dame in einem langen schwarzen Kleid mit einem schwarzen Kopftuch, die in einem Buggy das Baby schob. Allerdings hätte er keinen von ihnen wiedererkannt, wenn er sie zufällig außerhalb seiner häuslichen Umgebung getroffen hätte. Gesichter hatten für Dex keine Bedeutung. Er sah sie nur als leere, nichts sagende Masken.

3

Nur wenige Stammgäste wussten, was ein Dugong war. Auf dem Schild über den Türen war ein Tier mit einem hübschen Frauengesicht abgebildet, halb Robbe, halb Delfin. Einige Gäste meinten, es sei eine Meerjungfrau, andere bezeichneten es als Seekuh. Der Betreiber empfahl Google. Eventuelle Ergebnisse wurden nicht bekannt, falls überhaupt jemand gegoogelt hatte. Anscheinend war es unwichtig. Das Dugong gehörte zu den wenigen Londoner Pubs, die alles überlebt hatten: die Rezession, die Gesetze gegen Alkohol am Steuer und die dringlichen Ermahnungen allseits zu weniger Alkoholkonsum. Dafür gab es Gründe: Die Klientel bestand aus reichen, hauptsächlich jüngeren Leuten, das Lokal hatte auf der Rückseite einen geschmackvoll dekorierten Garten, und vor der Tür war der Gehsteig so breit, dass man dort mit einem Sauvignon stehen und plaudern konnte. Das Dugong war also ein beliebter Treffpunkt.

Obwohl es schon Mitte September war, war es abends noch schön warm. Und so fand die erste Sitzung der Gesellschaft der heiligen Zita am größten runden Tisch im Garten statt. Eigentlich hätte Jimmy den Vorsitz führen sollen. Daraufhin geriet er zwar nicht direkt in Panik, protestierte aber, er habe keine Ahnung, was er tun solle. Eigentlich habe er nie behauptet, er würde den Vorsitzenden machen. Das solle ruhig June tun. Also verlas June das ziemlich knappe Protokoll der Gründungssitzung, und Jimmy, Beacon, Thea, Montserrat – Letztere war gar nicht dabei gewesen – und Henry waren sich einig, dass der Bericht korrekt gewesen war.

Kaum hatte June die ersten Sätze ihrer vorformulierten Rede gehalten, in der sie schilderte, wie der arme Henry stundenlang hinter dem Steuer des BMW auf das Eintreffen von Lord Studley warten musste – ja, sie war noch nicht einmal zu dem Punkt gekommen, an dem Lord Studleys Name fiel –, da sprang auch schon das Subjekt ihrer Beschwerde auf und rief laut: »Halt! Halt! Halt!«

»Um Himmels willen, was ist denn los?« Im Garten des Dugong wimmelte es nur so von Wespen. »Hat dich etwas gestochen?«

»Willst du, dass ich meinen Job verliere?« Henry dämpfte seine Lautstärke. Er glaubte, nicht nur Wände, sondern auch Büsche und Topfpflanzen hätten Ohren. »Es hat ein ganzes verflixtes Jahr gedauert, bis ich meinen Job bekommen habe. Und was ist mit meiner Wohnung?« Und fügte dann im Flüsterton zischend hinzu: »Willst du, dass ich meine Wohnung verliere?«

»Also, das tut mir nun wirklich sehr leid«, sagte June. »Ich hatte es gut gemeint. Ich war immer tief betroffen, wenn ich dich in diesen frühen Morgenstunden halb schlafend am Steuer gesehen habe.«

»Themenwechsel, wenn es dir nichts ausmacht. Und eigentlich auch dann, *wenn* es dir etwas ausmachen sollte«, fügte Henry hinzu und funkelte sie wütend an.

»Zeit für eine zweite Runde«, warf Beacon ein. »Was trinken wir denn jetzt?« Er versuchte, sich einen passenden Bibelspruch einfallen zu lassen, aber in der Bibel stand nichts über Autos und auch nicht viel über Menschenrechte. »Henry, was soll's denn sein?«

Henry und Montserrat wollten einen Weißwein, June

einen Wodka Tonic und Thea ein Glas Merlot. Jimmy entschied sich für ein Bier. Nur Beacon gab sich mit Mineralwasser »mit einem Hauch Schwarze Johannisbeeren« zufrieden. Leider bestand immer die Möglichkeit, dass ihn Mr. Still auf dem Handy anrief und sich von der Victoria Station abholen ließ.

Nachdem außer »Ausgaben und Einnahmen« nichts mehr auf der Tagesordnung stand und diesbezüglich bisher kein Eintrag zu verzeichnen war, kam man schnell zu dem Punkt »Verschiedenes«. Montserrat schlug eine Kampagne zur Rekrutierung weiterer Mitglieder vor. Auch wenn sich die Mitgliedschaft bisher auf den Hexam Place beschränkte, fehlten immer noch Rabia, Richard und Zinnia. Beacon meinte, man hätte alle über diese Versammlung informiert, und wenn die Leute nicht wollten, könne man sie nicht dazu zwingen.

»Aber *überzeugen* kann man sie sehr wohl«, widersprach June. »Man kann an ihren Gemeinsinn appellieren.« Sie schlug vor, bei der nächsten Versammlung über den gemeinsamen Besuch »einer Show« zu diskutieren und einen Termin festzusetzen. Wie häufig in zu langen Versammlungen machte sich eine Mischung aus Apathie und Unruhe breit. Augen fielen zu, Schultern sackten nach unten, und in den verkrampften Beinen kribbelte und stach es. Erleichtert stimmten alle für den Betriebsausflug, besonders weil dieses Thema erst wieder im Oktober zur Sprache kommen sollte. Die Versammlung war zu Ende. Endlich durfte man intensiver dem Alkohol zusprechen.

Bisher hatte sich Henry an seine Regel gehalten, nichts Hochprozentiges zu konsumieren, und seinen Wein getrunken, aber jetzt brauchte er etwas Stärkeres. Als er einen Campari Soda bestellte und dabei wenig Soda signalisierte, gingen die Augenbrauen in die Höhe. Auf Henry wartete eine schrecklich erfreuliche Feuerprobe, aus der es leider kein Entrinnen gab. Huguette erwartete ihn zum Stelldichein. Ihr Vater war auf einem zweitägigen Parlamentarierausflug in Brüssel – das wusste sie und damit auch, dass Henry definitiv nicht Fahrbereitschaft im BMW hatte. Sie würde vergeblich warten müssen, denn er hatte um 21 Uhr eine andere Verabredung in der Familie Studley.

Beacon ging als Erster. Er hatte einen Anruf erhalten. Mr. Still saß nicht Richtung Victoria im Zug, sondern Richtung Euston, und käme in zwölf Minuten dort an. Das war auch das Stichwort für Montserrat. Sie sah Beacon gehen, vergewisserte sich, dass der Audi weg war, und sauste dann im Haus Nummer 7 die Treppe hinauf und klopfte an Lucys Tür, um Rad zu warnen. In spätestens drei Minuten müsse er weg sein. Dann begleitete sie ihn ins Erdgeschoss hinunter und weiter über die steile schmale Treppe ins Souterrain und auf den Vorplatz hinaus. Kaum hatte sie ihn Richtung Sloane Square verschwinden sehen, rannte sie schnurstracks ins oberste Stockwerk. Thomas schlief endlich einmal, die Mädchen schauten fern, während sie sich fürs Bett fertig machten, und Rabia trank eine Tasse Tee.

Das Haus Nummer 11, in dem die Studleys residierten, war das auffallendste Gebäude am Hexam Place. Es hob sich durch seine Größe, kunstvollere Balkongeländer und die Tatsache, dass es sich um ein freistehendes Haus handelte, von der übrigen Häuserzeile ab. Man betrat es durch ein von kannelierten Säulen gerahmtes Doppelportal, über dem das große Schlafzimmer lag. Von hier führten raumhohe Fenstertüren auf einen großen Balkon hinaus, auf dem in griechischen Vasen Palmen und Pampasgras wuchsen. Obwohl diese Fenster verriegelt und versperrt waren, wirkte das Schlafzimmer irgendwie exponierter und weniger sicher, als wenn dort eine feste Mauer gewesen wäre. Deshalb zog Oceane Studley einen Besuch bei Henry vor, anstatt ihn zu sich zu bitten.

Zehn Minuten vor 21 Uhr war Henry aus dem Dugong zurück. Schnell wechselte er seine Bettwäsche, zog die Rollos herunter und stellte die Weingläser bereit. Den Wein würde sie mitbringen. Das tat sie immer, auch wenn es erst zweimal passiert war. Heute wäre das dritte Mal. Zum Duschen blieb ihm keine Zeit mehr, allerdings hatte er schon morgens einmal geduscht. Das müsste eben genügen. Henry war unschlüssig: Wollte er Oceane sehen, oder wäre es ihm lieber gewesen, wenn sie ihn auf dem Handy angerufen und gesagt hätte, sie könne nicht kommen. In Wahrheit schob er Panik, solange sie in seinem Zimmer war, von der ersten bis zur letzten Minute. Vermutlich lag es an seinem jugendlichen Alter, dass er überhaupt funktionieren konnte und sich nicht vor Angst verkrampfte. Bei Huguette war das etwas ganz anderes. Da trieben sie es in Huguettes Wohnung, die anderthalb Kilometer weit weg lag und nicht ihrem Papa gehörte, auch wenn dieser mit Sicherheit die Miete bezahlte. Hier gehörte Lord Studley das ganze Haus, Henrys Zimmer genauso wie das eheliche Schlafgemach. Und Henry fürchtete sich davor, ausspioniert zu werden, sogar wenn er seinen Arbeitgeber definitiv in Brüssel wusste. Als er heute Abend aufgesperrt hatte, hatte er auf der Treppe Sondra getroffen. Sie war absolut nett zu ihm gewesen, und trotzdem quälte ihn immer noch die fixe Idee, sie hätte ihn argwöhnisch gemustert.

Oceane war eine höchst attraktive, knapp vierzigjährige Frau, und genau darin lag das Problem. Eigentlich fand Henry sie attraktiver als ihre Tochter, aber Huguette war jung, und das war ein Riesenvorteil. Jedenfalls hatte er nicht im Traum daran gedacht, Huguette zurückzuweisen. Aber zu Oceane Nein zu sagen – davor hatte er sich gefürchtet. Henry kannte zwar die Geschichte von Joseph und Potiphars Weib nicht, aber jeder, der sich diese Situation ausmalte, wusste, wie die Geschichte enden musste. Du sagst: Nein danke, lieber nicht, und sie verklickert ihrem Ehemann, der zufällig dein Boss ist, du hättest sie angemacht.

Er malte sich gerade das Ende dieser Geschichte aus, da ging die Tür auf, und herein kam Oceane. Sie klopfte nie an. Schließlich war Henry der Chauffeur ihres Mannes, egal, was er ihr vielleicht bedeutete. »Ach Liebling«, hauchte sie, »schwebst du bei meinem Anblick im siebten Himmel?« Sie presste ihren Unterleib an ihn und steckte ihm die Zunge in den Mund.

Henry reagierte dementsprechend. Ihm blieb gar nichts anderes übrig.

Montserrat wusste bestens Bescheid. Sie betrachtete es als ihre Aufgabe zu wissen, wer mit wem eine Affäre hatte, wer sich verdrückte, und wer sich trotz strikten Verbots einen BMW oder einen Jaguar ausborgte. Nein, erpresst hatte sie nie jemanden, aber sie genoss es, die Möglichkeit zu einer leicht abgewandelten Form von Erpressung in der Hinterhand zu haben. Ihre einzige Freundin am Hexam Place war Thea. Von allen Mitgliedern der Gesellschaft der heiligen Zita besaß nur Montserrat ein eigenes Auto, einen ziemlich alten VW, den sie in der Remise geparkt hatte, die zum Haus Nummer 7 gehörte.

Sämtliche Versuche, Rabia zum Eintritt in die Gesellschaft zu überreden, waren gescheitert. »Du müsstest doch gar nichts trinken. Jedenfalls keinen Alkohol, meine ich. Du würdest nur am Tisch sitzen und dich unterhalten. Und außerdem könntest du mit uns ausgehen.«

Rabia meinte, das könne sie sich nicht leisten. Außerdem würde ihr Papa Nein sagen, wenn sie fragen würde, ob sie in ein Pub gehen könne.

»Warum sagst du es ihm eigentlich?«

»Weil er mein Vater ist«, antwortete Rabia in ihrer schlichten direkten Art. »Ich habe keinen Mann mehr, der mir sagt, was ich tun soll.« Montserrat verdrehte die Augen, aber darauf ging Rabia nicht weiter ein und bot ihr stattdessen noch eine Tasse Tee an.

Montserrat meinte, ein Glas Wein wäre ihr lieber, aber vermutlich wolle Rabia nicht, dass sie eine Flasche hier heraufbrächte. »Nein, richtig«, sagte Rabia. »Entschuldigung, aber das ist das Reich der Kinder.« Und damit ging sie zu Thomas, der wieder vor sich hin wimmerte.

June, die Prinzessin und Rad Sothern, der Junes Großneffe war, tranken im Salon von Nummer 6 Kaffee. Die Prinzessin tolerierte diesen Verwandten von June nur deshalb, weil er ein berühmter freischaffender Schauspieler war. Außerdem sah er extrem gut aus und spielte in einer ihrer liebsten Klinikserien den Unfallchirurgen Mr. Fortescue. Mr. Fortescue war in der TV-Serie *Avalon Clinic* ein wichtiger Akteur mit wöchentlichem Auftritt und damit eine bekannte Persönlichkeit, die beim Überqueren des Sloane

Square auffiel. June konnte Rad halbwegs leiden, obwohl sie genau wusste, dass er nur vorbeikam, wenn er nichts Besseres zu tun hatte. Sie hatte beobachtet, wie man ihn durch die Souterraintür ins Haus Nummer 7 geschleust hatte, und sie missbilligte seine Affäre mit Montserrat, die in ihren Augen eine ganz Durchtriebene war. Es war ihr ein Rätsel, wie er das Au-pair-Mädchen der Stills überhaupt kennengelernt hatte. Ihres Wissens war Rad nur ein einziges Mal mit den Bewohnern von Nummer 7 in Kontakt gekommen. Vor einigen Monaten hatte die Prinzessin hier im Haus einen Empfang gegeben und ihn dabei Lucy Still vorgestellt.

Die Prinzessin sprach ihn mit »Mr. Fortescue« an. Das hielt sie für witzig, obwohl Rad sie gebeten hatte, es nicht zu tun. Aber darum scherte sie sich nicht. Das Gespräch drehte sich immer nur um Klatschgeschichten. Klatsch und Tratsch aus der Film- und Fernsehwelt. Über den Hexam Place wurde nie gelästert. Das wäre Rad vielleicht doch unter die Haut gegangen. Denn eines war June klar: Rads häufige Besuche in Nummer 7 hatten nichts mit einer gewissen Sympathie für die Prinzessin zu tun. Damit wollte er nur sicherstellen, dass die Nachbarn bei seinem Anblick glaubten, seine Besuche gälten seiner Großtante und nicht Montserrat.

Wie immer wollte die Prinzessin von ihm alles über das Privatleben der Besetzung von *Avalon Clinic* erfahren. Er tat ihr den Gefallen in einer verwässerten Version, mit der sie sich offensichtlich zufriedengab.

»Mr. Fortescue, kann ich Ihnen einen Cognac anbieten?«

»Warum nicht?«, erwiderte Rad.

June bekam keinen angeboten, bediente sich aber trotzdem. Sie war müde und musste auch noch mit Gussie um den Block. Ohne einen Stups ihrerseits, wie sie es nannte, würde Rad noch stundenlang sitzen bleiben. Allerdings fiel der Stups etwas kräftiger aus. »Rad, Zeit zum Gehen. IKH möchte sich schlafen legen.«

Gussie wurde angeleint und Rad an Ort und Stelle verabschiedet, wie es June zu nennen pflegte. Und damit hinaus zur Vordertür und die Treppe hinab. Die Nacht war klar, aber langsam wurde es kalt. Rad nahm sich in der Ebury Bridge Road ein Taxi, während June mit Gussie ihre Runde um den Block drehte. Trotz der späten Stunde brannte in einigen Schlafzimmern noch Licht, während Damian und Roland immer noch in ihrem Wohnzimmer saßen. Allerdings hatten sie die Rollos heruntergezogen. Niemand war mehr auf der Straße, niemand konnte June durch die Vordertür gehen sehen. Also betrat sie das Haus mit Gussie über die bequemere Souterraintreppe.

Thea bewohnte im Haus Nummer 8 das Dachgeschoss, während Damian und Roland das Erdgeschoss und den ersten Stock belegten. Roland übernahm widerwillig einen Teil der Putzarbeiten, den Rest besorgte Thea. Nur für Miss Grieves im Souterrain putzte niemand. Sie konnte es sich nicht leisten. Thea ging bereits für sie einkaufen und brachte ihr manchmal eine Mahlzeit, was gegenüber Essen auf Rädern eine deutliche Verbesserung darstellte. Heute schob sie zusätzlich den Staubsauger herum und staubte die uralten Möbelstücke ab. Das war eine von vielen Arbeiten, die sie ungefragt erledigte, weil sie sich dazu verpflichtet fühlte. Aus demselben Grund übernahm sie auch für Damian und Roland sogenannte »Kleinigkeiten«. Sie blieb daheim, um einem Installateur aufzumachen oder vom Postboten ein Paket entgegenzunehmen, sie telefonierte mit der Stadtverwaltung, wenn es einen Grund zur Beschwerde gab, sie stellte die gemeinsame Recyclingtonne hinaus, tauschte Glühbirnen aus und wechselte Sicherungen. Eigentlich tat sie das nur ungern, sah aber keine Möglichkeit, wie sie jetzt damit aufhören könnte. Thea war auch nicht stolz auf ihre gutherzige Nachbarschaftshilfe. Ach, hätten sie solche Erledigungen doch nur glücklich gemacht! Wie schön wäre es gewesen, wenn sie sich ihres Wertes bewusst und innerlich zufrieden geworden wäre, weil sie unbezahlt etwas Nützliches geleistet hatte. Leider war sie am Ende nur abgekämpft und hatte die Nase voll. Und manchmal war sie sogar verbittert. Sie machte es eben, müde und enttäuscht.

Montserrat schien immer einen Mann zu haben. Und sie? Sie hatte vor zwei oder drei Jahren ihren letzten Freund gehabt. Die Jahre vergehen, hatte ihr ihre verheiratete Schwester Chloe unter die Nase gerieben. Oder um es mit Rolands Worten auszudrücken, der aus irgendeinem Buch zitierte: Rasch naht die Zeit auf Flügelrossen. Manchmal schoss es ihr durch den Kopf, dass sie sofort Ja sagen würde, wenn irgendein Mann sie um ein Rendezvous bäte, solange er nicht abgrundtief hässlich oder grob war. Allmählich entwickelte sich dieser gesichtslose Mann zu einem Traumgeliebten. Sie sah ihn vor sich, wie er in einem schönen Auto vorgefahren kam, um mit ihr einen Ausflug zu machen und sie zum Lunch einzuladen. Dann würde sie ihm vom Fenster aus zuwinken, könnte sich endlich einmal von Damian und Roland verabschieden, die Treppe hinunterlaufen und zur Tür hinaus.

Keiner ihrer auch noch so entfernten Bekannten füllte

diese Rolle aus. Auf dem Weg zur Arbeit in der Fulham Road musterte sie im Bus fragend die Fahrgäste oder auch die Männer, die ihr zu Fuß begegneten. Was musste man tun, um den einen oder anderen auf sich aufmerksam zu machen? Wie musste man aussehen? Früher einmal hatte sie es gewusst und ihr Wissen in die Praxis umgesetzt. Doch sie hatten andere geheiratet, diese Männer. Wahrscheinlich würde sie wie Miss Grieves enden, einsam und allein. Als altes Weib.

4

Abram Siddiqui ging zwischen Sträuchern und Koniferen den Gang entlang und prüfte, ob alles am richtigen Platz stand und deutlich gekennzeichnet war. Er war ein großer kräftiger Mann und sah wie die meisten Menschen aus seinem Geburtsland gut aus. Ein schwarzer Bart milderte seine ausgeprägten, scharf geschnittenen Gesichtszüge. In der Arbeit kleidete er sich wie ein englischer Landadliger, obwohl die Belgrave-Gärtnerei im Herzen von Victoria lag. Heute trug er zu einer rehbraunen Drillichhose ein kariertes Flanellhemd mit dunkelgrüner Strickkrawatte und ein Tweedsakko mit ledernen Ärmelflicken in einem helleren Grünton.

Momentan konzentrierte er sich nur halbherzig darauf, dass das gesamte Sortiment an Zypressen, Macrocarpas und Thujen vorrätig war. Die restlichen Gedanken galten seiner Tochter Rabia, um die er sich Sorgen machte. Ihr trauriges Leben voller Enttäuschungen bekümmerte ihn. Und das ihr, die so hübsch und bescheiden und ruhig war! Als er in den nächsten Gang einbog, diesmal zwischen Heidekraut und Lavendel, sah er, wie sie vom Eingang Warwick Way auf ihn zukam. Sie schob einen nagelneuen Buggy. So einen Riesenkinderwagen hatte Abram noch nie gesehen, eine echte Prinzenkutsche. Rabia wirkte fast zu klein, um die Verantwortung für eine so prächtige Equipage und einen dermaßen vor Gesundheit strotzenden großen Jungen zu tragen. Sie trug einen langen schwarzen Rock und eine graue Bluse und hatte sich einen schwarzen Tupfenschal so umgebunden, dass alle Haare und der Blusenkragen bedeckt waren.

»Vater, ich habe Euch schon seit einer Woche nicht mehr gesehen. Habt Ihr heute Morgen zu viel zu tun, oder dürfen Thomas und ich Euch besuchen?«

»Komm, meine Tochter«, erwiderte Abram auf Urdu, »wir fahren mit ihm ins Treibhaus und lassen ihn die Tropenfische anschauen.«

Beim Anblick der Fische, die sich zwischen grünen Wasserpflanzenwedeln und künstlichen Korallensäulen schlängelten, krähte Thomas vor Begeisterung. Rote, grüne, gelb gestreifte und blaue Fische funkelten wie Edelsteine. Abram pflückte eine rote Blüte von einem Zweig und gab sie Thomas in die Hand. Er könne sie ruhig in den Mund stecken, es könne nichts passieren, versicherte er Rabia.

»Bevor du kamst, habe ich gerade an dich gedacht«, sagte er zu seiner Tochter. »Ich mache mir Sorgen, weil dich deine Arbeitgeber verderben könnten. Ich kann nicht vergessen, dass es gottlose und unmoralische Leute sind.«

Wie schon so oft hatte er anscheinend das Problem erraten, das ihr in letzter Zeit häufig durch den Kopf ging. Allerdings wusste sie genau, dass sie noch nicht bereit war, ihn in dieser Sache um Rat zu fragen. Vielleicht würde sie es auch nie tun. Wie konnte ein derart sensibler Mensch mit seinen Versuchen, sie von einer neuen Eheschließung zu überzeugen und einen Mann für sie zu finden, so völlig danebenliegen? Wirklich merkwürdig! Er ging mit ihr in das Café der Gärtnerei, kaufte ihr eine Tasse Kaffee und für Thomas ein Eis. Er schätzte es, wenn Kinder sauber und ordentlich aussahen, und entschied sich deshalb für einen Becher und nicht für eine Waffel.

Rabia band Thomas ein Lätzchen um den Hals und fütterte ihn mit einem silbernen Zuckerlöffel.

Ihr Vater wechselte das Thema: »Rabia, du musst nicht arbeiten, das weißt du. Ich bin zwar kein reicher Mann, aber es geht mir finanziell gut, wie man in England sagt. Du kannst zurückkommen und daheimbleiben, und ich kann dich ernähren. Es wäre mir eine Freude.«

Sie sah Thomas an. In ihren Augen lagen plötzlich so viel Liebe und Sehnsucht, dass er seine Antwort hatte. »Du hast viel gelitten, das weiß ich. Für eine Frau gibt es kein schlimmeres Leid als den Verlust ihrer Kinder. Aber du brauchst nur zu heiraten, dann kommen wieder Kinder. Ja, meine Tochter, dann kommen wieder Kinder. Hier in der Gärtnerei arbeitet ein braver Mann für mich. Nein, heute ist er nicht da, er fährt einen unserer Lastwagen. Seine Schwester ist die Schwägerin deiner Tante Malia. Er hat dich gesehen und dich bewundert, wie es jeder vernünftige Mann tun muss. Außerdem ist er weder dein Cousin noch sonst ein entfernter Verwandter. Also müsstest du dich auch nicht vor einem genetischen Wirrwarr fürchten, auch wenn ich daran nicht glaube, wie du weißt. Ich werde ihn für dich ansprechen, und man könnte schon bald ein Treffen arrangieren. Rabia, du bist dreißig, siehst aber höchstens wie Anfang zwanzig aus …«

Sie ließ ihn ausreden, wischte Thomas mit einem feuchten Tuch die Eisreste vom Mund, säuberte ihm mit einem zweiten die Hände und gab ihm noch einen Kuss auf den Scheitel. Erst dann antwortete sie ruhig und leise: »Vater, ich kann das nicht noch einmal durchmachen. Ihr seid wie immer ungemein liebenswürdig, aber es würde nicht guttun, wenn ich bei Euch wohnen würde. Ich bin bei Kindern am besten aufgehoben. Ich liebe diese Kinder, und Ihr kommt am besten allein zurecht, mit Euren netten Freunden und mit den braven Nachbarn.«

»Dann komm«, sagte er, und sie wusste, dass er aufgegeben hatte, allerdings nur für heute. Beim nächsten Besuch würde alles von vorn anfangen. »Ich muss mich um die Kundschaft kümmern.«

Meistens handelte es sich um Kundinnen. Die Älteren trugen klassische Mode aus Knightsbridge und Schmuck aus der Bond Street. Ihre gefärbten Haare leuchteten entweder wie frisch gepresster Orangensaft oder wie die Mahagonivertäfelung in Lucys Salon. Die jungen Frauen sahen alle wie Lucy Still aus: knallenge Teenager-Jeans, weiße T-Shirts und High Heels. Eine hatte ihre Schuhe ausgezogen und in den Einkaufswagen gelegt und humpelte damit nun barfuß Richtung »Blumenzwiebeln und Knollen«. Thomas war mit dem Daumen im Mund eingeschlafen. Rabia schob ihn nach Hause. Sie ging langsam und genoss den Sonnenschein.

Draußen vor dem Haus stand Montserrat neben ihrem Auto und unterhielt sich mit Henry. Auf dem Boden zwischen ihnen lag ein Gegenstand, der Rabia wie eine Mischung aus Boot und Sarg vorkam. Henry erklärte ihr, er gehöre ihm, und es sei kein Sarg und auch kein Boot, sondern eine Box, die man auf die Dachträger eines Autos montieren könne. Für zusätzliches Gepäck oder für eine Campingausstattung.

»Montsy wird sie kaufen.«

»Moment mal«, warf Montserrat ein, »das hängt davon ab, ob der Preis stimmt. Warum du sie loswerden willst, ist ein anderes Thema.«

»Weil ich mich von meinem Auto trennen musste.«

»Also befestigt man diese Box auf der Dachreling, packt

sie voll und fährt damit weg«, meinte Rabia. »Wohin fährst du denn, Montsy? Zu deiner Mutter, nach Spanien?«

»Diesmal nicht. Ich möchte zum Skifahren nach Frankreich und werde darin meine Ski und die restliche Ausrüstung verstauen, die ich mir gekauft habe. Wartet mal, bis ihr meine neue Skihose seht.«

Gekauft von dem Geld, das ihr Lucy und Rad Sothern zugesteckt haben, dachte Rabia betreten. Hier ein Zwanzig-Pfund-Schein und da ein Fünfziger. Selbstverständlich sagte sie nichts, es ging sie ja nichts an. Vielleicht aber ginge es sie doch etwas an, und sie wäre moralisch verpflichtet, jemandem etwas zu sagen. Und schon war sie wieder bei diesem Punkt. Immer lief alles darauf hinaus, egal, wie sehr sie insgeheim mit sich haderte.

»Möchtest du mittags zu einem Treffen der Gesellschaft der heiligen Zita kommen?«, wollte Montserrat wissen. »Es handelt sich um eine außerordentliche Generalversammlung, die im Garten vom Dugong stattfinden soll. Also könntest du Thomas mitbringen und mich unterstützen, wenn Henry einen überhöhten Preis haben will, was er garantiert tut.«

»Lucy wäre ungehalten.«

»Lucy würde davon nichts erfahren.«

Lächelnd zerrte Rabia den schweren Buggy die Treppe von Nummer 7 hinauf. Henry rannte hoch, um ihr zu helfen, und rief dabei nach hinten zu Montserrat, er könne nicht unter fünfundsiebzig Pfund gehen.

»Du machst Witze. Das Ding ist gut hundert Jahre alt.«

»2005 habe ich dafür zweihundert Pfund bezahlt, nur damit du es weißt.«

»Fünfzig«, rief Montserrat.

»Fünfundfünfzig.«

»Na, und wer macht jetzt Witze?«

Im Eingang von Nummer 6 tauchte June auf und trippelte trotz ihres Rheumas wie eine halb so junge Frau die Treppe herunter. »Ihr zwei lärmt herum wie ein Rudel Halbstarker in Brixton. Diese Wohngegend gilt als eines der exklusivsten Viertel in der ganzen westlichen Welt, nicht nur in Großbritannien. IKH hat Kopfschmerzen.«

»Ich kann dir ein paar Paracetamol für sie geben, allerdings nicht umsonst«, lachte Henry.

June ließ ihn links liegen. »Das Thema ›Lärm auf der Straße‹ werden wir bei der Versammlung zur Sprache bringen müssen. Ich werde es auf die Tagesordnung setzen.«

Henry verfrachtete die Dachbox hinter die Souterraintür von Nummer 11, und danach trabten alle gemeinsam ins Dugong. Dort saßen schon Thea, Jimmy und Beacon und hatten bereits Getränke für alle bestellt. Jimmy und Beacon übten sich erneut in Abstinenz, denn Mr. Still wollte um 16 Uhr in der City abgeholt werden und Dr. Jefferson um 17 Uhr in der Great Ormond Street. Da es im Oktober für einen Aufenthalt im Freien nicht mehr warm genug war, drängte sich alles um den größten Tisch im vornehmeren Teil des Pubs. June verlas das Protokoll der letzten Sitzung und fügte noch hinzu, dass es sich heute aufgrund der überlangen Tagesordnung um eine außerordentliche Generalversammlung handle.

Gleich zu Beginn warf Thea ein, sie habe Anfang der Woche Rad Sothern am Hexam Place gesehen. Zufälligerweise mitten in der Nacht. »Ich frage mich, wen der wohl besucht hat.« Thea gelang es, in dieser Spekulation eine ordentliche Portion zweideutiger Anzüglichkeiten zu verpacken. Zum Ausgleich für ihr Gutmenschentum war sie manchmal ein richtiges Biest.

»Natürlich die Prinzessin und mich«, sagte June.

»Dich?« Thea mochte es kaum glauben. »Wie in aller Welt hast du den kennengelernt?«

»Den musste ich nicht kennenlernen.« June konnte eisig klingen, wenn sie es darauf anlegte. »Er ist mein Großneffe.«

»Echt komisch«, meinte Montserrat. »Wenn man mich gefragt hätte, hätte ich behauptet, er sei mit der Prinzessin verwandt.«

June zog die Augenbrauen hoch. »IKH hat keinerlei Verwandtschaft. Sie ist allein auf der Welt, sie hat nur mich. Außerdem hat dich meines Wissens niemand gefragt.«

»Deshalb musst du nicht gleich fies sein.«

»Manchmal ist das sogar dringend nötig. Dürfte ich euch außerdem daran erinnern, dass es sich heute um eine außerordentliche Generalversammlung der Gesellschaft der heiligen Zita handelt. Der Hauptpunkt der Tagesordnung ist der zunehmende Lärm, den gewisse Mitglieder auf der Straße machen.«

»Und ich habe noch zu ›Verschiedenes‹ einen Punkt«, konstatierte Henry.

Dex erschien zu der Versammlung, oder besser gesagt, er kam während der Versammlung ins Dugong spaziert, setzte sich an den großen Tisch, wo die anderen bereits saßen, und kaufte sich ein Guinness. Wie üblich hatte er nichts anzumerken, sondern hörte der Diskussion zu und beobachtete dabei jeden Einzelnen. Eine der Frauen hatte rote Haare. Sie gehörte zu den wenigen Leuten, deren Augen er sehen konnte, und er sah auch, dass sie strahlend blau waren. Ihr restliches Gesicht war wie üblich ein blinder Fleck, der sich nicht sehr von den anderen Gesichtern unterschied. Eine andere telefonierte mit dem

Handy. Vielleicht lebten auch in diesen Handys Götter oder nur Obst, wie Dex vom Hörensagen wusste. Orangen, Brombeeren und Äpfel. Die anderen sprachen gerade über Geschrei auf der Straße und schrilles Gelächter und lautstarke Unterhaltungen mitten in der Nacht. Dex nutzte jede Gelegenheit, sich kostenlos etwas Essbares einzuverleiben. Er steckte die Finger in die Schale mit dem bunten Knabberzeug und holte sich eine Handvoll. Er hatte gemerkt, wie ihn die Frau namens June musterte. Jetzt sagte sie: »Du hast eine schmutzige Hand. Niemand wird jetzt mehr von den Knabbereien essen wollen, nachdem du sie angefasst hast.«

Das war Dex herzlich egal, so bliebe ihm mehr davon. Er mühte sich um eine Antwort und sagte: »Ich mag die, ich werde sie essen.«

»Also, wirklich«, meinte June. Sie sprach das Thema Theaterbesuch an, aber offensichtlich interessierte es keinen.

Henry brachte seine Anmerkung zum Punkt »Verschiedenes« vor. Es ging darum, dass Anwohner benachbarter Straßen ihre Autos am Hexam Place parkten, sodass es manchmal keinen Parkplatz für Lord Studleys Auto gab. »Seine Lordschaft muss um die Ecke gehen, bis er mich findet.«

»Wird ihm nicht schaden«, konstatierte June radikal.

Jimmy, dessen liebenswürdiger Arbeitgeber klaglos einen halben Kilometer zu Fuß gegangen wäre, um zu seinem Auto zu kommen, meinte, er sehe keine Möglichkeit zu verhindern, dass der Hexam Place zugeparkt werde. So etwas sei völlig legal. Dex trank sein Glas Guinness aus und setzte sich an einen kleinen Tisch, wo er allein sein konnte. Wie immer drückte er nach der Vorwahl für

London zufällig ein paar Tasten. Es ertönten einige Takte Musik, und dann verkündete eine Frauenstimme, dass diese Nummer unbekannt sei. Dex wusste, was das bedeutete. Sein Gott war beschäftigt und konnte momentan nicht mit ihm sprechen. Das war schon in Ordnung, das geschah oft. Er würde es später wieder versuchen. Er nahm die Schale mit dem Knabberzeug in seine schmutzige linke Hand und kippte mit einem zufriedenen Seufzer den Inhalt in seine rechte Hand, die noch schmutziger war.

Die rothaarige Thea mit den blauen Augen, die statt einer Hose ein rot-blau gemustertes Kleid trug, fröstelte ein wenig. Sie hielt sich zweifelsfrei für die attraktivste Frau im ganzen Pub. Nach ihrer Auseinandersetzung mit June hatte sie sich während der Versammlung zu Tode gelangweilt und scheu versucht, männliche Blicke auf sich zu ziehen. Leider hatte nur Jimmy darauf reagiert. Eigentlich gehörte Jimmy in Theas Augen nicht in die Kategorie ihrer Verflossenen, doch dann befand sie eine solche Einstellung für himmelschreiend arrogant und suchte erneut Blickkontakt mit ihm. Diesmal lächelte sie dabei. Aber Jimmy erwiderte ihr Lächeln nicht, sondern trollte sich, um Dr. Jefferson abzuholen. Und Thea ging allein nach Hause, wo Damian sie in der Eingangshalle abpasste, um ihr mitzuteilen, dass die Tabs für die Geschirrspülmaschine aufgebraucht seien.

5

Thea erfüllte die Rolle einer Freundin für die schwulen Männer. Trotzdem wurde sie nie das Gefühl los, dass Damian und Roland sie nicht sonderlich mochten. Sie war für sie nützlich, aber das war auch schon alles. Die beiden mochten Männer, Schwule wie Heteros, und begnügten sich mit männlicher Gesellschaft. Wie oft ging sie für sie einkaufen und kochte sogar für sie, wenn sie abends Gäste hatten! In Anbetracht dieser Tatsache hätte sie sich eigentlich schon eine Mietminderung verdient, aber Thea konnte sich nicht dazu durchringen, danach zu fragen.

Sie hatte einen Teilzeitjob in einer Sekretärinnenschule über einer Reinigung in der Fulham Road, wo sie IT und Grundlagen der Textverarbeitung unterrichtete. Außerdem gab sie einen Abendkurs: »Erste Schritte im Internet«. In Anbetracht der vielen Menschen über sechzig, die keinen Computer bedienen konnten und kaum wussten, was man unter »online gehen« verstand, war es schon erstaunlich, wie schlecht dieser Kurs besucht war, der auf dieses Zielpublikum zugeschnitten war. Garantiert würde man ihn demnächst im Rahmen von Kürzungen streichen, wodurch sich auch ihr Einkommen entsprechend verringern würde. Es machte sie böse, dass weder Damian noch Roland je gefragt hatten, womit sie eigentlich ihren Lebensunterhalt verdiene. Vielleicht nahmen sie an, sie wäre wie ihre Mütter und besäße Privatvermögen und fröne dem Nichtstun. Vielleicht meinten sie, sie würde genau wie ihre Mütter nur zum Vergnügen das Haus verlassen, zum Bridgespielen oder um sich mit anderen Damen zum Essen zu treffen. Sie interessierten sich nicht für sie und waren nur dann nett zu ihr, wenn sie sie um einen Gefallen bitten wollten, oder wenn sie einen triftigen Grund hatten, besonders aufgekratzt zu sein. Keiner von beiden kümmerte sich auch nur einen Hauch um die unter ihnen wohnende Miss Grieves. Wie die Neunzigjährige mit Vornamen hieß, wusste niemand. Wieder war es Thea, die für Miss Grieves einkaufen ging, ihr eine Sonntagszeitung holte und ihr die Souterraintreppe hinaufhalf, wenn sie wieder einmal besonders vom Gelenkrheumatismus geplagt wurde. Miss Grieves hätte gut Junes Mutter sein können, so alt sah sie aus, und June war wirklich eine alte Jungfer.

Das Haus gehörte Roland Albert, der aus einer reichen Familie stammte. Um es zu erwerben, hatte er Anfang der Neunzigerjahre einem russischen Sammler von russischen Abzeichen die sogenannte Kamensky-Medaille verkauft. Diese ziemlich kleine Medaille, die Thea potthässlich fand, hatte damals der Zar einem Vorfahren von Roland verliehen. Sie war innerhalb der Familie immer weitervererbt worden und hatte am Ende die erstaunliche Summe von 104 000,– £ erbracht. Dieses Geld hatte er als Grundbetrag für eine Hypothek verwendet, um damit das Haus Nummer 8 am Hexam Place zu kaufen. Aber auch dann konnte er sich dieses Haus nur dank einer Langzeitmieterin wie Miss Grieves im Souterrain leisten, die schon lange vor Rolands Geburt hier gewohnt hatte. Im Laufe der Jahre hatten ihr Roland und Damian über ihren Anwalt verschiedene große Geldbeträge, die immer höher wurden, angeboten, damit sie auszog. Dadurch hätten sie entweder selbst noch ein zusätzliches Stockwerk zur Verfügung gehabt oder eine lukrative Immobilie zum Vermieten. Miss Grieves hatte nur in ihrer gewohnt drastischen Art wie weiland Eliza Doolittle gemeint: »Ihr könnt mich mal.«

Thea übte nicht nur freundliche Nachbarschaftshilfe, sondern versuchte auch, sich bei ihrer Umgebung einzuschmeicheln. Bei Damian und Roland bemühte sie sich, die Nummer 8 zum attraktivsten Haus in der ganzen Straße zu machen. Sie überredete Damian, den Liebenswürdigeren und Zugänglicheren der beiden, Blumenkästen für die Fenster im zweiten Stock zu kaufen und Pflanzurnen für den Balkon, der sich im ersten Stock über die gesamte Hausfront zog, und diese Gefäße im Frühjahr mit Blumenzwiebeln zu bepflanzen und sommers mit einjährigen Pflanzen.

Nein, das Bepflanzen übernahm sie nicht. Deshalb wartete sie jetzt, Mitte Oktober, auf den Lieferwagen der Belgrave-Gärtnerei, dessen Fahrer Fachmann für Freilandpflanzen war. Thea hatte mit einem spindeldürren Männchen namens Keith gerechnet, aber als der dunkelgrüne Lieferwagen eintraf, auf dem seitlich das Bild einer voll erblühten Akazie prangte, entpuppte sich der Fachmann für Freilandpflanzen als großer, gut gebauter Mann mit einem schwarzen Bart. Er hieß Khalid, wie ihr das Namensschild auf seiner dunkelgrünen Arbeitsjacke verriet.

Er erklärte ihr, man sollte die Tröge mit einer Mischung aus roten und lila Hyazinthen sowie weißen mehrblütigen Narzissen bestücken und die Blumenkästen vor den Fenstern mit Zwergtulpen. Letztere seien eine ganz neue Sorte namens Shalimar, eine lachsfarbene gefüllte Tulpe, der ganze Stolz der Belgrave-Gärtnerei. Er würde ein paar davon mit dunkelroten Papageientulpen und gelbblättrigem Zwergefeu mischen. Wie sei denn die Eichhörnchenlage am Hexam Place?

»Wie bitte?«, fragte Thea.

»Haben Sie hier Eichhörnchen? Ein Eichhörnchen muss eine Tulpenzwiebel nur aus einem Kilometer Entfernung riechen, und schon ist es da und buddelt in Ihren Töpfen nach seinem Frühstück.« Khalid war ein kleiner Witzbold und musste selbst über seine scherzhafte Anspielung lachen, obwohl Thea nicht darauf reagierte.

»Dann sollten Sie keine einsetzen«, meinte sie angesäuert.

»Das sollten wir aber doch tun und Sie mit unserem Topfpflanzenschutz gegen Eichhörnchen versorgen. Er ist der letzte Schrei und erst seit einem Monat auf dem Markt.«

Beim Handeln merkte Thea, dass sie Khalid überhaupt nicht gewachsen war. Er war zwar seit seinem zwölften Lebensjahr britischer Staatsbürger, stammte aber aus einer langen Linie von Markthändlern in Islamabad. Aber davon hatte sie keine Ahnung. Schon nach zehn Minuten war sie mit dem Schutz vor der Eichhörnchenplage einverstanden, und Khalid pflanzte Tulpen in die Blumenkästen. Eine Stunde später fuhr er den Wagen ein Stück weiter, nachdem er in der Stadtverwaltung von Westminster wegen einer zweiten Parkerlaubnis angerufen hatte, und klingelte am Vordereingang von Nummer 7. Lieferanteneingänge kamen für ihn nicht infrage. Montserrat ließ ihn herein und brachte ihn samt seiner Werkzeugtasche und dem Sack mit den Blumenzwiebeln schnurstracks in den Salon. Zuvor hatte sie noch einen Blick auf seine Schuhe geworfen, als hätte sie dreckverkrustete Galoschen erwartet.

Khalid, der elegantes, auf Hochglanz poliertes Schuhwerk trug, meinte sarkastisch: »Vielleicht möchten Sie, dass ich meine Schuhe ausziehe, wie ich es regelmäßig auf britischen Flughäfen tun muss.«

»Oh nein, Ihre Schuhe sind doch blitzblank.«

Lucy war zum Mittagessen ins Le Rossignol gegangen. Preston Still befand sich selbstverständlich in der City. Die beiden Mädchen waren in der Schule, und Thomas war droben bei Rabia, die ihn gerade frisch wickelte. Dann zog sie ihm seinen nagelneuen dunkelblauen Overall und das neue kamelhaarfarbene Kaschmirmäntelchen mit den Messingknöpfen an. Lucy machte nur eine einzige Sache gern für ihre Kinder: Sie suchte Kleidung für sie aus, je teurer, umso besser. Rabia hatte das längst gemerkt, und doch schätzte sie den guten Geschmack ihrer Arbeitgeberin. Für Thomas war nur das Beste gut genug. Er sah so hinreißend aus, dass sie ihn einfach knuddeln musste. Nach langem Knuddeln wurde Thomas schließlich liebevoll in seinen prächtigen Kinderwagen gesteckt und von der in ihren Hijab gehüllten Rabia über die Galerie geschoben. In dem Moment kam Montserrat mit einem Mann die Treppe herauf. Rabia erkannte ihn wieder, er gehörte zum Gärtnerteam ihres Vaters. Den Namen auf seiner dunkelgrünen Jacke kannte sie genauso wie den wahren Grund und Zweck seines Besuchs. Diesen großen Mann mit dem schwarzen Bart, der zugegebenermaßen gut aussah, hatte ihr Vater für sie als zweiten Ehemann ausgesucht.

»Guten Morgen«, sagte Rabia.

»Auch ich wünsche Ihnen einen Guten Morgen, Miss Siddiqui.«

»Danke, aber ich bin Mrs. Ali.«

Ein zufriedenes Lächeln lief über Khalids Gesicht. »Darf ich Ihnen behilflich sein und den Sportwagen ins Erdgeschoss tragen?«

Das Wort »Sportwagen« war Rabia in diesem Zusammenhang noch nicht untergekommen, und sie verstummte. Khalid, der offensichtlich viel Kraft hatte, hob den Buggy samt Thomas hoch und trug ihn ganz allein die Treppe hinunter. Rabia ging hinterdrein, bedankte sich ziemlich kleinlaut und schob dann Thomas rasch zur Haustür.

»Wie kommen Sie draußen mit der Treppe zurecht?«, rief ihr Khalid nach.

»So wie sonst auch«, entgegnete Rabia und drückte leise und entschieden die Tür zu.

»Was für eine reizende Frau«, rief Khalid.

Montserrat konnte es nicht ausstehen, wenn außer ihr noch andere Frauen Komplimente bekamen, und meinte nur, das sei Geschmackssache, und Khalid solle jetzt gefälligst mit dem Bepflanzen der Blumenkästen im Kinderzimmer beginnen. Daraufhin kam es zu einer Diskussion, was denn eigentlich eine richtige Kinderstube sei, dieses Zimmer hier oder Khalids Arbeitsplatz in der Gärtnerei. Sein Angebot für einen Anti-Eichhörnchen-Schutz schlug sie mit einer Hartnäckigkeit aus, wie sie Thea nicht hatte aufbieten können. Danach beschloss Montserrat, ihn seiner Arbeit zu überlassen, und ging hinunter ins Souterrain, wo sie ihre Mutter von ihrem neuen iPhone aus anrief, das sie sich von dem Geld gekauft hatte, welches ihr Luca und Rad Sothern zugesteckt hatten. Sie meinte, sie würde gerne für ein paar Tage nach Barcelona kommen und erst danach in den Französischen Jura fahren. Montserrats Mutter war Spanierin, ihr englischer Vater lebte in Doncaster. Señora Vega Garcia klang über den Anruf ihrer Tochter nicht sonderlich erfreut, aber als Montserrat sie nicht um Geld anpumpte und mit keiner Silbe erwähnte, dass sie vielleicht knapp bei Kasse sei, wurde sie milder. So angenehm hatten sie schon seit Monaten nicht mehr miteinander geplaudert.

Mit »ein paar Tagen« war ein Zeitraum Anfang Dezember oder kurz danach gemeint. Das hing vom Wetter und den Schneehöhen ab. In Colmar wollte sich Montserrat mit einer französischen Schulfreundin treffen, deren Bruder ihr schon immer gut gefallen hatte. Was würden wohl Lucy und Rad Sothern machen, wenn ihre Schlüsselbewahrerin einen Monat Urlaub nahm? Der stand ihr schließlich zu. Vermutlich würde es auch ohne sie gehen.

Wie jeder andere britische Handwerker, ob Installateur, Elektriker oder Gärtner, rief Khalid laut: »Hallo? Sind Sie da?« Daraufhin lief Montserrat nach oben, um ihn hinauszubegleiten.

»Das ist aber eine gefährlich steile Treppe«, meinte Khalid ernst. Montserrat hatte darauf noch nie geachtet. »Dort unten sind Fliesen verlegt«, fuhr er fort. »Ein ganz harter Boden. Dieses Geländer müsste dringend repariert werden. Es könnte sich beim Hinuntersteigen lösen, und was dann?«

»Weiß der Kuckuck«, sagte Montserrat.

»Menschen wissen das auch. Ich würde es eine tödliche Falle nennen.«

Sie ließ ihn hinaus und sah ihm nach, wie er vom Souterrain die Treppe zur Straße hinaufstieg.

Der Parkplatz am Oberhaus würde sich erst nachmittags füllen. Jetzt, kurz vor 12 Uhr, stand er halb leer. Heute Morgen hatte Henry den BMW in den Remisen hinter dem Hexam Place gewaschen und parkte ihn nun direkt neben dem Stellplatz, wo der Fraktionsführer der Regierungspartei seinen schäbigen alten Volvo abstellte. Er genoss weidlich den Unterschied zwischen BMW und Volvo, zwischen schicker Hochglanzkarosse und einer staubigen verkratzten Blechkiste. Leider hatte sich Lord Studley zu diesem Kontrast noch nie geäußert. Henry stieg aus, öffnete für Huguette die Hintertür und anschließend die Beifahrertür für ihren Vater, aber noch war er beide nicht los.

Zum ersten Mal hatte er Vater und Tochter gemeinsam kutschiert und dabei andauernd befürchtet, Huguette könnte mit Bemerkungen wie »Bis Freitag« oder »Warum hast du mir keine SMS geschickt?« herausplatzen. Zuzutrauen wäre es ihr gewesen. Kaum hatte Lord Studley verkündet: »Ich werde meine Tochter zum Lunch ins Oberhaus ausführen«, war Henry nervös geworden. Erstens musste er so tun, als wisse er nicht, wo Huguette wohnte. Seltsamerweise war er noch nie mit dem Auto in ihrer Straße gewesen. Dann musste er »Guten Morgen, Miss Studley« sagen und war dabei unsicher, ob das die korrekte Anrede sei oder ob es nicht heißen müsste: »Guten Morgen, gnädiges Fräulein.« Aber offensichtlich hatte er es richtig gemacht, denn niemand beschwerte sich. Huguette war schlecht gelaunt und redete nicht viel, während sich Lord Studley ausführlich über die Anfrage ausließ, zu der er bei der Oberhaussitzung um 14.30 Uhr Rede und Antwort stehen musste. Anscheinend ging es dabei um Brasilien, um eine Verbindlichkeit oder einen

Kredit, und um den Internationalen Währungsfonds. Nachdem Henry den Parliament Square umrundet und in die Sicherheitszone eingebogen war, war er keinen Deut klüger. An diesem Punkt brach Lord Studley ab, um dem Dienst habenden Polizisten seinen rot-weiß gestreiften Pass samt Foto vorzuzeigen, obwohl ihn dieser Beamte schon seit Jahren passieren ließ.

Henrys Arbeitgeber wünschte, sein Chauffeur möge ihm die Aktentasche und einen großen, mit Papieren gefüllten Karton ins Büro im Hohen Haus hinauftragen. Sie benutzten den Eingang für die Mitglieder des Oberhauses, wo sich Henry für einen Ausweis fotografieren lassen und anschließend wie in Heathrow durch die Sicherheitskontrolle musste. Lord Studley teilte sein Büro mit einem Staatsminister, der für die Entwicklung der südlichen Hemisphäre zuständig war. Henry kannte dessen Chauffeur und erzählte diesem jetzt von der Gesellschaft der heiligen Zita, der Robert leider nicht beitreten konnte, weil er seinen Wohnsitz nicht am Hexam Place hatte. Lord Studley war verschwunden, um irgendwo eine Akte zu holen, die Henry unbedingt nach Hause mitnehmen sollte. In seiner Abwesenheit unterhielt sich Henry angeregt mit Robert. Huguette sollte ja nicht auf die Schnapsidee kommen, eine indiskrete Bemerkung zu machen oder ihn auf die Wange zu küssen oder sonst etwas.

Als das Telefon klingelte, geriet die Situation vollends außer Kontrolle. Der Minister für die Entwicklung der südlichen Hemisphäre hob ab, und Henry hörte ihn sagen: »Ach Oceane, wie geht es dir? … Gut, danke … Clifford ist eben mal für 'ne Minute verschwunden. Er wird sicher gleich zurück sein.«

Sagen Sie ihr bloß nicht, dass ich gerade hier im Raum

stehe, flehte Henry im Stillen. Huguette formulierte stumm: »Ich bin nicht da.« In dem Moment kam ihr Vater zurück, übernahm seufzend den Hörer und sagte zu Henry, während er ihm die Akte gab: »Holen Sie Miss Studley um 14.30 Uhr wieder ab.« Henry türmte. Er war noch mal um Haaresbreite davongekommen, und diese Feststellung schien irgendwie nicht nur auf die momentane Situation, sondern auf einen Großteil seines Lebens zu passen.

Der BMW blieb vor dem Haus Nummer 11 auf dem Anliegerparkplatz stehen, und Henry betrat über die Souterraintreppe das Haus. Wie wär's, jetzt schnell auf ein Glas alkoholfreien Wein und einen Käseteller ins Dugong? Warum nicht? Die Akte konnte er auch danach noch hochbringen. Henry knipste nicht einmal das Ganglicht an, sondern öffnete die Tür zu seinem möblierten Zimmer. Dort brannten bereits alle Lichter, und Lady Studley saß eine Zigarette rauchend auf seinem Bett.

»Ach Henry, mein Schatz, habe ich das nicht goldrichtig abgepasst? Ich warte hier erst seit zwei Minuten auf dich. Sag ja nicht, dass du wegen meines bösen Mädchens wieder zurückmusst.«

»Nicht vor 14.30 Uhr«, erwiderte Henry niedergeschlagen.

»Wie kann ich Ihnen helfen?«, fragte die Stimme. Da wusste Dex, dass er ins Schwarze getroffen hatte. So zugänglich war sein Gott nicht immer. Meistens musste er viele Nummern durchprobieren, und dann kam höchstens diese Frau, die ihm mitteilte, dass diese Nummern unbekannt waren, oder es ertönte ein hoher Pfeifton. Aber diesmal meldete sich diese angenehm sanfte Stimme und wollte ihm helfen.

»Bitte, lass die Sonne scheinen«, sagte er.

Wie immer keine Antwort. Dex erwartete das auch gar nicht. Seit frühester Kindheit war er mit den Gepflogenheiten der Götter vertraut und wusste, dass sie auf geheimnisvolle Weise wirkten. Seine erste Pflegemutter hatte ihn zu jeder Gelegenheit in ihre Kirche geschleppt und ihm dazwischen beigebracht, wie man zu Hause betete. Sie erklärte ihm, seine Gebete würden nicht immer erhört, weil er oft böse sei. Gott liebe zwar Gebete, aber er erhöre nur die von guten Menschen. Inzwischen musste er sich sehr gebessert haben, den Peach erfüllte oft seine Bitten. Er ließ den Regen aufhören, ließ die Sonne scheinen und besorgte ihm einen Job. Seine Stimme sagte zwar nie, Ja, das würde er machen, oder Nein, diesmal nicht, aber auf seine geheimnisvoll dunkle Weise erfüllte er den Wunsch, oder er tat es eben nicht.

Diesmal tat er es und ließ die Sonne scheinen, und Dex machte sich mit der großen Segeltuchtasche, in der er seine kleinen Gartenwerkzeuge herumschleppte, auf den Weg zum Hexam Place. Die großen ließ ihn Dr. Jefferson im Souterrainschrank von Nummer 3 aufbewahren. Zum Rasenmähen in Nummer 3 und in Nummer 5 war es eigentlich fast schon zu spät im Jahr. Trotzdem glaubte Dex, es sei ausreichend trocken, und wollte es versuchen. Während er die Buckingham Palace Road entlangging, rief er Peach um Hilfe an. Eine Gruppe böser Geister kam ihm entgegen, alle waren jung und hatten schemenhafte Gesichter. Und ein Rothaariger war dabei. Sie lachten ihn aus und hielten sich aneinander fest, und er hatte Angst. Statt einer Antwort kam von Peach nur ein schnarrender Dauerton, den Dex schließlich abstellte, auch wenn er so etwas nicht gern machte. Er fand das unhöflich. Aber vielleicht wusste Peach um das Problem, denn die bösen Geister taten ihm nichts, sondern rannten über die Ebury Bridge davon. Inzwischen schien die Sonne ganz stark vom tiefblauen Himmel herunter.

6

Die Gesellschaft der heiligen Zita traf sich um die Mittagszeit. Es ging hauptsächlich um eine besonders widerwärtige Angewohnheit, zu der sich immer mehr Leute hinreißen ließen, die ihre Hunde spazieren führten. June und Gussie brauchten sich davon selbstverständlich nicht angesprochen zu fühlen. Besagte Missetäter kratzten zwar vorschriftsmäßig die Exkremente ihrer Tiere in ein Plastiksäckchen, nahmen dieses aber anschließend nicht mit nach Hause, sondern deponierten es zugeknotet auf dem Bürgersteig am Fuße eines Baumes. Auch am Hexam Place fanden sich solche hässlichen Tütchen manchmal an jedem Baum.

Dieses Thema erregte großen Zorn bei den Mitgliedern der Gesellschaft, von denen Henry, Beacon, Sondra, Thea und Jimmy am runden Tisch im Dugong saßen. Man fasste einstimmig den Beschluss, einen Brief an die Stadtteilverwaltung von Westminster City zu schreiben und den gleichen Brief in leicht abgewandelter Form an den *Guardian*. Zu Beacons Unmut wurde Thea zur Briefeschreiberin auserkoren. Gut, vielleicht hatte sie ja ein Examen. Trotzdem war er überzeugt, dass es nicht so gut war wie sein eigenes. Und außerdem hatte sie garantiert nicht an einer so guten Universität studiert wie an der von Lagos.

Hatte man ihn vielleicht abgelehnt oder für diese Aufgabe gar nicht erst in Betracht gezogen, weil er Afrikaner war? Dennoch verlor er darüber kein Wort – wenigstens momentan nicht – und ging einige Schritte hinter June den Hexam Place entlang, statt neben ihr.

Erst nachdem sich June vergewissert hatte, dass Beacon tatsächlich hinsah, stieg sie gemächlich die Treppe zur Haustür von Nummer 6 hinauf und sperrte auf. Zinnia war gerade dabei abzuräumen, nachdem die Prinzessin zu Mittag gespeist hatte.

»Sind Sie betrunken?«, wollte die Prinzessin wissen.

»Natürlich nicht. In meinem Alter!«

»Ich wüsste nicht, was das mit dem Alter zu tun haben sollte. Meine Großmutter hat mit zunehmendem Alter immer mehr getrunken. Mit siebzig war sie sternhagelvoll, und mit achtzig trank sie bis zum Umfallen. Haben Sie eigentlich dieses Dingsda am Computer gemacht und uns für unseren Flug eingeschrieben?«

»Einge*checkt*, Madam«, erwiderte June. »Es ist noch zu früh. Wir fliegen erst am Sonntag.«

»Ich dachte, je früher, desto besser.«

Dann hast du dich eben geirrt. »Das darf man frühestens vierundzwanzig Stunden vor dem Abflug machen.«

»Wie lächerlich«, rief die Prinzessin. »Ich überlege, ob ich mir nach unserer Rückkehr nicht einen Rollstuhl besorge. Dann könnte ich ins Freie. Hier drinnen sterbe ich noch vor Langeweile. Sie könnten mich schieben.«

»Nein, Madam, das könnte ich nicht. Ich bin zu alt, um andere alte Leute herumzuschieben. Wenn Sie einen Rollstuhl haben möchten, müssen Sie sich einen mit Motor besorgen.«

»Nun ja, könnten Sie auf Dongle Rollstühle nachschlagen, wenn Sie uns für den Flug einschreiben?«

Zinnia kicherte. Wie alle Kinder der Karibik besaß sie einen angeborenen Sinn für Humor und konnte jederzeit herzhaft loslachen. June sah sie stirnrunzelnd an und meinte, sie würde mal schauen. Sie fühlte sich nicht bemüßigt, die beiden neuen Fehler ihrer Arbeitgeberin zu korrigieren, aber vielleicht würde sie beim nächsten Patzer die Prinzessin fragen, ob sie nicht bei Thea von nebenan Computernachhilfe nehmen wolle. Das Gesicht würde sie gerne sehen! Sie machte sich auf die Suche nach Gussie, fand ihn schlafend unter dem Flügel und legte ihn an die Leine. Gemeinsam machten sie sich an eine Bestandsaufnahme der Baumwurzeln am Hexam Place und in den angrenzenden Straßen. Als June diesen wichtigen Tagesordnungspunkt formuliert hatte, hatte sie nicht vermutet, dass es so viele von diesen widerlichen Tütchen gab. Gussie genoss seinen Anteil an dieser Untersuchung und war erstaunt, dass er nach Herzenslust an den Lagerstätten der Exkremente herumschnüffeln durfte. Allein am Hexam Place zählte June zwölf Stück. Die auffälligsten Objekte fotografierte sie mit ihrer Handykamera und wurde dabei von einem vorbeigehenden Hundehalter beobachtet. Er starrte sie entsetzt an, schnappte sich seinen Pekinesen und rannte Richtung Eaton Square davon.

Die Reise ging nach Florenz. Im Oktober fuhren sie immer eine Woche nach Florenz und im Mai eine Woche nach Verona. Während dieser alljährlichen vierzehn Tage in Italien hatte June tatsächlich ein bisschen Italienisch aufgeschnappt und sich ein Lexikon und einen Sprachführer für Italienisch gekauft. IKH Prinzessin Susan Habsburg sprach trotz ihrer anderthalb Jahre mit Luciano kein Wort Italienisch. An jenem Abend schilderten sie Rad Sothern bei einem Umtrunk, wie sie die Woche verbringen würden …

»Sie hält sich für eine Intelligenzbestie«, bemerkte die

Prinzessin. »Läuft in Museen und Kirchen und solches Zeug.«

Rad konnte mit dem Ausdruck »Intelligenzbestie« nichts anfangen, dazu war er zu jung. »Und was machen Sie, Kaiserliche Hoheit?«

»Nun denn, Mr. Fortescue, da Sie nun mal fragen: Ich kann tatsächlich kleinere Spaziergänge unternehmen. Wissen Sie, das liegt am Sonnenschein, der tut mir gut. Ich besuche Kleiderläden und Schmuckgeschäfte, ich gebe Geld aus, sitze draußen vor den Cafés und lasse die Welt an mir vorbeiziehen. Eines kann ich Ihnen verraten: Sobald es etwas zu trinken gibt, gesellt sie sich liebend gern zu mir.«

June ließ sich zu keinem Widerspruch herab, sondern trat ans Fenster und ließ den Blick nach allen Seiten über den Hexam Place schweifen. Auf der ganzen Straße parkte nur ein einziges Auto, der VW von Montserrat. »Macht deine Freundin mit dir eine Spritztour?«

»Nicht dass ich wüsste.« Rad klang ziemlich unbehaglich.

»Ich dachte, ihr würdet vielleicht nach Wimbledon Common fahren. Es wird eine schöne Nacht werden. Aber vielleicht ist es ja daheim gemütlicher.«

Hastig verabschiedete sich Rad, wünschte ihnen einen schönen Urlaub und spazierte hinüber zu Nummer 7, wo er die Treppe zum Vorplatz hinunterstieg und einen Moment nicht zu sehen war. Miss Grieves hatte im Haus Nummer 8 von der Souterraintreppe aus den Eindruck, Rad sei in dem Schrank gegenüber der Souterraintür verschwunden. Schon bald tauchte das dunkle Mädchen auf, das mit Thea befreundet war, und erleuchtete den Vorplatz taghell. Zu ihrer Zeit und noch lange danach hätte kein Mädchen zum Rendezvous mit ihrem Freund abgeschabte hochgekrempelte Jeans, eine alte Motorradjacke und eine Herrenweste getragen. Rad tauchte aus seinem Versteck auf und ging hinter ihr ins Haus. Einen Kuss gab es nicht. Seltsam, dachte Miss Grieves. Besser gesagt, total durchgeknallt.

Vielleicht würde er übernachten. Warum auch nicht? Offensichtlich pflegten die Stills einen sehr lässigen Umgang mit ihrem Personal. Miss Grieves widmete sich wieder ihrem abendlichen Drink, einer Mischung aus English Breakfast Tea und Whisky, und zündete sich eine Zigarette an. Als sie eine Stunde später wieder am Fenster saß, sah sie, wie Beacon mit dem Audi ankam, wendete und hinter dem Auto des Mädchens einparkte. Im Schein einer Straßenlampe konnte sie ganz genau erkennen, wie er Kopfhörer aufsetzte und mit dem rechten Daumen am Rad seines iPods drehte. Man konnte sogar die Farbe des iPods erkennen, Glitzerpink.

Nehmen wir doch mal an, Beacon bekäme jetzt einen Anruf und sollte Preston Still von Victoria, Euston oder sonst einem Bahnhof abholen. Kaum wäre das Auto weg, würde dieses Mädchen Rad ins Freie bugsieren, bevor man auch nur »Buh« sagen konnte. Wetten? Aber warum? Vielleicht hat Lucy Still nichts dagegen, wenn sie einen Liebhaber in ihrem Zimmer beherbergt, ganz im Gegensatz zu Preston. Die ganze Geschichte war weit entfernt von jenen Tagen, als Miss Grieves am Elystan Place bei Lady Pimble Mädchen für alles gewesen war. Sie zerrte einen Stuhl ans Fenster, um bequemer zuschauen zu können. Beacon schien völlig hin und weg zu sein, was immer er sich anhörte. Er lehnte an der Kopfstütze des Audis und lächelte selig mit leicht geöffneten Lippen. Man munkelte, er habe nur Kirchenlieder auf seinem iPod, Sachen wie »Bleibe bei mir!«, »Führe uns, himmlischer Vater, führe uns« und solches Zeug. Restlos durchgeknallt. Das könnte die ganze Nacht dauern …

Aber plötzlich flog der Kopfhörer herunter, der iPod wurde ausgeschaltet, und Beacon sprach in sein Handy. Nur wenige Sekunden später entfernte sich der Audi in südliche Richtung. Also war es wohl Victoria, dachte Miss Grieves. Beacon war noch keine fünf Minuten fort, und – schwupp – ging im Souterrain die Tür auf, und Rad tauchte auf. Offensichtlich hatte Montserrat auf der Lauer gelegen. Kamen die beiden eigentlich nie zur Sache? Das Mädchen schubste ihn förmlich hinaus. Er rannte die Treppe hinauf, als wären sämtliche Teufel hinter ihm her, und gab Fersengeld. Miss Grieves überlegte, was Rad wohl täte, wenn sie hinausginge und ihn fragte, warum er es so eilig habe. Aber sie ließ es sein. Zum Treppensteigen hätte sie gut und gerne zehn Minuten gebraucht.

Thea entschied sich für eine zweite Zigarette, während sie sich im Freien aufhielt. Sie hockte auf der Haustreppe von Nummer 8, auf der drittletzten Stufe von oben. Sonst hätte sie nur noch bibbernd im nassen Garten stehen können. Sie zog die nächste Marlboro aus der Schachtel, zündete sie an und inhalierte tief. Die einzigen Raucher vom »Personal« am Hexam Place waren Henry – er rauchte nur in seinem Zimmer und fiel dabei fast aus dem weit geöffneten Fenster –, Zinnia, aber nur bei sich zu Hause und auf der Straße, und Miss Grieves, die in ihrer eigenen Wohnung bei geschlossenen Fenstern beliebig oft und viel schmauchte. Damian und Roland waren fanatische Nichtraucher. Thea bezeichnete sie manchmal auch als »faschistische Nichtraucher«. Wenn sie je etwas mit Miss Grieves zu tun gehabt hätten, hätten sie gewusst, dass sie rauchte, und hätten alles getan, um sie mit Drohungen und vielleicht auch mit Versprechungen daran zu hindern. Leider hatten sie keine Ahnung. Sie hatten Miss Grieves' Wohnung noch nie betreten und nichts gerochen. Miss Grieves stank nach abgestandenem Zigarettenrauch. Für Thea war das eine Warnung. Bevor sie Damians und Rolands Wohnung betrat, brachte sie ihr Kleid oder ihren Hosenanzug in die Reinigung, nahm ein heißes Bad und wusch sich die Haare.

Die beiden waren vor einer Stunde zur Arbeit gegangen, sonst hätte Thea es nicht gewagt, hier zu sitzen und ihre Zigarette zu rauchen. Sie beobachtete Beacon, der im Audi saß und auf Preston Still wartete. Heute Morgen war er spät dran. Vielleicht fuhr er heute nicht in sein Büro in der Old Broad Street, sondern zu einer dieser ewigen Tagungen in Birmingham oder Cardiff. Henry war mit Lord Studley fortgefahren, noch ehe sie den ersten Zug von ihrer ersten Zigarette gemacht hatte. Das einzig interessante Ereignis heute Vormittag war die Abreise der Prinzessin und von June nach Heathrow und weiter nach Italien. Ihr Taxi sollte um 10.30 Uhr kommen, hatte June ihr erzählt, was es auch pflichtschuldigst tat. Sogar fünf Minuten früher, wie es bei dieser Taxifirma nicht anders zu erwarten war. Thea konnte von ihrem Sitzplatz aus die Tür von Nummer 6 nicht sehen, sondern nur die untersten Stufen, die der Fahrer hinaufging. Einige Minuten später tauchte June mit ihm im Schlepptau auf. Die zwei alten Frauen schleppten ganze Berge von Gepäck mit! June zerrte ein Gepäckstück polternd hinter sich die Treppe hinunter. Bum, bum, bum! Der Fahrer balancierte wie ein Möbelpacker einen Riesenkoffer auf der rechten Schulter. Die Prinzessin trug außer ihrer Handtasche nie etwas. Mit zwei Stöcken stakste sie in hochhackigen Pumps die Treppe herunter. Wahrscheinlich besaß sie nur ein einziges Paar Schuhe, schoss es Thea durch den Kopf. Rote spitze Schlangenlederpumps, mit denen man jemanden erdolchen könnte. June holte noch die restlichen Taschen, dann stiegen sie ein.

Thea sah dem Taxi nach, wie es in nördlicher Richtung verschwand. Während sie noch an ihrem Zigarettenstummel herumnuckelte, tauchte plötzlich wie aus dem Nichts Damian auf, öffnete das Gartentor und trat an den Fuß der Treppe.

»Kaum ist die Katze aus dem Haus«, meinte er in seinem versnobten Tonfall, »tanzen die Mäuse auf dem Tisch. Ich dachte mir doch, dass ich gestern bei dir etwas gerochen habe.«

»Ich kann einfach nicht aufhören. Versucht habe ich's.«

»Mir geht es nicht so sehr ums Rauchen, auch wenn es sich dabei wirklich um eine stinkende Gewohnheit handelt, du verzeihst die abgedroschene Redewendung. Nein, mich stört es, dass du auf der Treppe sitzt. Wie eine Schlampe vor einer Sozialwohnung. Na ja, da du jetzt schon mal hier bist, könntest du vielleicht ins Haus gehen und meine Aktentasche suchen. Die habe ich heute dummerweise vergessen.«

Dumm war das allerdings, und dazu noch typisch, denn er vergaß ständig etwas, hätte Thea anmerken können, aber sie ließ es bleiben. Sie fand die Aktentasche gleich hinter dem Eingang auf einem Tisch und brachte sie ihm.

»Danke. Auch du hast deine Meriten.«

Er spazierte davon, um in der Ebury Bridge Street ein

Taxi anzuhalten. Thea zündete sich eine dritte Zigarette an und ging um das Haus herum, nach hinten in den Garten, wo Wege und Rasen unter einer dicken nassen Laubschicht verborgen lagen. Nicht identifizierbare Pilze, die wie blaurote Leberbatzen aussahen, streckten ihre Schirme durch den braunen Matsch. Inzwischen regnete es wieder. Thea flüchtete unter den Ginkgobaum und kratzte sich an dessen Stamm nachdenklich die Erdbrocken von den Schuhen. Vielleicht sollte sie beim nächsten Zita-Treffen das Thema »Rauchen« – mit oder ohne Fragezeichen – als Tagesordnungspunkt einbringen. Wo sollten Raucher beispielsweise rauchen? Auf der Straße? Sicher nicht. Vielleicht könnte man, wie auf einigen Flughäfen, eine Wohnung oder ein Apartment als Raucherbereich ausweisen. Jetzt fiel es ihr wieder ein: Sie konnte gar nichts auf die Tagesordnung setzen: June hatte gerade ihren Urlaub angetreten.

»Geh nie an einem Unkraut vorbei«, ermahnte Abram Siddiqui seine Tochter, die diesen Satz garantiert schon mehr als einmal gehört hatte, und bückte sich, um zwischen den Chrysanthemen einen Löwenzahn herauszureißen. »Damit ist nicht gemeint, dass man Unkraut meiden soll, sondern dass man es herausreißen muss. Auf diese Weise geht man tatsächlich nicht daran vorbei.«

»Ja, Vater, das weiß ich noch. In unserem Garten – das heißt im Garten von Mr. Still – wächst so viel Unkraut, dass man gezwungen ist, daran vorbeizugehen. Dort gibt es nur Unkraut und keine schönen Pflanzen.«

Thomas versuchte von seinem Buggy aus, mit dem Schäferhund einer Kundin zu schmusen, wobei er die Arme ausstreckte und »Wauwau, Wauwau« rief.

Als Rabia ihn heraushob, verwandelten sich seine Lockrufe in lautstarkes Protestgeschrei. Während sie mit ihm auf dem Arm das Café im Wintergarten ansteuerte und mit der freien Hand den Buggy schob, redete sie ihm gut zu. »Thomas, sei jetzt ruhig. Hör auf zu schreien und zu treten, sonst bekommst du zum Saft keinen Schokokeks.«

Abram sah ihnen anerkennend zu, wartete aber noch ab, ob Rabia ihre Drohung auch tatsächlich wahr machte. Und sie blieb konsequent. Der immer noch lauthals schreiende Thomas bekam einen Orangensaft, Rabia und ihr Vater Kaffee. Das Gebäck des Tages war eine ganz besondere Köstlichkeit. Thomas saß schluchzend in einem »Stühlchen für die Großen«, wie Rabia es nannte, und streckte die Hand nach dem Keksteller aus. Auf der anderen Seite der Glaswand spazierte die Frau mit dem Schäferhund vorbei.

»Nein, Thomas, trink deinen Saft.«

Rabia schob den Teller außer Reichweite, ohne auf sein Betteln weiter einzugehen. Abram war zufrieden, wie sie die Kekskrise gemeistert hatte, und meinte: »Khalid hat mir erzählt, er habe dich gesehen, als er die Bestellung für den Weihnachtsbaum aufgenommen hat. Er meinte mit allergrößter Hochachtung, du seist schön, Rabia, und würdest dich wie eine feine muslimische Dame kleiden.«

»Vater, es schickt sich nicht für ihn, sich über meine Kleidung auszulassen.«

»Er hat es ganz respektvoll gemeint. Als dein Vater weiß ich, was sich gehört. Dagegen gab es nichts einzuwenden. Eines kann ich dir sagen, Rabia: Es gibt nicht viele wie Khalid.«

»Und wenn es zehntausend von seiner Sorte gäbe, sie bedeuten mir nichts. Aber Thomas benimmt sich jetzt wie ein braver Junge, und ihn gibt es wirklich nur einmal. Er ist so süß.« Sie beugte sich hinüber, nahm sein Gesicht zwischen die Hände und gab ihm einen Kuss auf die dicken rosa Bäckchen. »Und jetzt fahren wir nach Hause. Unterwegs werden wir noch genau diese Kekse kaufen. Und einen davon bekommst du am Nachmittag zum Tee.«

»Es freut mich zu hören, dass du ihn nicht auf der Straße essen lässt«, konstatierte Abram verschnupft. »Kinder dürfen unter keinen Umständen auf der Straße essen.«

7

Beim Blick in den Spiegel sah Montserrat eine zierliche, schlanke, aber nicht magere junge Frau mit einem schönen Busen, runden Hüften, wohlgeformten Beinen und zierlichen Fesseln. Sie erblickte ein ovales symmetrisches Gesicht mit schneeweißer Haut, großen tiefbraunen Augen und einem schwarzen Lockenschopf. Außer ihr kannte sie niemanden mit so schönen Haaren.

Thea, Henry und Beacon sahen eine gedrungene junge Frau mit gut zwölf Pfund Übergewicht, eine Frau mit einem überdimensionalen Busen (Thea) und hübschen Beinen (Henry), die viel zu blass war und krank wirkte (Beacon). Ihr Gesicht wies keine besonderen Merkmale auf, nur die Augen waren attraktiv, auch wenn sie diese ein bisschen zu weit aufriss. Das Schönste an Montserrat waren ihre Haare, darin waren sich alle einig. Naturschwarze Haare, glänzend wie Ebenholz, meinte Beacon, auch wenn er nur gut aussehende Menschen seiner Ethnie bewunderte, und fügte dann hinzu, leider habe sie keinen sonderlich netten Charakter.

»Geldgierig ist sie«, konstatierte June. »Ihr kennt ja den Spruch, den man meistens nur von Verstorbenen sagt: Sie hätte ihr letztes Hemd weggeben. Tja, diese Montsy würde nur dann ihr Letztes geben, wenn sie davon einen Vorteil hätte. Ihr werdet es schon noch sehen.«

Montserrats und Lucy Stills Väter hatten zusammen die Schulbank gedrückt und waren Freunde geblieben, obwohl Charles Tresser bei einem Bankskandal sein gesamtes Vermögen verloren hatte, während Robert Sanderson immer reicher wurde. Zufällig erwähnte Charles, seine Tochter habe das Studium abgebrochen, obwohl er sie nur mit Mühe an dieser Universität untergebracht hatte. Jetzt habe sie ein Problem: Was tun? Womit sollte sie ihr Geld verdienen? Als Lösung schlug Robert vor, sie solle doch für seine Tochter arbeiten, die gerade ihr drittes Kind erwartete. Und so kam es, dass Montserrat jetzt Au-pair-Mädchen war und Lucy mit Vornamen anredete. Niemand hatte ihr je ihr Aufgabengebiet erklärt. Die Hausarbeit erledigte Zinnia, Rabia kümmerte sich um das Baby und nötigenfalls auch um die Mädchen, Beacon chauffierte den Audi herum. Lucy besaß kein Auto, sondern nahm immer ein Taxi. Montserrat bekam das Einzimmerapartment im Souterrain, das eigentlich Beacon zugestanden hätte, wenn er es nicht vorgezogen hätte, stattdessen bei Dorothee, William und Solomon zu wohnen.

Aber auch ohne genaue Anweisungen wusste sie schon bald, was sie erledigen sollte: im weitesten Sinne sämtliche Aufgaben einer Sekretärin, die nicht nach Lucys Geschmack waren. Beispielsweise ging es darum, nötigenfalls den Installateur zu verständigen, Kreditkartenfirmen den Verlust einer Karte zu melden oder den Provider um Hilfe zu bitten, wenn Lucys Computer wieder einmal nicht funktionierte. Montserrats Tätigkeit entsprach ziemlich genau jenen »kleinen Erledigungen«, die Thea für Damian und Roland umsonst machte. Montserrat fand solche Sachen langweilig, erledigte sie aber trotzdem. Als sie merkte, dass man von ihr erwartete, Lucys Geliebten hereinzulassen, nach oben zu bringen und zu guter Letzt wieder zu entlassen, tat sie das ohne die geringsten Gewissensbisse. Sie hatte mal bei ihrem Vater in

Bath gewohnt und dann wieder bei ihrer Mutter in Barcelona. Dort hatte sie die Liebhaber ihrer Mutter kommen und gehen sehen, um deren Besuche manchmal ein großes Geheimnis gemacht worden war. Sie hielt so etwas für normal. Sie erachtete es nie für unter ihrer Würde oder fühlte sich erniedrigt, weil sie den Zwanzig-Pfund-Schein nahm, den ihr Lucy in die Jeanstasche steckte, wenn sie Rad ins Schlafzimmer brachte. Dasselbe galt für den Fünfziger, den er ihr in die Hand drückte, wenn sie ihn zur Souterraintür geleitete.

An einem Oktobermorgen hatte nun zum ersten Mal der Hausherr einen Auftrag für sie. Lucy kümmerte sich um solche Sachen nicht. Mr. Still war gerade dabei, in den Audi zu steigen, und fragte sie, ob sie jemanden ausfindig machen könne, der das lockere Geländer oben an der Souterraintreppe reparieren würde.

»So was wie einen Bauarbeiter? Meinen Sie das?«

»Schauen Sie in die Gelben Seiten«, sagte Preston Still. Es klang ungeduldig. »Keine Ahnung. Erledigen Sie es einfach.«

Montserrat konnte die Gelben Seiten nicht finden. Außerdem wusste sie gar nicht, wo sie suchen sollte. Sie öffnete jede erreichbare Schublade und jeden Schrank, sogar in den Gästezimmern. Dabei lief ihr Lucy über den Weg, die gerade ihr Schlafzimmer verließ. Lucy trug ein zu ihrer Haarfarbe passendes zartgelbes Kostüm, dessen Rock gut zwanzig Zentimeter über den Knien endete, dazu Spitzenstrümpfe und High Heels. Montserrat fragte sie, ob sie wisse, wo die Gelben Seiten seien.

»Niemand benützt mehr Telefonbücher«, sagte Lucy. »Wir leben im Zeitalter der Handys. Ist dir das noch nicht aufgefallen?«

»Mr. Stills möchte, dass jemand das Geländer repariert.«

»Ach, damit würde ich mich nicht abplagen. Wahrscheinlich hat er es jetzt schon vergessen. Er leidet unter chronischer Amnesie.«

Lucy stöckelte hinunter, winkte einmal und schlug die Haustür hinter sich zu. In ihrem Schlafzimmer herrschte das übliche Chaos, bevor Zinnia sich darin zu schaffen machte. Auf dem Bett lag ein Berg Klamotten, die Betttücher waren voller Asche und Krümel, auf dem Frühstückstablett, das sie vor zwei Stunden hinaufgebracht hatte, türmten sich verschmierte Teller, und in den Kaffeeresten schwammen Zigarettenkippen. Montserrat, die selbst nicht gerade die Ordnungsliebe in Person war, bewunderte fast schon Lucys Begabung, ein Bett mit einem hübsch gedeckten Essenstablett in einen Saustall zu verwandeln, der aussah, als hätten Füchse eine städtische Mülltonne geplündert. Nachdem sie im Kleiderschrank und in der Kommode vergeblich nach den Gelben Seiten gesucht hatte, überließ sie Zinnia das Zimmer und ging nach oben ins Kinderzimmer.

Dort brachte Rabia gerade Thomas bei, selbstständig zu essen. Er saß mit zwei Löffeln in den Händen in seinem Hochstuhl und schaufelte in einer Breischüssel herum. Mit dem Löffel in der rechten Hand beförderte er den Brei nach dem Zufallsprinzip in seinen Mund, der andere Löffel diente dazu, den Schüsselinhalt auf den Boden zu schleudern, beziehungsweise möglichst weit im Zimmer herum zu verteilen. So etwas Widerliches hatte Montserrat, die Kinder nicht ausstehen konnte, noch nicht oft gesehen.

»Er ist so schlau und süß. Stimmt's, mein Schatzilein?«

Rabia hatte alle Hände voll zu tun. Sie kroch herum und wischte die Breibatzen vom Boden, von den Wänden und von der Sockelleiste.

Thomas lachte. Brei quoll aus seinem offenen Mund. »Mag Rab«, rief er und wischte einen Löffel an den Haaren seines Kindermädchens ab.

Montserrat hätte schwören können, dass Rabia Freudentränen in den Augen standen.

»Rabia, wo finde ich einen, der das Geländer repariert?«

»Vielleicht in den Gelben Seiten.«

»Jaja, aber die kann ich nicht finden.«

»Mein Cousin Mohammed ist ein sehr, sehr guter Zimmermann. Sogar noch besser als ein Zimmermann. Er ist Tischler.«

»Wie kann ich ihn finden? Hast du seine Handynummer?«

»Selbstverständlich, Montsy«, erwiderte Rabia. »Ich weiß sie auswendig.« Sie gab Montserrat die Nummer. Und weil sie damit rechnete, dass Montserrat die Nummer vergaß, notierte sie sie auf einen Einkaufszettel. »Ich habe die Nummern von sämtlichen Verwandten und Freunden im Kopf.«

»Toll, das hätte ich auch gern.«

»Ja, das ist eine Begabung.« Rabia lächelte bescheiden, nahm Thomas in die Arme und knuddelte ihn. Dabei brachte sie es fertig, dass er seinen Mund an ihrer ganzen Bluse abputzte. »Jetzt müssen wir beide etwas Sauberes anziehen, mein Schatz. Das wird lustig, oder?«

Offensichtlich ja, denn Thomas quietschte vor Lachen.

Montserrat musste Mohammed eine Nachricht auf die Mailbox sprechen. Als er zurückrief, saß sie mit Jimmy und Henry auf einen Drink im Dugong.

»Ich komme am Samstag, dem Sechsten«, verkündete Mohammed.

»Am sechsten *November*?«

»Das ist doch der nächste Sechste, oder? Zwischen 9 und 17 Uhr.«

»Soll das heißen, dass den ganzen Tag jemand da sein muss?« Montserrat wusste ganz genau, dass immer einer da sein würde. »Können Sie nicht vormittags oder nachmittags sagen?«

»Entweder sind Sie damit einverstanden, meine Liebe, oder Sie lassen es sein. Dafür bekommen Sie eine erstklassige Arbeit.«

»Na schön, okay, wenn's denn sein muss«, erwiderte Montserrat.

Der Kinderarzt von Nummer 3 benötigte seinen Chauffeur heute nicht mehr, und so gönnte sich Jimmy einen großen Gin Tonic. Henry, der von Lord Studley um 17.30 Uhr in Whitehall gebraucht wurde, hielt es für das Beste, beim Holunderblütensirup zu bleiben. Bei Huguette könnte er heute Abend zu härteren Sachen übergehen, vielleicht ein paar Gläser Burgunder und ein, zwei Schlückchen Campari Orange, was gerade Montserrat trank.

»Falls in Nummer 7 etwas schiefgehen sollte«, meinte Letztere jetzt, »würde es Rabia das Herz brechen. Wenn man sie von diesem Kind trennt …«

»Was meinst du mit ›schiefgehen‹?« Henry spielte mit dem Gedanken, den Holunderblütensirup mit einem Schuss Gin zu verfeinern, traute sich aber nicht.

»Na ja, wenn sie sich trennen. Man weiß ja nie, oder? Lucy würde Rabia im Handumdrehen abschieben.«

»Der würde nichts passieren«, meinte Jimmy. »Angeblich soll sie den Typen aus der Gärtnerei heiraten.«

Montserrat mochte es nicht, wenn man ihre Neuigkeiten übertrumpfte, besonders wenn es sich dabei um eine dramatische Wendung ins Positive handelte. Sie erhob sich mit der Bemerkung, man sähe sich dann beim nächsten Treffen der Gesellschaft der heiligen Zita. Bis dahin würde es nicht mehr lange dauern, denn June und die Prinzessin seien aus Florenz wieder zurück. Und so war es tatsächlich. In dem Moment hielt das Taxi vor Nummer 7. Es handelte sich um ein Großraumtaxi, das eher einem Kleinbus mit Schiebetüren glich, was angesichts der Gepäckmenge, die sich auf den Gehweg ergoss, offensichtlich auch dringend nötig war. Montserrat sauste die Treppe zum Souterrainvorplatz hinunter. Sie wollte sich die Frage ersparen, ob sie nicht beim Tragen helfen könne.

Genau wie Damian, Roland, die Prinzessin und die vornehme Familie Studley erledigten weder Lucy noch Preston Still im Haushalt auch nur einen Handgriff, der niederen oder schweißtreibenden Tätigkeiten zuzuordnen war. Dagegen liebte es der Kinderarzt zum Entsetzen von Jimmy förmlich, ab und zu einen Nagel einzuschlagen, eine Sicherung auszuwechseln oder eine Waschmaschine anzuschließen. Jimmy hätte voll und ganz den hintersinnigen Versen eines Hilaire Belloc zugestimmt:

»Das Licht geht aus, die Lampe flackert.
Lord Finchley greift zur Zange wacker.
Berührt den Strom, fällt um, ist tot.
Geschieht ihm recht, dem reichen Tropf,
bringt ohne Not den Handwerksmann
um Lohn und Brot.«

Selbstverständlich gab es Ausnahmen von dieser Regel. An einem Samstagmorgen hatte Preston Still zweimal nach dem kaputten Treppengeländer gegriffen und gespürt, wie es unter seinen Händen wackelte. Beinahe wäre er die Souterraintreppe hinuntergefallen. Jetzt wollte er das Geländer provisorisch reparieren und untersuchte dafür sorgfältig den Aufbau von Handlauf und Stützen. Am sechsten November! Hätte man nicht einen besseren Termin vereinbaren können?

Nein, meinte Montserrat, die daneben stand und ihm zuschaute.

Er sei immer davon ausgegangen, sagte er, dass es sich bei dem hellen graubraunen polierten Geländer um Massivholz handle, wahrscheinlich ein Stück vom Stamm eines Nussbaumes. Leider sei dem nicht so, und das ganze Geländer bestünde insgesamt vielleicht aus vier Teilen, die mithilfe eines raffinierten Stecksystems miteinander verbunden waren. Nur wenn man genau hinsehe, könne man die Fugen erkennen. Diese Konstruktion erleichtere wesentlich die Reparatur eines Pfostens, erklärte er Montserrat. Wie zum Beweis packte er das ganze Geländer und begann, daran zu rütteln.

Inzwischen war Lucy aufgetaucht. Statt eines gelben Kostüms trug sie diesmal weiße Shorts, ein weißes T-Shirt und weiße Sneakers – ein hübscher Kontrast zu ihren langen glatten gebräunten Beinen. Begleitet wurde sie von ihren mürrisch dreinschauenden Töchtern im gleichen Dress.

»Wir laufen jetzt mal alle eine Runde durch den Park, nicht wahr, Mädels?« Die Mädchen gaben keine Antwort, nur Hero schnitt eine Grimasse. »Deshalb dachten wir, wir kommen vorbei und sehen nach, was Papi so treibt.«

»Jetzt habt ihr es gesehen«, antwortete Preston sauer, »und könnt abmarschieren.«

»Nein, Liebling, was machst du denn *wirklich*?«

»Er versucht, das Geländer zu reparieren«, sagte Rabia, die mit Thomas im Buggy hinter Lucy aufgetaucht war. »Es wäre besser, auf meinen Cousin Mohammed zu warten, der so nett ist, samstags zu kommen, und damit auf seinen freien Tag verzichtet.«

Preston ignorierte sie und rüttelte weiter kräftig am Geländer. Es ächzte und knirschte, und schon hatte er ein ganzes Stück poliertes Holz in den Händen und wäre beinahe nach hinten gekippt. Er stieß einen lauten Fluch aus. Letzterer veranlasste Matilda zu einer Bemerkung in einem Tonfall, der ihr eines Tages vermutlich die Stelle einer Direktorin an einer Mädchenschule eintragen würde: »Papi, solche Wörter darfst du in unserer Gegenwart nicht benutzen. Du solltest immer bedenken, dass Thomas erst sechzehn Monate alt ist.«

»Tut mir leid, Kids«, sagte Preston, der immer noch das abgebrochene Geländer umklammerte. »Ehrlich. Das hätte ich nicht sagen dürfen.« Seine Blicke wanderten weiter zu seinem Sohn, an dem sie sich immer ängstlicher festsaugten. »Rabia, entdecke ich an seinem Hals etwa einen Hautausschlag?«

»Mit Sicherheit nicht, Mr. Still.«

»Und was ist dann so rot?«

»Das liegt an seinem roten Schal. Wenn ich den wegziehe, sehen Sie's dann?«

Thomas fing zu glucksen an. Er dachte, man würde ihn kitzeln. Ohne den Schal wirkte sein Hals schneeweiß.

»Ach, na gut, Sie müssen es ja am besten wissen. Sollten Sie auch nur eine Spur unsicher sein, dann bringen Sie ihn sofort zu Dr. Jefferson, ja?«

Bis auf Montserrat verdrückten sich alle. Lucy scheuchte ihre Töchter vor sich her wie ein energischer Hirte seine Schafherde. Rabia musste den Buggy allein die Stufen hinunterzerren. Es war ziemlich kalt, und die Wettervorhersage hatte Regen angekündigt, aber drinnen war wie immer gut geheizt. Preston hockte an der Stelle auf der Treppe, wo er den lockeren Handlauf aus dem Geländersegment gerissen hatte, und meinte gereizt: »Hier fehlt nur ein bisschen Klebstoff. Haben wir so etwas?«

»Keine Ahnung. Vermutlich nicht.«

»Nun, dann suchen Sie mal danach, ja? Und noch etwas, Montserrat: Würden Sie mir eine Tasse Kaffee machen?«

»Aber nur einen Nescafé.«

Sie ging Kaffee kochen. Samstags kam Zinnia nie. Vielleicht hätte Preston bis dahin die Sache mit dem Klebstoff vergessen. In den Schränken unter den zwei Spülbecken in der Küche war jedenfalls keiner. Preston war von seinem Treppenplatz aufgestanden und saß nun auf der Kopie eines französischen Barocksessels, der in der Mitte der Galerie stand. Auf seinem Schoß lag das Geländer mit dem einzigen intakten Stück Handlauf, den anderen Teil hielt er in der rechten Hand. Während Montserrat langsam auf ihn zuging, um den Kaffee nicht zu verschütten, fragte sie sich, warum Lucy ihn geheiratet hatte. Er war so stark behaart. Um 10 Uhr hatte er bereits wieder Bartstoppeln wie andere Männer erst am späten Nachmittag. Sieben Stunden früher! Obwohl sie gehört hatte, wie er sich um 8 Uhr rasiert hatte! Sein Körper und seine Beine mussten einen wahrhaft unvergesslichen Anblick bieten! Außerdem hatte er einen kleinen Bauchansatz. Kein Wunder, dass Lucy Mister Rad Sothern bevorzugte, obwohl der gut fünfzehn Zentimeter kleiner war.

»Und jetzt«, meinte Preston, während er sie anwies, den Kaffee auf den Boden zu stellen, »könnten Sie ja vielleicht Klebstoff besorgen.«

Dieses »Vielleicht« hatte nichts zu besagen, das wusste Montserrat. »Und wo?«

»Sie müssen doch wissen, wo es Geschäfte gibt, nicht ich. Ich habe einen Vollzeitjob, falls Sie das vergessen haben sollten. Fragen Sie die Leute, sehen Sie im Telefonbuch nach.«

An dem Punkt war sie schon einmal gewesen. Sie würde einfach die Leute auf der Straße fragen. Preston leerte seine Hosentaschen und drückte ihr Geldscheine und Münzen in die Hand. Inzwischen regnete es. Montserrat schnappte sich aus dem Schirmständer in der Diele einen großen Schirm. Die ganze Prozedur wäre unerträglich gewesen, wenn sie dabei nicht an Lucy und die Mädchen hätte denken müssen, die ohne Schirm klatschnass wurden. Rabia wäre das egal, und Thomas hatte an seinem Buggy ein Klappdach, das ihn trocken hielt. Montserrat zählte das Geld, das ihr Preston für den Klebstoff gegeben hatte – fast dreißig Pfund. Er musste verrückt sein. Auf der Pimlico Road fand sie eine Eisenwarenhandlung und kaufte sicherheitshalber zwei Sorten Klebstoff, die der Mann hinter dem Tresen ihr empfahl. Sie wollte nicht noch einmal losgeschickt werden.

Preston hatte offensichtlich aufgegeben. Sie war umsonst unterwegs gewesen. Was sollte jetzt mit den zwei nutzlosen Leimtuben geschehen?

»Ach, legen Sie sie irgendwohin. Vielleicht kann dieser Mohammed sie brauchen.«

Nein, würde er nicht, das wusste Montserrat. Sie wartete, bis Preston über die Galerie und die breite Wendeltreppe nach oben verschwunden war, und untersuchte dann das provisorisch eingepasste Geländerteil mit den zwei Pfosten. Es wackelte. Vor Prestons Aktion waren beide Pfosten unbeschädigt gewesen. Jetzt war das obere Ende des einen Pfostens so schartig, dass man das blanke Holz sah. Kopfschüttelnd lachte Montserrat in sich hinein. Die Kaffeetasse hatte Preston neben dem Sessel, auf dem er gesessen hatte, auf dem Boden stehen lassen. Ohne allzu großen Groll ging sie wieder zurück, um sie zu holen. Schließlich hatte er sein Wechselgeld nicht wieder verlangt, und sie war jetzt um fünfundzwanzig Pfund reicher. Mittlerweile war sie so aufgedreht, dass sie ihre sonstige Vorsicht vergaß und im Laufschritt die Souterraintreppe hinunterwollte. Dabei hielt sie sich am Geländer fest, das sich nach Prestons verpfuschter Operation in einem viel schlimmeren Zustand befand als vorher. Es wackelte dermaßen, dass sie vornüberkippte und sich in letzter Sekunde nur retten konnte, indem sie sich an den Rand des Treppenläufers klammerte.

Nach ihrer Rückkehr aus Florenz begann June noch am selben Tag, die Tagesordnung für die nächste Versammlung der Gesellschaft der heiligen Zita auszuarbeiten. Sie stellte mehrere Punkte zur Diskussion, darunter auch das ungemein eklige Problem der kleinen Plastiksäckchen mit dem Hundekot sowie die Lärmbelästigung nach 23 Uhr am Hexam Place. Während ihrer Abwesenheit waren seitens der Mitglieder verschiedene Notizen eingegangen. Darunter auch die Bitte, man solle doch die Bedürfnisse der rauchenden Mitglieder zur Diskussion stellen und die Möglichkeiten erörtern, wo sie ihrer Passion nachgehen könnten. Dagegen hatte June nichts einzuwenden. Sie selbst hatte die Frage, warum ein Arbeitnehmer nicht auch im Haus rauchen dürfe, wenn dies der Arbeitgeber tat, längst positiv geklärt. Theas Anfrage nahm sie allerdings nicht in die Tagesordnung auf. Diese hatte um die Erlaubnis ersucht, auf der Treppe *des eigenen Hauses* (dick unterstrichen) sitzen zu dürfen, und das erst recht, wenn man *kein* Dienstbote war. Diesen Punkt könnte Thea unter »Verschiedenes« abhandeln. Die Versammlung war für den 29. Oktober mittags anberaumt. Rasch formulierte June die ersten Punkte der Tagesordnung.

Die Prinzessin schaute sich im Fernsehen die heutige Folge von *Avalon Clinic* an, in der Rad als Mr. Fortescue eine wesentliche Rolle spielte. June setzte sich mit zwei großen Gin Tonic und einer Schale Pistazien zu ihr aufs Sofa. Bis auf kleinere Flirtversuche hatte man Mr. Fortescue bisher hauptsächlich als viel beschäftigten Gynäkologen präsentiert, aber nun steuerte er offensichtlich auf ein Verhältnis mit der zauberhaften Krankenschwester aus Estland zu. Beide waren mit anderen Partnern verheiratet, was die Sache ganz wunderbar verkomplizierte.

»Thea hat mir erzählt, dass es eine Kassette mit der ersten Staffel gibt«, flüsterte June, als Mr. Fortescue einmal fünfzehn Sekunden vom Bildschirm verschwunden war. »Soll ich sie besorgen?«

»Ja, morgen. Bitte reden Sie nicht dazwischen. Wie oft muss ich Ihnen das noch sagen? Da ist er schon wieder.«

Man hatte Gussie mit dem Taxi aus der Hundepension geholt, jetzt kuschelte er sich in den Schoß der Prinzessin. June musste ihn für seinen abendlichen Gang um den Block förmlich loseisen. Und wen erblickte sie, als sie die

Treppe hinunterstieg? Niemand anders als Mr. Fortescue höchstpersönlich, der sich gerade in Nummer 7 aus der Souterraintür stahl. June winkte ihrem Großneffen zu. Warum sollte sie sich an deren Komplott beteiligen? Dazu hatte sie keine Veranlassung. Auch Miss Grieves beobachtete in Nummer 8 vom Souterrainfenster aus Rads Abgang. Vor zwei Stunden hatte sie ihn kommen sehen.

Die Prinzessin war in Zeitungsinserate für Rollstühle vertieft und hob kurz den Blick vom Blatt. »Denken Sie morgen an die Dose. Schreiben Sie es sich auf, sonst vergessen Sie es garantiert.«

»Die Kassette«, warf June geistesabwesend ein.

Ein Wochenende im Landhaus der Stills löste in Rabia immer Vorfreude aus. Bis zu ihrer ersten Fahrt nach Gallowmill Hall hatte sie noch nie etwas von der englischen Landschaft gesehen, geschweige denn, dass sie dort gewesen wäre und sogar übernachtet hätte. Sie hatte in ihrem tiefsten Inneren eine stürmische Liebe zu Feldern und Wäldern entdeckt, zu dem Bächlein, das durch das Anwesen rauschte, wo Enten, Teichhühner und manchmal ein Schwan schwammen und einmal sogar ein Fischotter. Hier gab es jede Menge roter, schwarzer und weißer Schmetterlinge. Thomas konnte in der Wiese auf einer Decke liegen, während droben die Sonne schien und Puffwölkchen über einen milchig blauen Himmel segelten.

Rabias erster Besuch war schon einige Wochen her, aber jetzt fuhr man wieder hinaus. Ein Wochenende ohne sie sei undenkbar, hatte Lucy zu Rabia gesagt. Wer würde sonst mit den Kindern fertigwerden? Rabia war so unentbehrlich, dass sich Lucy noch während der Fahrt in einem gemieteten Kleinbus – nur so hatten alle und alles Platz –

bei ihrem Kindermädchen dafür entschuldigte, dass das Haus so nahe bei London lag und obendrein auch noch in *Essex*.

»Es wäre bei Weitem nicht so schlimm, wenn es sich nur um Hertfordshire handeln würde, aber bei Essex fangen die Leute schon zu lachen an, wenn man das Wort nur ausspricht. Stimmt's, Press?«

»Bei mir nicht, meine Leute nicht«, erwiderte Preston.

Rabia hatte keine Ahnung, wovon die Rede war, und lächelte nur. Thomas war neben ihr eingeschlafen. Ach, wenn sie doch nur bei ihm bleiben könnte, bis er erwachsen wäre oder wenigstens bis man ihn auf eines dieser schlimmen Internate schickte. Wenn sie bei Thomas bleiben könnte, hätte sie sonst keine Wünsche mehr, weder einen zweiten Ehemann noch ein eigenes Zuhause. Ach, wenn ... Die Mädchen zankten sich. Man hatte sie gezwungen, für die Landpartie Sneakers anzuziehen anstatt ihrer neuen Schuhe. Kaum hatte sich der Kleinbus in Bewegung gesetzt, hatten sie die Schuhe schon von den Füßen gestreift.

»Deine Schuhe stinken«, rief Matilda.

Hero zwickte sie in den Arm. »*Deine* stinken. Ich habe noch keinen Schweißgeruch. Dazu bin ich noch zu jung. Im Gegensatz zu dir.«

»Wenn du mich noch mal zwickst, gebe ich dir einen Tritt.«

»Jetzt ist es aber genug.« Diese Ermahnung kam von Rabia. Die Mutter der Mädchen ließ sich zu so etwas nie herab. »Solche Sachen wollen wir doch bleiben lassen, wenn wir zum Vergnügen wegfahren.«

Die Mädchen folgten ihr, wie meistens. Es dauerte eine halbe Stunde, bis sie aus London heraus und auf der M25 waren, dann ging es über eine Abzweigung durch Epping Forest, wo nur wenig Verkehr und die Luft sauber war. Es war ein klarer kalter Tag, die Wälder glänzten golden, die Blätter fielen herunter oder wurden von Windstößen davongetragen. Man näherte sich Gallowmill Hall über eine lange, von gelben Bäumen gesäumte Auffahrt. Die Hälfte der Blätter war schon abgefallen. Zur Linken stand auf der üppig grünen Wiese ein Hirsch mit drei oder vier Hirschkühen und graste. Die Tiere gehörten dem Damwildzüchter, der von Preston ein paar Morgen Land gepachtet hatte. Droben schwebte ein Habicht.

Als Preston schwungvoll vor dem Haus hielt, wachte Thomas wimmernd auf und klammerte sich an Rabias Hals. Lucy schilderte ihren Freundinnen das Haus als »langweilige Hütte«, als »eines dieser Anwesen aus dem Ende des 18. Jahrhunderts, wie sie es dutzendweise gibt«, aber für Rabia war es ein Märchenpalast. Dass eine einzige Familie in einem solchen Haus lebte, nein, nicht lebte, sondern nur ab und zu hierherkam und ein paar Nächte blieb, das war für sie unvorstellbar, ein einziger Traum. Und doch war es wahr. Bei ihrem letzten Aufenthalt war sie, nachdem die Kinder im Bett lagen, hinunter ins Freie geschlichen, um das graugoldene Mauerwerk zu berühren. Fast hatte sie erwartet, dass es sich unter ihrer Hand auflöste. Es war echt. Alles war echt: die hohen Räume mit den zartgrünen oder elfenbeinfarbenen Wänden, die schwungvolle Freitreppe mit dem zierlichen silbernen Geländer, die doppelt so breit war wie die am Hexam Place. Die Gemälde waren echt, Bilder von wirklichen, in Samt und Seide gekleideten Menschen, Bilder der Großeltern von Mr. Still und von deren Großvätern und Großmüttern. Als ihr Vater sie damals mit sechzehn nach Pakistan gebracht hatte, damit sie ihren künftigen Ehemann kennenlernte, hatten ihre Verwandten sie gefragt, ob es wahr sei, dass im Vereinigten Königreich alle Menschen gleich seien …

Sie hatten sämtliche Mahlzeiten für das Wochenende in Tüten und Kisten und Kühlboxen mitgebracht, die am Vortag vom M&S und Ocado geliefert worden waren. Rabia half Mr. Still beim Hineintragen. Sie brachte sogar die Mädchen dazu zu helfen, denn Lucy war dazu nicht imstande. Sie sei müde, meinte sie, nach der Fahrt hierher sei sie immer völlig erschöpft. Rabia hatte alle Hände voll zu tun. Erstens musste das Mittagessen vorbereitet werden, dann musste sie Thomas zum Mittagsschlaf hinlegen. Trotzdem machte sie später noch einen Spaziergang über das Anwesen. Die Mädchen weigerten sich mitzukommen. Ihr Streit war jetzt längst vergessen. Sie zogen Computerspiele im gemeinsamen Schlafzimmer vor. Sie hätten genauso gut in London sein können. Rabia entdeckte Kaninchen und ein Eichhörnchen und in der Ferne etwas Ähnliches wie einen Dachs, aber sie war sich nicht sicher. Sie hatte noch nie einen gesehen. Dem Gärtner war sie schon bei ihrem vorigen Besuch begegnet. Damals hatte er ihr langes schwarzes Gewand mit dem Hijab angestarrt, aber diesmal war er schon an ihr Äußeres gewöhnt und hatte anscheinend begriffen, dass sie weder eine Verrückte noch eine Wilde war. Er begrüßte sie mit »Tach, gnä' Frau«.

»Guten Tag«, erwiderte Rabia. »Graben Sie für eine Neubepflanzung um?«

»Ganz genau. Muss das Blumenbeet herrichten. Für den Frühling pflanzen wir Blumenzwiebeln und danach einjährige Sommerpflanzen.«

»Das wird wunderschön.« Rabia erzählte ihm von ihrem Vater, der eine Gärtnerei leitete, die Blumen, Grünpflanzen und Bäume verkaufte. Der Mann wirkte sehr interessiert.

Ihr Spaziergang hatte sie an den Bach geführt, zu dem Wäldchen und zu einem kleinen Labyrinth, das sie aber nicht betrat, weil man sich darin verirren konnte. Seit Monaten hatte sie sich den Kopf darüber zerbrochen, ob sie sich zu Lucys unmoralischem Benehmen äußern sollte. Für Rabia war es ein Verbrechen. Hier draußen, an der frischen Luft und unter den Bäumen, konnte sie diese Gedanken verdrängen. Sie machte sich auf den Rückweg zum Haus. Sie spürte, wie heiter sie war. Jetzt konnte sie auch darüber nachdenken, was sie der ganzen Familie zum Abendessen servieren sollte.

8

Montserrat hatte ein einigermaßen angenehmes Wochenende im Haus Nummer 7 verbracht. Ganz allein. Am Samstagabend feierte sie im Dugong die Abreise der Stills mit reichlich Alkohol. Anschließend war nicht mehr daran zu denken, dass sie ohne einen starken Arm den Heimweg antrat. Diesen bot ihr ein neuer Gast im Dugong an, ein ziemlich gut aussehender Mann, der sich an der Souterraintür verabschieden würde, nachdem sie endlich das Schlüsselloch gefunden hatte. Jedenfalls dachte sie das, sofern sie überhaupt noch denken konnte. Er allerdings hatte andere Vorstellungen. Er ging mit ihr hinein, begleitete sie in ihr Apartment und weiter in ihr Schlafzimmer und begann, sie ohne Erlaubnis auszuziehen. Für Widerstand war sie zu schwach, und kaum war sie nackt, wollte sie auch gar nicht mehr widerstehen. Der Mann blieb die ganze Nacht und verabschiedete sich erst morgens um acht, nachdem er sich ihre Handynummer notiert hatte. Außerdem nahm er vor dem Abschied noch ein goldenes Armband aus Lucys Schmuckkassette mit, das er bei seinem Eilmarsch durchs Haus entdeckt hatte.

Letzteres fand Montserrat allerdings erst eine Woche später heraus, oder besser gesagt, sie vermutete es, nachdem Lucy das Armband nicht finden konnte. Selbstverständlich sagte sie keinen Ton. Der ziemlich gut aussehende Mann hatte sie nicht angerufen. Woher sollte sie also seinen Namen oder seine Adresse kennen? Liebend gern hätte sie Thea von ihrem Erlebnis erzählt und ihren komatösen Zustand damit begründet, der Typ hätte ihr Rohypnol ins Glas geschüttet, aber später war sie froh, dass sie nichts erwähnt hatte. Am Sonntag ging Montserrat mit Thea aus und fühlte sich dabei gar nicht so schlecht. Sie genossen den Sonnenschein im Wimbledon Common und teilten sich später in einer Pizzeria eine Flasche Wein.

Das Geländerteil wirkte noch wackeliger als bisher. Aus einem tiefen Verantwortungsgefühl heraus bastelte Montserrat aus einem Karton ein Schild, malte mit Großbuchstaben ACHTUNG!!! NICHT ANFASSEN! darauf und hängte es mit einem Stück Schnur an den Handlauf.

Lucys problematisches Verhältnis mit dem schlimmen Fernsehschauspieler bereitete Rabia immer noch Kummer. Andererseits hatte sie dieses Problem gegen ihre Liebe zu Thomas aufgewogen, seitdem sie vor mehreren Monaten zufällig davon erfahren hatte. Solche Überlegungen waren falsch, aber wenn sie Lucy erzählte, was sie wusste, würde Lucy sie mit Sicherheit entlassen. Und wenn sie es Mr. Still erzählte, würde Lucy wissen, dass sie es ihm erzählt hatte, und sie trotzdem entlassen. Sie würde Thomas nie wiedersehen. Das bräche ihr das Herz. Rabia war nicht töricht und wusste ganz genau, dass Thomas die Stelle von Assad und Nasreen eingenommen hatte, und sie war sich auch bewusst, dass sie ihn doppelt so viel liebte wie jedes ihrer verstorbenen Kinder.

In ihrem Dilemma konnte sie nur darauf hoffen, dass der böse Mann aus dem Fernsehen Lucy sattbekäme oder umgekehrt. So etwas gab es, das wusste Rabia, zwar nicht aus eigener Erfahrung, aber aus solchen Fernsehdramen, in denen auch dieser Bösewicht mitspielte. In solchen

Filmen kamen Personen wie sie oder Beacon, der ebenfalls hohe Moralvorstellungen hatte, nicht vor. Letzteres wusste sie genau, denn Montserrat hatte ihr erzählt, dass es für sie deutlich einfacher wäre, wenn Beacon sie anriefe, sobald der Boss in der Old Broad Street in den Audi stieg. Dadurch hätte sie mindestens zwanzig Minuten Zeit, Rad Sothern aus dem Haus zu scheuchen, bevor Mr. Still zur Haustür hereinkam. Montserrat hatte Beacon nicht direkt gefragt, sondern für ihn ein »rein hypothetisches Gedankenspiel« entworfen. Für Rabia übersetzte sie diesen Ausdruck als »mögliches Ereignis«. Eine ihrer Freundinnen befinde sich in dieser speziellen Situation, hatte sie zu Beacon gesagt. Eigentlich hätte ihr der Chauffeur aus der Klemme helfen können. Was meinte Beacon dazu? Beacon war anderer Ansicht.

»Dieser Chauffeur sollte es seinem Boss erzählen«, konstatierte Beacon, wobei er Montserrat äußerst argwöhnisch musterte.

Rabia gab keinen Kommentar ab, sondern knuddelte nur Thomas, der ihr seinerseits liebevolle Bussis auf die Backe gab.

»Jetzt muss ich mich eben auf meinen Instinkt verlassen«, sagte Montserrat.

Im Oktober nahm Preston Still eine Woche Urlaub und fuhr mit Lucy in ein schickes Hotel an der Küste von Cornwall. Die Kinder blieben zu Hause bei Rabia und Montserrat. Sogar Zinnia wurde dazu vergattert, neben den Kinderzimmern zu übernachten.

»Er wird seine Kids irgendwie vermissen«, stellte Zinnia fest. »Sie nicht. Weiß der Kuckuck, warum sie welche bekommen hat. Andererseits beachtet auch er die Kinder nur, indem er sich erkundigt, ob sie krank sind.«

Rabia sagte nichts, obwohl sie diese Meinung teilte. Sie genoss es durchaus, dass sie die wichtigste Person des Trios war, die jetzt das Sagen hatte, und entdeckte dabei ihr Organisationstalent. Montserrat solle sich um den Tee für die Mädchen kümmern und dafür sorgen, dass sie ihre Hausaufgaben erledigten, während Zinnia für deren Kleidung und fürs Wäschewaschen zuständig sei. Rabia besuchte mit Thomas die *andere* Kinderstube, die für die Pflanzen. Als ihr Vater erwähnte, Khalid Iqbal sei im Gewächshaus, und sie solle doch hinübergehen und ihm Guten Tag sagen, bereute sie diesen Besuch sehr.

»Nein, Vater, wenn Mr. Iqbal mich sprechen möchte, muss er zu mir kommen. Ich werde mit Thomas den weißen Mäusen und dem Frettchen einen Besuch abstatten.« Die Gärtnerei verkaufte nicht nur eine Vielzahl von Pflanzen, sondern auch kleine Säugetiere und Tropenfische.

Die Mäuse standen bei Thomas noch höher im Kurs als die Fische. Er streckte die Hände nach dem Käfig aus und versuchte, durch die Gitterstäbe hindurch nach einer Maus zu grapschen. Rabia schob seinen Buggy ganz behutsam weg und löste damit Gebrüll und eine wahre Tränenflut aus. Als Khalid Iqbal aus der Baumschule herüberkam und sich den beiden näherte, drückte Rabia gerade den weinenden Thomas, Wange an Wange, fest an sich.

Der Anblick, wie sie liebevoll ein Kind trug, machte diese Frau für den heiratswilligen Mann noch attraktiver, zumal er aus einem Kulturkreis stammte, in dem Kinder sehr hoch geschätzt wurden. Khalid schenkte Rabia zur Begrüßung ein überschwängliches Lächeln und erkundigte sich nach ihrem Befinden.

»Mr. Siddiqui hat mich für Samstagnachmittag freundlicherweise zum Tee eingeladen und dabei der Hoffnung Ausdruck verliehen, dass auch Sie kämen.«

Ach, hat er das? Das werden wir noch sehen, dachte Rabia insgeheim. Laut sagte sie: »Mein Vater hätte erst mit mir sprechen sollen. Bedauerlicherweise ist es am Samstagnachmittag unmöglich. Bis zur Rückkehr meiner Arbeitgeber aus dem Urlaub trage ich die Verantwortung für den Haushalt von Nummer 7.«

Er war offensichtlich enttäuscht. »Vielleicht ein anderes Mal.«

»Vielleicht«, meinte Rabia und verfrachtete Thomas wieder in seinen Buggy.

Sie war über ihren Vater ziemlich verärgert. Je mehr er in diese Richtung weiterbohrte, umso mehr würde sie sich weigern. Schon einmal hatte er eine Ehe für sie arrangiert, und niemand konnte behaupten, dass es für sie gut ausgegangen war, auch wenn sie ihren Mann im Laufe der Zeit lieben gelernt hatte. Ganz im Gegenteil. Noch einmal würde sie ihm so etwas nicht gestatten. Sie war britische Bürgerin und an die britische Lebensweise gewöhnt, auch wenn einiges davon vielleicht unakzeptabel war. Während sie sich auf den Rückweg zum Hexam Place machte, wanderten ihre Gedanken wieder zu dem Problem mit Lucy und dem Mann aus dem Fernsehen. Jetzt ging es nicht mehr darum, ob sie es Mr. Still sagen sollte. Angesichts der fürchterlichen Konsequenzen kam so etwas auf keinen Fall infrage. Rabia bedachte nur die Situation an sich und malte sich den großen Unterschied aus: wenn Lucy keine gebürtige Britin, sondern die Tochter einer pakistanischen Familie gewesen wäre, zum Beispiel Rabias eigener. Angenommen, eine ihrer weiblichen Verwandten hätte sich so benommen, dann hätte man sie irgendwo eingesperrt und verprügelt. Das wäre das Mindeste gewesen, wenn sie nicht sogar einem Ehrenmord zum Opfer gefallen wäre. Die sanfte Rabia, die mit Kindern so liebevoll umging, benahm sich gegenüber männlichen Verwandten unterwürfig und hielt diese Spielart der Gewalt alles in allem für gut.

Die Gesellschaft der heiligen Zita traf sich um die Mittagszeit im Dugong, um die Punkte einer randvollen Tagesordnung zu besprechen. Außer June, die eine Namensliste führte, waren noch Thea, Montserrat, Jimmy, Henry und Sondra anwesend. Richard, Beacon, Rabia und Zinnia hatten sich entschuldigt. Während der Erörterung von Sachthemen gab es keinen Alkohol.

June hielt eine ungemein wortgewandte Rede über die abscheuliche Missetat, dass jemand die Hinterlassenschaft seines Hundes in ein Plastiksäckchen packte und danach unter einem Baum stehen ließ. Die Stadtverwaltung hatte einen unbefriedigenden Brief voller Eigenlob für den Straßenreinigungsplan und das hohe Hygienebewusstsein geschickt. Man beschloss einstimmig, Thea solle noch einmal schreiben. June fand insgeheim, dass man eigentlich sie um diesen Brief hätte bitten sollen, sagte aber nichts und setzte nur ein mürrisches Gesicht auf. Das Thema Straßenlärm wurde verworfen, weil die Ursache dafür hauptsächlich bei den Arbeitgebern lag und nicht bei deren Angestellten. Unter der Rubrik »Sonstiges« kamen der Punkt »Rauchen und Sitzen auf der Haustreppe« zur Sprache sowie nächtliches Katzengejaule in den rückwärtigen Gärten und Taubenkot vor den Haustüren. Alle waren sich einig, dass es nichts bringen würde, die Hausbesitzer zu bitten, ihre Katzen nachts im

Haus zu halten. Außerdem konnte sich keiner der Anwesenden erinnern, dass irgendein Anwohner am Hexam Place eine Katze hatte. Die jaulenden Stubentiger hatten sich garantiert vom Eaton Square oder von Sloane Gardens eingeschlichen. Ähnliches galt auch für die Tauben.

Sondra wollte von Thea wissen, ob sie gemeint habe, jemand würde sich zum Rauchen auf die Haustreppe setzen. »Ist doch egal«, lautete Theas Antwort. Daraufhin musste June ihr erklären, dass sämtliche Antworten im Rahmen der Versammlung nur über den Vorsitz zu erfolgen hatten. Bis man das Datum für die nächste Versammlung festlegte, hatten sich die Gemüter ordentlich erhitzt. Erst als Henry für jeden ein Glas Wein holte, beruhigten sich alle wieder. Montserrat und Jimmy gingen als Letzte. Montserrats Gedanken drehten sich hauptsächlich um den Neuen, den sie vor zwei Tagen in einem Club kennengelernt hatte. Ciaran hatte diese und die letzte Nacht bei ihr in Nummer 7 verbracht. Er wirkte leidenschaftlicher als alle anderen Männer in den letzten Jahren. Rohypnol stand bei Ciaran O'Hara nicht zur Debatte, und auch Lucys Schmuck hatte von ihm keine langen Finger zu befürchten. Trotzdem steckte Montserrat in der Klemme. Sollte sie ihm von der Vereinbarung zwischen ihr, Lucy und Rad Sothern erzählen oder nicht? Angenommen, sie schwiege sich darüber aus, und er sähe zufällig, wie sie Rad zur Souterraintür herein- oder hinausließ. Was dann? Zu einer solchen Situation könnte es durchaus kommen, und dann wäre es zu spät, um Ciaran ihre Vereinbarung zu erklären und ihn davon in Kenntnis zu setzen, dass Rad Lucys Liebhaber war und nicht ihrer. Lucy und Preston würden bald wieder zurück sein, und Rad würde in der kommenden Woche garantiert mit einem Besuch rechnen, wenn nicht sogar mit zwei.

Trotz seiner fünfundzwanzig Jahre hatte sich Henry eine kindliche Begeisterung für alles bewahrt, was mit Halloween zusammenhing. Am liebsten hätte er an Türen geklopft und »Süßes oder Saures« eingefordert. Allerdings befürchtete er, dass er sich damit eine Rüge seines Arbeitgebers einhandeln würde, der es mit Sicherheit erfuhr. Schließlich begnügte er sich damit, sich am Abend des 31. Oktober mit einem Halloween-Kostüm zu verkleiden. Und so marschierte er in einem schwarzen Kittel aus einem Asien-Shop und mit schwarz-weißer Schminke im Gesicht um 8 Uhr abends wie Gevatter Tod mit Jimmy auf einen Drink ins Dugong.

Leider begegnete er unterwegs keinen verkleideten Kindern, aber als er Damian und Roland kommen sah, sprang er direkt vor ihnen hinter einem Baum hervor, stöhnte wild und fuchtelte mit den Händen herum. Roland fluchte, während Damian einen Satz nach hinten machte.

»Wäre es nicht höchste Zeit, dass Sie erwachsen werden?«, fauchte Roland.

Henry lachte. Vielleicht könnte er Jimmy überreden, mit ihm am Eaton Place Gespenster zu spielen und sich auf die Treppe des Royal Court Theaters zu stellen, um fiktive Almosen zu sammeln. Leider hatte Jimmy nur seine Alltagsklamotten an und interessierte sich für traditionellen Schabernack nur unter dem Gesichtspunkt, dass man solchen Unfug verbieten sollte. Er meinte, der wegen seiner umfassenden Fürsorge für Kinder bekannte Dr. Jefferson sei davon überzeugt, dass Kinder gefährdet seien, wenn sie durch die Straßen liefen und an fremden Türen klingelten. Nach einigen Bierchen für Jimmy und zwei Gläsern Rotwein für Henry gingen sie auf die Straße hinaus, um nach Missetätern zu fahnden, aber auf den Plätzen und Gassen und Straßen von Belgravia trieben sich keine Kinder herum, und außerdem hatte es zu regnen angefangen.

Für Dex war es ein Abend voller Angst und verstörender Anblicke. Warum war er eigentlich ausgegangen? Er hatte es vergessen. Vielleicht hatte er eine Flasche Guinness kaufen oder sich etwas vom Thai-Imbiss holen wollen. Die bösen Geister, auf die man an jeder Ecke stieß, hatten seinen Kopf komplett zum Schwirren gebracht, denn in dem Stadtviertel, wo Dex wohnte, gab es mehr Kinder und Teenager als in der Umgebung von Hexam Place. Für ihn waren sie mit ihren Umhängen und Masken, mit den geschminkten Gesichtern, den Perücken und Hauben beinahe allgegenwärtig. Das schrie und tanzte und rottete sich auf den Haustreppen zusammen. Er erkannte ihre wahre Gestalt. Nur eines überraschte ihn: Es waren so viele und alle auf einem Platz und annähernd gleich alt. Nicht eines sah wie ein echtes Kind aus, sondern alle waren so verkleidet wie die bösen Geister immer. Vielleicht würde Peach wollen, dass er sie vernichtete, aber das konnte er nicht, nicht so viele. Sie würden ihn überwältigen.

Allmählich wurde er klatschnass. Regenrinnsale liefen durch seine Haare und in seine dünne Jacke hinein. Mit leeren Händen ging er nach Hause und hatte ganz vergessen, was er draußen eigentlich gewollt hatte.

9

»Mir gefällt es hier«, sagte Huguette. »Warum sind wir hier noch nie gewesen?«

Henry schüttelte den Kopf. »Weil es zu nahe an deinem Elternhaus liegt.«

Und viel zu beliebt ist bei deren Haushälterin und dem sogenannten Butler und auch sonst noch bei einer ganzen Reihe von Leuten, die eine unpassende Bemerkung fallen lassen könnten. Vermutlich wollte Huguette unbedingt mit ihm erwischt werden, gleichsam als Alternative dazu, dass er bei ihr einzog und sie dann regelmäßig ins Eckpub an der King's Road gehen würden.

»Angenommen, dein Herr Papa käme hier herein und würde dich mit mir erwischen. Was würdest du dann sagen?« Noch viel schlimmer wäre es allerdings, wenn Huguettes Mutter hereinkäme. An diese Möglichkeit wagte Henry nicht einmal zu denken.

»Das tut er nicht, er ist irgendwo unterwegs. Ich würde einfach behaupten, ich wollte gerade zu Besuch kommen und wäre dir dabei zufällig begegnet. Und du hättest mich auf einen Drink eingeladen.«

»Na, egal, ich trinke sowieso nichts und muss in zehn Minuten deinen Herrn Papa abholen.«

»Ich will, dass du darüber nachdenkst, ihn um meine Hand zu bitten.«

»Was willst du?«

»Wir würden so hübsche Kinder bekommen. Wir sind ein schönes Paar. Vielleicht würde er deswegen Ja sagen.«

»Das Risiko werde ich nicht eingehen«, erwiderte Henry.

»Wo holst du ihn denn ab?«

»Im Parlament, wo sonst?«

»Dann kannst du mich vorher nach Hause fahren.«

Das war einfacher als jede Auseinandersetzung.

»Ich fahre den BMW ums Eck.« Henry ließ sie im Pub sitzen und trat vorsichtig auf den Hexam Place hinaus. Leider nicht vorsichtig genug. Draußen auf dem Gehweg unterhielt sich Beacon gerade vor Nummer 3 mit Jimmy. Henry winkte ihnen scheinbar lässig zu und kletterte auf den Fahrersitz des BMW. Bis er am Dugong um die Ecke gebogen war, war Beacon den Audi holen gegangen, und der von allen wegen seiner geringen Arbeitslast beneidete Jimmy war im Haus von Dr. Jefferson verschwunden.

Beacon hatte noch zufällig einen goldblonden Lockenschopf auf einem schlanken Körper aus dem Dugong kommen sehen. Dieser Anblick ging ihm leicht gegen den Strich, denn er war der Meinung, dass eine solche Haarpracht nur in Schwarz attraktiv sei, und auch dann nur bei gleichzeitig schwarzer Hautfarbe. Gelb sei sowieso eine hässliche Haarfarbe, egal auf welchem Kopf. Doch das alles ging ihn sowieso nichts an, und außerdem würde er heute Abend früh Schluss machen. Aus irgendeinem rätselhaften Grund kam Mr. Still heute einige Stunden früher nach Hause als sonst. Deshalb würde Beacon den Abend so verbringen können, wie er es am liebsten hatte: im Kreise seiner Familie.

Kaum war er in die Sloane Street eingebogen, explodierten die ersten Feuerwerksraketen. Eigentlich sei doch erst morgen Guy Fawkes Day, murmelte Beacon wie die Hälfte aller Londoner über achtzehn vor sich hin.

Montserrat erwachte mit einer dunklen Vorahnung, die nichts mit dem heutigen Datum zu tun hatte, dem fünften November. Sie hätte auch nur schwer sagen können, ob dieses Gefühl etwas mit ihr zu tun hatte, denn so etwas kam öfter vor, und sogar sie selbst musste zugeben, dass es meistens nichts zu bedeuten hatte. Vielleicht lag es nur daran, dass heute Freitag war, einer jener Tage, an denen Zinnia erst nachmittags kam. Also musste Montserrat für Lucy Frühstück machen und es zu ihr hinauftragen. Sie blieb noch eine halbe Stunde im Bett und hörte, wie Beacon mit dem Audi vor dem Eingang vorfuhr und Mr. Still ihm einen guten Morgen wünschte. Vermutlich war Mr. Still der einzige Mensch in ganz London, der noch »Guten Morgen« sagte und nicht »Hallo« oder »Na, wie geht's?«.

Alles stand schon vorbereitet im Kühlschrank: der Karambole-Joghurt und ein Teller mit der rosa Grapefruit unter einer Frischhaltefolie. Im Toaster wartete eine einsame Scheibe Vollkorntoast nur noch aufs Geröstetwerden, und auch die Kaffeemaschine musste man nur noch einschalten. Auf dem Tablett lag schon das Besteck nebst einem Töpfchen Blaubeerkonfitüre. Lucy aß Konfitüre, keine Marmelade. Montserrat musste nur noch fünf Minuten warten. Bevor sie mit dem Tablett verschwand, goss sie sich selbst die erste Tasse Kaffee ein.

Lucy saß schon mit einer Spitzenstola um die Schultern im Bett. »Ich dachte schon, du hättest mich vergessen.«

Montserrats Laune ertrug keinen Vorwurf, und deshalb meinte sie nur: »Deine Uhr geht fünf Minuten vor.«

Ihr Blick fiel auf etwas, das auf Lucys Schminktisch eigentlich nichts verloren hatte: Mr. Stills Schlüsselbund. Montserrat stellte sich zwischen Lucy und den Schminktisch, schnappte sich die Schlüssel und steckte sie in ihre Hosentasche. Warum tat sie das? Sie hätte es nicht sagen können, aber irgendwie schien es ihr sicherer zu sein.

»Heute Abend erwarte ich Rad.« Immer wenn Lucy das verkündete – manchmal zweimal pro Woche, manchmal nur einmal –, rutschte ihre Stimme in eine verführerisch gedehnte tiefe Lage, ja, sogar ihre Haltung veränderte sich leicht. Sie lehnte sich zurück, hob einen Arm und ließ nonchalant die Hand herunterbaumeln. »Gegen sieben. Ich dachte mir, wir gönnen uns einen Schluck Schampus. Hättest du die Güte, eine Flasche aus dem Kühlschrank zu holen? So gegen halb sieben?«

Obwohl Montserrat dieses Verhalten für eine reichlich billige Attitüde hielt, sagte sie Ja. Es gab keinen Grund dafür, dass die kerngesunde durchtrainierte Lucy, die oft zum Joggen und ins Fitnesscenter ging, nicht selbst den Champagner hätte holen können, aber Lucy machte nie einen Finger krumm. Einmal hatte Montserrat gesehen, wie sie eine Ein-Pfund-Münze zu Boden fallen ließ und dann Zinnia bat, sie für sie aufzuheben. Montserrat ging mit einer zweiten Tasse Kaffee wieder ins Souterrain, wobei sie um das wackelige Geländer einen weiten Bogen machte. Morgen sollte Rabias Cousin Mohammed zum Reparieren kommen. Vermutlich würde sie den ganzen Tag im Haus bleiben müssen, um ihm aufzumachen. Es sei denn, sie könnte Rabia dazu überreden …

Doch zuerst musste das Problem mit Mr. Stills Schlüsseln gelöst werden. Angenommen, sie unternähme nichts, dann brächte Beacon Mr. Still zwischen 22 Uhr und 22.30 Uhr nach Hause, und Mr. Still würde an der Haustür klingeln. Freitags kam er immer spät heim, es sei denn, die Familie würde anderntags nach Gallowmill Hall fahren.

Morgen auch? Montserrat hatte keine Ahnung. Niemand hatte etwas gesagt, aber das hatte nicht unbedingt etwas zu bedeuten. Montserrat beschloss, Beacon anzurufen, um herauszufinden, ob Mr. Still seine vergessenen Schlüssel erwähnt hatte. Die Sache hatte nur einen Haken: Beacon war wie ein Pfarrer, ein durch und durch moralinsaurer Typ. Einmal hatte sie ihn an einem von Rads Besuchstagen gebeten, er möchte ihr doch mitteilen, wann Mr. Still das Büro verlasse. Aber Beacon hatte ganz argwöhnisch gefragt, was sie das denn angehe.

»Eine Ehefrau sollte ihren Mann daheim erwarten, wenn er vom Broterwerb nach Hause kommt.«

»Ist das nicht ein bisschen altmodisch?«

»Wenn sich jedermann auf diese sogenannte altmodische Weise verhalten würde«, erwiderte Beacon, »dann wäre es besser um die Welt bestellt.«

Trotzdem versuchte sie es noch einmal.

»Mr. Stills Schlüssel gehen nur ihn etwas an.«

»Ich wollte doch nur behilflich sein«, meinte Montserrat.

»Am besten hilfst du damit, wenn du Mr. Still öffnest, sobald er an *seiner* Haustür läutet. Falls er *seine* Schlüssel vergessen haben sollte, was ich persönlich bezweifle.«

Das Mittagessen mit Ciaran in einem Pub endete im Streit, weil ihm Montserrat erklärte, er könne an diesem Abend nicht kommen. Danach folgten eine Einkaufstour mit Rabia und Thomas durch die Geschäfte in der Sloane Street und ein Besuch bei Harrods, um für Thomas einen Trainingsanzug zu kaufen.

»Gibt sie dir eine American-Express-Karte?«

»Nur um Kleidung für Thomas zu kaufen und für seine Friseurbesuche.«

»Du wirst doch wohl auch für dich ein paar Kleinigkeiten kaufen, oder? Sie würde es nie merken.«

»Sie vertraut mir«, rief Rabia schockiert. »So etwas würde ich nie tun.«

»Schade, dass Beacon verheiratet ist. Ihr beide wärt für einander wie geschaffen.«

Sie kauften für Thomas einen zartblauen Flauschanzug mit einem weißen Kaninchen auf der Brusttasche.

»Könntest du morgen da sein und deinen Cousin hereinlassen, wenn er kommt?«

»Wenn du möchtest«, sagte Rabia. »Es wäre nett, mit Mohammed zu plaudern. Er ist mein Lieblingscousin. Ich werde ihn Thomas vorstellen, er liebt Kinder.«

Als ob es ihr eigenes Kind wäre, dachte Montserrat.

»Du hast doch nichts dagegen«, sagte June, »wenn sich Ihre Hoheit mit mir in deiner Gegenwart die erste Folge aus der ersten Staffel von *Avalon Clinic* ansieht? Wir haben sie aufgezeichnet.«

Rad mimte den Schüchternen, aber June wusste ganz genau, dass er insgeheim hocherfreut war. Sie musterte ihn prüfend und fragte sich, warum Frauen langhaarige Männer attraktiv fanden. Diesbezüglich hatten die Fünfzigerjahre ihren Geschmack geprägt. Damals hätte ein Mann nur dann einen Pferdeschwanz getragen, wenn er bei einem Film über die Französische Revolution mitgespielt hätte. Flink tippte sie auf der Fernbedienung herum, was die Prinzessin nie gelernt hatte, und schon beschallte die im ganzen Land bekannte Einleitungsmusik zu *Avalon* den Raum und wetteiferte mit den Feuerwerksraketen, die inzwischen überall losgingen. Beide Frauen waren ziemlich taub. Die Prinzessin seufzte genüsslich, als der gut aussehende Rad im weißen Kittel, mit einem Stethoskop vor der Brust, ins Zimmer eilte. In der einen Hand baumelte lässig ein Blutdruckmessgerät. Der echte Rad saß neben ihr auf dem Sofa. Sie ergriff seine echte Hand und drückte sie.

»Wir sollten uns ein Fläschchen vom GTFJG gönnen«, meinte sie zu June.

June entzifferte diese Anfangsbuchstaben als das »Gute Tröpfchen für jede Gelegenheit« und holte eine Flasche Champagner. Dadurch verpasste sie einen wesentlichen Teil der Handlung. Rad hatte keine Lust, die Flasche zu öffnen. – Er doch nicht! Also blieb er still sitzen und erwiderte hin und wieder den Händedruck der Prinzessin, während June die Gläser füllte.

»Triffst du dich heute noch mit Montserrat?«

Sie wusste, dass er diese Frage aus irgendeinem Grund nicht schätzte, und genau deshalb fragte sie ihn. Was für ein Abstieg nach einem Model und einer geschiedenen Dame aus besten Kreisen!

»Heute Abend nicht«, erwiderte er.

June hätte nicht sagen können, ob er die Wahrheit sagte oder nicht. Der Werbeblock, von dem sie nicht wusste, wie man ihn aus der Aufzeichnung löschte, ging zu Ende, und dann schauten alle die Folge bis zum Schluss an, bis kurz vor 19 Uhr.

»Gönnen Sie sich noch ein Gläschen, bevor Sie gehen«, empfahl die Prinzessin.

Rad lehnte dankend ab und gab ihr aber ein Küsschen, wonach ihm bei June nicht der Sinn stand. Keine der beiden Frauen blickte ihm nach. Seine Verbindung mit Montserrat, wenn es denn eine gab, strahlte nichts Glamouröses aus. Nebenan, im Haus Nummer 8, war Miss Grieves aus der Souterraintür getreten, um den Stadtfuchs zu verscheuchen. Der flitzte, gefolgt von Miss Grieves, mit einem gefledderten Hühnchen im Maul die Stufen hinauf. Das Ganze war keine heiße Verfolgungsjagd, sondern eine unterkühlte, merklich langsamere Variante, ein unbeholfenes Stolpern, das oben an der Treppe mühsam ein Ende fand. Doch da waren Fuchs und Huhn längst verschwunden. Im Vorgarten von Nummer 5 explodierte eine gleißende Leuchtkaskade und ließ nicht nur die ganze Vorderfront erstrahlen, sondern auch die Souterrainebene von Nummer 7. In ihrem Widerschein sah man nicht nur, wie sich der Fuchs im Vorgarten das Hühnchen einverleibte, sondern auch Rad Sothern, der gerade sein Versteck verließ, als Montserrat die Souterraintür öffnete. Miss Grieves drehte sich um und rumpelte die Treppe wieder hinunter.

Auch Montserrat war eine Souterraintreppe hinuntergelaufen, wobei sie das kaputte Geländer mied. Sie ließ Rad herein und begrüßte ihn mit einem nicht sonderlich herzlichen »Hallo«. Durch den Pferdeschwanz wirkte sein Gesicht sehr schmal. Er war nicht so groß wie Ciaran und sollte unbedingt seine Schneidezähne überkronen lassen. Vermutlich lächelte er deshalb in seiner Rolle als Mr. Fortescue so selten. Sie trat einen Schritt zurück, um ihn auf der Galerie vorbeizulassen.

»Passen Sie auf, das Geländer ist locker«, mahnte sie.

Er ignorierte ihre Bemerkung und fluchte, als es unter seiner Hand wackelte. Montserrat klopfte nicht bei Lucy an, sondern öffnete einfach die Tür, schob Rad hinein und lief dann zu Rabia hinauf. Hero und Matilda hatten in der Kinderküche zu Abend gegessen und spielten nun in ihrem gemeinsamen Schlafzimmer irgendwelche Computerspiele. Wie alle Kleinkinder hatte auch Thomas seine

Schlafgewohnheiten komplett umgestellt und schlief jetzt tief und fest, während Rabia die weißen Blüschen und die dunkelblauen Faltenröcke bügelte, die die Mädchen am Montag in die Schule anziehen würden.

»Warum sind die Mädels nicht bei einer Freundin zur Feuerwerksparty?«

»Mr. Still meint, das sei gefährlich«, sagte Rabia.

»Lucy hat heute Abend Besuch«, meinte Montserrat. »Lass also die Mädels hier oben, ja?«

Davon wolle sie nichts hören, rief Rabia und steckte sich die Finger in die Ohren.

Gegen 20 Uhr erreichte die Feuerwerksknallerei ihren Höhepunkt. Eine halbe Stunde später stand über dem anderen Flussufer der Himmel buchstäblich in Flammen: Lichtblitze durchbrachen die Nacht und verzweigten sich, pyrotechnische Wunderwerke warfen leuchtende Federn, Flaggen und Brunnen in Rot, Weiß, Grün und Blau in die Luft, bis das Spektakel langsam verebbte. Als Beacon um 21 Uhr am Hexam Place vor dem Haus Nummer 7 den Audi anhielt, war die Festivität größtenteils vorbei, auch wenn immer noch ab und zu eine Rakete gen Himmel schoss. Morgen Abend würde alles wieder genauso heftig losgehen.

Beacon stieg aus, um Mr. Still auf der Beifahrerseite hinten die Tür aufzuhalten. Aus Höflichkeit blieb er immer dort stehen, bis sein Arbeitgeber durch die Haustür verschwunden war. Mr. Still hatte schon die ersten vier Stufen zurückgelegt, da begann er, in seinen Taschen zu kramen. Nachdenklich runzelte er die Stirn, kam die Treppe wieder herunter und fragte: »Beacon, habe ich vielleicht meine Schlüssel auf dem Rücksitz verloren?«

»Ich sehe nichts, Sir. Ich werde mal nachschauen.«

Auch Preston Still beteiligte sich an der Suche. Keine Schlüssel.

»Montserrat wird Ihnen sicher aufmachen, Sir.«

»Nein, nein, nicht nötig. Ich habe ja noch meinen Schlüssel zum Souterrainabgang und auch den zur unteren Tür.«

Nach Beacons Wissen war das Türchen im Geländer zum Souterrainabgang nie verschlossen. Er sah Mr. Still die Treppe hinuntersteigen und warf dann einen Blick nach oben, wo gerade über dem Dach von Nummer 4 eine Rakete explodierte. Dabei entdeckte er zufällig in einem Erdgeschossfenster Montserrats Gesicht. Höchste Zeit für die Heimfahrt. Mit ein wenig Glück käme er noch gerade recht zum Anfang von *Avalon Clinic.*

Von Montserrats Fenster aus konnte man höchstens die untersten sechs Stufen überblicken. Sie hatte Mr. Still aus den Augen verloren. Vermutlich stieg er gerade die restlichen Stufen der Haustreppe hinauf und würde jeden Moment klingeln. Wider Erwarten war er früher dran. Sie hatte keine Sekunde mehr zu verlieren. Sie verständigte Lucy übers Handy und raste dann in den ersten Stock hinauf, wo Rad Sothern gerade aus Lucys Zimmer kam. »Er steht schon vor der Tür«, flüsterte sie. »Jeden Moment wird er klingeln.«

»O Gott!«

»Alles wird gut. Kommen Sie mit. Sie können in meiner Wohnung warten, während ich ihm aufmache.«

Dazu sollte es nie kommen, wohl aber zu einer ganzen Kette von Ereignissen. Montserrat lief mit Rad die Treppe vom ersten Stock hinunter und dann über die Galerie Richtung Souterraintreppe. Auf der Galerie brannte

Licht, unten an der Treppe nicht. Rad war mit Montserrat im Schlepptau vielleicht noch einen knappen Meter von der Souterraintreppe entfernt, da tauchte Preston Still auf. Zuerst der Kopf, dann die Brust, bis schließlich ziemlich schnell der ganze Mann zu sehen war. Noch nie war Montserrat aufgefallen, was für ein Riese dieser Mann war, so groß und breit und massig. Sie keuchte heiser. Rad rief zum zweiten Mal »O Gott!« und blieb stehen.

Mr. Still trat auf ihn zu und fragte: »Zum Teufel, wer sind denn Sie?« Und dann: »Sie habe ich schon mal gesehen.«

In Anbetracht der Tatsache, dass das ganze Land Rad schon mal gesehen hatte, und die Hälfte der Bevölkerung ihn genau in diesem Augenblick im Fernsehen sah, war diese Bemerkung bedeutungslos. Für Preston Still, der nur selten zur Hauptfernsehzeit daheim war, hatte dieser Satz eine gänzlich andere Bedeutung, wie Montserrat erkennen konnte. »Auf der Party bei der Prinzessin«, rief er, »wo Sie sich meiner Frau gegen deren Willen angebiedert haben.«

Er hatte diesen Satz noch nicht beendet, da dämmerte es ihm offensichtlich, dass diese Anbiederungen sogar höchst willkommen gewesen waren. Als Rad versuchte, sich an ihm vorbeizudrücken, um zur Treppe zu kommen, packte er ihn von hinten an den Schultern. Danach ging alles ganz schnell. Montserrat hätte Preston Still nie solche sportlichen Fähigkeiten zugetraut. Er stemmte Rad einen Fuß ins Kreuz, warf sich grunzend nach vorn und trat mit aller Kraft zu. Das war ein echter Tritt in den Hintern, die klassische Art und Weise, wie man einen Mann mit Gewalt aus dem Haus befördert.

Hätte sich Rad nicht am kaputten Geländer festgehalten, wäre er vielleicht nach vorn gerutscht und die Treppe hinuntergepoltert. Doch das Geländer zersplitterte ihm knirschend unter den Händen, er verlor das Gleichgewicht und stürzte mit einem lauten Schrei mit dem Kopf voraus ins dunkle Treppenhaus und landete auf dem Fliesenboden. Es war wie ein Kopfsprung ins Wasser, aber leider war da kein Wasser. Der laute Aufprall wurde von der heftigsten Explosion dieses Abends übertönt, von einem Feuerwerk am Eaton Square.

10

Das Feuerwerk war vorbei, aus den Kinderzimmern im zweiten Stock drang kein Laut. Auch bei Lucy herrschte Stille, anscheinend hatte auch sie nichts gehört. Montserrat blieb noch einen Moment stehen und lauschte in die Stille hinein, ehe sie hinter Preston Still die Treppe hinunterging. Rad Sotherns Kopf lag in einer Blutlache, die sich immer weiter über die schwarz-weißen Fliesen ausbreitete. Wenn jemand Montserrat erzählt hätte, dass sie auf eine solche Szene mit wachsender Erregung reagieren würde anstatt mit Angst und Schrecken, sie hätte es nicht geglaubt. Aber – so war es. Sie wollte unbedingt dabei sein, egal, was ab jetzt passierte. Nun würde alles herauskommen: Lucys Affäre mit einem berühmten Fernsehstar, die Rolle, die sie, Montserrat, gezwungenermaßen hatte spielen müssen, um nicht Job und Wohnung zu verlieren, der Versicherungstycoon Preston Still, den die Untreue seiner Frau zur Verzweiflung getrieben hatte …

Letzterer kniete gerade neben Rad und sagte kleinlaut, was so gar nicht zu ihm passte: »Ich glaube, er ist tot.«

»Das kann nicht sein«, widersprach sie und dann noch mal: »Das kann nicht sein.«

»Er atmet nicht, er hat keinen Puls mehr.«

Als sie sich die bühnenreife Szene ausgemalt hatte, hatte sie keinen Augenblick mit Rad Sotherns Tod gerechnet. Man stirbt doch nicht bei einem Sturz von der Treppe. Ihre Erregung dauerte noch an, aber inzwischen mischte sich Furcht darunter. »Was sollen wir tun?«

»Die Polizei holen, was sonst?«

Ihre nächste Bemerkung war völlig aus dem Zusammenhang gerissen. »Er sieht nicht sehr schwer aus.«

»Was soll das heißen?«

»Wir könnten ihn einwickeln und in meine Wohnung ziehen. Hier können wir ihn nicht liegen lassen.«

»Meine Güte«, sagte Preston Still, »ich kann nicht glauben, dass er tot ist. Ich habe das Gefühl, als würde ich schlafen und jede Minute aufwachen.«

»So fühlt man sich immer, wenn etwas Schreckliches passiert.«

Montserrat ging in ihre Wohnung und kam mit einer Decke zurück. Sie kniete sich hin und begann, Rad Sotherns Leiche vorsichtig auf die Decke zu ziehen und ihn langsam umzudrehen.

»Was fällt Ihnen ein?« Preston Stills Stimme schraubte sich eine Oktave in die Höhe. »Hören Sie auf. Hören Sie auf damit. Man darf nie jemanden bewegen, der – also, der eines gewaltsamen Todes gestorben ist. Wir müssen die Polizei holen.«

Dieser Gedanke jagte ihr mehr Angst ein als die Tatsache, dass Rad tot war. »Wollen Sie verhaftet werden? Wirklich? Man wird behaupten, Sie hätten ihn ermordet.«

»Um Himmels willen, ich habe ihn doch nur geschubst. Das Geländer, das war schuld an seinem Tod.«

»Helfen Sie mir, ihn durch die Tür zu bringen«, meinte Montserrat.

Sie erkannte, dass Mr. Still, den sie insgeheim bereits Preston nannte, viel zimperlicher war als sie. Er musste wegschauen, während sie Rad Sotherns Leiche in ihre Wohnung beförderten. Sie schob, er zog. Er hätte einfach die Tür zugemacht, aber sie sagte: »Wir können keine Blutlache zurücklassen.«

»Das alles muss für die Polizei so bleiben.«

Wortlos verdrehte sie die Augen. Wahrscheinlich hatte er noch nie in seinem Leben einen Boden geputzt und hatte keine Ahnung, wie man so etwas machte. Er war ein Mann. Montserrat war zwar keine Hausfrau, aber schließlich war sie nicht zweiundzwanzig geworden, ohne wenigstens einmal einen Fliesenboden gewischt zu haben. Im Schrank unter dem Spülbecken stand ein Eimer, der vermutlich noch nie benutzt worden war. Trotzdem konnte er Wasser aufnehmen und verfügte über einen Griff. Mit einem Badezimmerschwamm und einer Flasche Geschirrspülmittel machte sie sich ans Werk. Beim Anblick des roten Wassers, das an schäumendes Blut erinnerte, schüttelte es Preston. Wieder wandte er sich ab.

»Ich denke, ich habe alles erwischt. Für eine echte polizeiliche Untersuchung mit sämtlichen Tests würde es nicht reichen, aber so etwas wollen wir ja auch nicht haben, oder? Wir werden nicht die Polizei holen.« Sie holte tief Luft. »Haben Sie Blutspritzer abbekommen?«

»Sie sind wie Lady Macbeth«, sagte er langsam. Er klang wie ein Zombie. »Wasch deine Hände, zieh dein Nachthemd an …«

»Also wirklich, reißen Sie sich zusammen. Ich hole uns jetzt einen Drink. Im Salon steht eine Flasche Whisky.«

Sie hatten doch wirklich nichts angestellt, dachte sie, während sie hinaufging, um den Whisky zu holen. Preston hatte lediglich diesem Fernsehtypen einen kräftigen Tritt verpasst. Wenn die Leute, die sie wegen der Geländerreparatur angerufen hatte, sofort gekommen wären, würde

Rad jetzt noch leben. Aber das sollte einer mal der Polizei erzählen! Die Sache mit Preston hatte einen Haken: Er war vielleicht ein großer Versicherungsheini, aber er hatte ein behütetes Leben geführt. Wie hätte ihr Vater gesagt? Der weiß nicht mal, dass er geboren wurde. Für alles, was auch nur im Entferntesten illegal roch, kannte er von Natur aus nur eine einzige Lösung: Man holte die Polizei. Doch in diesem Fall würde die Polizei mit Sicherheit annehmen, er hätte Rad umgebracht, weil er der Liebhaber seiner Frau gewesen war. Daran bestand kein Zweifel. Natürlich war das Preston in seiner grenzenlosen Naivität immer noch nicht klar geworden. Es war ihre Aufgabe, ihm das zu vermitteln. Als sie die Wohnung wieder betrat, lag er mit herunterbaumelnden Händen in einem der beiden Sessel und starrte in die Luft.

Sie hatte sich schon einen Schluck Whisky aus der Flasche genehmigt. Sie gab ihm ein Glas. Ihr eigenes stellte sie auf den Couchtisch. »Vermutlich hat dieser Typ Lucy einen Besuch abgestattet«, sagte er, ohne sie anzusehen. Sie nickte und trank einen kräftigen Schluck Whisky. »Und wo sind Sie ins Spiel gekommen?«

»Es war kein flotter Dreier, falls Sie das denken sollten. Ich habe ihn immer zur Souterraintür hereingelassen und in ihr Zimmer gebracht.«

Jetzt nahm er sie ins Visier. Sie sah die Wut in seinen Augen. Außerdem fiel ihr auf, dass er ziemlich gut aussah und eine schöne Stimme hatte.

»Sie waren also der Psychopompos.«

»Der was?«

»Einer, der die Seelen in die Hölle begleitet.«

Die ziemlich abergläubische Montserrat merkte, wie es ihr kalt über den Rücken lief. Sie stupste die unter der

Decke versteckte Leiche mit der Zehenspitze an. »Was machen wir jetzt mit ihm?«

»Hm, tja, nichts. Jetzt liegt er eben hier, und Sie werden mit Sicherheit hier nicht schlafen wollen. Sie nehmen sich für heute Nacht eines der Gästezimmer, und ich werde am Morgen die Polizei anrufen. Schließlich ist es nur ein Unfall gewesen. Diesen ganzen gerichtsmedizinischen Kram werden wir nicht brauchen. Wenn die Polizei erst mal meine Aussage und dann Ihre gehört hat und das zerbrochene Geländer sieht, wird sich alles aufklären.«

»Vergessen Sie eines nicht: Die Polizei muss auch erfahren, dass Lucy mit Rad Sothern ein Verhältnis gehabt hat. Und genau das ist der springende Punkt. Außerdem ist er – *war* er berühmt. In den Medien würde das einen Riesenwirbel geben, egal, wessen Geliebter er gewesen ist. Sehen Sie das nicht ein?«

Beim Stichwort »Geliebter« war Prestons Gesicht dunkelrot angelaufen. »Es war ein Unfall«, betonte er.

»Ich weiß das, und Sie wissen es auch, aber die Polizei nicht.«

Wusste sie es wirklich? Und er auch? Er hatte diesen Mann mit äußerster Gewalt die Treppe hinuntergestoßen. Am liebsten hätte sie gesagt, er lebe in einer Traumwelt, in einem Land aus Zahlen und Statistiken, aus Aktien, Wertpapieren und Märkten, während *sie* die Medien und ihre Reaktion auf einen Vorfall wie diesen ganz genau kannte. Beim Gedanken an die Fotos in den Zeitungen flammte ihre Erregung von vorher wieder auf: Ausschnitte aus *Avalon Clinic* auf Sky News, Fotos von Hexam Place Nummer 7 und von Lucy mit ihren Kindern, von Preston, wie er in sein Auto stieg und wie ihm Beacon dabei die Tür aufhielt. Ein verschwundener Rad würde längst nicht so viel Wirbel verursachen wie seine gefundene Leiche. »Am besten wäre es, wenn er einfach von der Bildfläche verschwinden würde, und noch besser wäre es, wenn man ihn nie fände.«

»Montserrat, das können wir nicht machen.« Zum ersten Mal – wirklich zum ersten Mal? – hatte er sie beim Vornamen genannt.

»Müssen wir aber. Es ist der einzige Ausweg. Denken Sie darüber nach. Stellen Sie sich vor, was mit Lucy, Ihren Kindern, Ihrem Unternehmen und mit allem passiert, was zu Ihnen gehört, wenn Sie der Polizei erzählen, Sie hätten Rad Sothern die Treppe hinuntergestoßen. Man wird Sie verhaften, und die Medien werden Sie schlachten.«

Lange Zeit herrschte Schweigen, dann sagte er: »Sie sind wirklich Lady Macbeth. Geben Sie mir noch einen Schluck Scotch.«

Sie schenkte ihm nach. »Das genügt. Morgen früh müssen Sie putzmunter sein.«

»Was soll das heißen?«

Plötzlich fiel ihr wieder ein, wo sie *Macbeth* schon einmal begegnet war: in einer Fernsehsendung. Hatte es sich dabei nicht um eine Frau gehandelt, die ihrem Schwächling von Ehemann klargemacht hatte, wie er sich verhalten solle, nachdem er jemanden ermordet hatte? Wie passend. »Sie gehen ins Bett. Lucy wird schon schlafen. Morgen ist Samstag. Erklären Sie ihr, Sie müssten den ganzen Tag arbeiten. Soviel ich weiß, haben Sie das schon mal gemacht, also wird sie sich nicht wundern ...«

»Und wenn schon, das ist mir scheißegal!«, rief er heftig.

»Ich werde hier schlafen – bei dem da.« Sie winkte lässig zu Rads Leiche hinüber. »Dann kommen Sie wieder her, und wir packen die Leiche irgendwo hinein und bringen sie weg.« Zufällig fiel ihr Blick auf die Dachbox. »Dort drinnen. Die habe ich mir für den Urlaub besorgt, um meine Ski zu transportieren, aber die können wir nutzen.«

»Und wohin bringen wir sie?«

»Sie haben doch einen Landsitz, oder? In der Nähe?«

»In Essex. Den Audi kann ich nicht nehmen. Beacon wird ihn übers Wochenende verräumt haben. Für die Fahrt nach Gallowmill Hall nehmen wir normalerweise einen Leihwagen, aber auch das ist völlig ausgeschlossen … Schauen Sie, Montserrat, die ganze Sache ist unmöglich.«

»Wir können mein Auto nehmen«, erwiderte sie.

»Am besten rufe ich in aller Frühe bei der Polizei an, ohne dabei Ihren Namen zu erwähnen. Ich werde die Leiche wieder hinausschaffen und auf den Boden legen. Und der Polizei werde ich sagen, ich sei gerade durch die Souterraintür gekommen und hätte gesehen, wie – wie heißt er? Irgendwas mit Rad? – wie er sich oben an der Treppe zum Souterrain am Geländer festhalten wollte und dabei hinuntergestürzt ist. Ich werde sagen, ich hätte meine Schlüssel verlegt – was ja auch wahr ist –, und deshalb hätte ich diesen Eingang gewählt. Und Sie hätten mir nicht aufmachen können, weil Sie nicht zu Hause gewesen wären. Ich werde sagen, ich hätte keine Ahnung gehabt, wer dieser Rad sei, und bevor ich das herausfinden konnte, sei er schon tot gewesen. Ein ganz logischer Zusammenhang.«

»So einen Quatsch habe ich noch nie gehört«, rief Montserrat. »Und wo wir schon mal bei ›Zusammenhängen‹ sind: Wenn es noch die Todesstrafe gäbe, dann wären Sie derjenige, der hängen würde. Wir können die Leiche auch jetzt sofort in die Box legen, dann haben wir es hinter uns und können morgen früh aufbrechen, sobald Lucy im Fitnessstudio ist. Und denken Sie daran: Kein Wort zu Lucy.«

Thomas wachte weinend auf. Seine rechte Wange war knallrot und tränennass. Rabia gab ihm einen lauwarmen Orangensaft (frisch gepresst) zu trinken und einen Beißring aus Elfenbein (frisch sterilisiert). Der Ring hatte ihr als Baby gehört. Wenn sie ihn Thomas gab, hatte sie das Gefühl, er sei wirklich ihr Kind, das wie viele Kinder die Babysachen seiner Mutter nutzt. Es machte sie glücklich, dass er den Beißring mochte, dass er sie anlächelte und ihr sein neuestes Wort schenkte: »Schatzilein«.

»Mag Rab lieb.«

»Rab hat dich auch ganz doll lieb, Thomas.«

»Sag Schatzilein«, sagte Thomas.

Und das tat Rabia auch. Sie wechselte seine Windel, gab ihm einen Kuss und legte ihn wieder zärtlich in sein neues großes Kinderbett.

Weiter hinten in der Straße, im Souterrain von Nummer 11, schliefen Henry und das Gnädige Fräulein Huguette eng umschlungen, jedenfalls bis es ihnen zu heiß wurde und sie auseinanderrollten. Zum ersten Mal hatte Huguette im Hause ihres Vaters bei ihm übernachtet, was in mancherlei Hinsicht durchaus angenehm war, besonders weil er nicht mitten in der Nacht aus ihrer Wohnung und in die Kälte hinausmusste. Trotzdem war Henry nervös und schlief unruhig. Wenn er für seine Tür einen Schlüssel gehabt hätte, wäre es besser gewesen, aber den hatte er nicht. Das Schlüsselloch war leer. Vielleicht sollte er einen Riegel für die Tür kaufen, damit sie ganz für sich sein könnten. Immer wenn es im Haus knarzte, tappte und quietschte, hatte er Angst, dass jemand die Treppe zum Souterrain herunterkam.

Einige Häuser weiter oben, in Nummer 3, war Jimmy ausnahmsweise über Nacht geblieben. Dr. Jefferson hatte keine Ahnung, wie man mit Personal umging, was Jimmy sehr wohl wusste. Trotzdem mochte er ihn gerade deshalb, anstatt ihn zu verachten. Selbstverständlich konnte Jimmy hinter Dr. Jeffersons Akzent, den man an einer innerstädtischen Londoner Gesamtschule oberflächlich verfeinert hatte, dessen Herkunft aus der Arbeiterschaft erkennen. Deshalb ließ er sich auch nicht von Jimmy mit »Sir« ansprechen oder die Autotür aufhalten. Obwohl Jimmy »offiziell« nicht im Hause wohnte, stand ihm in Nummer 3 ein hübsches Souterrainschlafzimmer zur Verfügung. Genau dort schlief er auch während der Bonfire Night, und zwar ganz allein, obwohl er frisch verliebt war. Nachts fuhr kein Bus in die Ecke, wo er wohnte. Dr. Jefferson hätte zwar überhaupt nichts dagegen gehabt, wenn Jimmy mit dem Lexus zu seiner Wohnung in Kennington gefahren wäre, aber Jimmy war mit Thea ausgegangen und hatte viel zu viel getrunken, um ein Fahrzeug irgendwohin zu bewegen.

Jimmy war verliebt, und zwar in Thea. Höchst ungewöhnlich! Sie war über dreißig und sah nicht gut aus, zumindest nicht besonders gut. Außerdem kannte er sie schon seit Jahren und hatte nie das Gefühl gehabt, dass er sie sonderlich mochte. Aber wie er gestern Abend im Dugong auf seinem Platz zwischen June und Richard von seinem Bier aufschaute, sah er der gegenübersitzenden Thea direkt in die Augen. In dem Moment spürte er etwas Seltsames: Plötzlich machte sein Herz einen Sprung, setzte aus und fing dann wieder an zu klopfen. Thea, ich liebe dich, dachte er. Am liebsten hätte er es ganz laut hinausgeschrien. Ich bin in dich verliebt, ich bin in dich verliebt. Ihre Blicke hielten einander fest, und sie lächelte ihn an, mit einem wunderbar strahlenden Lächeln, das ihr kleines unscheinbares Durchschnittsgesicht in das einer hinreißenden Schönheit verwandelte.

Er sagte nichts und unternahm auch nichts, aber am nächsten Abend ging er wieder ins Dugong. Da war sie und saß allein am selben Tisch, genau wie er es gehofft hatte. Gab es für eine Frau eine hübschere Haarfarbe als dieses Naturrot? Rot wie Kapuzinerkresse, Kastanienrot. Von den anderen war keiner da, es war noch zu früh. Die halbe Nacht und fast den ganzen Tag hatte er darüber nachgedacht, was mit ihm geschehen war. Jetzt hatte er keine Lust, mit oberflächlichem Geplauder Zeit zu verlieren. Er ging zu Ted Goldsworth an die Bar und bestellte zwei Gläser Champagner, wobei er genau wusste, dass ihn Thea nicht aus den Augen ließ.

Als er die Gläser absetzte, sagte sie: »Hallo, Jimmy.« Es klang bedeutungsvoll. Und er sagte: »Hallo, Thea.« Und dann sprach er alles aus, was ihm gestern Abend, während der Nacht und tagsüber durch den Kopf gegangen war, während er Dr. Jefferson chauffiert hatte: »Ich habe mich in dich verliebt. Das ist verrückt, ich weiß, aber ich glaube, dir geht es genauso.«

So hatte noch nie jemand mit Thea gesprochen. Jimmys Liebeserklärung überwältigte sie in ihrer verdrossenen Einsamkeit, und sie sagte wie eine Braut bei der Hochzeit: »Ja.«

»Dann sollten wir das hier austrinken und woandershin gehen, nur du und ich.« Er hob sein Glas. »Auf uns!«

»Auf uns«, sagte sie und lachte ungläubig.

Eigentlich hatten sie gar nicht zu viel getrunken, aber eben doch so viel, dass Jimmy an Autofahren nicht mehr denken wollte. Man verbrachte den Abend unter Feuerwerksgrollen und dem Zischen von Raketen in einer Weinstube am Ranelagh Drove. Jimmy hatte gehört, es sei ein Zeichen von Liebe, wenn man keinen Appetit hatte. Und tatsächlich aßen beide sehr wenig. Sie legte ihre Hand auf den Tisch, und er legte seine darüber. Mit dem Küssen würde er noch warten, bis sie sich später voneinander verabschiedeten, denn er hatte nicht vor, die Nacht mit ihr zu verbringen, noch nicht, eine kleine Weile noch nicht.

Da war ein Gefühl, das ihm irgendwie leicht lächerlich vorkam, und doch – ihre Liebe hatte etwas Heiliges an sich, das man in diesem frühen Stadium nicht »entweihen« durfte. Gewiss, irgendwann würde es zum Letzten kommen. Das akzeptierten beide voll innerem Frieden und Freude und nahmen es lächelnd als selbstverständlich.

Hand in Hand spazierten sie zum Hexam Place zurück, es war ja nicht weit. Im Wohnzimmer von Damian und Roland brannte noch Licht, aber in der Wohnung von Miss Grieves war es dunkel. Im Schatten der Straßenlampe, wo Rolands und Damians Licht nicht hinreichte, küsste Jimmy Thea. Thea hielt ihn lange Zeit in den Armen und fragte sich dabei, was sie gerade tat.

»Ruf mich morgen früh an«, sagte sie.

»Selbstverständlich. Ist doch klar. Ich möchte unbedingt deine Stimme hören.«

Drinnen in ihrem eigenen stillen Schlafzimmer grübelte Thea darüber nach, was sie mit ihrem »Ja« gemeint hatte. Hatte sie es nur gesagt, um ihm eine Freude zu machen und seine Gefühle nicht zu verletzen? Fühlte sie sich geschmeichelt, oder war es wieder einer ihrer Versuche, jemandem einen Gefallen zu tun? Allerdings hatte sie sich diesmal damit ziemlich in die Nesseln gesetzt. Niemand hatte je zu ihr gesagt, er sei in sie verliebt. Eine so romantische Situation hatte sie noch nie erlebt. Vielleicht könnte sie lernen, ihn zu lieben, indem sie sich einredete, wie gut er aussah und wie nett er war.

Während Jimmy in Nummer 3 aufsperrte und das Schlafzimmer betrat, das er damit endlich einweihte, gingen in den Häusern allmählich die Lichter aus, bis die ganze Straße dunkel dalag.

Mitten in der Nacht schreckte Montserrat hoch. Preston klopfte an die Tür und zischte durchs Schlüsselloch: »Montserrat, mach die Tür auf. Wir müssen unbedingt reden.«

Wenn ihn jemand hörte, könnte er oder sie meinen, sie wären ein Liebespaar, schoss es ihr durch den Kopf. Irgendwann einmal könnte man sich das schon vorstellen, aber noch war es nicht so weit. Sie öffnete. »Es gibt nichts zu bereden. Es ist alles gesagt. Jetzt müssen wir nur noch einen Weg finden, wie wir diesen Behälter aufs Autodach heben, ohne dass jemand wegen des Inhalts Verdacht schöpft. Wo schlafen Sie denn?«

»Ich bin bei ihr im Zimmer gewesen«, gestand er. »Dort kann ich nicht wieder hin. Es ist entsetzlich.«

»Na schön, schließlich stehen in diesem Haus ja noch vier Schlafzimmer leer. Suchen Sie sich eines aus und kommen Sie gegen 7 Uhr wieder her.«

Sie legte sich wieder schlafen. Vorher aber fiel ihr ein, dass der ganze Vorfall wenigstens ein Gutes hatte: Jetzt musste sie Ciaran nicht mehr Rads Besuche erklären. Um 6.30 Uhr stand Preston wieder bei ihr im Zimmer. Er trug seine typischen Klamotten für einen Wochenendausflug aufs Land: Sportsakko, graue Flanellhose, braune Budapester. Meine Güte, dachte sie, er kann doch höchstens vierzig sein. Sie war unter der Bettdecke nackt.

»Gehen Sie weg, bis ich aufgestanden bin, ja? Während ich dusche, könnten Sie sich eine Tasse Kaffee machen. Aber vorher hören Sie noch mal zu: Bis Lucy verschwunden ist, unternehmen wir gar nichts. Das wird bald der Fall sein, wie immer, wenn bei ihr Sport auf dem Programm steht. Außerdem wird sie die Mädchen mitnehmen. Schließlich ist es nie zu früh, aus ihnen durch und durch fitte Damen zu machen.« Sie sah, wie er zusammenzuckte und den Mund verzog. »Mein Auto steht in der Garagenzeile der St. Barnabas Mews, Nummer 12. Die Rückseite Ihres Gartens grenzt fast daran. Wir können die Dachbox auf die Gasse hinaustragen und *in der Garage* auf den Dachträger montieren. Wenn uns jemand dabei beobachten sollte, wird er höchstens denken, dass Sie mir bei den Vorbereitungen meines Urlaubs helfen. Wir sagen dann, es wären Ski drinnen. Klar?«

Eigentlich hatte er heute Morgen bei der Polizei anrufen wollen, aber das hatte er offensichtlich völlig vergessen, denn er meinte nur zur Bestätigung: »Klar.«

»Wie lange dauert die Fahrt zu Ihrem Landsitz?«

»Ungefähr eine Stunde, vielleicht auch weniger.«

»*Essex?* Liegt das wirklich auf dem flachen Land?«

Statt einer Antwort zog er nur ein mürrisches Gesicht.

»Am Wochenende mache ich immer das Frühstück für Lucy«, meinte sie, »also sollte ich mich sputen. Sie müssen einfach Geduld haben.«

11

»Wo ist mein Papi?« Hero suchte auf der Galerie hinter dem Sofa, als könnte sie ihn dort finden.

»Er ist sehr spät nach Hause gekommen«, meinte Lucy betont gelangweilt. »Vermutlich ist er schon in aller Früh wieder weg. Wie immer.«

»Ich werde nie so viel arbeiten wie er«, rief Matilda. »Ich finde das sinnlos.«

Matilda würde einen reichen Mann heiraten und müsste vermutlich überhaupt nicht arbeiten, dachte Montserrat. Selbstverständlich äußerte sie diese Prognose nicht laut. Sie schaute ihnen nach, wie sie die Treppe hinuntertänzelten. Alle drei waren gleich gekleidet: dunkelrote Jacken, darunter weiße Trikots und schwarze Leggings mit gelbsilbernen Chanel-Sneakers. Zuerst schubste Lucy die Mädchen ins Freie, dann kam sie hinterdrein und warf die Haustür zu. Rabia war bereits mit Thomas fortgegangen.

Der Garten des Hauses Nummer 7 am Hexam Place wurde nur selten benutzt. Angeblich hatte ihn beim Einzug der Stills ein Rasen samt Blumenrabatten geziert, aber seither waren vier Jahre vergangen. Bäume, Büsche und Unkraut hatten derart überhandgenommen, dass der Garten jetzt eine einzige Wildnis war. Für ihr Vorhaben war das optimal, auch wenn es eigentlich ziemlich egal war, ob die Familien Wallace und Cavendish in Nummer 9 oder die Familie Neville-Smith in Nummer 5 sie dabei sahen. Die Leiche in der Box war schwerer, als es Montserrat erwartet hatte. Rad Sothern war doch so ein dürrer kleiner Hering gewesen. Aber irgendwie schaffte sie es mit Preston Stills Hilfe. In der Seitengasse war kein Mensch zu sehen. Montserrat sperrte das Garagentor auf. Beim Anblick ihres blauen VW, der mit einer grauen Staubschicht und Taubenkot überzogen war, glaubte sie, einen Hauch von Verachtung auf Prestons Gesicht zu entdecken, aber vielleicht war es wirklich nur Einbildung gewesen. Die Box auf den Dachträger zu hieven war viel mühsamer, als sie die Kellertreppe hinauf und durch den Garten zu zerren. Zwei Stufen an der hinteren Garagenwand, die ihr vorher noch nie aufgefallen waren, kamen dabei gerade recht. Ohne sie hätten sie es nie geschafft. So aber war die Box nach einer Viertelstunde Schufterei endlich sicher verstaut und vertäut. Am Schluss zitterten Preston die Hände.

»Ich werde fahren«, verkündete Montserrat.

Er widersprach nicht.

»Wir werden den Hexam Place umfahren. Es ist egal, ob die Leute mich sehen, aber man muss nicht Sie unbedingt in meiner Gesellschaft sehen. Das würde einen seltsamen Eindruck machen.« Preston nickte. »Um auf Nummer sicher zu gehen, sollten Sie sich trotzdem vor der Rückbank auf den Boden legen.«

»Also, nun mal langsam. Das ist doch sicher überflüssig…«

»Selbstverständlich nicht. Daran hätten Sie früher denken sollen, bevor Sie einen Fernsehstar die Treppe hinunterstießen.«

»Ich gebe Ihnen meine Postleitzahl für das Navigationssystem.«

»Wäre praktisch, wenn ich ein Navi hätte, aber ich habe keines. Sie werden mich schon lotsen müssen.«

Das würde er tun, meinte er. Montserrat stieg ein. Mühsam quetschte sich Preston in den Spalt zwischen Fahrersitz und Rückbank. Kaum hatten sie ein gutes Stück Richtung Nordtangente zurückgelegt, hielt sie an, damit er herausklettern und sich auf den Beifahrersitz setzen konnte. Angst und vielleicht auch Schuldgefühle machten ihn gereizt.

»Es geht mir total gegen den Strich, mich von einer Frau fahren zu lassen.«

»Wirklich Pech«, erwiderte Montserrat. »Wissen Sie was? Sobald wir Mr. Fortescue losgeworden sind, können Sie ja zurückfahren.«

Samstags brachte jede gute Tageszeitung in der Wochenendbeilage ein Interview mit einer prominenten Medienperson, das Thea normalerweise während des Frühstücks las. Sie teilte sich die Zeitung mit Damian und Roland, die sich nur für Politik und Wirtschaft interessierten, während sie das Magazin, die Medienseite und das Feuilleton behielt, obwohl sie auch gerne den Nachrichtenteil gehabt hätte. Zufällig war der heutige Interviewpartner Rad Sothern, und auf dem Deckblatt prangte ein ganzseitiges Farbfoto von ihm in seiner Rolle als Mr. Fortescue. Noch vor Kurzem hätte Thea entzückt sämtliche Enthüllungen verschlungen: Rads verflossene Liebschaften, die Tatsache, dass June seine Tante oder Großtante war und dass er früher mal in einer Popband Gitarre gespielt hatte. Aber heute merkte sie, dass ihr jede Konzentration für diesen Artikel fehlte. Ihre Gedanken drehten sich einzig und allein um Jimmy, auch wenn es vielleicht andere Gedanken waren, als er sich von ihr gewünscht hätte. Heute musste sie endlich anfangen, ihn lieben zu lernen.

Eigentlich müsste ihr das gelingen, schließlich hatte sie sich schon so vieles beigebracht, um sich bei anderen Leuten beliebt zu machen. Heute wollten sie zu zweit einen Tagesausflug mit Simon Jeffersons Auto machen. Thea rechnete damit, dass Jimmy sie um 10 Uhr abholte. Sie war schon um 6 Uhr aufgewacht und um 7 Uhr aufgestanden und hatte dann besonders sorgfältig ihre Kleidung ausgewählt: nagelneue Jeans, eine blütenweiße Bluse und darüber eine kuschelige zartrosa Strickjacke. Sie hatte sich die Haare frisch gewaschen und eine geschlagene Viertelstunde ihre Augen schön geschminkt. Trotzdem war ihr irgendwie klar, dass Jimmy ihr Aussehen nicht mehr sonderlich wichtig war, auch wenn sie auf diesem Gebiet nicht wirklich viel Erfahrung hatte. Was hat Wimperntusche mit Liebe zu tun?

Um 9.45 Uhr brachte sie Damian und Roland die drei Zeitungsbeilagen hinunter. »Ihr könnt sie gerne haben. Ich bin heute tagsüber nicht da.«

»Stell dir vor, ich bilde mir ein, dass ich gesehen habe, wie dieser Typ aus dem Nachbarhaus gekommen ist«, meinte Roland. »Angeblich soll er der Enkel der Prinzessin sein.«

»Hier steht, er sei Junes Neffe.«

»Wunder gibt es immer wieder.« Damian schnappte sich das Magazin und betrachte kopfschüttelnd Rads Porträt. »Lass das Feuilleton und den Medienteil bei uns. Wir stecken sie dann in die Papiertonne, auch wenn wir sie höchstwahrscheinlich nicht lesen werden. Übrigens, wir haben vor zu heiraten.«

»Ach, cool«, sagte Thea. Hatten sie gelernt, einander zu lieben, oder war das ganz natürlich passiert?

»Roly hat mir beim Frühstück einen Heiratsantrag

gemacht. Er hat gesagt: ›Willst du mein eingetragener Lebenspartner werden?‹ Das war doch niedlich, findest du nicht auch?«

»Aber ja. Kann ich auch kommen?«

»Nehmen wir's mal an.« Roland klang so, wie man das Wort »cool« früher verwendet hatte – kühl.

Thea sah von ihrem Fensterplatz aus, wie Simon Jeffersons zartgelber Lexus am Randstein hielt. Ihr Traum wurde tatsächlich wahr! Sie setzte ihre erste Lektion in Sachen Enthusiasmus in die Tat um und sauste ohne Verabschiedung zur Haustür.

Beim Putzen des Salons fand June hinter den Sofakissen ein undefinierbares Objekt. Vielleicht konnte man damit Musik hören oder etwas aufnehmen oder beides. Als sie zufällig mit dem Daumen dagegendrückte, ertönte die erste Zeile von »God save the Queen«, und es erschienen ein Dutzend bunte Bildchen.

»Das gehört sicher Rad«, meinte sie, als sie der Prinzessin das Frühstück hinaufbrachte, und zeigte ihr das Objekt.

»Das ist ein sogenanntes Raspberry. Sie sollten ihn anrufen, aber nicht mit diesem Dings da, selbst wenn Sie wissen sollten, wie man das macht. Nehmen Sie das richtige Telefon.«

June versuchte es auf dem Festnetz, erreichte aber keinen. Die andere Nummer, die sie von Rad hatte und die sie noch nie gewählt hatte, löste erneut auf dem Objekt in ihrer Hand die Nationalhymne aus. June zuckte zusammen. Das Ding forderte sie auf, eine Nachricht zu hinterlassen, was sie wenig sinnvoll fand. »Wenn er es wiederhaben möchte, wird er schon auftauchen«, sagte sie sich.

Auf der Fahrt durch das Dorf Theydon Wold fiel Montserrat auf, dass im Pub – es hieß Devereux Arms – mittags ein Drei-Gänge-Menü angeboten wurde. Vielleicht könnte sie Preston überreden, sie hierher einzuladen, nachdem sie Rad Sotherns Leiche abgeladen hatten. Zu ihrem Erstaunen hatte er den Weg nach Gallowmill Hall kaum gefunden, obwohl ihm das Anwesen gehörte. Dreimal hatte er sie in die Irre geleitet. Einmal wären sie beinahe auf der M25 Richtung Dartforder Kreuz gelandet. Es stellte sich heraus, dass er beim Fahren auf das Navi angewiesen war, weil er von der ganzen Adresse nur die Postleitzahl kannte.

Das Anwesen hatte Montserrat fast so beeindruckt wie Rabia, aber eben nur fast, denn schließlich hatte sie solche Herrenhäuser schon früher gesehen, in echt und auf Fotos. Wie fühlte man sich wohl als Besitzer eines solchen Anwesens? Nicht nur als Besitzer von Hexam Place Nummer 7, sondern auch von Gallowmill Hall.

»Warum heißt das Haus so?«

»Am Fluss steht eine Wassermühle, und früher gab es hier in der Nähe irgendwo einen Galgen.«

Sie merkte, wie er zusammenzuckte, als er dieses Gerät zur Vollstreckung der Todesstrafe erwähnte. »Sie können durch den Torbogen fahren. Eigentlich sollte niemand zu Besuch kommen, aber man kann ja nie wissen. Außerdem ist es am besten, wenn uns niemand sieht.«

Da ging sie hin, ihre Aussicht auf ein gutes Mittagessen im Devereux Arms. »Und was machen wir jetzt mit ihm, nachdem wir ihn hier haben?«

»Keine Ahnung.«

»Bis wir es genau wissen, heben wir die Box auf keinen Fall vom Auto. Zum Herumschleppen ist sie zu schwer.«

Sie merkte, wie blass er aussah. »Ist Ihnen von der Fahrt schlecht?«

Er schüttelte den Kopf. »Wir sollten frische Luft schnappen.«

Der Torbogen mündete in eine Art Innenhof. Sie ließen das Auto stehen und gingen wieder durch den Bogen bis zu der Stelle, wo die breite Kiesfläche in sanft abfallenden Rasen überging. Alles war von einem dichten Blätterteppich in Rot, Braun und Gelb bedeckt. Die Bäume, von denen diese Blätter gefallen waren, reckten schon wieder fast nackte Astgerippe in den Himmel. Über den flachen bewaldeten Hügeln dehnte sich ein blasser milchig blauer Himmel, über den zartgraue Wolkenstreifen zogen.

»Gehört Ihrer Familie dieses Anwesen seit vielen Jahrhunderten?«

»Seit gut zweihundert Jahren.«

»Warum leben Sie nicht hier?«

Auf diese Frage gab er keine Antwort. »Meine Eltern haben hier gelebt und meine Großeltern, genau wie alle Vorfahren ab Anfang des 19. Jahrhunderts. Damals hatte mein Ururgroßvater dieses Anwesen erbaut.«

Als sie auf dem Weg ums Haus zur Gartenseite kamen, wie es Preston nannte, weitete sich die Aussicht und gab den Blick auf allerlei landschaftliche Details frei: auf ein ziemlich großes Anwesen auf einer flachen Hügelkuppe, auf hässliche Scheunen rings um ein Bauernhaus und auf einen Kirchturm. Montserrat musste an historische Fernsehfilme denken, an Frauen mit Schutenhüten, die aus solchen Häusern herauskamen, an Dandys in Gehröcken, die hoch zu Ross vor den vornehmen Damen den Hut zogen.

»Sind Ihre Vorfahren dort zur Kirche gegangen?«

»Saint Michael und die Himmlischen Heerscharen«, erwiderte Preston, als hätte sie ihn danach gefragt. »Vermutlich schon. Heutzutage geht angeblich kaum mehr jemand hin. Ein Teil meiner Vorfahren liegt dort auf dem Friedhof, in einer Art Familienmausoleum.«

Ein Großgrundbesitzer wie er musste eigentlich jede Menge Schlüssel haben, die man verlegen oder vergessen konnte. Den Schlüssel zu diesem Eingang hatte er nicht verlegt. Er sperrte auf, sie gingen hinein. Inzwischen hatte sich Montserrat an die Art Haus gewöhnt, das Preston gehörte. Die Inneneinrichtung entsprach genau ihren Vorstellungen: Ölgemälde in verschnörkelten Goldrahmen, Perserteppiche, auf Hochglanz polierte dunkle Möbel, mit Vögeln und Blumen verziertes chinesisches Porzellan in Rosé, Grün und Schwarz. Sie war überrascht, wie warm es im Haus war.

»Von Oktober bis April lassen wir die Heizung auf niedriger Stufe laufen.«

»Wer ist denn ›wir‹?«

»Der Verwalter und seine Gattin. Nein, nein, keine Sorge, sie werden nicht hier sein.«

Sorgen hatte sie sich keine gemacht, sie hatte sich nur gewundert, dass ein gerade mal Vierzigjähriger immer noch den Ausdruck Gattin verwendete.

»Ich habe Hunger«, sagte sie. »Gibt's was zu essen?«

Die Küche war riesig und ziemlich modern – na ja, wenn man eine zwanzig Jahre alte Einrichtung als modern bezeichnen wollte. Im Gefrierschrank lag geschnittenes Brot, und in einem Regal standen Dosen. »Wir könnten uns Bohnen auf Toast machen.«

Vielleicht hatte er gar keine Ahnung, was das war. »Ich brächte keinen Bissen hinunter«, antwortete er. »Ich hätte gerne einen Drink, falls Sie sich der Rückfahrt gewachsen fühlen.«

»Sie haben doch gesagt, Sie würden sich nur ungern von einer Frau kutschieren lassen.«

»Das halte ich gerade noch aus«, meinte er unglaublich herablassend.

Ihre Reaktion war ein spöttisches Gelächter. »Bevor wir uns darüber den Kopf zerbrechen können, müssen wir erst unseren Promi irgendwo verstauen.«

Sie steckte zwei Brotscheiben zum Auftauen in den Toaster, öffnete eine Dose Lachs und machte sich ein Sandwich. Er hockte mit dem Kopf in den Händen am Tisch. Beim Durchsuchen der Schränke fand sie eine kleine Flasche Cognac, eine halb leere Flasche Cointreau und einen Rest Rotwein. Sie schenkte ihm eine ordentliche Menge Cognac ein und wollte noch mit Wasser auffüllen, aber er legte die Hand übers Glas. Nachdem er die Hälfte getrunken hatte, bekam er wieder Farbe und lief dunkelrot an. »Ich habe einen Entschluss gefasst«, konstatierte er. »Wir hätten ihn nie in diese Box legen dürfen. Wir hätten nie hierherkommen sollen – oder sonst wohin. Sobald Sie fertig sind, fahren wir nach London zurück und bringen seine Leiche auf die nächste Polizeistation.«

»Seien Sie nicht albern. In zwei, drei Stunden ist es dunkel, dann können wir ihn irgendwo verstecken, ohne dass uns jemand sieht. Eine Leiche auf eine Polizeistation bringen? Dann verfrachtet man Sie zum Psychiater und lässt Sie einweisen. Wenn man Sie in eine Klapsmühle steckt, wäre das schlimmer als eine Anklage wegen Mordes. Und genau das wird man tun.« Sie spülte Glas und Teller unter dem Wasserhahn ab und verstaute sie wieder. »Ihrer Ansicht nach wäre es am besten, wenn niemand weiß, dass wir hier gewesen sind, also müssen wir vorsichtig sein, damit man uns nicht sieht. Ich würde mich jetzt gerne hier umsehen und ein Versteck für ihn finden.«

Noch mehr Schlüssel. Er nahm drei Schlüsselringe von der Wand und stopfte sie in seine Taschen. Es gab jede Menge Nebengebäude und auch Stallungen. Er zeigte ihr ein Sommerhaus und etwas, das wie ein Tempel mit Kuppel und Säulen aussah. Er nannte es einen Folly. Am Ende einer langen Allee stand ein kleines Haus im neugotischen Stil. Diesen Baustil kannte Montserrat. Momentan stand das Häuschen leer, die Fenster waren vernagelt.

»Das ist das Pförtnerhaus«, erklärte er. »Früher haben die Verwalter hier gewohnt, aber die jetzige Familie hat im Haupthaus eine Wohnung, die wir ihnen eingerichtet haben.«

Das Gebäude wirkte trist und hätte dringend einen neuen Anstrich gebraucht. Mehrere Dachziegel fehlten, das halbe Garagentor hing schief in den Angeln.

»Ich muss unbedingt dafür sorgen, dass sich jemand um dieses Haus kümmert«, meinte Preston. »Ich weiß gar nicht, warum ich es so habe verfallen lassen.«

Am fehlenden Geld kann's wohl nicht liegen, dachte Montserrat. »Was ist das?« Sie deutete auf einen mit Gras und Unkraut überwucherten Hügel mit einer Holztür als Eingang, zu der sechs Stufen hinunterführten. Sie musste an ein geliebtes Kinderbuch denken und an mehrere Filme. »Sieht aus wie ein Haus für Hobbits.«

»Das ist ein Anderson-Schutzraum«, erklärte Preston.

»Und was bedeutet das?«

»Im Krieg, also im Zweiten Weltkrieg, gab es zwei Arten von Luftschutzräumen: den Morrison, eine Art Metalltisch, und den Anderson, so wie diesen da. Dazu wurde im eigenen Garten eine Grube ausgehoben und mit einer Erdschicht bedeckt.«

»Hat es denn hier draußen Fliegerangriffe gegeben?«

»Im Dorf ist eine Bombe gefallen. Dabei wurde eine Kuh getötet.«

»Woher wissen Sie das alles? Damals waren Sie ja noch nicht einmal geboren. Und Ihr Papa müsste noch ein kleiner Junge gewesen sein.«

»Das hat mir mein Großvater erzählt.«

»Können wir hineinschauen?«

Die Tür war versperrt, aber Preston fand an einem der Schlüsselringe den passenden Schlüssel. Drinnen standen zwei Stockbetten, deren Matratzen einen grünen Schimmelbelag hatten, und ein Tisch mit einem verschimmelten Buch darauf. Von der Decke baumelte eine nackte Glühbirne.

»Genau so etwas bräuchten wir«, sagte Montserrat. »Leider kommt das hier nicht infrage. Beim Renovieren würde man dieses Teil vielleicht – zerlegen. Eine Höhle oder so etwas. Gibt es hier Höhlen?«

»Natürlich nicht«, widersprach er. »Doch nicht in Essex.«

Sie ging die Treppe hinauf, ließ ihn absperren und blieb auf dem Weg zur Kirche stehen, deren Turm ganz dicht vor ihnen aufragte. Hundert Meter weiter gab es in der Hecke, die einen kleinen Friedhof umgrenzte, ein Tor. Die graue Steinkirche wirkte noch recht solide, während der Kirchhof in unnatürlich dunklem Licht still vor sich hin verfiel. Zwischen den Grabsteinen standen nur dunkle Bäume, unglaublich hohe Eiben und üppiger Ilex. Einige der immergrünen Pflanzen zeigten keinen Hauch von Grün mehr. Ihre Blätter schienen aus schwarzem Leder zu bestehen. Alles war mit Efeu überwuchert, der sich sogar über einige Grabsteine wie ein Baldachin ausgebreitet hatte. Diese ganze Pflanzenwelt schien vor sich hin zu modern. Vielleicht lag es daran, dass die Blätter nie abfielen, sondern sich einfach im Laufe der Zeit erschöpften.

Die meisten Gräber hatten Platten und senkrechte Steine, von denen viele schief standen, aber es gab auch drei Gruften in Form großer Steinquader, die von schwefelgelben Flechten und dunkelgrünem Mauerpfeffer überwachsen waren. Draußen auf dem Weg war es um 14.30 Uhr immer noch hell, nur hier war schon die Dämmerung angebrochen. Vielleicht war sie auch nie gewichen.

»Hier kommt nie jemand her«, sagte Preston. »Höchstens am Sonntag kommen vier oder fünf alte Leute zur Morgenandacht. Der hiesige Pastor ist in der Gegend für drei Pfarreien zuständig. Vielleicht steht morgen Vormittag kein Sonntagsgottesdienst auf seinem Plan.«

Montserrat berührte die Flechten auf der größten Gruft. »Das ist ein Anderson-Bunker für die Toten«, verkündete sie in makabrem Tonfall und las laut die Buchstaben, die am Fuß der Gruft eingemeißelt waren: »Familie Still.«

»Seit der Beerdigung meines Großvaters wurde sie nicht mehr geöffnet.«

Preston klang andächtig und vorwurfsvoll zugleich. Leider hatte er den falschen Schlüssel mitgenommen, und so mussten sie wieder umkehren.

Sie spazierten händchenhaltend durch den gut besuchten Holland Park und aßen mittags dort in einem Restaurant. Jimmy ließ sich gern mit Thea sehen, während Thea sich redlich bemühte, sich gern mit Jimmy sehen zu lassen.

Jeder von beiden glaubte, man würde sie beneiden, und teilte das dem anderen mit. Für Thea war das nicht weiter schwierig. Schließlich war Jimmy ein sehr gut aussehender, großer Mann mit einer guten Figur und schönen dunklen Haaren.

»Diese Männer würden nur allzu gern mit mir tauschen.«

»Und alle Frauen würden liebend gern mit dir Händchen halten.« Mehr fiel ihr nicht ein. Es müsste genügen.

Trotz des schönen Wetters war das Jahr schon zu weit fortgeschritten, um im Gras zu sitzen, und die Bänke waren unbequem. Im Restaurant gab es eine Bar, wo sie sich mit ihren Drinks hinsetzten – ein Tonic Water mit Angostura für Jimmy und für Thea einen Pinot Grigio – und aus ihrer Vergangenheit erzählten. Jimmy war in den Neunzigerjahren fünf Jahre verheiratet gewesen, aber seine Frau war mit einem Kaminkehrer durchgebrannt.

»Ich habe nicht gewusst, dass es diesen Beruf überhaupt noch gibt«, sagte Thea.

»Er ist nicht wirklich im Kamin herumgeklettert. Er hatte eine Firma, die Kamine kehrt. Inzwischen haben sie drei Kinder.«

Thea hatte ein Polytechnikum besucht, das man später in eine Fachhochschule umgewandelt hatte. Dort hatte sie ihren Abschluss in Informationstechnik gemacht.

»Du bist eine kluge Frau«, meinte Jimmy.

Er hatte als Fahrlehrer, Fahrprüfer und Autoverkäufer gearbeitet. Simon Jefferson hatte er kennengelernt, als er dessen Frau Fahrunterricht erteilt hatte. Dr. Jefferson hatte vom Fenster aus Jimmys Einparkkünste bewundert und ihn zwei Jahre nach seiner Scheidung als Chauffeur eingestellt. Zufälligerweise war auch Jimmy fast gleichzeitig geschieden worden. Thea erzählte von ihrer ersten Begegnung mit Damian und Roland. Damals hatte sie Miss Grieves und ihr Einkaufswägelchen zu dem Laden an der Ecke zur St. Barnabas Street begleitet.

Jimmy bezahlte die Rechnung und fragte: »Zu dir oder zu mir?«

Thea hatte Schuldgefühle, weil sie ihn zahlen ließ, obwohl sie ihn noch gar nicht richtig liebte. »Also … vielleicht begegnen wir beim Heimkommen Damian und Roland.«

»Dr. Jefferson ist den ganzen Tag nicht da.«

»Dann zu dir«, sagte Thea und verdrängte den unverzeihlichen Gedanken, dass sie es am besten schnell hinter sich brachte.

12

Bis es richtig dunkel geworden war, hatte sich die Situation verändert. Sie hatten die Box vom Dachständer gehoben, ins Haus getragen und nach einigem Zögern zähneknirschend geöffnet. Keiner von beiden hatte viel Erfahrung mit Leichen. Preston hatte seinen toten Vater gesehen und zwei Jahre später seine Mutter, ganz im Gegensatz zu Montserrat. Diese Leiche war ihre erste. Obwohl sie nichts Genaues wusste, machte sie sich auf irgendwelche Veränderungen gefasst. Sie war es auch, die die Decke zurückschlug. Hier war nichts steif, sämtliche Gliedmaßen fühlten sich schlaff an. Aufgrund der vielen Thriller, die sie gelesen und gesehen hatte, vermutete sie, dass die Leichenstarre eingetreten war und sich bereits wieder gelöst hatte.

Preston schob Montserrat ziemlich grob beiseite, wickelte die Leiche wieder in die Decke ein und verkündete: »Wir werden sie im Wagen transportieren. In der Box kommen wir damit nicht zurecht. Wenn Sie die Box nicht mehr brauchen, stelle ich sie in den Gepäckraum.«

Montserrat war stolz darauf, dass sie nicht zurückgezuckt war, im Gegensatz zu dem zimperlichen Preston. Lieber hätte sie sich die Zunge abgebissen, als zu sagen, dass es sie inzwischen schon bei der Vorstellung schüttelte, die Box noch einmal verwenden zu müssen. »Sie haben einen Gepäckraum? Supi!«

Er schleppte die Box weg. Hätte sie den Mut, ihn um den Betrag zu bitten, den sie Henry für die Box bezahlt hatte? Oder, besser gesagt, um eine fiktive Summe. Sie würde es tun. »Diese Box hat mich zweihundert Pfund gekostet.«

»Daran soll's nicht scheitern.« Diesen Ausdruck hatte sie noch nie von jemandem gehört. »Sobald wir zu Hause sind, gebe ich Ihnen einen Scheck.«

»Ich werde fahren«, verkündete sie.

Sie befürchtete, er würde den Friedhof links liegen lassen und sofort auf die Hauptstraße fahren, ehe sie ihn daran hindern konnte, aber er erhob keinen Einwand. Sie hievten Rad Sotherns Leiche auf die Rückbank, und Preston deckte sie mit Säcken zu, die er aus einem Raum hinter der Küche holte.

Nach 17 Uhr war es stockfinster. Im ganzen Dorf Theydon Wold brannten Lichter, auch in dem Haus oben auf dem Hügel, aber außerhalb der Häuser war kein Licht mehr zu sehen. Montserrat wollte von ihm wissen, warum es keine Straßenlampen gebe, und Preston meinte, die Leute im Dorf hätten ein Bürgerbegehren zum Erhalt der Dunkelheit auf dem Land gestartet, und dieser Protest sei erfolgreich gewesen. Der beste Parkplatz für ihre Zwecke war ein Feldweg, der von dem Weg abzweigte, der sie vorher zum Kirchhof geführt hatte. In den Lehmboden hatten sich tiefe Riefen eingegraben, aber weil es seit einer Woche nicht mehr geregnet hatte, waren sie hart und fest.

Kaum zu glauben, dass es nicht einmal fünfzig Kilometer bis London waren, dachte Montserrat. Es herrschten tiefe Stille und undurchdringliche Dunkelheit. Preston hatte gemeint, sie bräuchten eine Taschenlampe, und hatte eine mitgebracht. Über ihnen dehnte sich ein sternenübersäter Himmel. So etwas hatte sie seit dem letzten Besuch bei ihrer Mutter in Katalonien nicht mehr gesehen. Preston entfernte die Säcke und legte sie auf den Fahrzeugboden, dann hob er mit ihr die in die Decke eingewickelte Leiche heraus und legte sie auf die Erde.

»Sein Tod war ein reiner Zufall«, konstatierte Preston.

»Das sagten Sie bereits. Sogar schon ziemlich oft.«

»Das muss auch mal gesagt werden. Sie tun so, als hätte ich ihn ermordet, und Sie würden mir nun dabei helfen, ein Verbrechen zu vertuschen.«

Sie gab keine Antwort. Mit der eingewickelten Leiche gingen sie den Kiesweg entlang. Preston beleuchtete mit der mitgebrachten Taschenlampe den Boden. Montserrat dachte über die Decke nach. Könnte man feststellen, dass sie aus dem Haus Nummer 7 am Hexam Place stammte, wo Mr. und Mrs. Preston Still wohnten? Nicht wenn man sie im Inneren des Still'schen Mausoleums deponierte, vielleicht sogar in einem der Särge, neben einem der anderen längst Verblichenen. Sie bezweifelte, ob sie trotz der eisernen Nerven, die sie bei sich entdeckte, zu einer solchen Tat fähig wäre.

Auf halbem Weg legte Preston seinen Teil der Leiche ab und sagte sein Sprüchlein auf: »Montserrat, bringen wir ihn wieder zurück. Nach London. Noch wird es nicht viel Geschrei um ihn geben.« Insgeheim hatte sie darauf schon gewartet.

Sie gab nicht nach und umklammerte weiterhin Rads Beine. »Und was dann?«

»Zugegeben, bezüglich des Polizeireviers haben Sie recht. Das können wir nicht machen. Aber wir könnten die Leiche beispielsweise nach Hampstead Heath bringen und dort irgendwo ablegen. Wir nehmen sie aus der Box und lassen sie einfach liegen – irgendwo, wo es waldig ist.«

Sie versuchte es mit Sarkasmus. »Und selbstverständlich würde uns dabei niemand beobachten. Sind Sie in der letzten Zeit mal dort gewesen? Wirklich? Dort geht es am Samstagabend zu wie am Piccadilly Circus.«

Kopfschüttelnd zuckte er mit den Achseln. Da sich ihre Augen allmählich an die Dunkelheit gewöhnten, konnte sie ihn ziemlich deutlich erkennen. »Wenn ich das jetzt mache«, meinte er, »schaffe ich es vermutlich nicht, wieder zu Lucy und den Kids zu gehen, als sei nichts passiert.«

»Na ja, es ist ja was passiert. Sogar eine Menge. Wenn wir die Leiche erst mal los sind, werden Sie sich besser fühlen. Sie werden schon sehen.«

»Sie reden, als hätten Sie so etwas schon mal gemacht.«

Sie verkniff sich eine Antwort. Sollte er doch denken, was immer er wollte. Sie setzte sich in Bewegung. Nach kurzem Zögern hob er erneut Rads Kopf und Schultern hoch. Sie legten die Leiche auf die Grasbüschel neben dem Familienmausoleum der Stills, und Preston ging im Lichtschein der Taschenlampe die Stufen zum Eingang hinunter.

»Ich wäre sehr überrascht, wenn sich der Schlüssel umdrehen ließe. Diese Tür wurde nicht mehr geöffnet, seit man hier meinen Großvater … zur letzten Ruhe gebettet hat.«

Noch schnulziger hätte man es nicht ausdrücken können. »Und wann war das?«

»Neunzehnhundertzweiundneunzig.«

»Es gibt nur eines: Versuchen Sie's.«

Die windschiefe alte Tür öffnete sich, zwar nur wackelig und quietschend, aber sie ging auf. Montserrat hatte mit einem entsetzlichen Gestank gerechnet, der wie ein ekelerregender Nebel aus dem Mausoleum waberte, aber da war nichts, nur tiefschwarze Dunkelheit. Der Lichtkegel der Taschenlampe enthüllte einen Raum, der große Ähnlichkeit mit dem Anderson-Schutzraum hatte, nur dass es hier statt der Stockbetten offene Regale gab, auf denen Särge ruhten. Im Schutzraum waren ihr keine Spinnweben aufgefallen, während die Spinnen in diesem kleinen schäbigen Mausoleum ganze Arbeit geleistet hatten. Einige Fäden erinnerten sie an staubige Taue, so dick waren sie. Es war eine mit einem kunstvollen Gespinst geschmückte Kaverne.

»Gut«, sagte sie. »Wir sollten hineingehen. Jemand könnte im Vorbeifahren das Licht sehen und auf komische Gedanken kommen.«

Sie hatte noch nicht ausgeredet, da fuhr in gut hundert Metern Entfernung ein Auto vorbei, allerdings nicht auf dem Weg, sondern auf der Dorfstraße. Es hatte das Fernlicht eingeschaltet. Einen kurzen Moment traf sie der volle Lichtkegel und blendete sie. Montserrat hatte Preston während ihrer Aufforderung nicht angesehen, sondern das Innere des Mausoleums und seinen Inhalt fixiert. Als er jetzt keine Antwort gab, drehte sie sich zu ihm um. Er bebte. Im Schein der Taschenlampe, die er mit zittrigen Händen hielt, wirkte sein Gesicht aschfahl. Er konnte nur mühsam sprechen, als ob er eine trockene Kehle hätte.

»Ich kann diese … dieses Dings da nicht hier hineinlegen.«

»Warum nicht? Was meinen Sie damit?«

»In diesen Särgen ruhen meine Vorfahren. Das ist meine *Familie*. Ich kann sie nicht mit diesem Dings da besudeln, mit einer Kreatur, die im Dunkeln heimlich der Frau eines anderen nachstellt …«

»Sie sind tot. Sie bekommen es nicht mit.«

»Ich kann nicht, und damit basta.«

»Und was machen wir dann mit ihm? Hier können wir ihn nicht liegen lassen. Man wird ihn finden und mit Ihnen in Verbindung bringen. Das ist doch logisch.«

Er zog ein Gesicht, als würde er der Tür am liebsten einen Tritt versetzen, aber dann besann er sich eines Besseren, zog sie fast ehrfürchtig zu und sperrte wieder ab. »Wir legen ihn wieder ins Auto.«

Wenn er die Leiche nicht hierlassen wollte, war jede Diskussion mit ihm sinnlos. Wie oft hatten sie diese Situation jetzt schon durchgespielt? Sie trugen die Leiche wieder zurück. Die Taschenlampenbatterie hatte den Geist aufgegeben, und es schien noch dunkler zu sein als vorher. Wieder einmal hievten sie die Leiche auf die Rückbank, zupften die Decke zurecht und deckten alles mit den Säcken zu. Montserrat kletterte auf den Fahrersitz. Auch in dieser Hinsicht war jede Diskussion zwecklos. In einem Punkt würde sie allerdings nicht nachgeben: Rads Leiche käme nie und nimmer wieder zum Hexam Place zurück. Irgendwo unterwegs mussten sie die Leiche loswerden, auf irgendeiner Nebenstraße, in einem Waldgebiet. Allmählich fragte sie sich, warum sie Preston eigentlich geholfen hatte. Er bedeutete ihr nichts. Oder doch? Bedeutete er ihr allmählich doch etwas? Der heutige Tag hatte aus ihnen ein seltsames Paar gemacht: Macbeth und Lady Macbeth. Solche Gespräche wären nie und nimmer infrage gekommen, solange er der Hausherr war – so hatte sie ihn tatsächlich immer gesehen – und sie nur das Au-pair-Mädchen. Diese Beziehung hatte sich geändert.

Er dirigierte sie von der Autobahn auf die Landstraßen durch den Epping Forest. Und genau dort, auf der Straße zwischen Theydon Bois und Loughton, mitten im tiefsten Wald, merkte sie, wie der Wagen ins Schlingern kam und nicht mehr stabil auf der Straße lag. Das untrügliche Zeichen für einen platten Reifen. Alles nur Einbildung, versuchte sie sich einzureden, aber diese Illusion dauerte nur einen Moment. Sie schaffte es gerade noch, mit dem Auto auf einen Feldweg zu holpern.

»Warum halten Sie an?«

»Wir haben einen platten Reifen. Haben Sie das nicht gespürt?«

Er stieg aus und meinte: »Auf der hinteren Beifahrerseite.« Er musterte den Reifen. »Anscheinend steckt ein Nagel drin.«

Sie gesellte sich zu ihm. »Können Sie den Reifen wechseln?«

»Weiß ich nicht. Im Stockdunkeln mit Sicherheit nicht. Natürlich bin ich Mitglied im Automobilklub. Ich werde dort anrufen. Es ist egal, dass es sich nicht um meinen Wagen handelt.«

»Jaja, sicher, rufen Sie ruhig dort an. Mit einer Leiche auf dem Rücksitz. Das merkt sowieso keiner.« Sie lachte kurz auf. »Bevor wir irgendwen anrufen, müssen wir ihn irgendwo abladen, sonst sitzen wir die ganze Nacht hier, bis uns etwas anderes einfällt.«

June rief Rad auf dem Festnetz an und wurde gebeten, eine Nachricht zu hinterlassen. »Du hast dein Telefon hier vergessen. Hinter den Sofakissen. Die Prinzessin hat gemeint, ich solle anrufen, weil sie sich Sorgen macht.« Dann rief sie unter der zweiten Nummer an, die sie von ihm hatte. Auf dem Telefon mit den Bildchen ertönte die Nationalhymne. Sie hätte nie gedacht, dass er diese Melodie überhaupt kannte. Vielleicht musste man sie aber auch gar nicht kennen, um sie auf einem Handy abzuspielen. Erst nachdem sie eine zweite Nachricht hinterlassen hatte, wurde ihr bewusst, dass sie die einzige Empfängerin war.

Die Prinzessin war, mit dem schlafenden Gussie im Schoß, vor dem Fernseher eingenickt. Also könnte sie genauso gut ins Dugong spazieren, um jemanden für einen gemeinsamen Drink zu finden. June hatte ein leicht ungutes Gefühl, obwohl sie die Erste war, die sich eingeredet hatte, dass es keinen Grund zur Sorge gab. Rad hatte einfach sein Telefon vergessen. Es war nur reichlich seltsam, dass er es nicht vermisste und von selbst erraten hatte, wo es lag.

Henry saß mit Richard und Sondra im Dugong. »Hallo, ihr Fremden«, rief June, weil sie schon lange nicht mehr hier gewesen waren. Sie erzählten, morgen würden sie ihren zehnten Hochzeitstag feiern, und wollten vor einem festlichen Essen im Le Rossignol noch ein Glas Champagner trinken.

»Fröhliche Blechhochzeit«, rief June und prostete ihnen mit ihrem Glas Chardonnay zu.

»So nennt man das?« Sondra klang enttäuscht.

»Für Geschenke ist das ein bisschen knifflig, was meint ihr?«, sagte Henry. »Vielleicht könnt ihr um Dosenobst bitten.«

Droben, im Haus Nummer 7, ließ Rabia gerade ihren Cousin Mohammed zur Souterraintür hinaus. Statt um 10 Uhr vormittags war er volle sieben Stunden später mit einer ganzen Litanei von Entschuldigungen zur Reparatur des Geländers erschienen. Bei seiner Frau hätten die Wehen eingesetzt, und er habe im Kreißsaal bleiben müssen, bis er um 15 Uhr Vater eines gesunden Jungen geworden sei.

»Es ist sehr nett von dir, Cousin, dass du überhaupt gekommen bist«, sagte Rabia. Eine Bemerkung wie, sie habe den ganzen Tag zu Hause bleiben müssen, um auf ihn zu warten, und er hätte wenigstens anrufen können, hätte sie als unhöflich empfunden. Deshalb betonte sie auch nicht, dass es sich bei dem Neugeborenen nicht um seinen ersten Sohn handelte, sondern um den vierten.

Sie kochte ihm Tee, brachte ihm einen Teller mit Gebäck und ließ Mumtaz liebe Grüße ausrichten. Das Geländer würde jetzt bombenfest sitzen, betonte er. Als sie beim Gehen an den Fuß der Souterraintreppe kamen, fiel ihm auf den schwarz-weißen Fliesen in der Ecke etwas Glänzendes auf.

»So etwas sieht man heutzutage nicht mehr häufig«, sagte Mohammed, während er ihn aufhob. »Rauchen ist eine altmodische Gewohnheit, findest du nicht auch? Silber, würde ich mal schätzen, mit den eingravierten Initialen RS. Wer hat wohl diesen kostbaren Gegenstand verloren?«

Obwohl sich Rabia die Ohren zugehalten hatte, als Montserrat auf dieses Thema zu sprechen gekommen war, hatte sie gegen ihren Willen noch genug verstanden und wusste ganz genau, wem dieses Zigarettenetui gehörte. Aber was sollte sie damit anfangen? Wem sollte sie davon erzählen? Etwas geistesabwesend ließ sie Mohammed hinaus und dankte ihm für sein Kommen.

Wieder einmal wurde Rad Sotherns Leiche aus dem Wagen geholt und ins Gras gelegt. Montserrat schob mit den Füßen reichlich Laub darüber, damit man sie nicht mehr sah. Die Frau, die Prestons Anruf entgegennahm, meinte, ihr Monteur wäre in spätestens vierzig Minuten bei ihnen. Montserrat kletterte auf die Rückbank und suchte die Sitze nach Flecken ab. Sie fand nur einen einzigen braunen Fleck, den man vielleicht für Blut hätte halten können, aber in Wirklichkeit hatte Thea dort einen Latte verschüttet. Der Mann vom Automobilklub war bereits innerhalb einer halben Stunde bei ihnen, wechselte den platten Reifen gegen den Ersatzreifen aus und warnte, man solle damit nicht schneller als achtzig Stundenkilometer fahren.

»Schön wär's!«, fauchte Preston höhnisch, als sei der Mann persönlich daran schuld, dass auf den Landstraßen, auf denen sie weiterfahren würden, eine Geschwindigkeitsbegrenzung von sechzig und fünfzig galt.

Montserrat fand den Mann durchaus attraktiv. Als er ihr ein Formblatt zur Bewertung der Servicequalität aushändigte, füllte sie nur Kästchen mit Bestnoten aus und unterschrieb mit »Preston Still«. Anschließend warnte sie Preston schon einmal vor, er solle sich wegen des Verschwindens von Rad Sothern auf einen großen Medienrummel einstellen. Noch sei es nicht so weit, und vielleicht würde sich auch morgen noch nichts tun. Mit viel Glück würden sie der Aufmerksamkeit der *Mail on Sunday* entgehen. Sobald Rad aber seine ersten Termine versäumte, würde die Suche nach ihm beginnen und damit die Spekulationen.

»Und warum sollte man zu mir kommen?« Preston klang entgeistert.

»Weil die Leute gesehen haben, wie er zur Souterraintür gekommen ist.« Und dann fügte sie brutal hinzu: »Um mit Lucy zu bumsen.«

»Warum sollte man nicht meinen, dass er … also, dass er mit Ihnen gebumst hat?«

»Verdammte Scheiße!«, empörte sich Montserrat. »Tausend Dank! Ich soll also den Liebhaber Ihrer Frau übernehmen? Ich soll die Verantwortung für einen Typen übernehmen, den Sie aus Eifersucht die Treppe hinuntergeworfen haben? Und wozu? Um Ihre Scheißehe zu retten? Eines sage ich dir, Kumpel, die ist längst im Arsch, und das seit Jahren.«

Er gab keinen Laut von sich. Sie sah ihn weinen. Langsam rollten die Tränen über seine Wangen.

»Okay, Entschuldigung, aber ist doch wahr. Wenn ihn jemand am Hexam Place gesehen hat, glaubt er vielleicht mit ein bisschen Glück, dass er June besucht hat. Na los, schon vergessen? Wir müssen ihn immer noch loswerden.«

Sie verfrachteten die Leiche wieder auf den Rücksitz und deckten sie noch einmal mit den Säcken zu. Der Kofferraum war dafür zu klein.

»Wir müssen ihn ziemlich weit von hier wegbringen. Wir wollen doch nicht, dass der Mensch vom Automobilklub auf dumme Gedanken kommt.«

Montserrat fuhr. Sie war froh über die Dunkelheit. Der neu aufgezogene Ersatzreifen war dünner als der mit dem Loch und hatte eine grellgelbe Nabe. Im Dunkeln würde das anderen Autofahrern vermutlich weniger auffallen, und deshalb würden sie sich wahrscheinlich auch weniger daran erinnern, wann und wo sie so etwas gesehen hatten. Sie nahm den Weg zur Epping New Road, wie die Straße nach Prestons Erinnerung hieß, und dann in einem Kreisverkehr eine kleine Landstraße nach High Beech. Preston wiederholte ständig nervös: »Hier können wir ihn liegen lassen, hier können wir ihn liegen lassen.«

»Noch nicht«, widersprach sie. »Warum halten Sie nicht den Mund und überlassen es mir?«

Als der Fahrer direkt hinter ihnen zu hupen begann, wurde es eng. »Das liegt nur daran, weil ich so langsam fahren muss«, erklärte Montserrat, »das ist alles. Ich werde seitlich ranfahren und halten.«

Offensichtlich war das wirklich alles. Der lästige Wagen fuhr seiner Wege, und sie blieben in einem leeren Waldstück mit hohen Buchen und dünnen, im aufkommenden Wind zitternden Birken zurück. Jedes näher kommende Auto müsste mit voll aufgeblendetem Fernlicht fahren. Über ihnen war kein Himmel zu sehen, nur tiefe bewölkte Dunkelheit ohne Mond und Sterne. Noch einmal hievten sie die Leiche heraus und schleppten sie über einen zerfurchten Lehmpfad. In den Tiefen des Waldes raschelte es, vielleicht ein Reh. In diesem Wald gebe es Rehe, meinte Preston.

»Ich kann keinen Schritt mehr weiter«, rief er. »Ich bin am Ende meiner Kräfte.«

Wortlos ließ Montserrat Rads Leiche auf den Blätterteppich fallen und zerrte sie mithilfe der Decke unter einen Ilexstrauch. »Hier. Hier lassen wir sie liegen. Das passt schon.«

»Vom Weg aus kann niemand sie sehen.«

»Das passt schon, habe ich gesagt«, betonte Montserrat. »Und jetzt fahren wir heim.«

Gut eine halbe Stunde später stand der Wagen wieder in der Garage in den St. Barnabas Mews, und sie gingen getrennte Wege. Montserrat hatte sich mit dem Satz verabschiedet, sie wolle Geld für den neuen Reifen haben, den sie am Montag besorgen müsse. Sie sah ihm nach, wie er die Nummer 7 am Hexam Place ansteuerte. Sonst hatte er ja keine Wohnstatt. Trotz ihrer Zweifel, warum sie sich auf diese Sache überhaupt eingelassen hatte, redete sie sich inzwischen ein, sie habe vielleicht doch eine wie auch immer geartete Zukunft mit Preston Still. Falls ihn die Polizei in die Zange nähme, könnte sie ihn vielleicht retten und damit eine Welle der Dankbarkeit bei ihm auslösen.

Es wäre keine gute Idee, jetzt schon in ihre Wohnung zurückzugehen. Also spazierte sie ins Dugong, bestellte ein Glas Chardonnay und rief Ciaran von ihrem Handy aus an. In zehn Minuten sei er bei ihr, meinte er. Als er kam – eher nach vierzig Minuten als nach zehn –, war auch June in dem Pub eingetroffen, und Thea war mit Jimmy erschienen. Wie jeder groß gewachsene Mann und eine zierliche Frau klebten sie notgedrungen ziemlich seltsam aneinander: Er hatte den Arm um ihre Schulter gelegt, während sie seine Taille umarmte. Kurz danach statteten Damian und Roland dem Dugong einen ihrer seltenen Besuche ab. Beim Anblick des händchenhaltenden Pärchens Thea und Jimmy schüttelte Roland den Kopf. Entgegen der üblichen Gewohnheit der Pubbesucher vom Hexam Place blieben sie nicht zusammen. Montserrat und Ciaran tranken ziemlich viel Weißwein und steuerten dann Montserrats Wohnung an. Dex hockte allein in einer Ecke hinter einem Guinness. Obwohl ihn June höflich aufforderte, sich zu ihnen zu setzen, rief er nur kopfschüttelnd »Prost!« Damian und Roland setzten sich an den kleinsten Tisch im Raum, weit weg von den anderen. Montserrat hatte ein komisches Gefühl, als sie nach den Ereignissen der beiden letzten Nächte wieder ihre Wohnung betrat, aber bis auf die fehlende Decke schien nichts auf diese Ereignisse hinzuweisen. Und deshalb sei es bis zum Beweis des Gegenteils eigentlich egal – redete sie sich ein.

13

Nichts, rein gar nichts. Nichts in den Morgenausgaben der Zeitungen – Montserrat überflog alle in dem Zeitungsladen an der Ebury Bridge Road –, kein Ton im Radio oder in den Fernsehnachrichten. Sie hatte einen Kater und ging wieder ins Bett. Im Liegen fühlte sie sich besser, dann schwankte sie nicht mehr. Wie ging es eigentlich Preston? Hatte er mit Lucy das Bett geteilt, oder hatte er eines der Gästezimmer bezogen? Sie kam zu dem Schluss, dass er trotz seiner genialen Begabung für Finanzen ein schwacher Mann war. Und ein schwacher Mann passte gut zu ihr, denn sie war eine starke Frau. Preston – ein schrecklicher Name. Wie hieß wohl Macbeth mit Vornamen? Vielleicht trug er einen dieser komischen schottischen Vornamen, Hamish oder Lachlan. Vielleicht stand das im Stück. Sobald sie kein Kopfweh mehr hätte, würde sie nachschlagen. Und falls sie Shakespeares Gesammelte Werke hier im Haus nicht auftreiben konnte, würde sie bei Thea nachsehen. Solche Sachen fände man garantiert bei Thea.

Es war ein schöner Novembertag – blauer Himmel, strahlender Sonnenschein und eine sanfte Brise. Eigentlich würde ein so schöner Tag in jede Jahreszeit passen. Gegen Mittag trieb eine SMS von Thea mit einer Einladung zum Kaffee Montserrat aus dem Bett. Im Haus war es still. Rabia verbrachte, wie jeden Sonntag, den Tag bei ihrer Familie, die Mädchen trieben, soweit Montserrat wusste, mit ihrer Mutter irgendwo Sport. Natürlich bestand auch die Möglichkeit, dass Rabia alle drei Kinder mitgenommen und dass Preston während ihrer Abwesenheit Lucy ermordet und anschließend Selbstmord begangen hatte. Schon möglich, aber unwahrscheinlich. Montserrat ging über die Straße zum Haus Nummer 8. Thea hatte zwei Stühle auf ihren Balkon gestellt und mit ihrer Espressomaschine echten Bohnenkaffee gemacht.

»Hast du dir gestern Abend auf Kanal 4 *Crosswind* angeschaut?«

Montserrat meinte, sie sei mit Ciaran ausgegangen.

»Ja, auch gut. Ich war mit Jimmy aus, oder, besser gesagt, ich war bei ihm gewesen. Trotzdem war ich rechtzeitig zum Beginn der Sendung zu Hause, und stell dir vor: Eigentlich hätte Rad Sothern in der Diskussionsrunde sitzen sollen, aber er ist nicht erschienen. Er ist einfach nicht gekommen, ohne sich abzumelden oder denen überhaupt ein Wort zu sagen. Man musste in der letzten Minute irgendeinen Politiker holen.«

»Vielleicht ist er krank oder zugedröhnt oder sonst was.«

»Ja, vielleicht. Allerdings habe ich heute June mit den Zeitungen kommen sehen, und sie hat gemeint, er habe letztes Mal sein Handy vergessen, hinter den Sofakissen. Immer wieder habe sie versucht, ihn zu erreichen, aber ohne Erfolg.«

»Er wird schon noch auftauchen«, sagte Montserrat und war froh, dass man sie nicht gefragt hatte, ob sie ihn am Freitagabend gesehen habe.

Thea bot ihr ein Glas Pinot Grigio an, was Montserrat mit der Begründung annahm, das sei ein Anti-Kater-Mittel. Jede trank mehr als nur ein Glas, am Ende war die Flasche fast leer. Dabei schilderte Thea detailliert, wie toll Jimmy im Bett sei. In Wirklichkeit war es zwar anders gewesen, aber sie hatte sich geweigert – sogar sich selbst gegenüber –, ihre Enttäuschung zuzugeben.

Die nur mit äußerster Mühe gegen den Schlaf ankämpfende Montserrat hievte sich aus der fast waagerechten Position, in die sie gesackt war, und fragte Thea nach dem Vornamen von Macbeth.

»Er hatte keinen«, meinte Thea, die sich nur sehr widerwillig von ihrem Thema ablenken ließ.

»Er muss doch einen haben.«

»Tja, und wenn, dann kennt ihn keiner.« Die stets hilfsbereite Thea holte Montserrat eine zerfledderte Taschenbuchausgabe mit Shakespeares Gesammelten Werken aus dem Regal.

Vom sonnigen Balkon aus beobachtete Montserrat, wie sich die Haustür von Nummer 7 öffnete und Preston Still die Treppe herunterkam. Vermutlich wollte er die Sonntagszeitungen holen. Sie wartete darauf, dass er wieder damit zurückkam, aber nach einer halben Stunde war er immer noch nicht da. Wo blieben ihre zweihundert Pfund und das Geld für den neuen Reifen?

Nur selten erwähnte Lucy gegenüber Montserrat den Namen von Rad Sothern, und wenn, dann üblicherweise, um ihr mitzuteilen, wann er an der Souterraintür erscheinen würde. Als sie nun am selben Abend um 19 Uhr an Montserrats Apartmenttür klopfte, dachte das Au-pair-Mädchen, Lucy hätte herausgefunden, dass sie den gestrigen Tag mit Preston verbracht hatte. Aufgrund einer gewissen Lebenserfahrung wusste sie bereits, dass man immer noch auf seinen Ehemann oder Partner eifersüchtig sein kann, obwohl man selbst untreu ist. Aber Lucy war wegen des verschwundenen Rad gekommen.

»Meine Liebe, es ist so eigenartig, kein Wort von ihm zu hören. Weißt du, wohin er am Freitag von hier aus gegangen ist?«

Montserrat meinte, er habe nichts erzählt, und sie habe ihn selbstverständlich nicht gefragt.

»Er ist gestern Abend nicht in seiner Sendung aufgetreten, und offensichtlich weiß dort niemand, wo er war. Es sieht ihm ganz und gar nicht ähnlich, mich nicht anzurufen.«

»Hast du versucht, bei June nachzufragen?«

»Nein, meine Liebe, habe ich nicht. Würdest du das übernehmen?«

Dazu hatte Montserrat nicht die geringste Lust, und sie hatte es auch nicht vor. Stattdessen würde sie später einfach behaupten, June habe gemeint, sie hätte keine Ahnung. Zum ersten Mal ging sie früh schlafen. Ciaran rief sieben Mal an, aber sie ging nicht ans Telefon.

Henry saß am Montagmorgen fast zwei Stunden vor dem Haus Nummer 11, bis Lord Studley erschien. Als der Herr Staatssekretär endlich auftauchte, war er schlecht gelaunt. Der junge Minister, den man bei *Crosswind* als Ersatz für Rad Sothern eingeschoben hatte, hatte in der Sendung einen Abgeordneten der Opposition eine hochnäsige Schwuchtel genannt. Die obligatorische Entschuldigung hatte er bisher verweigert. Das alles erzählte Lord Studley entgegen seiner üblichen Art während der Fahrt ins Parlament haarklein Henry.

»Ein wahrlich schockierender Ausdruck, Mylord«, sagte Henry, weil er spürte, dass man von ihm genau diesen Satz erwartete.

Um 12 Uhr solle er Lady Studley mit ihrer Freundin,

die derzeit bei ihnen zu Besuch sei, abholen und zum Lunch vorbeibringen. Henry war über die Anwesenheit der Freundin ganz und gar nicht traurig. So konnte sich Oceane nicht auf den Beifahrersitz setzen und seine intimen Regionen streicheln, während er den Verkehr am Parliament Square bewältigen musste. Beide Damen trugen Hüte, wie man sie normalerweise in Ascot aufsetzte.

Als Lucy mitten am Tag im Kinderzimmer auftauchte, war das so ungewöhnlich, dass Rabia zunächst glaubte, sie habe einen Fehler gemacht, weil sie Thomas gestern Nachmittag zum Besuch bei ihrer Familie mitgenommen hatte. Allerdings hatte sie schon vor Monaten um die Erlaubnis gebeten, ihn zu ihrem Vater nach Hause mitzunehmen. Man hatte es ihr gnädig erlaubt. Schon bald stellte sich heraus, dass Lucy nicht gekommen war, um einen Tadel auszusprechen. Trotzdem lief von Anfang an einiges gründlich falsch. Thomas konnte mittlerweile ganz gut laufen und tapste über den Boden, um ein heruntergefallenes Plüschkaninchen aufzuheben. Da verstellte Lucy ihm den Weg, ging in die Hocke und streckte die Arme nach ihm aus.

»Thomas, hier ist Mami«, rief Rabia. »Sag Mami Hallo.«

Lucys Anblick – Overkneestiefel mit zwölf Zentimeter hohen Absätzen, Minirock, Plüschjäckchen mit Leoprint und blonde Lockenmähne – hätte wahrscheinlich auf jedes Kleinkind erschreckend gewirkt. Der Kleine reagierte jedenfalls prompt. Er brüllte »Rab, Rab«, drehte sich zu Rabia um und warf sich in ihre Arme.

»Ach, du meine Güte, was hat denn das Kind?« Mühsam richtete sich Lucy wieder auf. Rabia war entsetzt, obwohl Lucy eher verstört als verärgert wirkte. Wie fühlte sich eine Mutter, wenn ihr Kind offensichtlich eine fremde Frau vorzog? Natürlich wäre so etwas auch bei Thomas ganz ausgeschlossen. Schließlich liebten alle Kinder ihre Mutter am meisten. Es sah nur so aus. Aber angenommen, Lucy wäre so verletzt und wütend – und dazu hätte sie allen Grund –, dass sie nur noch von dem Gedanken beherrscht wäre, dieses Kindermädchen loszuwerden?

Gott sei Dank handelte es sich nur um eine Schrecksekunde, denn Lucy sagte: »Kommen Sie, meine Liebe, setzen Sie sich einen Moment. Ich würde Sie gerne etwas fragen. Wissen Sie, ich glaube, Sie sind da eine Expertin.«

Sie setzten sich an den Tisch, nachdem Rabia Thomas mit einem Becher Kakao und einem Marmeladenkeks beruhigt hatte. »Glauben Sie, dass es für Kinder ganz wichtig ist, wenn ihr Vater mit ihnen zusammenlebt?«

»Bei uns ist das von jeher üblich gewesen.«

»Ich denke das auch. Andererseits sind für Sie arrangierte Ehen und zig fromme Gebete am Tag normal, oder?«

Rabia gelang es, nur stumm zu lächeln.

»Ein Vater würde doch nie das Sorgerecht bekommen, oder doch?«

Rabia sagte, es täte ihr leid, aber sie wisse nicht, was damit gemeint sei.

»Im Fall einer Scheidung würde doch immer die Mutter die Kinder bekommen, oder?«

Etwas verschüchtert meinte Rabia, dazu müsse Lucy wohl einen Anwalt befragen. Am liebsten hätte sie gefragt, ob sich die Stills scheiden lassen wollten, aber das wagte sie nicht. Lucy bedankte sich bei ihr und trollte sich, ohne von Thomas noch einmal Notiz zu nehmen. Rabia, die dringend Trost benötigte, zog Thomas an sich und drückte ihn ganz fest, wobei sie ihr schwarzes Gewand über und über mit Marmelade und Kakao beschmierte. Noch immer wusste sie nicht recht, was sie mit dem silbernen Zigarettenetui tun sollte.

Drunten war Montserrat von einer Einkaufstour bei Marks & Spencer zurückgekehrt, wo sie ein Paar schwarze Lederstiefel erworben hatte, und hatte hinter ihrer Apartmenttür einen Briefumschlag vorgefunden. Drinnen lag ein Scheck über dreihundertfünfzig Pfund, einzulösen bei Coutts Bank, ausgestellt auf Montserrat Tresser, unterzeichnet von P. Q. Still.

»Wofür steht wohl das Q?«, rätselte sie laut.

Außer dem Scheck lag nichts im Umschlag. Sie hatte zwar nicht direkt mit einem Dankeschön seinerseits gerechnet, weil sie ihn herumkutschiert hatte, damit er eine Leiche entsorgen konnte, aber irgendetwas hätte er schon schreiben können, vielleicht ein paar doppelsinnige Zeilen zum Dank für irgendeine nicht näher bezeichnete Hilfe. Das wär's dann wohl gewesen, oder? Mehr war nicht zu erwarten. Man würde über Lucys Verhalten hinwegsehen, sie wären wieder zusammen, und alles wäre in bester Ordnung. Montserrat goss sich den Rest von dem Whisky ein, den sie mit ihm Freitagnacht getrunken hatte. Die Stiefel wirkten deutlich weniger attraktiv als im Laden. Sie hatte sie gekauft, weil sie denen von Lucy ziemlich ähnlich sahen, aber Lucys Stiefel waren von Céline und kosteten achthundert Pfund. Das wusste sie, weil sie im *Sunday Times Style Magazine* eine Anzeige gesehen hatte.

Um 19 Uhr weckte sie ein Klopfen an der Tür. Sie war vor Langeweile, Nichtstun und Whisky eingeschlafen.

Das konnte nur Ciaran sein. Allerdings hatte er keinen Schlüssel und kam nicht ins Haus. Sie öffnete. Draußen stand Preston.

Er kam herein und redete mit ihr, als würden sie sich schon seit Jahren kennen. Keine Begrüßung, kein »Wie geht's?«, nur: »Ich habe Lucy erklärt, dass ich mich scheiden lasse.«

Die Logistik dieses Schritts bereitete Montserrat mehr Kopfzerbrechen als die rechtlichen Folgen und die persönlichen oder emotionalen Verwicklungen. »Wohin werden Sie gehen?«

»Vermutlich werde ich mir irgendwo in der Nähe eine Wohnung nehmen. Schließlich muss ich die Kinder sehen.«

»Steht in der Zeitung irgendetwas über Rad?«

»Dazu ist es noch zu früh.«

»Vermutlich«, meinte sie. »Schließlich hat er weder eine Frau noch eine Freundin, die ihn vermisst.«

Aber am nächsten Morgen entdeckte sie, dass sie sich geirrt hatte. Sämtliche unseriösen Boulevardzeitungen hatten als Aufmacher eine Story mit einer Frau namens Rocksana Castelli. Sie behauptete, sie sei Rad Sotherns »Partnerin« und habe seit letztem Jahr bei ihm in seiner Wohnung am Montagu Square gewohnt. Auf dem Foto hatte sie eine starke Ähnlichkeit mit Lucy: genauso spindeldürr, lange Stakselbeine und blonde Haare. Allerdings war sie gut zehn Jahre jünger. Miss Castelli habe Rad zum letzten Mal am Freitagnachmittag gesehen, bevor sie nach Hornsey gefahren sei, um ihre Mutter zu besuchen, las Montserrat. Sie hätten sich gestritten, und deshalb habe sie sich nichts dabei gedacht, als er in dieser Nacht nicht heimgekommen sei. Am Samstag habe sie zweimal auf seinem Handy angerufen. Es sei zwar abgehoben worden, aber niemand habe etwas gesagt. Erst gestern, am Montag, habe sie sich ernsthaft Sorgen gemacht und die Polizei verständigt.

Montserrat fragte sich, ob Lucy diesen Artikel gesehen hatte. Wenn ja, müsste sie ziemlich schockiert gewesen sein. Wäre ein Besuch bei June ein kluger Schachzug? Das schwere Unwetter, vor dem in der Wettervorhersage für gestern Abend gewarnt worden war, hatte sich lediglich als laues Lüftchen und Nieselregen entpuppt. Sie machte sich, mit der *Sun* in der Hand, auf den Weg über die Straße, wo ihr mittendrin June mit der *Daily Mail* begegnete. June interessierte sich mehr für die Tatsache, dass Rad mit einer Freundin zusammenwohnte, als für sein Verschwinden.

»Ich habe es ja schon immer gewusst. Ein Techtelmechtel mit dir wäre für ihn nie infrage gekommen.«

»Das habe ich auch nie behauptet«, erwiderte Montserrat.

»Garantiert ist sie die Anruferin gewesen. Ich habe es zwar läuten hören, bin aber natürlich nicht rangegangen. Ich habe keine Ahnung, wie man diese neumodischen Apparate bedient.«

»Ich gehe rein, ich werde nass«, rief Montserrat, legte sich die *Sun* über den Kopf und zog sich Richtung Souterraintreppe zurück.

Die einzige Möglichkeit, um die nächste Stufe des Dramas einzuleiten, wäre ein Anruf bei der Polizei, dachte June. Selbstverständlich von einem richtigen Telefon aus. Schließlich stellte man sie zu einem gewissen Detective Sergeant Freud durch. »Mr. Sothern verbringt viel Zeit bei uns, das heißt bei der Prinzessin und bei mir. Die Prinzessin ist eine große Bewunderin seiner Krankenhausserie. Letzten Freitagabend ist er auf einen Drink hier bei uns gewesen.«

»Wohin ist er denn von Ihnen aus gegangen?«

»Das kann ich nicht sagen«, verkündete June selbstgerecht. »Das ging mich nichts an.«

Sergeant Freud sagte, er würde jemanden zum Hexam Place Nummer 6 schicken. June blieben noch ein paar Minuten oder auch Stunden, um zu entscheiden, ob sie Rads eindeutige Beziehung zum gegenüberliegenden Haus Nummer 7 erwähnen sollte. Die Dame auf dem Foto hatte auf June einen guten Eindruck gemacht. Eine hübsche junge Frau mit einer reizenden Haarfarbe und einem schüchtern-liebevollen Gesichtsausdruck. Man müsste sie nicht unbedingt noch mehr aufregen, indem man der Polizei von Montserrat erzählte. Die Prinzessin konnte nicht verstehen, wieso man trotz des Verschwindens von Rad eine neue Folge von *Avalon Clinic* zeigte und keine Wiederholung. Trotzdem blieb sie vor dem Fernseher sitzen.

Jimmy setzte Dr. Jefferson ab und geriet in einen Verkehrsstau. Da saß er nun in dem zartgelben Lexus und telefonierte mit Thea. In überschwänglichen Worten gestand er ihr seine Liebe und rief ihr erneut die himmlischen Wonnen der letzten Nacht ins Gedächtnis. Ein Polizist winkte ihn weiter, und er fuhr zurück zum Hexam Place, wo er sich mit ihr im Dugong treffen wollte. Thea blätterte in einer frühen Ausgabe des *Evening Standard*.

»Was für eine Schmuddelgeschichte«, rief Jimmy, als sie ihm unbedingt ein Foto mit Rocksana Castelli im Bikini neben dem Swimmingpool zeigen wollte, während Rad Sothern im Wasser planschte.

»Er hat sich in Nummer 7 mit jemandem getroffen.«

»Im Haus von Mr. Still?«

»Na ja, nicht mit Mr. Still«, sagte Thea. »Schwul ist er nicht. Und Montserrat war's auch nicht, das weiß ich mit Sicherheit. Vielleicht mit Zinnia.«

»Liebling, können wir dieses Gesocks nicht vergessen? Gehen wir doch wieder zu dir.«

»Okay, wenn du möchtest«, sagte Thea.

Als es nach dem Lunch für Lord Studley Zeit wurde, in der vordersten Reihe der Koalition seinen Sitz zum Gebet einzunehmen, kutschierte Henry Oceane und ihre Freundin für eine Shoppingtour bei Prada & Co in die Sloane Street. Man ließ ihn draußen so lange warten, dass er, um den Politessen zu entwischen, immer wieder um den Lowndes Square fuhr. Auf der Rückfahrt nahm ihre Unterhaltung, die von kleinen Schreien und Schnappatmung unterbrochen wurde, einen derart schlüpfrigen Ton an, dass es ihn nicht gewundert hätte, wenn sie ihm nach der Ankunft am Hexam Place einen flotten Dreier vorgeschlagen hätten, bevor er Lord Studley abholte. Doch nichts dergleichen geschah. Also ließ er den BMW auf dem Anwohnerparkplatz stehen und ging die Straße hinauf, um sich den *Evening Standard* zu besorgen.

Im Zeitungsladen stand Montserrat. Die Spätausgabe brachte ein Foto mit Rad Sothern und Rocksana Castelli, auf dem sie in einem Club mit Champagner anstießen. Die Überschrift lautete: ROCK – TRÄNEN WEGEN RAD.

»Wetten, dass er nie ein Wort von ihr erzählt hat?«

»Ich kannte ihn kaum«, entgegnete Montserrat.

Henry entdeckte den Beamten von der Kriminalpolizei, als dieser die Treppe zum Haus Nummer 6 hinaufging.

Solche Typen hätte er überall erkannt. Warum machten sie sich überhaupt die Mühe, sich zu verkleiden? June wartete schon seit Stunden auf den Herrn. Wenn er sich nicht beeilte, müsste sie die für 19 Uhr angesetzte Außerordentliche Hauptversammlung der Gesellschaft der heiligen Zita verschieben. Doch noch während ihrer Überlegungen klingelte es an der Haustür. DC Richards sah wie ein Achtzehnjähriger aus. Andererseits kamen June selbst Dreißig- und Vierzigjährige wie achtzehn vor.

Offensichtlich hielt er die Prinzessin für ein Mitglied der Königsfamilie und wirkte völlig eingeschüchtert. Gussie fing wütend zu bellen an und musste in der Küche eingesperrt werden. »Das ist Mr. Sotherns Handy«, sagte June. »Hätte ich es irgendjemandem melden sollen?«

»Nur uns«, versicherte DC Richards. »Sie haben sich völlig richtig verhalten. Mr. Sothern ist ihr Enkel, richtig?«

»Ganz und gar nicht. Ich bin eine ledige Frau. Er ist mein Großneffe.« Die Sache mit dem Drink am Freitagabend und die Tatsache, dass sie nicht wusste, wohin Rad nach seinem Abschied von Nummer 6 gegangen war, hatte sie bereits DS Freud erzählt. Wenn sie zugegeben hätte, dass sie von seiner Freundin bisher noch nie etwas gehört hatte, dann hätte sie dagestanden, als wüsste sie nichts über Rads Privatleben. Und June wollte doch gegenüber diesem jungen Mann unbedingt den Eindruck aufrechterhalten, dass Rad ein enger Freund und Verwandter sei. Deshalb erzählte sie, Rocksana sei ein ganz reizendes Mädchen und der Prinzessin und ihr ungemein sympathisch. »Wahrscheinlich dreht sie vor Kummer förmlich durch.«

Dazu sagte DC Richards nichts. »Wissen Sie, ob Mr. Sothern noch mit anderen Anwohnern am Hexam Place befreundet war?«

Nach kurzem Nachdenken meinte June, das glaube sie nicht, aber wahrscheinlich hätte jeder Rad aufgrund seiner berühmten Rolle als Mr. Fortescue wiedererkannt, wenn er dem Haus Nummer 6 einen Besuch abstattete. DC Richards bedankte sich bei ihr und sagte zu Junes Überraschung, sie habe ihnen sehr geholfen.

June hatte noch genau eine halbe Stunde Zeit, um der Prinzessin einen großen Drink zu servieren und einen Teller Räucherlachs mit Rührei für sie herzurichten. Außerdem musste sie noch mit Gussie Gassi gehen und dann für die Versammlung der Gesellschaft der heiligen Zita über die Straße ins Dugong huschen. Henry, Richard, Zinnia und Thea waren schon da, nur Jimmy noch nicht. Jimmy saß in dem zartgelben Lexus auf dem Chefarztparkplatz des University College Hospital in der Euston Road. Vermutlich musste er seit seiner Tätigkeit für Simon Jefferson zum ersten Mal warten, während sein Arbeitgeber bei einem Sechsjährigen Nothilfe leistete. Er versuchte, Thea ein Gedicht zu schreiben, merkte aber, dass so etwas unerwartet schwierig war.

Man hatte eine Sondersitzung der heiligen Zita – gut eine Woche nach der letzten Versammlung – einberufen, um über die Antwort des Westminster City Council auf den zweiten Brief bezüglich der Säckchen mit den Hundeexkrementen zu diskutieren. Die städtische Straßenreinigung schrieb, man würde auch in Zukunft sämtlichen Abfall von den Straßen entfernen, aber angesichts der Rezession, der Wirtschaftslage und »genereller Sparmaßnahmen« sehe man sich außerstande, zusätzliche Schritte zu unternehmen, um Verunreinigungen durch die Hinterlassenschaft von Hunden zu beseitigen. June hielt ihre übliche kurze Rede und eröffnete dann die Versammlung für persönliche Stellungnahmen und Diskussionen. Leider verflachte die Sitzung rasch und mündete in das Lieblingsthema des Abends: das Verschwinden von Rad Sothern.

»Angenommen, er taucht nicht wieder auf«, meinte Zinnia. »Angenommen, er wäre tot, und man könnte nicht mehr mit ihm filmen. Müssten sie dann Mr. Fortescue gezwungenermaßen umbringen? Was meint ihr?«

14

Seit Rabia als Kleinkind mit ihrem Vater nach London gekommen war, befremdete sie das Verhalten dieser britischen Christen ungemein, häufig empfand sie es sogar als sehr sündhaft. Ihre Moral oder, besser gesagt, ihre nicht vorhandene Moral, schockierte sie tief. Allmählich machte sie sich Sorgen, dass der brave, liebe, unschuldigreine Thomas unter Menschen aufwachsen musste, die für Keuschheit wenig übrighatten und Ehebruch für ganz normal hielten. Leider konnte sie nichts dagegen tun, es ging sie trotz ihrer Mitwisserschaft nichts an. Trotzdem war sie tief bekümmert.

Inzwischen drohte auch der Haushalt, in dem sie arbeitete, auseinanderzubrechen, weil die Eltern kein Vertrauen mehr zueinander hatten. Sie wusste es, sie hatte es gesehen. Alles begann mit lautem Gebrüll, das man trotz geschlossener Schlafzimmertüren klar und deutlich hören konnte, mit obszönen Ausdrücken, die Schreckliches bedeuteten. Es tat ihr körperlich weh, wenn sie mit ansehen musste, wie Thomas bei diesen hasserfüllten Wörtern schmerzhaft das Gesicht verzog, wie ihm dicke Tränen über die Wangen rollten und er die Arme nach seiner Rabia ausstreckte. Dann zog Mr. Still aus dem wunderschönen großen Schlafzimmer mit den zwei raumhohen Doppelfenstern, den Putten an der Decke und dem Bett unter dem Seidenbaldachin aus und quartierte sich im Dachgeschoss ein, direkt über den Kinderzimmern, wo er ein Schlafzimmer mit Bad und ein Arbeitszimmer zu seinem persönlichen Reich erklärte.

»Sie haben sich tatsächlich getrennt«, erklärte Montserrat, »auch wenn sie immer noch unter einem Dach wohnen. Es wird zur Scheidung kommen.«

»Und was wird aus den armen Kindern?«

»Ohne die wäre die ganze Sache in ein paar Wochen ausgestanden. Aber wenn Kids da sind, geht's nicht so schnell. Selbstverständlich wird Lucy das Sorgerecht bekommen.«

Das wäre eine fürchterliche Schande, schoss es Rabia durch den Kopf, und sie dachte daran, wie sich Thomas von seiner Mutter abgewandt hatte und zu ihr gelaufen war. Aber sie sagte nichts. Trotzdem fand sie, es könne nicht schaden, wenn sie Montserrat erzählte, dass Mr. Still jede Möglichkeit nutzte und ins Kinderzimmer hinaufging – momentan musste man wohl korrekter von hinuntergehen sprechen –, um sich nach dem Befinden der Kinder zu erkundigen.

»Man kann wohl ohne Übertreibung sagen, dass das ganze Land nach Rad Sothern sucht. Ich frage mich, was ihm zugestoßen ist. Was glaubst du?«

Rabia wusste nicht, was sie glauben sollte. Trotzdem überlegte sie, ob sie der Polizei erzählen solle, dass sie nicht nur die Streitigkeiten zwischen Lucy und Mr. Stills gehört hatte, sondern aus dem ersten Stock einmal auch die Stimme von Mr. Fortescue. *Avalon Clinic* gehörte zu den wenigen Sendungen, die sie anschaute. Wenn diese Serie ausgestrahlt wurde, schlief Thomas schon, und sie saß gerne mit den Mädchen zusammen vor dem Fernseher. In dieser Serie ging es darum, Menschen gesund zu machen und Gutes zu tun. Vielleicht bedeutete diese bekannte Stimme, dass sich Rad Sothern mehrmals hier im Haus aufgehalten hatte. Vielleicht wüsste Montserrat Bescheid. Ehe Rabia der von ihr sehr gefürchteten Polizei etwas erzählte, würde sie Montserrat fragen. Wieder einmal betrachtete sie das silberne Zigarettenetui und fragte sich, was sie damit tun solle.

Montserrat reagierte empört auf Rabias Unterstellung. Sie müsse sich irren. Vielleicht hätten Lucy und Mr. Still auf einem Empfang bei der Prinzessin Rad kennengelernt. Trotzdem hätte es nicht den geringsten Grund gegeben, ihn nach Nummer 7 einzuladen. Nein, da irre sich Rabia. Vielleicht habe sie Rads Stimme im Fernsehen gehört, aber das sei eine Schauspielerstimme, behauptete Montserrat allen Ernstes, eine verstellte Stimme, die zu einem Spitzenarzt der Oberschicht passe und keine Ähnlichkeit mit Rads normalem Tonfall habe, der, offen gestanden, eher an einen Dialekt vom Lande erinnere.

Sie bildete sich ein, Rabia überzeugt zu haben. Dieses Mädchen war ziemlich naiv. Montserrat betonte, wie sehr ihr die Polizei zusetzen würde, sobald sie Rad und seine Stimme erwähnte, und dass ihr Lucy möglicherweise noch viel mehr Kummer bereiten würde. »Weißt du, sie ist imstande und gibt dir den Laufpass.«

»Den Laufpass?«

»Sie entlässt dich.«

Seit der Geldübergabe hatte Preston Still nur noch ein einziges Mal mit Montserrat Kontakt aufgenommen. Es war hart, so benutzt und anschließend ignoriert zu werden. Sie begann, Ciaran wieder zurückzurufen, ging mit ihm ins Kino und ließ ihn einmal sogar übernachten. Er fragte, ob er nicht einen Schlüssel zur Souterraintür bekommen könne. Sie hatte nichts dagegen einzuwenden. Preston hatte sich offensichtlich eine Wohnung unter dem Dach eingerichtet. Meistens ginge er auswärtig essen, erzählte Rabia. Ein paar Mal sah Montserrat, wie ihm Beacon den Schlag aufhielt, dann ging Preston über die Treppe zur vorderen Haustür hinauf. Seine Schlüssel hatte er nie wieder verlegt.

Die Prinzessin hatte Rad schon immer mehr ins Herz geschlossen als seine Großtante. Sie erzählte June, sie liege nachts wach und mache sich Sorgen um ihn. June solle doch Rocksana Castelli zum Tee einladen.

»Ein Drink wäre wohl mehr nach ihrem Geschmack, Madam«, erwiderte June.

»So etwas sollten Sie nicht sagen. Sicher ist das arme Mädchen am Boden zerstört.«

June erkannte Rocksana vom Foto wieder. Sie kam mit dem Taxi. Unter Junes Blicken stieg sie die Vordertreppe hinauf, sah sich um und musterte prüfend ihre Umgebung. In hautengen Jeans, einem genauso knapp sitzenden Pullover, grellgoldener Lederjacke und hochhackigen Stiefeln sah sie Lucy unheimlich ähnlich. June fragte sich, ob sie eine Perücke trug. So üppige Haare mit Strähnen in verschiedenen Blondtönen und dazwischen kleine Zöpfchen konnte doch niemand von Natur aus haben!

Die Prinzessin wies June an, eine Flasche von dem »Guten Tröpfchen für jede Gelegenheit« zu öffnen. Das arme Mädchen brauche unbedingt eine Aufmunterung. Rocksana präsentierte ihnen einen riesigen Saphirring und behauptete, das sei ihr Verlobungsring. Rads Freundin trank mehr Champagner als die beiden Damen zusammen, und June musste noch eine zweite Flasche öffnen. Rocksana behauptete, sie habe sich sofort in dieses Haus verliebt. Wäre June so nett, es ihr zeigen? Kaum hatten sie die erste Treppenflucht erklommen, wirkte Rocksana deutlich enttäuscht, als ein schäbiges Zimmer nach dem anderen auftauchte, in dem die Möbel unter einer dicken Staubschicht begraben lagen und es nach Hund und abgestandenem französischem Parfüm roch. Seit dem Einzug der Prinzessin vor über einem halben Jahrhundert hatte niemand mehr diese Räume renoviert. Zinnia betonte ständig, man müsse erst eine Putzkolonne zum Großreinemachen holen, bevor man erwarten könne, dass sie sich der Räumlichkeiten annehme.

»Sie könnten doch die beiden oberen Stockwerke vermieten«, meinte Roxanna.

Dabei denkt sie wohl an sich selbst für den Fall, dass Rad nicht wiederkommt, dachte June. Sie brachte das Mädchen wieder hinunter und stellte den Rest Champagner in den Kühlschrank zurück. Hinter dem Souterrainfenster beobachtete Montserrat, unsichtbar für June, wie Roxanna auf und ab spazierte und nach einem Taxi Ausschau hielt. Hier gab es nie Taxis. Montserrat hatte immer nur gesehen, wie ein Taxi die Leute nach Hause an den Hexam Place brachte. Nach ungefähr zehn Minuten – aus dem forschen Gang war ein Humpeln geworden – zog Roxanna ihre Schuhe aus und machte sich strumpfsockig auf den Weg zum Sloane Square.

»Da stecken aber eine Menge Probleme drin«, konstatierte Thea, als sie die Gästeliste für die Feier zur Lebenspartnerschaft überflog. »Ihr solltet unbedingt einen Blick auf eure Wunschliste werfen. Sagt mir, was euch auffällt. Etwas springt dabei sofort ins Auge.«

»Was meinst du damit?«, fragte Damian.

»Schaut euch nur mal die Leute an, beziehungsweise alle Leute, die ihr nicht aufgeführt habt.«

»Na los, lass mich nicht einfach so zappeln.«

»Tja, also, die Stills und Simon Jefferson und Lord und Lady Studley und die Prinzessin und mich habt ihr aufgeführt, aber keinen einzigen Hausangestellten. Weder Jimmy noch Beacon, Henry, Rabia, Montserrat, Zinnia, Richard oder Sondra, geschweige denn June.«

»Wir sind gar nicht auf die Idee gekommen, die einzuladen.«

Thea warf ihren Kugelschreiber auf die Tischplatte. »Klar, macht, was ihr wollt, aber wo bleibt die Gleichberechtigung? Rabia vielleicht nicht, sie ist ein Schatz, allerdings ist sie auch eine strenge Muslima und würde sowieso nicht kommen. Zinnia – na ja, sie ist ein bisschen ungehobelt und muss donnerstags ohnehin arbeiten. Aber Montserrat? Ihr Papa ist mit Lucys Papa irgendwie zur Schule gegangen. Und June ist mehr eine echte Dame als die Prinzessin. Außerdem käme die Prinzessin ohne sie sowieso nicht.«

»Wir haben auch so schon genug Leute auf der Liste. Das ist nicht snobistisch gedacht, ehrlich, Thea. Noch weitere zehn Gäste bringen wir in diesen Räumlichkeiten nicht unter.«

»Na schön, ist eure Party. Trotzdem sage ich euch, dass es Probleme geben wird.«

Trotz ihrer Vorbehalte schrieb Thea in ihrer Rolle als Sekretärin wunschgemäß alle Karten. Insgeheim fragte sie sich längst, ob sie dieses Versäumnis geheim halten könne. Angenommen, sie würde es Jimmy nicht erzählen, aber er fände es heraus, dann wäre der Teufel los, genau wie umgekehrt. Vielleicht sollte sie es Montserrat trotzdem sagen. Von allen Gästen auf der Liste wäre Montserrat am wenigsten enttäuscht. Sie fand Damian und Roland langweilig und hatte Thea mal erzählt, sie könne Hochzeiten nicht ausstehen und würde nie wieder eine besuchen. Eigentlich war eine Lebenspartnerschaft doch eine Hochzeit, eine Hochzeit unter einem anderen Namen. Oder nicht? An diesem Abend müsste Jimmy eben auf sie verzichten. Sie griff zum Telefon und rief Montserrat an.

Selbst in der Londoner Innenstadt fegten Sturmböen durch die Straßen, blies der Wind die Backen auf, und Ziegel fielen von den Dächern. Wenn ein Novembersturm losbrach, durchdrangen Sturmgebraus und Donnerknall sogar die Wände einer kleinen Bar auf der Rückseite des Leicester Square. Trotz der Wettervorhersage hatte niemand an diesen Sturm geglaubt, bis die ersten Orkanböen hereinbrachen und heftige Regenschauer vom rabenschwarzen Himmel peitschten.

Thea und Montserrat saßen in der kleinen Bar, tranken Chardonnay und naschten Pringles und große schwarze Oliven. Kaum hatten sie sich hingesetzt, klingelte Theas Handy. Natürlich war es Jimmy, der wissen wollte, ob er ihnen Gesellschaft leisten solle.

»Bei diesem Wetter solltest du besser daheimbleiben«, meinte Thea.

Montserrat gönnte sich noch ein paar »Häppchen«, wie es der Barmann nannte. »Ich habe im letzten Monat sieben Pfund abgenommen. Da werde ich mir doch einen oder zwei Kartoffelchips gönnen dürfen.«

»Niemand isst nur zwei Chips«, sagte Thea.

Die gertenschlanke Thea gehörte zu den Leuten, die sich damit brüsteten, dass sie nie Gewichtsprobleme hatten. Aber selbst sie musste nach einem kritischen Blick auf ihre Freundin zugeben, dass sich deren Aussehen in letzter Zeit dramatisch verbessert hatte. Keine Pickel mehr, und auch der kleine Rettungsring, der sich wie ein Fahrradschlauch um ihre Taille gelegt hatte, war verschwunden.

»Gut siehst du aus«, konstatierte sie. »Daran ist Ciaran schuld, stimmt's?« Als sie statt einer Antwort nur ein kleines Lächeln erntete, ging sie zu der fragwürdigen Gästeliste über. »Ehrlich, es kommen circa hundert Leute.«

Montserrat kippte ihren restlichen Wein in einem Zug hinunter. »Ich hätte nie geglaubt, dass die beiden überhaupt hundert Freunde haben. Sie sind nicht sehr nett. Du gehst doch sicher nicht hin, oder?«

»Was meinst du damit? Um ein Zeichen zu setzen? Wenn ihr meine Freunde nicht einladet, komme ich auch nicht? Eines steht doch fest, Montsy: Unter diese Kategorie falle ich nicht. Ich bin kein Dienstbote.«

»Davon bist du auch nicht viel weiter weg als ich, und mich laden sie nicht ein.«

»Ich dachte, es würde dir nichts ausmachen«, sagte Thea. »Ich dachte, du wärst froh darüber. Schließlich kannst du sie ja nicht leiden. Du hättest keinen Spaß dabei.«

»Hier geht es ums Prinzip. Ganz ehrlich, mir würde es weniger ausmachen, wenn du zu mir halten und nicht hingehen würdest.«

Thea fühlte sich verpflichtet, Montserrat zu besänftigen, auch wenn sie nicht so weit gehen würde nachzugeben. Sie schnappte sich die leeren Gläser und lud ihre Freundin auf den nächsten Drink ein. »Wie wär's jetzt mit einem Wodka? Geht auf mich.«

Montserrat nickte kühl, und Thea ging zur Bar. Hätte sie doch nie ein Wort über Lebenspartnerschaft und Gästelisten verloren! Es wäre besser gewesen, wenn Montserrat die Sache selbst herausgefunden hätte. Während sie auf ihre Getränke wartete, rief Jimmy erneut an. Beinahe hätte sie nicht abgenommen, aber das konnte sie Jimmy nicht antun, auch wenn sie es noch nicht geschafft hatte, ihn zu lieben.

»Bist du sicher, dass ich euch nicht doch Gesellschaft leisten soll? Der Sturm ist vorbei, und es hat zu regnen aufgehört.«

»Jimmy, ich denke, es ist für uns das Beste, wenn jeder ab und zu einen Abend allein verbringt. Findest du nicht auch?«

Diesen Satz hätte ein wirklich verliebter Mensch wohl niemals gesagt. Jimmy erwiderte: »Denk daran, mich anzurufen, wenn ihr geht, dann hole ich euch ab.«

Der Wodka entlockte Montserrat ein mürrisches Danke. »Ich kann das nicht so auf sich beruhen lassen. Ich werde dieses Thema ansprechen, wenn sich die Gesellschaft der heiligen Zita das nächste Mal trifft.«

»Gut, aber das kann dauern. Wir hatten eben erst eine Versammlung.«

»Das war eine *außerordentliche* Generalversammlung. Die Novemberversammlung steht immer noch aus. Ich werde June davon berichten und es auf die Tagesordnung setzen.«

Danach besserte sich ihre Laune ein wenig, und die beiden Frauen kehrten zum Chardonnay zurück, von dem sie ziemlich viel tranken. »Für die Heimfahrt nehmen wir ein Taxi«, meinte Thea. »Ich bezahle.«

Wieder rief Jimmy an, aber diesmal ging Thea nicht ran. Sie musste mit Montserrat bis ans Ende der Regent Street laufen. Alle Taxis waren besetzt. Die Gegend war von betrunkenen Jugendlichen okkupiert. Im Gegensatz zu Montserrat hatte Thea so etwas noch nie erlebt. Während sie auf einen Bus oder ein Taxi warteten, falls noch eines kommen sollte, fing einer der Jungs an, einen Mann mit feuerroten Haaren zu beschimpfen.

»Das machen die immer«, meinte Montserrat. »Karottenkopf, Fuchsschwanz und so weiter. Das ist gerade groß in Mode. Kannst du dir vielleicht etwas überziehen, damit sie nicht bei dir loslegen?«

Inzwischen hatte sich ein Gothic Girl zu dem Jungen gesellt, der jetzt mit obszönen Ausdrücken um sich warf. Thea hatte keinerlei Kopfbedeckung dabei, und als ihr Montserrat den Schal anbot, den sie sich um den Hals geschlungen hatte, war es schon zu spät. Montserrat hätte es ausgehalten, wenn man sie zur Zielscheibe von »Scheißkarottenkopf« und »rote Mistamsel« gemacht hätte, und hätte zurückgepöbelt, aber Thea war aus weicherem Holz geschnitzt.

»Nichts wie weg, nichts wie weg.« Thea war den Tränen nahe. Leider konnte der Schal ihre Haare nicht komplett verdecken. »Wir können zu Fuß gehen. Lass uns laufen.«

»Weiß der Kuckuck, warum du Jimmys Angebot nicht angenommen hast.«

Verfolgt von schrillem Geschrei, hetzten sie los. Sie waren entschlossen, notfalls den ganzen Weg zu laufen. Wind und Regen prasselten auf sie ein. In dem Moment musste ein Taxi an der Ampel halten. »Das nehmen wir!«, rief Montserrat. Sie stiegen ein und schnappten erleichtert nach Luft.

Auf der Rückbank lag eine Ausgabe des *Evening Standard*. Montserrat war von drei Wodka und mehreren Gläsern Chardonnay so zugedröhnt oder müde, wie sie es nannte, dass sie die Titelseite des *Standard* nicht wahrnahm. Thea zitterte wegen der Beleidigungen dieser Jugendlichen am ganzen Leib. Mit einer solchen Attacke hatte sie nie gerechnet; so etwas hätte sie nicht einmal für möglich gehalten. Zur Ablenkung las sie den Zeitungsartikel ohne allzu großes Interesse an dem Thema. Ein Leichenfund im Epping Forest hatte herzlich wenig mit ihr zu tun. Anscheinend war ein Labrador auf die Leiche gestoßen. In Ermangelung eines Fotos von der Leiche brachte die Zeitung ein Foto vom Hund.

Langsam trottete der Fuchs den Hexam Place hinunter. Als das Taxi anhielt, quetschte er sich durch das Geländer von Haus Nummer 8 und rannte in Nummer 6 die Souterraintreppe hinunter. Er hoffte auf einen ähnlichen Fund wie die Mülltonne von Miss Grieves. Leider vergeblich. Auf der ganzen Straße lagen Astteile, tellergroße Platanenblätter und zerfetzte Plastiktüten herum, die der Sturm herumgewirbelt hatte. Thea bezahlte den Taxifahrer. Sie machte Anstalten, Montserrat bis zur Haustür zu begleiten, aber ihr Angebot wurde empört zurückgewiesen. Trotzdem blieb Thea stehen und vergewisserte sich, dass ihre Freundin mehr oder weniger die Kontrolle über sich behielt.

In Nummer 7 war alles still, kein Licht brannte mehr. Montserrat, die trotz ihres beschickerten Zustands noch gut zu Fuß war, sperrte ihre Wohnung auf und fiel geradewegs aufs Bett. Brennender Durst trieb sie ins Bad, wo sie erst direkt vom Wasserhahn trank und dann für die Nacht eine leere Weinflasche mit Wasser füllte. Komisch, was einem mitten in der Nacht ohne Grund durch den Kopf schoss! Was hatte ihre Mutter immer gesagt? Vor dem Zubettgehen müsse man unbedingt Zähne putzen, sich abschminken und die Haut mit Gesichtswasser reinigen. Montserrat hatte kein Gesichtswasser und hatte auch noch nie eines besessen, und die Reinigungscreme war aufgebraucht. Sie ließ ihre Kleidung zu Boden fallen, sackte zum zweiten Mal aufs Bett und versank sofort in Tiefschlaf.

Laut den grünen Ziffern auf dem Digitalwecker war es 2.37 Uhr, als sie aufwachte. Vielleicht hatte der Durst sie geweckt oder Schritte draußen im Gang. Sie trank, ohne das Licht anzuknipsen, und dachte, das müsse Ciaran sein. Vielleicht hatte er gesagt, er würde kommen. Sie wusste es nicht mehr genau. Im Halbschlaf wälzte sie sich wieder zurück. Es herrschte eine undurchdringliche Dunkelheit wie dicker schwarzer Samt. Ciaran kletterte neben ihr ins Bett. Er duftete nach einem teuren Herrenparfüm, das gar nicht zu ihm passte. Diese angenehme Abwechslung veranlasste sie, sich in seine Arme zu rollen.

Eine halbe Stunde lang sprach keiner ein Wort. Montserrat schwebte zwischen Schlaf und Traum. Was war geschehen? Die ganze Sache war ziemlich vertrackt und verworren und so ganz anders als alles, was sie im letzten Jahr erlebt hatte. Sie spürte das Gesicht in ihrer Nähe und Arme, die sie hielten. Dann schob sie ihre Hand in sein Hemd. Die Haut war stark behaart, ein wahrer Urwald, ganz anders als Ciarans glatte Brust.

»Ach, du meine Güte, Preston«, rief Montserrat und versank sofort wieder in einen tiefen Schlaf.

15

Die Studleys von Nummer 11, die Neville-Smiths in Nummer 5 und Arsad Sohrab und Bibi Lambda von Nummer 4 hatten ihre Tageszeitungen samt Sonntagsausgaben abonniert. Alle übrigen holten sie sich am Zeitungskiosk Choudhuri – den jeder nur als den Laden am Eck kannte, obwohl er gar nicht an einer Straßenecke lag, sondern mitten an der Ebury Lane –, oder sie verzichteten darauf. Thea holte die Zeitungen für Roland und Damian – *Sunday Times* und *Sunday Telegraph*, June die *Mail on Sunday* für die Prinzessin und sich, Jimmy für Simon Jefferson den *Observer* und den *Independent on Sunday*, und als Montserrat wieder fit genug war, um auf die Straße zu gehen, besorgte sie für die Stills ebenfalls die *Sunday Times*.

An diesem Sonntagmorgen hatte sie Kopfweh, aber sonst fehlte ihr nichts. Beim Aufstehen fragte sie sich, ob sie Prestons Besuch letzte Nacht geträumt hatte. Nein, immer noch konnte sie diesen Hugo-Boss-Duft riechen, und auf dem Kopfkissen neben ihr kringelten sich zwei dicke schwarze Haare. Der Hexam Place lag, wie immer sonntags, verlassen da. Es war Winter geworden. Am Mercedes der Neville-Smiths war die Windschutzscheibe gefroren. Gussie hockte in seinem Steppmäntelchen weithin sichtbar auf dem Fensterbrett im Salon. Montserrat ging Richtung Ebury Lane. Mr. Choudhuri hatte den Zeitungsständer auf die Straße gestellt, die seriösen Blätter mit ihrem gediegenen Erscheinungsbild in der obersten

Reihe und darunter die reißerischen Boulevardblätter mit den roten Balken. Obwohl Montserrat immer behauptete, sie würde nie einen Blick in den *Mirror* oder in den *Star* werfen, stach ihr zuallererst eine von deren Schlagzeilen ins Auge: IST DIE LEICHE VOM EPING FOREST MR. FORTESCUE? Da stand sie nun lesend da und las auch die Story darunter und blätterte auch noch um, um sich ein ganzseitiges Foto von einem Waldstück samt umgegrabener Erde, Polizei und Polizeiauto anzuschauen.

»Hoffentlich kaufen Sie die Zeitung auch, Miss Montsy, und lesen sie nicht nur einfach gratis.« Mr. Choudhuri hatte direkt hinter der Tür gestanden und sie beobachtet.

»Ja. Sicher. Und die *Sunday Times* auch noch.«

»Sollte sie für Mr. Still gedacht sein, dann hat es sich erübrigt. Er war schon hier und hat seine Ausgabe gekauft.« Mr. Choudhuri blickte auf seine Armbanduhr. »Schließlich ist es schon zehn vor zwölf.«

Als ob es ihn etwas anginge, wann sie aufstand beziehungsweise die Zeitung holte. Kaum war sie wieder zurück, fing sie zu lesen an. Es handelte sich um eine dieser typischen Storys über Leichenfunde in Wäldern und in der freien Landschaft. Man vermutete Fremdeinwirkung. Man würde eine Untersuchung einleiten. Mit einem Unterschied: Bei den meisten anderen Leichen handelte es sich nicht um VIPs, mit denen die Fernsehzuschauer im ganzen Land genauso vertraut waren wie mit ihren eigenen Familienmitgliedern. Weiter drinnen war auf einer Seite ein Foto von Rad Sothern im weißen Ärztekittel und mit Stethoskop um den Hals abgebildet, obwohl noch gar nicht feststand, dass es sich um seine Leiche handelte.

Auf der anderen Straßenseite saßen Damian und Roland im Haus Nummer 8 vor dem Mittagessen bei einem Sherry als Aperitif und lasen über den Leichenfund – Ersterer in der *Sunday Times*, Letzterer im *Sunday Telegraph*. Thea hatte ihnen die Zeitungen gebracht und wollte gerade mit Jimmy im Lexus wegfahren.

»Hast du dir jemals diesen Klamauk, oder was das sonst sein soll, angeschaut, bei dem dieser Typ mitspielt, dieser Sothern?«

»Um Himmels willen, nein.«

»*Ihn* habe ich vielleicht schon mal gesehen. Leibhaftig, meine ich. Anscheinend hat er hier in der Gegend irgendwelche Verwandte oder Bekannte. Aber sollte es vonseiten der Polizei zu irgendwelchen Nachforschungen kommen, werde ich bestreiten, ihn schon mal gesehen zu haben.«

»Aus solchen Sachen sollte man sich am besten restlos heraushalten«, meinte Roland. »Und du auch, Thea. Lass dich nicht von deiner Freundin mit hineinzerren, von dieser Manzanilla, oder wie sie heißt.«

»Montserrat«, korrigierte Thea. »Manzanilla ist eine Sherrysorte.«

»Ganz recht. Sollen wir uns noch ein Gläschen gönnen?«

Drunten auf der Straße ertönte Simon Jeffersons Hupe, deren Tonfolge an das Posthornsignal erinnerte. Thea rannte die Treppe zu Jimmy hinunter. Nein, er hatte keine Sonntagszeitung gesehen, Zeitungen las er nie. Warum auch, wo es doch das Fernsehen gab? Allmählich wurde Thea eines klar: Ein Mensch konnte sich als ganz anders entpuppen, als man ihn anfangs gesehen hatte, während man versuchte, sich in ihn zu verlieben. Sollte sie ihm die Geschichte von gestern Abend mit den Teenagern in der Regent Street erzählen? Falls sie sich mit ihm verloben sollte, müsste sie imstande sein, sich ihm anzuvertrauen und ihm alles zu erzählen, was sie bekümmerte.

»Und das nur, weil ich rote Haare habe«, sagte sie.

Sein Ratschlag enttäuschte sie. »Schatz, ignoriere es doch einfach.«

Während der Nacht war das Titelblatt der Freitagsausgabe des *Evening Standard* samt Fettflecken von einem Thai-Imbiss über die Umzäunungen geflattert und im Souterrain von Nummer 8 auf dem Mülltonnendeckel liegen geblieben. Miss Grieves erspähte es von ihrem Vorderfenster aus und las die Überschrift, wartete aber, bis der zartgelbe Lexus fort war. Erst dann zog sie ihren Morgenmantel an und ging hinaus, um sich das Blatt zu holen. Vermisste interessierten sie immer, besonders in dem unwahrscheinlichen, wenn auch möglichen Fall, dass es sich um VIPs handelte. Obwohl Zeitungen nicht auf ihrem normalen Einkaufszettel standen, hatte sie jetzt die Absicht, eine zu kaufen. Wie immer dauerte es lange, bis sie angezogen war und den Biberfellmantel, der ihrer Mutter gehört hatte, samt den UGG-Boots übergestreift hatte, die sie sich letzten Winter von Thea hatte besorgen lassen. In diesen pinkfarbenen Stiefeln, die man im Schlussverkauf wegen ihrer Farbe reduziert hatte, hatte sie im Februar und im März praktisch gelebt. Jetzt nahm sie ihre Gewohnheit erleichtert wieder auf.

Thea war nicht da, um ihr die Treppe hinaufzuhelfen, also musste sie es allein schaffen. Vor zehn Jahren war sie zum letzten Mal am Zeitungskiosk gewesen. Sie brauchte eine Viertelstunde bis dorthin, und dann entdeckte sie, dass er nicht mehr von Mr. und Mrs. Davis geführt wurde. Ein Inder hatte ihn übernommen. Das alles hätte sie weniger irritiert, wenn der Laden mit indischen

Fähnchen und massenweise kleinen Statuen vielarmiger Gottheiten geschmückt gewesen wäre, aber überall türmten sich Weihnachtsartikel, Karten, Geschenkpapier und Tannenbäumchen aus Plastik. Allerdings grüßte der Mann sie mit Madam, was ihr gefiel, und brachte ihr die Zeitung ihrer Wahl, den *Sunday Telegraph*. Der Preis schockierte sie, aber sie sagte nichts. Seit sie sich aus der Welt zurückgezogen hatte, waren sämtliche Preise durch die Decke geschossen.

Zu Hause setzte sie ihre Brille auf und entzifferte die Story mithilfe einer Lupe. Das Foto von Rad Sothern beseitigte ihre letzten Zweifel. Es war ihr egal, dass man ihn angeblich noch nicht identifiziert hatte. Er war derjenige, welcher, es war derselbe Mann, den sie in ihrem Fernseher gesehen hatte und den sie dabei beobachtet hatte, wie er im Haus Nummer 7 ins Souterrain geschlichen war.

Das Fernsehen brachte keine Meldung darüber, ob es sich bei der Leiche um Rad Sothern handelte. June saß, mit Gussie im Schoß, neben dem Telefon und wartete auf einen Anruf von der Polizei. Wahrscheinlich würde Detective Sergeant Freud sie bitten, zum Identifizieren auf eine der Polizeistationen zu kommen oder in die Pathologie. Als Rads Großtante würde man garantiert sie fragen. Die Prinzessin verbrachte den Abend mit der Wiederholung der zweiten Staffel von *Avalon Clinic*, jenen heißen Episoden, in denen Mr. Fortescue mit der Krankenschwester Debbie Wilson sehr intim wurde.

Als bis 21 Uhr kein Anruf gekommen war, begab sich June mit zwei großen Gläsern Gin wieder in den Salon. Sie zog Gussies Mäntelchen für die Nacht aus, aber die

Prinzessin meinte: »Das ist doch sinnlos. Dann müssen Sie ihn zum Gassigehen nur wieder ankleiden.«

June seufzte. Ihrer Meinung nach war es für einen Spaziergang entschieden zu kalt, aber die Prinzessin bestand darauf, ein Hund müsse Gassi gehen, egal, bei welchem Wetter. »Ich weiß wirklich nicht, warum Sie sich eingebildet haben, die Polizei würde bei Ihnen anrufen, obwohl doch das Mädchen, diese Rocksana, eindeutig seine nächste Angehörige ist.«

»Als nächste Angehörige würde ich sie nicht bezeichnen«, widersprach June. »Das bin immer noch ich.«

Gleich um die Ecke stieß sie in den St. Barnabas Mews auf Montserrat, die gerade ihr Auto in die Garage fuhr.

»June, es tut mir schrecklich leid.«

»Was denn?«

»Sie haben es gerade in den Nachrichten gebracht. Es ist tatsächlich dein Enkel.«

»Mein Großneffe.«

»Das kommt doch aufs Gleiche raus, oder?«

»Morgen werden wir die Polizei in hellen Scharen hier haben«, verkündete June. »Du musst dir keine Sorgen machen. Ich werde ihnen nichts von der Beziehung zwischen dir und ihm erzählen.«

»Zwischen *mir* und ihm? Ich habe mich nur ein einziges Mal mit ihm unterhalten.«

»Das ist der beste Standpunkt, meine Liebe. Meiner Ansicht nach ist es für jeden das Beste, wenn er keine Ahnung hat. Bei mir und der Prinzessin ist das selbstverständlich etwas anderes. Wir waren mit ihm *befreundet*. Und mit Miss Castelli stehen wir in sehr enger Verbindung.«

June wünschte eine Gute Nacht und ging wieder zurück, im Schlepptau von Gussie, der inzwischen zitterte. Als im Haus Nummer 7 eine Gestalt die Treppe zum Souterrain hinunterging, erschrak sie nicht wenig. Es war, als hätte sie ein Gespenst gesehen, allerdings nicht in Weiß, sondern in einem schwarzen Gewand. Aber als es sich zu ihr umdrehte, tauchte aus dem schwarzen Tuch kein Totenschädel auf, sondern Rabias hübsches Gesicht. Sie kam gerade von ihrem freien Wochenende zurück. Das Still'sche Kindermädchen hob höflich grüßend die Hand, neigte den Kopf und ging die restlichen Stufen hinunter, um durch die Souterraintür das Haus zu betreten.

Auf der anderen Türseite wartete Montserrat auf Preston. Würde er einfach ohne Vorankündigung hereinplatzen? Würde sich durch die Identifizierung von Rads Leiche etwas ändern? Kurz vor 23 Uhr rief er an. Er wolle gerne mit ihr etwas Geschäftliches besprechen. Jetzt?, fragte Montserrat. Ja, jetzt. Sie hatte sich schon ausgezogen, zog sich aber wieder an. Leggings – komisch, dass sie wieder so sehr in Mode gekommen waren – und einen engen dunkelroten Pulli. Während sie auf ihn wartete, überlegte sie, was er wohl mit dem Geschäftlichen meinen könnte, fand aber keine Antwort darauf. Diesmal klopfte er an.

Er sah blass und besorgt aus. Sie hatte damit gerechnet, dass er eine Flasche Wein mitbrachte, Geschäft hin oder her, aber er kam mit leeren Händen. Montserrat saß auf dem Bett.

»Lucy geht es entsetzlich«, sagte er. »Sie schreit herum und weint wegen diesem Mann.«

»Du meinst wohl, dass sie dich anschreit und deinetwegen heult, oder?«

Er setzte sich in den einzigen Sessel im Zimmer. »Wen

hat sie denn sonst? – Allerdings bin ich nicht gekommen, um dir das zu erzählen. Inzwischen weiß man, dass es sich um Rad Sothern handelt. Du wirst es ja auch schon mitbekommen haben. Sollte uns nun die Polizei befragen, werden wir, du und ich, kein Wort sagen. Wir haben ihn nicht gekannt und nie gesehen, was ja auf dasselbe hinausläuft. Aber was wird aus Lucy?«

»Sie wird ihnen nicht erklären, dass er sie gevögelt hat.«

»Also, bitte, musst du diesen Ausdruck verwenden? Nein, sie wird mit Sicherheit nicht sagen, dass sie eine wie auch immer geartete … Beziehung hatten. Leider hat sie Angst, *er* könnte bei jemandem über *sie* geplaudert haben. Schließlich ist sie eine sehr bekannte Dame der Gesellschaft. Erst vor wenigen Wochen stand ihr Foto im *Evening Standard*. Ich weiß wirklich nicht, was es da zu lachen gibt.«

Montserrat riss sich zusammen. »Tun Männer so etwas wirklich? Ich meine, erzählen sie ihren Kumpels davon?«

»Frag nicht mich. Ich mache so etwas nicht.«

Diesmal lachte sie schallend. »Also wirklich. Und was hast du letzte Nacht hier gewollt? Oder bist du Schlafwandler?«

So hatte sie noch nie einen Vierzigjährigen erröten sehen. Sein Gesicht und sein Hals leuchteten genauso knallrot wie sein Pullover. Kopfschüttelnd lächelte sie ihn an. »Jetzt hör mal zu: Du bist doch garantiert nicht so verrückt gewesen und hast Lucy erzählt, dass wir Rad nach Essex verfrachtet haben und so weiter, oder doch? – Nein? Ganz sicher nicht?«

»Selbstverständlich nicht.«

»Tja, lass es lieber sein. Wenn die Polizei hierherkommt, um sich mit einem von uns zu unterhalten, dann sagen wir einfach, wir haben ihn nicht gekannt und sind ihm nie begegnet. June aus Nummer 6, die war seine Großtante oder seine Großmutter, was weiß ich denn. Aber sie wird nicht sagen, dass sie ihn beobachtet hat, wie er mit mir gesprochen hat, sie will unbedingt, dass es so aussieht, als wäre er dieser Rocksana treu gewesen. Kapiert?«

»Kapiert.«

»Und sonst hat keiner etwas gesehen. Du gehst doch nicht wieder zu Lucy zurück, oder doch?«

Er schüttelte den Kopf. »Dazu ist es zu spät. Ich kann ihr nie verzeihen.«

»Und was macht sie jetzt?«

»Hat sich hingelegt. Ich habe ihr eine Schlaftablette gegeben.«

»Und warum treibst du dann nicht irgendwo eine Flasche Wein auf und kommst wieder, um hier zu übernachten?«

Als Thea mit den Einkäufen für Miss Grieves, die sie jeden Montagvormittag, vor ihrer ersten Unterrichtsstunde um 11.30 Uhr, erledigte, aus dem Tesco-Supermarkt kam, wäre sie beinahe mit Henry zusammengestoßen, der gerade bei Homebase gewesen war. Henry hatte einen Riegel gekauft – oder, besser gesagt, zwei Riegel – für sein Zimmer im Haus Nummer 11, das sein Arbeitgeber als Apartment titulierte. Ohne ein Wort über die Riegel zu verlieren, rief er lächelnd Hallo und meinte, heute sei es aber schön. Er war davon überzeugt, dass es sich anbot, seine Tür zu sichern. Und trotzdem war ihm nicht ganz wohl bei dem Gedanken, dass Lord Studley wegen eines beschädigten Türrahmens vielleicht einen Zirkus veranstalten würde. Alle Türen in den oberen Stockwerken von Nummer 11 waren aus wunderschönem Tropenholz gefertigt; sogar die Souterraintüren mit den Messingbeschlägen waren genauso getäfelt und in einem Elfenbeinton gestrichen. Andererseits konnte er zu seiner eigenen Beruhigung nicht länger riskieren, dass Huguette weiterhin ohne geeignete Sicherheitsmaßnahmen zu ihm aufs Zimmer kam oder dass in einem solchen Fall vielleicht sogar ihre Mutter ins Zimmer rauschte.

Falls Thea davon wüsste, wäre das nicht weiter schlimm, allerdings war das Sprichwort »Vorsicht ist die Mutter der Porzellankiste« ein ausgezeichneter Leitsatz. Henry war vom Hexam Place aus zu Fuß zu den Geschäften gegangen und hatte den BMW auf dem Anwohnerparkplatz stehen lassen. Denn noch etwas brachte Lord Studleys Gemüt in Wallung: Sein Auto durfte einzig und allein zu dem Zweck benutzt werden, ihn und seine Familie abzuholen und zu bringen. Er war nicht Simon Jefferson, dachte Henry oft bedauernd. Also könnte er die paar Stunden, bis er Seine Lordschaft wieder am Eingang des Oberhauses abholen müsste, getrost dazu nutzen, die neuen Riegel an seiner Tür anzuschrauben. Später würde noch einmal eine außerordentliche Hauptversammlung der Gesellschaft der heiligen Zita stattfinden.

Der Grund dafür fiel Thea wieder ein, während sie laut an die Souterraintür klopfte. Man wollte über geeignete Gegenmaßnahmen diskutieren, weil Damian und Roland »das Personal« von ihrer Gästeliste gestrichen hatten. Miss Grieves kam in ihren UGG-Boots angeschlurft, die sie erst im Frühjahr wieder ausziehen würde. Vielleicht zog sie sie sogar nachts nicht aus, dachte Thea, übergab ihr die leichtere Einkaufstasche und trug die andere selbst hinein.

Wie so oft kam von Miss Grieves eine Standardfrage, auf die sie eigentlich ein Nein erwartete: »Wollen Sie eine Tasse Tee?«

Der Zustand der angeschlagenen Tassen mit den vielen Sprüngen, die nach einem der seltenen Besuche der Haushaltshilfe obendrein noch dunkelrote Lippenstiftspuren aufwiesen, stellte sicher, dass Thea dankend ablehnte. Sie setzte sich kurz auf eine Sesselkante. »Miss Grieves, haben Sie mir nicht mal erzählt, dass Sie früher in Stellung gewesen sind?«

»Das ist doch hoffentlich kein Fehler. Die Leute hier in der Gegend sind ein fürchterlich snobistisches Pack.«

»Ganz und gar nicht. Ganz im Gegenteil. Ich habe mir überlegt, Sie als Mitglied für die Gesellschaft der heiligen Zita vorzuschlagen.« Thea erläuterte, worum es sich dabei handelte, und schilderte sie als eine Mischung aus Gewerkschaft und geselligem Beisammensein. Sie habe nichts dagegen, meinte Miss Grieves, was ihre übliche Antwort war, wenn ihr etwas außerordentlich gut gefiel. Und fuhr dann fort: »Wie treibt man eigentlich die Polizei auf? Ich möchte mich über diese verdammten Füchse beschweren.«

Thea wusste, dass sie log. »Schauen Sie im Telefonbuch nach«, sagte sie. Irgendeine Antwort war besser als gar keine. Sie holte Miss Grieves sogar das Telefonbuch, das sie unter einem alten Zeitschriftenstapel herauszog. Die oberste war vom April 1947.

16

Das »Personal« am Hexam Place hatte sich geschworen, kein Wort darüber zu verlieren, dass man Rad Sothern heimlich ins Haus Nummer 7 hatte schleichen sehen. Und das machte Montserrat zuversichtlich. Wenn es zu keinen unerwünschten Entwicklungen käme und die Polizei kein Interesse am Hause Still zeigte, würde Preston seine Scheidung vorantreiben, die natürlich nicht so rasch vonstattenginge wie ohne Kinder. Andererseits würde es sich gewiss als förderlich erweisen, dass er ein schwerreicher Mann war. Geld beschleunigte solche Dinge immer. Im Fall einer verschuldensunabhängigen Scheidung müsste man Rads Namen nicht zwangsläufig nennen.

Für Preston wäre es am besten, wenn er ausziehen und in die von ihm erwähnte Wohnung ziehen würde. Montserrat traute ihm in Lucys unmittelbarer Nähe nicht sonderlich. Er hatte Sympathie für sie erkennen lassen, obwohl er gestern Abend behauptet hatte, er könne Lucy nie verzeihen. Montserrat hatte beschlossen, ihn zu heiraten, obwohl sie ihn nicht liebte und nicht einmal besonders gernhatte. Er war viel zu behaart, um auf sie attraktiv zu wirken, und redete unglaublich aufgeblasen und schwülstig daher. Immer diese ellenlangen Wörter und diese Macbeth-Zitate! Trotzdem würde sie ihn heiraten. Schließlich musste er ihr dankbar sein. Sie hatte ihm das Leben gerettet beziehungsweise ihm viele lange Gefängnisjahre erspart. Viele Leute hielten Lucy für eine Schönheit, aber allmählich baute sie ab. Außerdem war sie sechsunddreißig, während sie, Montserrat, erst zweiundzwanzig war.

Da Lucy von ihrem reichen Vater Geld bekommen hatte, müsste ihr Preston nicht so viel zahlen. Die Kinder würde man ihr zusprechen, was in Montserrats Augen auch gut so war. Von ihr aus dürfte Preston sie sehen, wann immer er wollte. Es wäre das Beste, den Tatsachen ins Auge zu sehen. Diese Ehe, die sie sich gerade ausmalte, würde kaum lange halten. Vielleicht würde sie sogar einen festen Zeitrahmen dafür festlegen. Sagen wir mal – vier Jahre! Zu diesem Zeitpunkt wäre sie erst sechsundzwanzig und hätte sich dank vieler Schönheitsoperationen, Kosmetikbehandlungen, Fitnessübungen und Designerklamotten, die sie mit Prestons Geld bezahlt hätte, in eine wahre Schönheit verwandelt, genau wie Lucy.

Demnächst müssten sie auch ihre bisherigen Rendezvous ändern. Keine Beziehung konnte sich dauerhaft entwickeln, wenn man sich nach Einbruch der Dunkelheit heimlich ins Schlafzimmer einer jungen Frau schlich und bei Tagesanbruch wieder verschwand. Sie müsste ihn dazu bringen, sie in teure Restaurants auszuführen und später dann auf Wochenendtrips mitzunehmen. Ein Ort wäre allerdings für immer tabu – Gallowmill Hall.

Ihre früher so bereichernde Freundschaft mit Thea – wie sich Thea auszudrücken pflegte – war inzwischen fast auf null geschrumpft. Ihre Freundin war ständig irgendwo mit Jimmy unterwegs. Montserrat fasste einen Entschluss: Sie und Preston würden Jimmy und Thea nicht zu ihren Freunden zählen, falls sich deren Beziehung zu etwas Dauerhaftem entwickeln sollte. Preston wolle mit Sicherheit keinen Fahrer oder »Chauffeur«, wie er es nannte, als Bekannten haben. Heute war trotz der Kälte ein strahlend schöner Tag, und Montserrat entschloss sich zu einem Einkaufsbummel in der Kensington High Street. Die Sloane Street überstieg momentan ihre finanziellen Möglichkeiten. Sie wollte zum Friseur und ein paar Klamotten und Make-up kaufen. In dem Moment klingelte es am Festnetzanschluss. Das war sicher nicht Preston, er hätte sie auf dem Handy angerufen. Wieder einmal überfiel sie eine dieser Vorahnungen, von denen sie wusste, dass sie nichts zu bedeuten hatten.

Eine Stimme, die ganz anders klang als Preston oder irgendein Mann, mit dem sie künftig Umgang pflegen wollte, sagte: »Miss Tresser?«

»Ja.«

»Hier ist Detective Constable Colin Rickards. Wenn es geht, würde ich gern bei Ihnen vorbeikommen und mit Ihnen sprechen.«

Worum es sich denn handle, wollte Montserrat mit einer kieksigen Kleinmädchenstimme wissen, die ihr selbst zuwider war. Das sollten wir doch besser persönlich besprechen, meinte Rickards, und Montserrat hatte nicht den Mut zu sagen, sie wolle es aber jetzt wissen. Allerdings versuchte sie, Preston zu erreichen. Die Frau an Prestons Telefon wusste, dass sie nicht Lucy war. Lucys Stimme kannte sie offensichtlich. Mr. Still befinde sich in einer Sitzung, meinte sie, und als Montserrat erklärte, es sei dringend, hieß es, es handle sich um eine Vorstandssitzung. Nie hätte sich Montserrat träumen lassen, dass dieser Rickards so schnell hier sein und außerdem an der oberen Haustür läuten würde, obwohl sie ihn gebeten hatte, ins Souterrain zu kommen. Lucy würde vermutlich kaum aufmachen, im Gegensatz zu Rabia. Montserrat rannte die Souterraintreppe hinauf. Und trotzdem hatte Rabia bereits geöffnet, mit Thomas auf dem Arm. Rickards, ein schmales Männchen mit fuchsroten Haaren, überschüttete den Jungen mit Komplimenten.

»Ist das Ihr Kleiner?«, fragte er Montserrat.

Montserrats heftiges Kopfschütteln geriet fast zum Schüttelfrost. Allerdings war Rickards Irrtum verständlich. Er hätte den kleinen Thomas mit dem blonden Lockenschopf und der schneeweißen Haut wohl kaum für Rabias Kind halten können. Andererseits wusste er jetzt, dass Lucy existierte. War das wichtig?

Sie führte ihn in ihre Wohnung hinunter.

»Haben Sie diese Wohnung gemietet?«, lautete seine erste Frage.

»Ich bin das Au-pair-Mädchen«, erwiderte Montserrat, »und eine Freundin der Familie.«

Er schaute in sein Notizbuch. »Und meines Wissens auch eine Freundin von Mr. Rad Sothern.«

»Wer hat Ihnen denn das erzählt?« Sie war überzeugt, dass niemand vom »Personal« in der ganzen Straße auch nur ein Sterbenswörtchen gesagt hatte. Das hatte Thea hoch und heilig versprochen. Und Lucy wäre garantiert nicht so hinterhältig, denn schließlich war Rad ja ihr Liebhaber gewesen …

»Das kann ich Ihnen nicht sagen«, meinte Rickards. »Ich kann nur sagen, dass man Sie beobachtet hat, wie Sie mit ihm gesprochen und ihn in dieses Haus gelassen haben.«

Hier half nur noch striktes Leugnen. »Ein einziges Mal habe ich mit ihm gesprochen«, behauptete Montserrat steif und fest. »Damals bin ich zur Souterraintür hinaus«, sie wedelte mit der Hand in diese Richtung, »und er kam gerade vorbei und hat mich nach dem Weg zum Sloane Square gefragt.«

»Tatsächlich?«

»Ja, tatsächlich. Und wenn das alles ist…«

»Das ist nicht alles, Miss Tresser. Übrigens, wie heißen Sie mit Vornamen?«

Sie sagte es ihm.

»Einen solchen Namen habe ich noch nie gehört. Woher kommt er? Aus Asien?«

»Das ist spanisch. Ich bin zur Hälfte Spanierin.«

»Erstaunlich, nicht wahr? Heutzutage kommen die Leute von überall her. Aus allen vier Himmelsrichtungen könnte man sagen. Und wann kam es zu dieser Begegnung mit Mr. Sothern? Als er sie nach dem Weg gefragt hat?«

»Keine Ahnung. So etwas kann ich mir nicht merken.«

»Darf ich Ihnen helfen. Hätte es am fünften November sein können, in der Bonfire Night?«

»Schon möglich«, meinte Montserrat mit dem Lieblingsausdruck aller Westentaschengauner.

»Wissen Sie, warum ich das frage?«, fragte Rickards, dessen Haare plötzlich im Sonnenlicht rotgold aufleuchteten. »Damals wurde Mr. Sothern zum letzten Mal lebend gesehen. Er hatte seine Großtante in Nummer 6 besucht und war dann hier herübergekommen. Deshalb erscheint es mir auch so merkwürdig, dass er Sie und nicht seine Tante nach dem Sloane Square gefragt hat.« Einen Moment kniff er die Augen gegen das grelle Licht zusammen und schob seinen Sessel aus der Sonne. »Und etwas kommt mir noch merkwürdiger vor: dass Mr. Sothern nicht gewusst hat, wo der Sloane Square liegt, obwohl er vor seinem Umzug an den Montagu Square zwei Jahre in der King's Road gewohnt hat.«

Dafür könne sie nichts, meinte Montserrat trotzig. Genau das habe er gesagt.

»Möchten Sie nicht lieber ein paar Minuten darüber nachdenken und mir dann erzählen, was zwischen Ihnen und Mr. Sothern wirklich vorgefallen ist?«

»Ich habe Ihnen gesagt, was wirklich vorgefallen ist«, erklärte Montserrat.

»Wissen Sie, es gibt einen Grund: Nachdem sich Mr. Sothern mit Ihnen unterhalten hat und, laut unseren Informationen, dieses Haus über die Souterraintür betreten hat, hat ihn niemand mehr gesehen.«

»Dafür kann ich nichts.«

»Vielleicht können Sie mir dann sagen, ob Mr. Sothern mit einem anderen Bewohner dieses Hauses befreundet war?«

»Ich weiß nicht mehr, als ich Ihnen gesagt habe«, antwortete Montserrat. »Darf ich Sie etwas fragen?«

»Das kommt auf die Frage an.«

Sie wollte wissen, ob ihn die Leute wegen seiner fuchsroten Haare anmachen würden. Sie verwendete dabei den Ausdruck »sich lustig machen«.

»Selbstverständlich nicht«, sagte er steif und ging, wobei er verkündete, er wolle sie noch einmal sprechen. Es klang wie eine Drohung.

Montserrat versuchte erneut, Preston zu erreichen. Diesmal ging er ans Telefon. »Du hast ihm doch nichts gesagt, oder?«

»Ich habe ihm erzählt, ich hätte einmal mit Rad gesprochen, aber er hat es mir nicht geglaubt. Wer kann ihm erzählt haben, man habe beobachtet, wie ich mit ihm geredet und ihn ins Haus gelassen habe? Was meinst du?«

»Ich habe nicht die leiseste Ahnung, warum du dich jemals bereit erklärt hast, Lucys Wunsch zu erfüllen und ihn quer durchs Haus auf ihr Zimmer zu schleusen. Das war Verrat an meiner Person.«

»In der Rolle als Psychopomp«, rief Montserrat, die sich wieder an dieses Wort erinnerte. »Ich war mit Lucy befreundet, nicht mit dir. Bevor du anfängst, mir Vorwürfe zu machen, möchte ich dich daran erinnern, dass ich mir nichts habe zuschulden kommen lassen. Ich habe niemanden die Treppe hinuntergestoßen, ich habe dir nur geholfen.«

»Schon gut, Montsy, schon gut. Ich weiß. Will die Polizei auch noch mit mir sprechen?«

»Gesagt haben sie nichts. Selbstverständlich habe ich dich nicht erwähnt. Du weißt hoffentlich, was Loyalität bedeutet.«

Preston bestätigte ihr, dass er das wisse. Ihm sei schleierhaft, wie er ohne sie zurechtgekommen wäre. »Es interessiert dich sicher zu erfahren, dass ich heute Abend ausziehe und meine neue Wohnung in Westminster beziehe. Kommst du zu mir? Dann gehen wir essen. Die Adresse lautet: Medway Manor Court 25.«

Lucy weinte viel. Fast den ganzen Abend heulte und schluchzte sie. Rabia hörte es in den Kinderzimmern und machte sich Sorgen, weil auch Thomas das Gehörte bestätigte. »Mami weinen.«

Was könnte sie sagen? »Die arme Mami hat sich in den Finger geschnitten.«

Nachdem es tagelang so weiterging, ging Rabia hinunter, während Thomas seinen Mittagsschlaf hielt. Im Salon fand sie eine völlig veränderte Lucy vor. Tränen hatten ihr Make-up aufgelöst, ihre Haare hatten seit Tagen keinen Tropfen Wasser mehr gesehen.

»Kann ich Ihnen eine Tasse Tee bringen?« Oder etwas Stärkeres besorgen. »Soll ich Ihnen vielleicht ein heißes Bad einlaufen lassen?«

»Gar nichts will ich. Ich habe ein gebrochenes Herz.«

»Thomas war unglücklich. Ich habe ihm erzählt, Sie hätten sich in den Finger geschnitten.«

»Er hat nicht den geringsten Grund zum Unglücklichsein. Ich bin die Unglückliche.« Lucy rubbelte sich mit den Fäusten die Augen. »Mein Mann ist ausgezogen. Er will das Haus verkaufen. Wovon soll ich leben?«

Rabia spürte, wie sich in ihrem Inneren etwas umdrehte und sich eine Unruhe breitmachte, als ob sich ein Kind im Mutterleib bewegte. Ihr nächster Satz widersprach all ihren Gedanken und Überzeugungen: »Alles wird gut. Die Kinder werden Ihnen gehören, egal, was geschieht.«

»Wie kann ich mich allein um sie kümmern?«

»Ich werde bei Ihnen bleiben«, wagte Rabia zu sagen und fügte hinzu: »Soll ich?«

»Woher soll ich das wissen? Vielleicht kann ich mir Sie gar nicht mehr leisten. Er sagt immer nur, ich hätte ihn betrogen, und er könne mir nie mehr vertrauen. Er denkt nie daran, dass er jeden Abend weg gewesen ist und nie bei mir zu Hause war. Was hätte ich tun sollen? Was hat er erwartet?«

Rabia kannte die Antwort, konnte sie aber nicht aussprechen. Sie hörte draußen den Schulbus halten, entschuldigte sich und lief in die Eingangshalle, um Hero und Matilda hereinzulassen. Ihr war übel geworden. Mit der Übelkeit war ein schreckliches Völlegefühl einhergegangen, obwohl sie, außer mittags mit Thomas ein Sandwich, den ganzen Tag nichts gegessen hatte. Und die ganze Zeit spürte sie das Gewicht des ominösen Zigarettenetuis in ihrer Tasche.

Wütend starrte Matilda die Salontür an. »Endlich hat sie mit diesem Getöse aufgehört. Gott sei Dank«, rief sie wie eine dreimal so alte Frau.

Wenn sie erst einmal die zweite Mrs. Preston Still wäre, würde sie nie wieder mit der U-Bahn fahren, schoss es Montserrat durch den Kopf, während sie in der Station St. James's Park die Rolltreppe hinauffuhr. Für sie gäbe es dann nur noch Taxis oder einen Ersatz für den VW, falls es an ihrem neuen Wohnsitz für Anwohner eine gute Parkmöglichkeit gäbe. In der Victoria Street fiel ihr Blick im Vorübergehen zufällig auf ihr eigenes Spiegelbild in einem Schaufenster. Der Anblick erfreute sie. Sie hatte wirklich wunderschöne Haare! Sie fielen ihr wie ein glänzender dunkelbrauner Mantel in Wellen über die Schultern. Eines stand jedenfalls fest: Von nun an würde sie sich viel öfter schminken, besonders mit hochrotem Lipgloss. Niemand würde glauben, dass sie von Natur aus solche Wimpern hatte! War kein Schaden. Man sah deutlich, dass sie abgenommen hatte. Sie musste weiterhin strikt Diät halten und auf Alkohol verzichten. Als sie an einem Stapel *Evening Standards* vorbeikam, nahm sie einen mit und las im Weitergehen bei einer Zigarette die Titelseite. Noch ein Foto von Rad mit Rocksana und ein neues Foto von Rad mit seiner Exfreundin, aber zum Glück kein Wort über Rad und Lucy.

Der erwartete Kuss von Preston blieb aus. Sein flüchtiges »Hallo« klang extrem gleichgültig, aber kaum hatte er sie ein paar Sekunden von Kopf bis Fuß gemustert, meinte er tatsächlich, sie sehe »sehr hübsch« aus. Die Wohnung war minimalistisch eingerichtet, fast kahl, der Fußboden bestand aus Parkett und Marmor. Er fühlte sich warm an, obwohl er kalt wirkte. Preston hatte sich bereits einen Vorrat an Alkoholika und Aperitifs zugelegt. Montserrat ließ sich, entgegen ihrem Entschluss, zu einem Campari Soda überreden. Campari war schließlich nichts Hochprozentiges!

»Ich hielt es für klug, mich mit der Polizei in Verbindung zu setzen. Und das war es tatsächlich. Man war ausgesprochen höflich. Ich habe erklärt, ich würde mich gern mit ihnen unterhalten, und einer ist hierhergekommen. Ein Typ mit karottengelben Haaren. Er ist erst vor Kurzem wieder gegangen.«

»Was hast du über Rad erzählt?«

»Dass ich ihm nie begegnet bin. Er sei nie bei mir zu Hause gewesen. Über deine Freunde wisse ich nichts, habe ich gesagt. Dein Vater sei mit meinem Schwiegervater befreundet gewesen, habe ich gesagt, und mehr wisse ich nicht über dich.«

»Besten Dank«, meinte Montserrat.

»Das konnte doch sicher nichts schaden. Wäre es nicht am besten, wenn wir den Eindruck machten, als würden wir uns kaum kennen? Besonders jetzt, seitdem ich hier wohne. Es sah nicht so aus, als wollte dieser Rickards noch mal mit mir sprechen. Gut möglich, das sie inzwischen bereits mit anderen Leuten geredet haben, die behaupten, sie hätten nach dir mit Sothern gesprochen.«

»Aber das haben sie nicht getan«, erklärte Montserrat. »Niemand hätte mit ihm reden können. Er hat dein Haus nicht lebend verlassen. Weißt du noch? Du hast ihn die Treppe hinuntergestoßen, und das hat ihn umgebracht.«

»Um Himmels willen«, rief Preston und blickte sich nach allen Seiten um, als befürchtete er, dass hinter den bodenlangen schimmernden Vorhängen Polizeispitzel lauerten. »Welchen Sinn hat so eine Bemerkung? Es war jedenfalls ein Unfall, und das weißt du. Sollen wir essen gehen?«

Nicht ins Shepherd's in der Marsham Street, wie von ihr erhofft, sondern zu einem winzigen Italiener hinter der Horseferry Road. Hier geriet man nicht in Versuchung, viel zu essen. Nachdem sie den verschwundenen Rad und die Meinung der Presse darüber erschöpfend durchgekaut hatten, wurde Montserrat klar, dass sie sich nichts zu sagen hatten. Sie war weder in Ciaran verliebt gewesen noch in einen seiner Vorgänger, aber sie hatten wenigstens miteinander reden und kichern und sich über einen Film oder ihre Lieblingsmusik unterhalten können. Preston hockte einfach mit starrer Miene da, ohne zu lächeln, und zog die Mundwinkel nach unten. Irgendwo hatte sie den Ausdruck »ingrimmig« gelesen und nicht gewusst, was das heißen sollte. Jetzt wusste sie es. Und trotzdem würde sie ihn heiraten. Das Räderwerk hatte sich in Bewegung gesetzt und würde tagtäglich weiterlaufen. Draußen, vor dem Restaurant, befürchtete sie, er würde ihr vorschlagen, sie solle doch nach Hause fahren, und sie in ein Taxi verfrachten, aber nein. Sie würde doch noch mitkommen, oder? Wieder in der Wohnung, öffnete er eine Flasche Wein und legte eine CD ein. Obwohl sie das Stück nicht kannte, wusste sie, dass es sich um klassische Musik handelte. Keine Melodie, kein Beat, dafür jede Menge Schwulst und Bombast. Wieder fing er mit dem Thema Polizei und deren Vermutungen an und fragte sich laut, ob wohl noch einmal ein Beamter käme. Als sie ihn aber ihrerseits zu Lucy befragte und darüber, ob sie ihre Affäre mit Rad gebeichtet habe, fertigte er sie brüsk ab:

»Darüber müssen wir nicht diskutieren.«

Punkt 23 Uhr meinte er, falls sie jetzt zu Bett gehen wolle, würde er in zehn Minuten nachkommen. So etwas hatte noch nie ein Mann zu ihr gesagt. Am liebsten hätte sie ihm klargemacht, dass sie ihren Ohren nicht traute. Auf welchem Planeten lebte er eigentlich? Stattdessen redete sie sich erneut ein, dass sie ihn heiraten würde, und machte sich reichlich kleinlaut bettfertig. Nachts wachte er auf, setzte sich auf und begann, nuschelnd Selbstgespräche zu führen. Nur ein Satz war klar und deutlich zu hören:

»Es war ein Unfall!«

17

Mit Ausnahme der Kleins im letzten Haus in der Straße, die als Amerikaner ein Thanksgiving Dinner feierten, verlief der Tag am Hexam Place ganz normal, nur die Gesellschaft der heiligen Zita hielt im Dugong ihre Novemberversammlung ab. Auf der Tagesordnung stand als Hauptpunkt die Tatsache, dass kein Mitglied des »Personals« auf der Gästeliste von Damian und Roland stand. Thea war selbstverständlich eingeladen.

»Ich bin auch kein Dienstbote«, stellte Thea fest.

Jimmy hatte ihr heute während des gemeinsamen Mittagessens einen Heiratsantrag gemacht, aber Thea hatte gemeint, sie wisse es nicht, sie müsse erst noch darüber nachdenken. Offensichtlich hatte er ganz selbstverständlich mit einem bereitwilligen Ja ihrerseits gerechnet und war deshalb sehr unangenehm überrascht. Wie Prinz William hatte er den Verlobungsring seiner verstorbenen Mutter mitgebracht und musste ihn jetzt wieder mitnehmen.

»Reg dich doch nicht auf, das ist Unsinn. Ich kann mit dem Thema Heiraten einfach nichts anfangen. Trotzdem werde ich es mir überlegen, aber jetzt musst du gehen, denn ich muss ins Souterrain und mich um Miss Grieves kümmern.«

Miss Grieves, die stolz auf ihre Tat war, zündete für sich und Thea eine Zigarette an und erzählte ihr, was sie der Polizei berichtet hatte. Wie oft sie gesehen hatte, dass sich Montserrat mit Rad Sothern unterhalten und ihn ins Haus gelassen hatte. Sie erklärte sich bereit, Thea zur Versammlung der heiligen Zita zu begleiten, was sie anscheinend als Belohnung für ihre Leistung als Polizeiinformantin betrachtete. June übernahm den Vorsitz, und auch Montserrat war anwesend. Sie hatte keine Ahnung, welchen Anteil Miss Grieves daran hatte, dass Rads Abtauchen in die Souterrainebene von Nummer 7 aufgeflogen war. Beacon war nicht erschienen, er musste Mr. Still nach Hause fahren, nach Medway Manor Court. Sondra war da und Henry und auch Dex, der stumm in einer Ecke saß und als einziges Mitglied der Gesellschaft ein Guinness trank. Heute Abend passte das hohe Glas mit dem dunklen Bier und der cremigen Schaumkrone besonders gut zu ihm, denn auf seinem Kopf thronte über dem dichten dunklen Schopf und dem Wuschelbart eine helle Schottenmütze.

Thea hatte der Gesellschaft ganz begeistert über Miss Grieves Anfangsjahre als Mädchen für alles in Elystan Place, dem Haus von Lady Pimble, berichtet, und man hatte das neue Mitglied einstimmig aufgenommen. Anschließend stand das snobistische und arrogante Verhalten von Damian und Roland zur Diskussion, das June als »betrübliches Vorkommnis« titulierte.

»Ihr könntet den Empfang boykottieren«, sagte Jimmy zu Thea. »Du und Montserrat.«

»Ein Boykott würde nicht dazu führen, dass auch noch der Rest von euch eingeladen wird«, antwortete Thea pampig. Es klang, als hätte sie am liebsten ein »Du Trottel« hinzugefügt, auch wenn sie es nicht aussprach. Jimmy war verletzt. Mit diesem Gefühl war er inzwischen vertraut. Er musste an die Anfänge ihres Liebeswerbens denken, das erst wenige Wochen zurücklag, und fragte sich, was er eigentlich falsch gemacht hatte. Er war doch nur er selbst gewesen. Vielleicht lag der Fehler genau darin, und ihr wurde das jetzt erst klar. Sie war viel klüger als er. In seinen Augen war sie eine Intellektuelle.

»Selbst als Gewerkschaft könnten wir die Leute nicht dazu bringen, andere zu ihrer Party einzuladen«, konstatierte June ziemlich traurig und schloss mit einem Satz, den sie auswendig gelernt hatte: »Andernfalls würden wir lediglich einen Präzedenzfall kreieren.«

Danach standen keine besonders spannenden Themen mehr auf der Tagesordnung. Manchmal bot die Rubrik »Sonstiges« Gelegenheit zu fruchtbaren Diskussionen, aber heute gab es nur einen einzigen interessanten Punkt: Dex bekam immer weniger Arbeit. Da er zu schüchtern war, das Thema selbst anzusprechen, hatte er vorab mit Jimmy vereinbart, dieser solle der Versammlung berichten, dass die Neville-Smiths Dex mit Entlassung gedroht und dass Mr. Sohrab und Miss Lambda ihn abgewiesen hatten. An seiner Arbeit selbst gab es nichts auszusetzen. Aber die Rezession hatte inzwischen so schwer zugeschlagen, dass momentan alle knapp bei Kasse waren.

»Ich auch«, warf Dex ein. »Bin ich nicht auch knapp bei Kasse?«

June schaltete sich mit der Bemerkung ein, die Gesellschaft der heiligen Zita sei keine Gewerkschaft. Jimmy legte die Stirn in Falten wie einen alten Theatervorhang und fuhr fort, Dexter habe mit den Besitzern von Haus Nummer 10, das inzwischen schon ein halbes Jahr leer zum Verkauf stand, eine mündliche Vereinbarung getroffen, er solle Garten und Rasen in Ordnung halten. »Doch daran hat man sich nicht gehalten«, schloss Jimmy.

»Tja, ihr wisst ja, was ich immer sage«, rief Richard.

»Eine mündliche Vereinbarung ist das Papier nicht wert, auf das sie geschrieben wurde.«

Kaum war das Gelächter all derer verklungen, die diesen alten Witz noch nicht gehört hatten, fasste man den Beschluss, Dexter solle seine Dienste per Aushang im Schaufenster von Mr. Choudhuri anbieten. Von Thea kam der Vorschlag, er solle doch in der Zwischenzeit ein paar Wochenstunden für sie und die übrigen Bewohner von Nummer 8 arbeiten. Kaum hatte sie das gesagt, machte sie sich Sorgen, was Damian und Roland dazu sagen würden. Was wäre, wenn sie sich weigerten, Dex zu bezahlen, und das Ganze letztlich an ihr hängen bliebe? Als die Mitglieder der Gesellschaft auf den Hexam Place traten, brachen gerade die Gäste des Thanksgiving Dinners mit Taxis oder in ihren eigenen Autos auf. Dex lief ein paar Schritte hinter Montserrat zur nächsten U-Bahn-Station. Eigentlich hätte Montserrat auf ihn warten sollen, damit sie gemeinsam hätten gehen können, aber dazu hatte sie keine Lust. Sie wollte nicht von anderen Passanten mit ihm zusammen gesehen werden. Am Ende würde man sie noch für Freunde halten oder für noch Schlimmeres.

Sie hatte sich selbst eingeladen. Preston hatte lediglich gemeint: »Von mir aus.« Sie wollte von ihm einen Schlüssel haben. »Falls du noch nicht wieder da bist.«

»Ich werde bestimmt da sein«, sagte er. »Du brauchst keinen Schlüssel.«

In Kürze würde er sie bitten, bei ihm einzuziehen. Dann würde sie einen Schlüssel haben. Vielleicht sollte sie Preston fragen, ob er Dex für sich arbeiten lassen wolle – na ja, eigentlich würde er für Lucy und die Kids arbeiten und in Nummer 7 den Garten machen. Preston und Lucy betonten ständig, dass der Garten ein Saustall sei, unternahmen aber nie etwas dagegen.

»Warum sollte ich?«, lautete Prestons erste Antwort. »Ich wohne gar nicht mehr dort. Ist doch mir egal, ob es dort aussieht wie auf einer Brache. Außerdem ist er gaga. Irgendjemand hat mir erzählt, er habe versucht, seine Mutter umzubringen.«

»Er wurde freigesprochen«, erwiderte Montserrat. »Er war nicht verhandlungsfähig oder so ähnlich.« Sie hielt es für klüger, nicht zu erwähnen, dass er, Preston, nicht nur versucht hatte, Rad Sothern umzubringen.

Preston vertiefte sich mit abgewandtem Gesicht in die Lektüre des von ihm mitgebrachten *Evening Standard*. Mit Ausnahme eines spekulativen Artikels über die künftigen Pläne der Produzenten von *Avalon Clinic* war mehrere Tage nichts über Rad Sothern erschienen. In der heutigen Ausgabe wurde Sotherns Vergangenheit erneut durchgehechelt. Montserrat hatte von ihrem Sitzplatz aus den Eindruck, als habe man seine Kindheit und Jugend und die früheren Fernsehrollen durchleuchtet.

»Der hat ja einen ganzen Harem gehabt«, rief Preston plötzlich. »Vermutlich bist du eine davon gewesen. Und du hast ihn in mein Haus gebracht. Damit er meine Frau trifft.«

»Lucy hat ihn auf einer Party bei der Prinzessin kennengelernt.«

»Das ist deine Version.«

Montserrat sagte nichts. Man musste jeden Streit mit ihm vermeiden. Er stand auf und goss sich noch ein Glas Wein ein. Erst nach scheinbar reiflichem Überlegen schenkte er auch ihr nach. »Wolltest du nicht demnächst nach Barcelona fahren?«

»Ja. Ich habe es mir aber anders überlegt.« Sie würde ihm nicht auf die Nase binden, dass diese Reise angesichts der derzeitigen Entwicklung ihrer Beziehung unklug wäre. »Glaubst du, dass dich die Polizei jetzt in Ruhe lassen wird?«

»Hoffentlich. Ich habe nichts getan, und das wissen die auch ganz genau.«

Jetzt würde er sie jeden Augenblick bitten, ins Bett zu gehen, und sagen, dass er gleich nachkäme. Romantisch war das wahrlich nicht, aber von einem Menschen, zu dem man eine Verbindung hat, wie sie zwischen ihnen beiden entstanden war, konnte man keine Romantik erwarten. Sie lächelte erwartungsvoll und strich sich mit einer sorgfältig manikürten Hand die langen dunklen Locken zurück. Stattdessen sagte er: »Für den Fall, dass die Polizei noch einmal auftaucht, musst du mir fest zusagen, dass du nicht mehr mit den Beamten sprichst.«

»Ich will gar nicht mit ihnen sprechen.«

»Tu's nicht.« Er faltete die Zeitung zusammen. »Sag auf Befragen einfach nur, dass du nichts weißt. Du hättest ihnen alles erzählt, was du weißt.« Er stand auf und trat einen Schritt auf sie zu. Wollte er sie *küssen*? Nein. »Ich rufe dir ein Taxi«, sagte er. »Zu dieser späten Stunde möchtest du bestimmt nicht mit der U-Bahn fahren.«

Weihnachtsbäume aus der Belgrave-Gärtnerei waren gut doppelt so teuer wie solche aus einem typischen Gartencenter, aber so etwas bekümmerte die meisten Anwohner vom Hexam Place nicht. Dieses Jahr nahm Mr. Siddiqui Anfang November die Bestellungen entgegen und versprach seiner Tochter, Khalid würde den Baum für Nummer 7 persönlich anliefern.

»Vater, es ist mir völlig egal, wer den Baum liefert. Mrs. Still möchte einfach nur einen schönen großen Baum, um ihren Kindern eine Freude zu machen. Da sonst niemand in der Straße kleine Kinder hat, sollte sie den besten bekommen.«

In Wahrheit hatte Lucy mit keinem Wort erwähnt, dass sie überhaupt einen Weihnachtsbaum haben wolle, geschweige denn, dass sie sich zu dessen Höhe oder Aussehen geäußert hatte. Rabia hatte sie gefragt, ob sie einen Nadelbaum für das Fest kaufen solle, und Lucy hatte gemeint: »Ach, wenn Sie möchten. Mir ist das egal.«

Rabia hatte nie verstanden, warum christliche Kinder sich über den Anblick einer mit Glaskugeln und Silberfäden geschmückten Nordmanntanne mit einer Feenpuppe auf der Spitze und vielen Geschenken ringsherum freuten. Aber das war auch unwichtig. Wichtig war nur, dass Thomas staunend dastand und lachend in die Hände klatschte.

Lucy hatte ihrem gleichgültigen Kommentar zum Weihnachtsbaum einen genauso abschätzigen hinzugefügt: »Vermutlich wird es der letzte sein, den sie bekommen. In der Wohnung, die wir uns dann leisten können, wird kein Platz für solchen Luxus sein.«

Rabia schob Thomas im Buggy zu seinen tropischen Lieblingsfischen. Hier war auch Khalid gerade dabei, Töpfe mit roten und weißen Weihnachtssternen zum Verkauf aufzustellen. Trotz ihrer Bemerkung von vorhin zu ihrem Vater ertappte sie sich dabei, wie sie Khalid vielleicht zum ersten Mal richtig ansah. Er sah sehr gut aus und hatte ein gütiges Gesicht, und Letzteres war für sie noch viel wichtiger. Immer lag ein Lächeln auf seinen festen roten Lippen. Er hatte strahlend wache Augen.

»Einen wunderschönen Guten Morgen, Mrs. Ali. Wie geht es Ihnen heute?«

Warum sollte sie ihn von oben herab behandeln? Was hatte er ihr getan? »Guten Morgen, Mr. Iqbal.«

Nie hätte sie ihre Gedanken in Worte fassen können, aber denken konnte sie sie. Angenommen, ich würde heiraten und selbst einen kleinen Jungen haben, ein gesundes Kind ohne Probleme – könnte ich dann Thomas vergessen? Gab es einen Ersatz für ein so geliebtes Wesen? Vielleicht. Aber nicht, solange dieser Ersatz noch nicht einmal existierte, nicht, wenn es sich nur um einen ungewissen Traum handelte.

Sie musste sich zu nichts verpflichten. Von dem Schritt, sich mit einem Mann – selbstverständlich nur im Beisein des eigenen Vaters – anzufreunden, war es noch ein weiter Weg bis zum Eheversprechen. Während sie Thomas langsam zum Hauptgebäude zurückschob, wo sich ihr Vater aufhielt, dachte sie an Nazir, ihren Ehemann, einen liebenswürdigen, aber fordernden Menschen. Doch allmählich verschwamm die Erinnerung an ihn immer mehr, ganz im Gegensatz zu ihren Kindern. Diese sah sie vor sich, als würden sie vor ihr herlaufen – ihre zwei toten Kinder, und dazwischen Thomas, denn jetzt konnte er schon so gut laufen. Lucy war immer nett zu ihr gewesen, und doch wusste Rabia eines ganz genau: Während man sich auf den ehrlichen Khalid und wahrscheinlich auch auf Mr. Still verlassen konnte, wäre Lucy durchaus imstande, am Dienstag zu sagen, ohne Rabia würden sie nie zurechtkommen, denn sie könne so gut mit den Kindern umgehen, und mittwochs hieße es dann: »Ach, meine Liebe, morgen ziehen wir aus, und Sie müssen leider gehen.«

Würde Lucy so etwas tun? Vielleicht. Vor dem Büro ihres Vaters hob sie Thomas heraus und drückte ihn ganz fest, ehe sie ihn hineintrug, wo Abram Siddiqui hinter seinem Schreibtisch saß.

»Dieser große Junge ist viel zu schwer für dich, meine Tochter. Setz ihn ab. Lass ihn herumlaufen.«

»Wir bleiben nicht lange, Vater«, sagte Rabia. Trotzdem setzte sie Thomas ab und sah zu, wie er, immer noch unsicher, über den Teppich zu einem Ständer mit quietschbunten Samentütchen tapste, die sich zum Glück außerhalb seiner Reichweite befanden. »Ich wollte dich bitten, Mr. Iqbal zum Tee einzuladen, wenn ich nächsten Sonntag zu Besuch komme. Nein, bitte nicht diese Blicke. Es hat nichts zu bedeuten, es geht nur darum, jemanden etwas besser kennenzulernen.«

Die Zeitungen hatten nichts von Verhören mit verdächtigen Leuten erwähnt, »die der Polizei bei ihren Ermittlungen halfen«. Vielleicht wurde gar nicht ermittelt. Sondra behauptete, sie habe gesehen, wie Detective Sergeant Freud und Detective Constable Rickards zweimal in der Wohnung von Miss Grieves vorstellig wurden, aber diese Besuche hatten keine erkennbaren Konsequenzen. Als Thea Montserrat um Rat fragte, ob sie Jimmys Antrag annehmen solle, erntete sie ein striktes »Bloß nicht!« Und weil sie sich vielleicht nur ungern so heftig Vorschriften machen ließ, meinte sie, Miss Grieves habe erneut Montserrat auf der Souterraintreppe von Nummer 7 im Gespräch mit diesem rothaarigen Kriminalbeamten beobachtet.

»Alles nur eine Scheißlüge«, rief Montserrat viel heftiger, als es bei einer solchen Aussage nötig gewesen wäre.

»Ist ja gut. Beruhige dich. Solche Ausdrücke solltest du dir verkneifen. Dann habe ich mich eben geirrt. Sicher kennst du dutzendweise Dreißigjährige mit karottengelben Haaren.«

»Die alte Schachtel ist doch ein Fall für die Klapsmühle. Sie muss mindestens hundert sein.«

Diese Szene belastete die Beziehung zwischen ihnen ungemein. Vielleicht wäre Thea dem Rat ihrer Freundin gefolgt und hätte zu Jimmy Nein gesagt, aber wegen Montserrats heftiger Reaktion auf eine simple Beobachtung überlegte sie es sich noch einmal und erklärte ihm, wenn auch ziemlich widerwillig, noch am selben Nachmittag während eines Ausflugs im Lexus, sie habe gegen eine Verlobung keine Einwände. Der Ring, den Jimmy schon seit Tagen in seiner Tasche herumtrug, war viel hübscher, als sie erwartet hatte.

Nach der Abfuhr, die ihr Roland erteilt hatte, brauchte Thea eine Aufmunterung. Als sie ihm von ihrem Vorschlag erzählte, Dex könne doch im Haus Nummer 8 Kleinigkeiten erledigen, hieß es nur eisig: »Was hast du getan?«

»Er macht ziemlich gute Arbeit, und außerdem braucht er das Geld.«

»Damian und ich sind kein Wohltätigkeitsverein«, verkündete Roland, und Thea hatte nicht den Mut, ihn daran zu erinnern, dass sie sich momentan kostenlos um den Garten kümmerte.

Aber Miss Grieves hatte mit ihrer Aussage nicht gelogen. DC Rickards war tatsächlich in Nummer 7 gewesen, und zwar nicht nur vor der Tür, sondern sogar im Haus. Montserrat rief sich Prestons Worte ins Gedächtnis und erklärte dem Polizisten, mehr wisse sie nicht, und mehr habe sie auch nicht zu sagen.

»Sagen Sie mal«, fuhr Rickards fort, als hätte sie nichts gesagt, »falls Mr. Sothern dieses Haus nicht zu dem Zweck betreten hat, Sie zu besuchen, warum hat er dann den Souterraineingang benutzt?«

»Um hereinzukommen«, meinte sie und vergaß dabei, dass er angeblich das Haus gar nicht betreten, sondern nur draußen gestanden hatte, um sich nach dem Weg zum Sloane Square zu erkundigen.

»Also ist er tatsächlich hereingekommen, aber nicht, um Sie zu besuchen. Falls er also eine andere Person besucht hat, warum hat er dann nicht die obere Eingangstür benutzt?«

»Er ist nicht hereingekommen, durch gar keine Tür. Ab jetzt sage ich kein Wort mehr.«

Sie begriff, dass sie zu weit gegangen war und viel zu viel gesagt hatte, obwohl sie Preston doch versprochen hatte, nichts zu sagen. Seit vier Tagen hatte sie ihn nicht mehr gesehen, geschweige denn etwas von ihm gehört. Sollte sie ihn jetzt besuchen? Vielleicht wäre es nicht schlecht, ihm von dem Gespräch zu erzählen, das sie soeben mit Colin Rickards geführt hatte. Vielleicht würde es ihm Angst einjagen. Er musste lernen, dass er sie nicht so behandeln konnte. Er konnte nicht einfach nach Belieben mit ihr schlafen, sie zu einem miesen Essen einladen und danach tagelang links liegen lassen.

Sie musste ihm eine Nachricht auf seinem Anrufbeantworter hinterlassen. Wie viele andere Leute würden das hören? Es war ihr egal. Er ließ sich vierundzwanzig Stunden Zeit, um sie zurückzurufen.

18

Eine Verlobung war eine Sache, aber dass es alle wissen sollten – das war etwas ganz anderes. Der Ring von Jimmys Mutter erwies sich als viel zu groß für sie. Diese Frau musste Riesenpranken gehabt haben. Thea meinte, es wäre nicht richtig, wenn Jimmy den Ring kleiner machen ließe. Der Ring der eigenen Mutter sei doch sicher etwas Heiliges. Daran dürfe man sich nicht vergreifen.

»Um verlobt zu sein, brauchen wir doch keinen Ring!«

Solche Sätze sagte man normalerweise zu einem Kind. Thea überkam ein Déjà-vu-Gefühl, und sie musste daran denken, wie sie als Neunjährige ein neues Puppengeschirr bekommen hatte. Damals hatte sie zu ihrer Freundin gesagt, sie müssten ja nicht wirklich Tee aus den Tassen trinken. Jimmy war offensichtlich zufrieden.

»Zur Hochzeit werde ich dir einen tollen Ring kaufen.«

Thea wurde ziemlich flau im Magen, aber bei seinem nächsten Satz hob sich ihre Stimmung um ein paar Millimeter. »Es tut mir ehrlich leid, dass ich nicht zur Feier von Damians und Rolands Lebenspartnerschaft kommen kann. Ich habe ein Ticket für ein Heimspiel von Arsenal.«

Neben dem übrigen »Personal« hatte man auch ihn nicht eingeladen. Jetzt käme sie nicht in Erklärungsnöte. Sie malte sich die Reaktion der künftigen Lebenspartner aus, wenn sie gehört hätten, dass Jimmy sie beim Vornamen nannte. Früher oder später würde man einen von ihnen – vielleicht sogar beide – zum Ritter schlagen, und dann hieße es, wehe dem, der sie nicht mit »Sir« anredete.

Würde sie Jimmy jemals heiraten? Höchstwahrscheinlich, und sei es nur, um Schwierigkeiten aus dem Weg zu gehen. Schwierigkeiten ging sie immer aus dem Weg: Wenn sie für Damian und Roland sämtliche Kleinigkeiten erledigte, wenn sie für Miss Grieves einkaufen ging, wenn sie ohne jede finanzielle Entschädigung oder ein Dankeschön die Belgrave-Gärtnerei für das Anpflanzen der Blumen bezahlte, die das Haus verschönerten.

Sonntags hatte Preston tagsüber die Kinder bei sich. Als er sie um 18 Uhr in einem Taxi zurückbrachte, erwartete Montserrat ihn bereits. Sie hatte seinen Zeitplan schlau erraten. Sie öffnete, bevor er seinen Schlüssel aus der Tasche zog, und bat ihn, in ihr Apartment zu kommen, nachdem er die Kinder bei ihrer Mutter abgeliefert hatte. Thomas brüllte nach Rabia, die immer noch bei ihrem Vater war.

Von Anfang an lief alles schief. Sie hatte sich extra für ihn schick gemacht, mit Minirock, tief ausgeschnittenem Oberteil, ultrahohen High Heels und dunkelrotem Lippenstift, den sie besonders vorteilhaft fand. Mit Ohrringen im Kronleuchterformat und einer dreifachen Perlenkette, die sie in der Portobello Road gekauft hatte, war sie wie für eine Party gekleidet und nicht wie für einen Sonntagabend vor dem Fernseher. Sie hatte ganz nervös auf sein Eintreffen gewartet und war unruhig hin und her gelaufen. Er trat ein, ohne anzuklopfen. Andererseits wäre es vielleicht ein Zeichen von Förmlichkeit gewesen, wenn er geklopft hätte. Wider besseres Wissen hätte sie sich gern von ihm umarmen und sich etwas Liebes sagen lassen.

Sie öffnete die Flasche Weißwein, die sie vergessen hatte, kühl zu stellen. »Preston«, setzte sie an, »vermutlich habe ich deine Anrufe verpasst. Mein Handy hat sogar einen eingegangenen Anruf angezeigt, aber ich habe die Nummer nicht gekannt.«

»Ich bin es nicht gewesen.« Er trank einen Schluck Wein, verzog das Gesicht und schob das Glas ein paar Zentimeter über den Tisch. Ein sicheres Zeichen, dass er nichts mehr davon trinken wollte.

Sie versuchte, allen Mut zusammenzunehmen. Dabei merkte sie, dass sie sich vor ihm fürchtete, aber wahrscheinlich hatte sie das unbewusst schon immer getan. Und das war ihr auch klar. Sie brauchte starke Nerven, um das auszusprechen, was gesagt werden musste. Plötzlich durchzuckte sie ein zwanghaftes Bedürfnis, die doofen Perlen abzunehmen, aber sie unterdrückte es gewaltsam. Er würde nur denken, sie wolle einen Striptease hinlegen.

»Ich dachte, wir hätten eine Beziehung.« Da – sie hatte es ausgesprochen. »Ich habe geglaubt, der erste Schritt dazu wäre gewesen, dass du mit mir geschlafen hast.«

Er wirkte nicht im Geringsten verlegen oder empört oder wütend. Er zeigte überhaupt keine Reaktion. Er musterte sie einfach nur unverwandt mit seinen hellgrauen Augen. Zum ersten Mal bemerkte sie, dass um seine Iris ein weißer Ring lief. So etwas gab es sicher nicht häufig. Sie kannte jedenfalls niemanden mit solchen Augen.

»Ich bin immer noch verheiratet«, sagte er.

»Das bist du auch gewesen, als du mit mir geschlafen hast. Auch als du mich in deine Wohnung eingeladen hast, bist du verheiratet gewesen.«

»Aus meiner Sicht«, fuhr er fort und beobachtete, wie sie den warmen Wein trank, »sind wir beide in gewisser Weise Geschäftspartner gewesen. Du weißt, was ich damit meine. Ich bin dir dankbar für deine Hilfe gewesen.«

»Ist das alles?«

»Was sollte sonst noch sein? Ich muss wirklich nicht ins Detail gehen, wir wissen beide, was passiert ist. Es hat einen Unfall gegeben. Du hast mich – offen gestanden, gegen mein besseres Wissen – überredet, nicht die Polizei zu rufen. Zweifelsohne hast du es für das Beste gehalten. Ich habe dazu meine eigenen Ansichten. Jede Beziehung zwischen uns, wie du es nennst, muss ein Ende haben, falls sie je begonnen haben sollte.«

In ihrem Schädel pochte es, so wütend war sie jetzt. »Ohne mich würdest du jetzt im Gefängnis sitzen. Ist dir das klar?«

»Ach, das bezweifle ich«, meinte er. »Es war ein Unfall. Anscheinend hast du das vergessen.«

Warum redete er sie nicht mehr mit ihrem Vornamen an? Bei ihrer letzten Begegnung hatte er sie Montsy genannt. Irgendwie war ihr klar, dass er das nie wieder tun würde, es sei denn, sie würde aktiv werden und positive Maßnahmen ergreifen. »Ich könnte sogar jetzt noch zur Polizei gehen. Dazu ist es nicht zu spät.«

Kopfschüttelnd erhob er sich aus dem Sessel und trat ans Fenster. Zum zweiten Mal wirkte er hünenhaft groß, massig und stark. War er blass geworden? Vielleicht hatte sie sich das nur eingebildet. »Und was willst du dort erzählen? Denk daran, du bist genauso beteiligt wie ich.«

»Ich habe ihn nie angefasst. Ich habe ihn nicht die Treppe hinuntergestoßen. Du solltest daran denken, dass ich als Kronzeugin auftreten könnte.« Wirklich? Gab es so etwas überhaupt noch? »Ich könnte behaupten, du hättest mich gezwungen, hättest mich bedroht. Ich könnte dealen.« War so etwas nur in Amerika oder im Kino möglich?

»Und welchen Beweis könntest du vorlegen, damit eine dieser Regelungen zur Anwendung käme?« Seine Stimme hatte fast einen unsicheren Klang angenommen.

Über solche Details hatte sie noch kaum nachgedacht, aber jetzt fielen sie ihr ein, als hätten sie knapp unter der Gehirnrinde gelegen und nur auf ihren Einsatz gewartet. »Angenommen, ich erzähle ihnen, sie sollten nach Gallowmill Hall fahren und im Gepäckraum nach einer Dachträgerbox suchen. Überall im Inneren würde man Rad Sotherns DNA finden, seine Haare und Fasern von seiner Kleidung.« In solchen Situationen waren Polizeiserien und Fernsehkrimis wirklich ein wahrer Segen! Daraus lernte man alles über Polizeiverfahren, Durchsuchungsbeschlüsse und Gerichtsmedizin. »Man würde Blutspuren vom Aufprall finden und vielleicht auch Staub oder winzige Reste vom Fußboden.«

Jetzt hatte sie es gegen seinen Willen erreicht. Er war wieder voll dabei. »Und woher wüsste man, dass die Box dir gehört hat?«

»Das kann ich beweisen. Henry Copley, der Fahrer von Lord Studley, hat sie mir verkauft.«

Sie hatte auf dem Bett gesessen, jetzt kam er und setzte sich neben sie. »Schau, Montsy, das meinst du doch gar nicht ernst. Es war ein Witz, ja?«

Offensichtlich hatten sich die positiven Maßnahmen ausgezahlt, trotzdem war sie plötzlich den Tränen nahe. »Es war kein Witz, auch wenn es einer sein könnte. Ich will doch gar nicht zur Polizei gehen. Schon der Gedanke daran ist mir verhasst.« Die Tränen kamen nicht. Sie hatte sie zurückgehalten, ohne sich die Augen zu reiben. Mit reiner Willenskraft. »Preston, geh mit mir essen, bitte. Wir können über die ganze Sache reden. Das haben wir nie richtig getan. Und anschließend können wir wieder hierherkommen.«

»Ist gut«, sagte er, »wenn du das möchtest.«

Seitdem Henry die Riegel an die Tür geschraubt hatte, war Huguette schon mehrmals bei ihm im Zimmer gewesen. Für sie war das fast so einfach, als wenn sie ihn in ihre Wohnung kommen ließ. Dazu musste sie sich nur einen Besuchstag bei ihren Eltern aussuchen und später Auf Wiedersehen sagen, das Haus verlassen und danach heimlich die Souterraintreppe hinunterhuschen, wo er sie einließ. Und dann schob er die Riegel vor.

Er bekam einen schweren Schock, als er auf dem gefliesten Gang Schritte hörte und sah, wie sich sein Türgriff bewegte. Nach einem zweiten Versuch entfernte sich der Unbekannte, und Huguette brachte ihre Verwunderung zum Ausdruck.

»Klopft mein Papa denn nicht an? Denkt er, er könnte einfach so hereinspazieren?«

Henry konnte nicht verraten, dass es sich wohl nicht um ihren Vater gehandelt hatte, sondern um ihre Mutter.

»Lass mich ihnen doch endlich erzählen, dass wir verlobt sind.«

Sind wir nicht, dachte Henry. »Es wäre ungut, wenn er dich hier finden würde.«

»Ich kapiere nicht, warum du keine Privatsphäre haben darfst. Das ist ja wie im Mittelalter. Einfach ohne Anklopfen hier hereinspazieren. Man behandelt dich wie einen Sklaven.«

Henry fing zu lachen an. »Genau aus diesem Grund wird er nicht gestatten, dass du mich heiratest. Weil ich ein Sklave bin.« Sein Handy klingelte. Er griff danach.

»Sehr wohl, Mylord. In zehn Minuten am Eingang des Oberhauses.«

Anscheinend dämmerte es ihr nicht, dass ihr Vater unmöglich vor fünf Minuten draußen vor der Tür stehen und jetzt vom Oberhaus aus telefonieren konnte.

Rabia fühlte sich in der Doppelhaushälfte in Acton, die jetzt, nach Abzahlung der Hypothek, Abram Siddiqui gehörte, viel wohler als am Hexam Place Nummer 7. Aber zur Nummer 7 gehörte Thomas, was in der Grenville Road 15 in Acton nicht der Fall war. Sie machte sich Sorgen, wenn Thomas nicht bei ihr war, sondern bei seiner Mutter oder seinem Vater. Mr. Still liebte seine Kinder zweifellos, und trotzdem hatte Rabia den Eindruck, als könnte er seine Liebe nur damit ausdrücken, dass er Flecken auf ihren Gesichtern entdeckte.

Sie hätte es missbilligt, wenn Khalid Iqbal auch nur die geringsten Anzeichen von Verliebtsein gezeigt hätte, aber er hatte sich mustergültig verhalten. Er war pünktlich zum vereinbarten Zeitpunkt gekommen, hatte sie ausgesucht höflich begrüßt und hatte selbstverständlich nicht versucht, ihr die Hand zu schütteln. Außer ihrem Vater und ihrem verstorbenen Ehemann hatte sie noch nie ein anderer Mann berührt. Mr. Iqbal nahm eine Tasse Tee und eines von den zuckersüßen Kuchenteilchen, die Rabias Vater besorgt hatte, aber nur eines. Vielleicht hatte ihm Abram Siddiqui erzählt, wie sehr sie Gier missbillige. Mr. Iqbal plauderte höchst unterhaltsam über den Christbaumverkauf in der Belgrave-Gärtnerei und über die neuen Produkte, die sie zum ersten Mal im Angebot hatten: rosa Weihnachtssterne, eine Neuzüchtung, Ilexkränze und Amaryllis, hohe Pflanzen, die auf dicken Stängeln je zwei unglaublich prächtige, wunderschöne Blüten trugen.

Das Gespräch wandte sich nun dem Thema Familie zu und dem weit verzweigten Stammbaum des Siddiqui-Iqbal-Ali-Clans. Besonders der genaue Verwandtschaftsgrad zwischen Khalid und Rabia wurde überaus deutlich und leicht nachvollziehbar erklärt. Nicht zu nahe, stellte Rabia erleichtert fest und fragte sich im selben Moment, was sie sich dabei denke. Es konnte ihr doch egal sein, ob er ihr Cousin vierten Grades war. Nach einer Dreiviertelstunde schickte er sich zum Gehen an, verbeugte sich knapp vor ihr und meinte zum Abschied, es sei ein Vergnügen gewesen, sie außerhalb des Geschäfts zu treffen.

»Meine Tochter, ich glaube, er hat dir gefallen«, stellte ihr Vater fest, während sie Khalids hochgewachsene Gestalt auf dem Weg zur Bushaltestelle am Fenster vorbeigehen sahen.

»Er ist sehr nett, Vater. Ich habe schon immer gewusst, dass er sehr nett ist.«

»Ich glaube, er würde einen guten Ehemann abgeben. Wie du weißt, hatte ich für solche Dinge schon immer ein gutes Gespür.«

»Für eine andere glückliche Frau«, meinte sie lächelnd.

Wie immer nach ihren häuslichen Besuchen, fuhr Rabias Vater sie zum Hexam Place zurück. Sie betrat das Haus durch die Souterraintür und hörte aus Montserrats Apartment die Stimme von Mr. Still, ohne sich etwas dabei zu denken. Rabia war von Natur aus nicht misstrauisch. Die Kinder waren bei Lucy. Die Mädchen saßen im kleinen Wohnzimmer vor dem Fernseher, der überdrehte Thomas schlief schon fast auf dem Sofa. Es war 22 Uhr.

Es war ein gutes Gefühl, wenn sich vier Menschen

über den Anblick eines anderen freuten. Hero und Matilda waren müde und hatten ihr Fernsehprogramm satt. Rabia war eine neue Gesprächspartnerin und interessierte sich immer für alles, was sie trieben. Thomas wachte auf, hüpfte vom Sofa und lief zu ihr. Und Lucy war einfach nur erleichtert.

»Ach, du liebe Güte, Sie ahnen ja gar nicht, wie sehr ich mich freue, Sie zu sehen. Es war ein Albtraum. Diese kleinen Teufel haben mir ganz schön eingeheizt.«

»Schon gut«, sagte Rabia. »Wir werden jetzt nach oben gehen und Sie in Frieden lassen.«

»Ein Mann war hier und hat sich um einen Job für Gartenarbeit beworben. Ein gewisser Deck oder Dex. Ich habe ihm erklärt, er solle Mr. Still fragen, aber anscheinend hat er nicht verstanden, dass Preston nicht hier wohnt.«

Rabia verlor kein Wort darüber, dass sie im Souterrain Mr. Stills Stimme gehört hatte. »Ja, ich kenne Dex. Aber Montserrat weiß mehr über ihn als ich. Soll ich sie fragen?«

»Oh bitte ja, meine Liebe. Sie sind wirklich ein Engel. Was würde ich ohne Sie machen? Ich wage gar nicht daran zu denken.«

Solche Sätze waren wahrer Balsam. Wie ein Zauberspruch bannten sie Rabias Ängste, obwohl sie wusste, wie unzuverlässig Lucy war. »Ich werde mit Dex reden und ihm Mr. Stills Adresse geben, oder Montserrat wird es tun. Wäre das die beste Lösung?«

»Selbstverständlich wäre es das. Absolut. Aber jetzt bin ich so erschöpft, dass ich mich wirklich ausruhen muss.«

Den ganzen Nachmittag hatte Rabia das Gewicht des Zigarettenetuis gespürt. Sie schob die Hand in ihre Tasche, legte die Finger darum, zog es hervor und gab es Lucy mit den Worten: »Das lag im Haus, oben an der Souterraintreppe.«

Lucy betrachtete es mit zitternder Hand. »Was soll ich damit machen?«

Rabia wusste es nicht. Wortlos verließ sie mit den Kindern das Zimmer, während Lucy die Initialen auf dem Silber anstarrte.

Anderntags traf Rabia zufällig Mr. Still, als er auf dem Weg zur Arbeit wegen seiner unerlässlichen Papiere kurz vorbeischaute, und erwähnte dabei Dex. Er war besser gelaunt als sonst um diese frühe Tageszeit und meinte, sie könne ihm die Telefonnummer geben. Rein zufällig erzählte ihm auch Montserrat, als sie ihn am selben Abend besuchte, dass Dex Arbeit suche. Dieses Gesuch kam deutlich weniger gut an. Er fauchte sie an und meinte, er könne diesen Namen nicht mehr hören und wolle von der ganzen Angelegenheit nichts mehr wissen. Für den Fall, dass dieser Dex zum Medway Manor Court käme, wollte er dem Pförtner mitteilen, er sei nicht zu sprechen.

Dex konnte weder sonderlich gut lesen noch schreiben. Er war zwar in der Lage, sein Telefon zu bedienen, wenn es klingelte, wusste aber nicht, wie man einen Namen und eine Telefonnummer oder eine Adresse einspeicherte, um später darüber verfügen zu können. Mühsam hatte er sich Preston Stills Adresse als Medymankurt notiert, aber er wusste, was damit gemeint war, und fand Medway Manor Court problemlos. Es sei niemand zu Hause, beschied ihn der Pförtner in der Eingangshalle äußerst hochmütig und verächtlich. Es sei sinnlos zu warten. Mr. Still sei nicht zu sprechen. Trotzdem setzte sich Dex auf die breite Treppe vor der doppelten Glastür und stellte sich auf eine lange Wartezeit ein. Inzwischen nutzte er die Zeit, um Nummern anzurufen, unter denen er vielleicht Peach erreichen würde. In der Hoffnung auf einen Zufallstreffer versuchte er eine Zahlenkombination nach der anderen. Beim vierten Versuch war es tatsächlich so weit. Eine Stimme – es musste Peach sein – erklärte ihm, er solle die »1« drücken, wenn er die Vermittlung sprechen wolle, die »2«, wenn er eine Frage zu einem Depot habe, oder die »3«, wenn er seinen Kontostand wissen wolle. Dex hatte keine Ahnung, was er mit dem letzten Punkt hätte anfangen sollen, und die »2« flößte ihm ein wenig Angst ein. Also drückte er die »1«. Das Telefon klingelte und klingelte. Während er immer noch hoffnungsvoll darauf wartete, dass sich eine Stimme melden würde, trat der Pförtner aus der Tür und forderte ihn auf abzuhauen. Es sei sinnlos, auf Mr. Still zu warten.

Die Riegel, die Henry zur Beruhigung seiner Nerven gekauft und angeschraubt hatte, hatten ihren Zweck nicht erfüllt. Obwohl der Zutritt zu ihm missglückt war, hatte ihm dieser Vorfall genauso viel – na ja, fast so viel – Angst eingejagt, als hätte Huguettes Mutter die Tür geöffnet und wäre hereinspaziert. Als er Huguette zwei Tage danach zum Westminster Palace fuhr, erklärte er ihr, in Zukunft müsse er zu ihr kommen. Das sei das einzig Sichere.

»Wenn wir verheiratet wären, wäre es überall sicher.«

»Dazu würde dein Papa nie seine Zustimmung geben.«

»Muss er auch gar nicht. Ich bin über sechzehn; sogar über achtzehn. Wenn du mir nicht erlaubst, ihn zu fragen – also, es ihm zu *sagen* –, wird er mich einfach mit einem anderen verheiraten. Weißt du, warum ich jetzt dort hineingehe? Um mit ihm und dem jüngsten Hinterbänkler der Torys ein Glas zu trinken. Schweinereich und selbstverständlich unverheiratet.«

»Warum hast du nicht Nein gesagt?«

Huguette gab keine direkte Antwort. »Ich möchte mich überzeugen, ob er genauso gut aussieht wie du oder vielleicht sogar noch besser. Weißt du was, Henry Copley? Du hast nie gesagt, dass du mich liebst.«

Henry, der mit dem stehenden Verkehr, den Ampeln und den Fußgängern kämpfte, die am Parliament Square bei Rot über die Straße liefen, schwieg ein paar Sekunden. Nachdem Huguette in der als Sicherheitskorridor bekannten Durchfahrt, die so schmal war, dass nur ein Auto passieren konnte, an der Polizeischranke einer Polizistin ihren Ausweis gezeigt hatte, sagte er: »Natürlich liebe ich dich. Das weißt du auch. Morgen Nachmittag komme ich dich besuchen, und dann werde ich's dir zeigen. Danach kannst du mich auf diesen Hinterbänkler eifersüchtig machen, was auch immer das ist.«

»Henry, du bist ein Schatz«, rief Huguette, deren Stimme dabei eine unheimliche Ähnlichkeit mit der ihrer Mutter hatte. Es war bis in die kleinste Nuance Oceanes Tonfall.

19

Beacon hatte in der Vergangenheit schon mehrmals kleinere Aufgaben für Mr. Still erledigt, die dieser nicht selbst übernehmen wollte. Er hatte beispielsweise Zinnia angesprochen, als man Ersatz für die frühere Putzfrau benötigte, die gegangen war. Beacon hatte sogar Rabia gefunden. Das Einstellungsgespräch hatte Mr. Still allerdings persönlich geführt. Jetzt erkundigte er sich bei Beacon nach Dex Flitch.

»Er ist verrückt, Sir«, sagte Beacon. »Er ist mit dem Messer auf seine Mutter losgegangen. Zu seinem Glück ist sie nicht gestorben.«

»Dr. Jefferson beschäftigt ihn und Mr. Neville-Smith auch.«

»Mit Verlaub, Sir, Dr. Jefferson ist wahrlich ein Heiliger und die Güte selbst zu jedermann, aber er stellt Leute ein, die Sie nicht in Ihrem Hause haben möchten.«

»Gut, gut, ich glaube Ihnen. Wie ist das nun mit diesem Dex?«

»Er sieht wie ein Waldschrat aus, jagt aber böse Geister. In seinem Handy lebt ein Gott, und er tut, was dieser Gott sagt. Er nennt ihn Peach, so wie diesen Kommunikationsdienst. Für mich ist das Blasphemie. Nichts für ungut, Sir, aber Sie haben es wissen wollen.«

»Ja«, erwiderte Mr. Still. »Vielen Dank, Beacon. Ich werde mich von ihm fernhalten.«

Doch genau das tat Mr. Still nicht. Und Beacon erfuhr es, denn als er am nächsten Tag vor der Hinterhauszeile den Audi wusch, kam Jimmy hinten aus dem Garten von Nummer 3 heraus und meinte, er habe gehört, Dex würde demnächst in Nummer 7 den Garten machen.

»Der Garten hätte es zwar bitter nötig«, fuhr Jimmy fort, »trotzdem habe ich Mr. Still geraten, es sich noch mal zu überlegen. Er kam vorbei, während Dr. Jefferson in der Arbeit war, und hat nach seiner Handynummer gefragt. Nach der von Dex, meine ich. Ich musste sie ihm doch geben, oder? Ich meine, es ist mir zwar gegen den Strich gegangen, aber trotzdem musste ich sie ihm geben.«

»Mit Verlaub, ich hatte Mr. Still bereits gewarnt.«

»Vielleicht hätte ich ihm die Sache mit Peach erzählen sollen.«

»Das habe ich schon getan«, sagte Beacon. »Widerlicher heidnischer Aberglaube.«

»Kanapees«, erklärte Roland. »Keine Käsehäppchen mit Ananas oder Stangensellerie mit falschem Kaviar. Keinen Schund. Wir hatten an Wachteleier und Gänseleber gedacht, so in der Art.«

Thea erwiderte: »Habt ihr schon über einen Caterer nachgedacht? Wir haben bald Weihnachten.«

Bei einem flüchtigen Blick aus dem Fenster sah sie, wie vorhergesagt, die ersten Schneeflocken fallen. Schnee im November! Das hatte es ja noch nie gegeben.

»Du meinst, alle wären ausgebucht? Tja, meine Liebe, wir dachten eigentlich, du würdest das vielleicht übernehmen.«

Kanapees für fünfzig Gäste, das hieße, irgendwie die ganzen Zutaten dafür heranschaffen und alles die Treppe hinaufschleppen, ohne dass ein anderer auch nur einen

Finger krumm machte. Wenn sie Jimmy heiraten würde, müsste sie so etwas nie wieder tun – höchstens vielleicht noch für ihre eigene Hochzeit.

»Na gut«, sagte sie, »wenn ihr das möchtet.«

Es begann zu schneien, während Dex in Dr. Jeffersons Garten arbeitete. Mithilfe seiner schmalen Pflanzschaufel mit der scharfen Spitze holte er aus den Tontrögen die Pflanzen, die der Frost vernichtet hatte. Zuerst waren nur die Blätter verwelkt, dann waren sie schwarz geworden. Dex lockerte die Erde rings um die abgestorbenen Pflanzen und ließ den Wurzelballen mit den verschrumpelten Stängeln in einen schwarzen Plastiksack fallen, den Jimmy zur Verfügung gestellt hatte. Kaum war der letzte Trog geleert, schwebten die ersten Flocken aus einem tief hängenden grauen Himmel herunter. Zuerst lagen sie wie Blütenblätter vereinzelt auf dem Boden, später bedeckten sie ihn mit einer dünnen weißen Decke. Dex begann zusammenzupacken. Er putzte seine Geräte unter dem Außenwasserhahn, verstaute sie in seiner Werkzeugtasche und klopfte dann an die Hintertür, um Jimmy zu erklären, dass man bei diesem Wetter nicht arbeiten könne.

»Du sagst Dr. Jefferson, dass ich mich wirklich bemüht habe, aber es hat geschneit. Wird er mich trotzdem bezahlen?«

»Er hat dir Geld dagelassen.« Jimmy zog einen Umschlag hervor und händigte ihn ihm aus. »Ich hätte es nicht gemacht, wenn du mich fragst. Aber so ist er nun mal.«

Als Dex in die Ebury Bridge Road einbog, geschah etwas Seltenes: Sein Handy klingelte. Er meldete sich nur mit seinem Namen, wie es ihm Dr. Mettage beigebracht hatte. Das sei am besten. Dann wüssten die Leute, dass sie die richtige Nummer hatten.

»Dex«, sagte er.

»Peach«, sagte eine Stimme. Sie schien von sehr weit weg zu kommen, aber es war eine schöne Stimme. Sie klang ganz anders als alles, was er bisher gehört hatte. Die Stimme eines Gottes, der im Abendrot wohnt. Aber Peach hatte viele Stimmen.

Dex wiederholte seinen eigenen Namen. Etwas anderes fiel ihm nicht ein. Er konnte nicht einfach weiterlaufen, während sein Gott zu ihm sprach. Schnee fiel auf seine Hände und auf das Handy. Wenige Schritte weiter befand sich eine Bushaltestelle mit einem Wartehäuschen. Er schlich hinein und kauerte sich auf die schmale Bank.

»Peach«, sagte die Stimme wieder. »Dex, bist du noch da?«

Dex nickte, dann begriff er, dass ihn Peach nicht sehen konnte, und sagte: »Ja, bin ich.«

»Hör zu. Es gibt einen bösen Geist, den musst du vernichten«, sagte Peach, und als Dex Ja gesagt und gefragt hatte, was er tun müsse, sagte er: »Es ist eine Frau, ich meine, er sieht wie eine Frau aus. Er ist ungefähr so groß wie du und hat viele dicke dunkle Haare, lange Haare. Er wohnt am Hexam Place Nummer 7, und du musst ihm folgen. Folge ihm und vernichte ihn. Sag es niemandem.«

»Ich werde es keinem sagen.«

»Tu es bald«, sagte Peach. »Ich werde es dir entgelten.«

Dex wusste nicht recht, was mit entgelten gemeint war, was dieses Wort bedeutete. Vielleicht eine von diesen Nachrichten, die auftauchten und verkündeten, Peach würde ihm zehn kostenlose Anrufe schenken. Er hatte

Besseres zu tun, als es jemandem zu sagen. In der Vergangenheit hatte er versucht, über seinen Gott zu sprechen, zum Beispiel mit Beacon, aber der hatte ihn wütend angefahren und ein langes Wort gesagt, das mit »B« anfing und das er noch nie gehört hatte. Jimmy wurde nicht wütend, als er ihm von Peach erzählte, allerdings meinte er, er sei verrückt. Das wusste Dex längst, jedenfalls seit er in dem Haus gewesen war, wo alle verrückt waren. Also musste auch er es sein. Weder Beacon noch Jimmy hatten es verstanden. Dex stand auf und trat auf den Gehweg hinaus. Jetzt genoss er das Gefühl der kalten Flocken auf Gesicht und Händen, denn sein Handy lag sicher in der Tasche.

Der Dezember kündigte sich bitterkalt an. Der Teich im St. James's Park fror zu, und die ganze Pelikanschar drängte sich auf ihrer Insel zusammen. Als es während eines sonnigen Abschnitts kurz zu schneien aufhörte und der blaue Himmel hervorkam, schob Rabia Thomas über die von Schneematsch und rotem Split rutschigen Gehsteige zu Harrods und kaufte ihm ein scharlachrotes Steppmäntelchen mit Kapuze und grauem Pelzbesatz. Keinen weißen Besatz, schließlich sollte er ja nicht wie ein kleiner Weihnachtsmann aussehen.

Montserrat hatte ihr Auto über Nacht am Hexam Place stehen lassen, und jetzt waren die Türschlösser zugefroren. Also machte sie sich zu Fuß auf den Weg, gefütterte Stiefel zu kaufen. Da sie sich UGGs nicht leisten konnte, kaufte sie in einem Schuhgeschäft in der Victoria Street eine billige Imitation aus hellblauem Wildleder mit weißem Kunstfellbesatz. Für den Rückweg nahm sie den Bus. Während sie aufs Oberdeck kletterte, warf sie einen Blick über die Schulter zurück und sah, wie Dex hinter ihr einstieg. Vielleicht hatte er bei Preston doch noch diesen Gartenjob bekommen, aber als ihre Haltestelle kam, war er nirgendwo zu sehen. Beacon riet ihr im Vorbeigehen, die gefrorenen Türschlösser mit einem Föhn zu behandeln, was aber nur möglich sei, wenn sie ein langes Verlängerungskabel hätte, um die Strecke von einer Steckdose in ihrem Apartment über die Souterraintreppe bis auf die Straße hinaus zu überbrücken. Sie wollte von ihm wissen, wann er heute Abend voraussichtlich Mr. Still nach Hause bringen würde.

»Das geht dich nichts an«, meinte er. »Wozu willst du das überhaupt wissen? Wenn du so etwas wissen willst, dann frag gefälligst Mr. Still.«

Montserrat ging ins Haus, um nach einem Verlängerungskabel zu suchen. Zinnia wusste nicht einmal, was sie damit meinte. Rabia war mit Thomas unterwegs, und Lucy war zum Lunch gegangen. Montserrat versuchte, den Autoschlüssel heiß zu machen, verbrannte sich dabei aber nur die Finger. Am besten würde sie abwarten, bis es taute, und mit der U-Bahn zu Prestons Wohnung fahren. Seit dem Abend, an dem er mit ihr auf ihre Bitte hin essen gegangen war und anschließend, wiederum auf ihr Bitten, die Nacht mit ihr zusammen am Hexam Place verbracht hatte, hatte sie nichts mehr von ihm gehört. Andererseits hatte er sie nett behandelt und während des Essens ziemlich aufgekratzt und heiter mit ihr geplaudert und sie auf der Rückfahrt im Taxi leidenschaftlich geküsst – na ja, so leidenschaftlich, wie er eben konnte. Erst als sie in den Hexam Place einbogen, begann er, sich vorsichtig zu verhalten. Er ließ sich von dem Fahrer vor dem Dugong absetzen, während sie bis zum Haus Nummer 7 gebracht wurde. Dort wartete sie auf ihn im Souterrain, aber er betrat das Haus über die Vordertreppe und den Haupteingang. Fünf Minuten später kam er in ihr Apartment. Montserrat glaubte, sie wären inzwischen einigermaßen miteinander vertraut, und wollte von ihm den Grund dafür wissen, warum er nicht die Tür zum Souterrain genommen hatte, aber er fiel wieder in sein früheres Verhalten zurück und meinte nur, das sei sein Haus. So weit käme es noch, dass er den Dienstboteneingang benutzte. Zum ersten Mal seit ihrer Kindheit hatte sie den Ausdruck »so weit kommt es noch« wieder gehört. Wie damals ihr Großvater.

Sie hatte erwartet, dass er sie am anderen Tag anrief, obwohl sie inzwischen daran gewöhnt sein sollte, dass er, im Gegensatz zu allen anderen Leuten, eben genau dann nicht anrief. Aber sie war es immer noch nicht. Sie hatte Angst, ihn im Büro anzurufen, und wenn sie ihm in der Wohnung im Medway Manor Court Nachrichten hinterließ, antwortete er nie darauf. Es sei höchste Zeit für eine Aussprache, dachte sie. Wegen seiner Scheidung und wegen ihres Einzugs bei ihm. Eigentlich müsste er ja endlich auch das Thema Hochzeit in näherer Zukunft ansprechen. Sie musste ihn sehen, am liebsten heute Abend. Ein Gespräch unter vier Augen war dringend nötig. Sie würde ihn schon in Richtung Zukunftspläne lenken.

Vielleicht war es ganz gut, dass es ihr nicht gelungen war, die Türschlösser am Auto aufzutauen, denn es schneite schon wieder, und ihr Handy verriet ihr, dass für diese Nacht starker Frost vorhergesagt war. Morgen früh sähe ihr Auto wie ein Iglu aus. Da ihre neuen Stiefel für ein Rendezvous mit Preston weder schick noch elegant genug waren, zog sie schwarze Pumps an, allerdings keine Wildlederschuhe, sondern Glattlederpumps mit niedrigen Drei-Zentimeter-Absätzen. Ein gebrochener Knöchel wäre momentan höchst unpassend. Ihr einziger dicker Mantel aus schwarzem Wollstoff mit Kunstfellbesatz war abgeschabt, aber einen wärmeren besaß sie nicht. Ein echter Pelzmantel wäre das Erste, was sie sich von Preston kaufen ließe, sobald sie zusammenlebten.

Die Gehwege zwischen hier und der U-Bahn-Station Victoria waren gestreut. Unter dem Schneefall verwandelte sich die Splitauflage in rötlichen Matsch. Montserrats Schuhe schmatzten in der grieseligen Suppe, und sie bereute, dass sie keine Stiefel angezogen hatte. Es waren nur sehr wenig Leute auf der Straße. Umso seltsamer war es, dass sie Dex heute schon zum zweiten Mal sah. Vor dem Überqueren der Straße hatte sie sich umgedreht, um sich zu vergewissern, dass kein Fahrzeug kam, und tatsächlich, da war er. Offensichtlich hatte er denselben Weg eingeschlagen wie sie. Wohnte er nicht hier irgendwo in der Nähe? Also musste auch er eine Station mit der U-Bahn fahren.

Im Bahnhof blieb sie stehen und rief Preston auf seiner Festnetznummer an. Ihr blieb nichts anderes übrig, seine Handynummer kannte sie nicht. Natürlich hob er nicht ab, aber das bedeutete nichts. Inzwischen musste er zu Hause sein. Während sie mit der Rolltreppe hinunterfuhr, hörte sie, wie über die Lautsprecheranlage Verspätungen auf der Circle Line angekündigt wurden. Zum Glück fuhren die Züge wenigstens. Der Bahnsteig war voll, die Leute standen Kopf an Kopf. Montserrat wusste, dass es klug war, sich entweder ganz links ans Bahnsteigende zu stellen oder ganz rechts, denn Sitzplätze gab es meistens im ersten und im letzten Waggon.

Mühsam kämpfte sie sich ans linke Ende durch. Die

Anzeigetafel verriet ihr, dass in einer Minute ein Zug kam. Heute Abend war auf diesem Bahnsteigabschnitt nicht weniger los als im mittleren Teil und auch am anderen Ende nicht. An der Bahnsteigkante drehte sich jemand um und sagte zu ihr: »Nicht drängeln.« – »Entschuldigung«, antwortete sie, drängte sich aber weiter durch, bis sie selbst an der Kante stand. Sie rechnete sich ganz genau aus, wo sich die Türen des letzten Waggons öffnen würden. Man konnte den Zug schon von Weitem hören, noch bevor die Lichtkegel zu sehen waren, ratterte es donnernd über die Schienen. Montserrat spürte einen Druck im Rücken, zuerst ganz leicht, dann heftiger. Sie stieß einen Schrei aus, stolperte über die Kante und bekam gerade noch den Mann und die Frau links und rechts neben sich zu fassen. Laut schreiend klammerte sie sich an die beiden. Wenn diese sie nicht mit Schwung zurückgerissen hätten, wäre sie hinuntergestürzt.

Der Zug fuhr ein und füllte den lebensgefährlichen Raum, wo der Tod durch Stromschlag lauerte. Die meisten Leute stiegen ein, aber nicht die beiden, die sie zurückgehalten hatten. Sie geleiteten sie zu einem der Sitzplätze. Es war der letzte auf dem Bahnsteig. Da saß sie nun halb, halb lag sie und wimmerte leise vor sich hin. Der Mann wollte von ihr wissen, was passiert sei.

»Keine Ahnung. Jemand hat mich gestoßen.«

»Haben Sie gesehen, wer es gewesen ist?«

»Ich habe mich nicht umgedreht.« Montserrats Blick wanderte zwischen den beiden hin und her. »Danke schön. Beinahe wäre ich gefallen. Wenn Sie nicht gewesen wären, wäre es passiert.«

Die Frau half ihr über die Rolltreppe hinauf und setzte sie in ein Taxi. Montserrat hatte dem Fahrer Hexam Place angegeben, aber kaum fuhr das Auto an, meinte sie, er solle stattdessen zum Medway Manor Court fahren. Sie brauchte unbedingt einen Menschen, der sich um sie kümmerte, der sie in die Arme nahm und Mitleid mit ihr hatte. Eigentlich brauchte sie jemanden, der sie liebte, obwohl sie bezweifelte, dass Preston dies tat.

»Das hast du dir eingebildet«, meinte er, als er sie in die Wohnung ließ. »Ganz sicher. So etwas kann doch gar nicht passieren.«

»Diesmal schon.«

Er nahm sie weder in den Arm, noch zeigte er einen Hauch von Mitgefühl. Er gab ihr nur einen Cognac, was ja auch eine Art Fürsorge war.

»Bitte, Preston, kann ich hierbleiben? Morgen früh wird es mir wieder besser gehen. Ich habe einfach Angst, heute Nacht nach draußen zu gehen.«

»Ich wünschte, du würdest nicht so reden, als ob ich ein Monster wäre. ›Bitte, Preston, kann ich hierbleiben?‹ Selbstverständlich kannst du hierbleiben.«

Ganz demütig murmelte sie: »Danke schön«, und fügte dann hinzu: »Wofür steht eigentlich das Q in deinem Namen?«

»Das möchtest du gar nicht wissen.« Trotzdem lächelte er dabei.

»Doch, ganz ehrlich.« Dann könnte sie diesen Namen bei ihrer Hochzeit aussprechen.

»Quintilian«, sagte er.

Es schneite gut fünf Zentimeter. »Sie meinen wohl zwei Inches«, widersprach June.

Obwohl sie die älteste Hausangestellte am Hexam Place war, kehrte sie als Einzige von allen, die im Haus wohnten oder arbeiteten, draußen den Gehsteig. Zinnia weigerte sich, einen Besen außerhalb des Hauses auch nur in die Hand zu nehmen, und erklärte jedem, der es hören wollte, dass dies nicht ihr Job sei. Im Haus Nummer 11 waren Richard und Sondra übereingekommen, dieses Thema nur dann anzuschneiden, wenn einer ihrer Arbeitgeber darum bat. Simon Jefferson meinte zu Jimmy, er würde diese Arbeit nicht einmal im Traum von ihm erwarten, und kehrte seinen kleinen Gehsteiganteil selbst. Ansonsten blieb der Schnee unangetastet liegen. Die wenigen Fußgänger, die sich ins Freie wagten, trampelten ihn zusammen. An milderen Tagen taute es und fror über Nacht wieder, sodass sich Eisplatten bildeten.

Bei einem erneuten Kälteeinbruch geschah es, dass June ausrutschte, während sie die Prinzessin in ihrem neuen Rollstuhl herumschob. June stürzte, der Rollstuhl fiel hin, die Prinzessin kippte heraus. Drei Augenzeugen beobachteten diesen Unfall: Lucy, die gerade aus einem Taxi stieg, Roland, der die Haustreppe von Nummer 8 hinaufging, und Thea, die aus ihrem Vorderfenster schaute. Letztere sah auch, wie Lucy und Roland »einfach auf der anderen Straßenseite vorübergingen«, wie sie es insgeheim formulierte. Anschließend kam die Parabel vom barmherzigen Samariter zur Aufführung. Thea rannte mit ihrem Handy telefonierend die Treppe hinunter und mühte sich redlich, die zwei alten Damen wieder auf die Beine zu bringen.

Die Prinzessin rief laut, sie habe sich eine Hüfte gebrochen, ohne triftige Begründung für diese Behauptung. June hatte sich tatsächlich das Handgelenk gebrochen, als sie vergeblich den rechten Arm ausgestreckt hatte, um ihren Sturz abzumildern. Ein Krankenwagen kam und brachte beide weg. Ein Sanitäter fragte Thea, ob sie mitkommen wolle. Er hatte irrtümlicherweise angenommen, sie sei die Tochter Junes oder der Prinzessin. Und Thea meinte, ja, selbstverständlich, obwohl sie keine Lust hatte, die beiden alten Damen zu begleiten.

Das Leben kam kurzfristig zum Stillstand. Dex hatte inzwischen nur noch drei Stunden wöchentlich Arbeit bei Dr. Jefferson. Alle wussten, dass er auch diese Arbeit nur hatte, weil Dr. Jefferson ein grundgütiges Herz besaß. Dex hatte überlegt, ob er nicht von Tür zu Tür gehen und Räumdienste anbieten solle, denn übers Wochenende war noch mehr Schnee gefallen. Leider handelte es sich nur um eine dünne Decke, die an dem milden Samstagnachmittag wegtaute. Beacon hatte ihm erklärt, eigentlich dürfe er zusätzlich gar kein Geld verdienen, denn schließlich bekäme er Geld vom Staat. Den schwierigen Namen für dieses Geld konnte Dex nicht einmal aussprechen. Aber weil ihm Dr. Jefferson das Geld gab, musste es schon seine Richtigkeit haben. Dex machte sich mehr Sorgen, weil er Peach enttäuscht hatte, und er überlegte, ob er es ein zweites Mal versuchen solle.

Die Joghurtphase der Prinzessin hatte länger gedauert als sonst. Aber leider war sie genau zu dem Zeitpunkt verebbt, an dem man im Haus Nummer 6 Störungen im Ernährungsplan am wenigsten gebrauchen konnte. Sie wünsche Zeit ihres Lebens nie mehr einen Löffel Joghurt zu speisen, erklärte sie. Sie schwärmte für Müsli, das sie bei ihrem Hotelaufenthalt in Florenz probiert und in einem jener Träume wiederentdeckt hatte, mit denen sie June traktierte, wenn sie ihr das Frühstück hinaufbrachte. Im Traum war ihr Ehemann Luciano mit einem Becher

Joghurt vergiftet worden, den eine Kammerzofe fälschlicherweise für einen Liebestrank gehalten hatte.

June konnte kein Tablett mehr tragen und zerrte Kaffeekanne, Toast, Butter, Honig und den inzwischen unerwünschten Joghurt mithilfe eines Einkaufwagens polternd die Stufen hinauf. Da ihr Arm von den Fingerknöcheln bis zum Ellbogen eingegipst war, hatte sie viele Tätigkeiten aufgeben müssen. Sie konnte weder den Rollstuhl schieben noch mit Gussie Gassi gehen. Die Prinzessin musste daheimbleiben und ihre blauen Flecken auskurieren, während Gussie winselnd durchs Haus lief. Wenn Rad noch gelebt hätte, hätte sich June von ihm ein Autogramm auf ihren Gips geben lassen, aber wenigstens erklärte sich Rocksana Castelli gern dazu bereit und schleppte auch noch einige andere zweitklassige Promis ins Haus, die sie während ihrer Beziehung zu Junes Großneffen kennengelernt hatte. June wollte unbedingt genug berühmte Namen sammeln, um den Gips aufzuwerten und ihn anschließend im Dugong zu versteigern. Ted Goldsworth, der Pächter, wollte mit einer Benefizaktion Geld für Waisenkinder in Moldawien sammeln. Eines war June klar: Beifall vom Hexam Place bekäme sie nur dann, wenn sie den Erlös spendete, auch wenn sie das Geld viel lieber für sich behalten würde. Der Arzt, der sie eingegipst hatte, hatte versprochen, den Verband zum fälligen Zeitpunkt mit größter Vorsicht aufzuschneiden, um die Autogramme ja nicht zu beschädigen.

Beacon war überrascht und leicht verwirrt, als Mr. Still ihn bat beziehungsweise ihm befahl, er solle ihm den Audi über Nacht dalassen. Es fahre ja ein Bus von Haustür zu Haustür, also würde es ihm wohl nichts schaden, wenn er abends den Bus nähme und morgens damit wieder zurückkäme. Letztlich sei es doch unsinnig, meinte Mr. Still, wenn man viel Geld für einen Anwohnerparkplatz ausgäbe und diesen dann nie nutze. Wie die meisten Chauffeure im Dienst reicher Männer hatte Beacon den Audi im Laufe der Zeit zwar nicht direkt als sein Eigentum betrachtet, aber eben doch als ein Fahrzeug, von dem ihm gut die Hälfte gehörte. Andererseits hatte Mr. Still sehr wohl das Recht, ihm Anweisungen zu erteilen, und selbstverständlich gehorchte Beacon.

Mr. Still war deutlich früher heimgefahren als in der Vergangenheit. Beacon missbilligte im Allgemeinen fast alles, was sein Arbeitgeber, dessen Gattin und in gewissem Umfang auch dessen Kinder taten, sowie auch deren Lebensstil. Aber vermutlich war es angenehmer, nach Medway Manor Court zu kommen als in das Haus am Hexam Place, denn in Letzterem gab es ja Mrs. Still. An diesem Abend ging es allerdings um 19 Uhr zum Hexam Place. Der Wagen sollte in den allmählich auftauenden Spurrillen hinter einem uralten VW Golf parken, der Montserrat gehörte, dem Au-pair-Mädchen. Sie stand draußen und schüttete aus einem Milchkrug warmes Wasser über die Türgriffe.

Beacon fasste insgeheim einen Entschluss: Wenn die beiden zusammen ins Haus gingen, würde er bei Mr. Still am nächsten Tag seine Kündigung einreichen. Ein derart unmoralisches Verhalten zu unterstützen wäre mehr, als er ertragen könne, ganz zu schweigen davon, dass so etwas auch auf Dorothee, Solomon und William abfärben könnte. Zum Glück blieb es ihm erspart, in diesen harten Zeiten gezwungenermaßen seinen Job aufzugeben, denn während Montserrat die Treppe zum Souterrain hinunterstieg, nahm Mr. Still die Treppe zum oberen Eingang. Und Beacon trollte sich, um mit dem Bus nach Hause zu fahren.

Montserrat schenkte zwei Gläser Wein ein, setzte sich, um auf Preston zu warten, und betrachtete dabei ihr Spiegelbild. So etwas musste man einfach bewundern: das bodenlange rote Kleid mit dem tiefen Ausschnitt – gekauft mit fünf Zwanzig-Pfund-Scheinen, die er ihr unerwartet in die Hand gedrückt hatte –, die Haare von Theas Schwester frisch gestylt, und den zum Kleid passenden dunkelroten Lippenstift. Vermutlich war das Geld als Belohnung dafür gedacht, dass sie weder der Polizei noch sonst jemandem etwas von seinem »Unfall« erzählt hatte. Warum sollte sie das tun? Davon hätte sie doch gar nichts gehabt.

Fünf Minuten später spazierte er herein. Inzwischen machte es ihr nichts mehr aus, dass er nicht anklopfte. Solche Dinge interessierten sie nicht mehr, dazu war ihre Beziehung viel zu intim geworden. Er küsste sie und sagte: »Heute Abend gibt es keine Taxis. Ich kann uns fahren.«

Dieses »uns« gefiel ihr, aber die Vorstellung, in irgendein weit entferntes Restaurant zu fahren, war weniger nach ihrem Geschmack. »Heute soll es gefrierenden Nebel geben, Schatz.« Er protestierte nicht mehr, wenn sie ihn so nannte. »Wir könnten uns etwas zu essen holen und dann in deine Wohnung oder hierherfahren.«

»Ich hasse Essen zum Mitnehmen«, rief er und fiel wieder in seine alten Verhaltensmuster zurück.

»Okay, wenn du unbedingt willst. Ich fahre nur noch mein Auto weg.«

Er stand auf. »Lass das doch mich machen.«

Derartige Angebote, egal welcher Art, waren neu. »Danke, mein Schatz.« Sie gab ihm ihren Autoschlüssel. »Vielleicht machst du das Garagentor auf.«

Nachdem sie ihm nachgesehen hatte, wie er wieder hinauf ins Erdgeschoss und zur Haustür ging, verließ sie das Haus über die Souterraintür. Inzwischen hing bereits ein eiskalter weißer Nebel in der windstillen Luft. Außer Thea, die gerade das Haus Nummer 6 betrat, um sich um June und die Prinzessin zu kümmern, war niemand auf der Straße. Montserrat winkte ihr zu, kam ins Rutschen und wäre beinahe auf einer halb geschmolzenen Eisplatte, die den halben Gehsteig einnahm, gestürzt. Preston saß bereits bei laufendem Motor und eingeschalteten Scheinwerfern in ihrem Auto. Er nahm keine Notiz von ihr, obwohl er sie mit Sicherheit gesehen hatte. Er war ein seltsamer Mensch, kalt und hart wie das Wetter. Trotzdem würde sie ihn heiraten. Vorher hatte er am Telefon über seine bevorstehende Scheidung gesprochen, über den Verkauf des Hauses und »eine Aufteilung der Beute«, wie er es nannte. Sie würde ihn heiraten und einen Teil dieser Beute bekommen zum Ausgleich für das, was sie im Zusammenleben mit ihm erwartete.

Sie sperrte das Tor auf und öffnete. Der Lichtschalter befand sich innen links, aber als sie ihn drückte, ging die Lampe nicht an. Das Licht der Scheinwerfer musste genügen. Sie ging ans hintere Garagenende und begann, ihn einzuweisen. Die Garage hatte Standardgröße, aber verschiedene Dinge, die beidseits aufgestapelt waren, machten sie schmaler: ein Faltbett, das sie für einen Freund ihres Vaters eingelagert hatte, vier unterschiedlich große Koffer und Plastiksäcke mit Bettzeug.

Sie hatte nicht damit gerechnet, dass er voll aufblenden würde, als er auf sie zu fuhr. Während sie mit beiden Händen Zeichen gab, zuckte sie zusammen und trat, geblendet von den Scheinwerfern, ein, zwei Schritte zurück. Das grelle Licht zwang sie, die Augen zu schließen. Sie versuchte, mit beiden Händen ein Bremssignal zu geben, aber als er stattdessen beschleunigte, stieß sie einen lauten Schrei aus, warf sich mit ausgestreckten Armen und Beinen auf die Motorhaube und klammerte sich an die Scheibenwischer.

Jetzt gab es keinen Grund zum Schreien mehr. Sie lebte. Trotzdem schrie sie aus purer Erleichterung weiter und ließ in kurzen spitzen Schreien und leisem Wimmern die Nachwehen der Todesangst heraus.

20

Sofort hatte er nichts Besseres zu tun, als ihr die Schuld zu geben.

»Das hast du einzig und allein dir selbst zuzuschreiben. Warum hast du dich dort hingestellt und wild herumgefuchtelt? Was ist in dich gefahren? Glaubst du, ich weiß nicht, wie man ein Auto in eine Garage fährt?«

Beim geringsten Versuch, auch nur ein Wort zu sagen, würden ihr sofort die Tränen kommen. Sie rutschte, so gut es ging, über den Grill und die immer noch voll aufgedrehten Scheinwerfer von der Motorhaube herunter und zerriss dabei ihr Kleid. Er kanzelte sie weiter ab.

»Schon immer wollte ich aus Prinzip nichts mit Frauen zu tun haben, die sich unbedingt durchsetzen wollen. Und wenn ich einmal dagegen verstoße, dann passiert genau so etwas. Ich habe dir gesagt, ich würde den Wagen für dich reinfahren, aber anstatt mich diese simple Aufgabe erledigen zu lassen, mischst du dich ein und bringst dich dabei fast um.«

Montserrat rieb ihre Arme und Oberschenkel, drehte den Kopf nach allen Seiten und trat dann so dicht vor ihn hin, dass ihre Stirn fast sein Kinn berührte. Sie legte den Kopf in den Nacken und sagte: »Du meinst wohl, *du* hättest mich fast umgebracht.«

Jetzt brüllte er nur noch. »Sei nicht blöd!«

»War es das, was du gewollt hast?«

Sie standen zwischen dem Ende des Klappbetts und einem Plastiksack mit Decken und Laken. Er packte sie an der Schulter und begann, sie zu schütteln. Montserrat wehrte sich und schrie lauthals. In dem Moment trat ein Mann durch das offene Garagentor und quetschte sich zwischen dem Auto und den Koffern hindurch. Es war Ciaran.

»Was ist hier los?«

»Kümmern Sie sich um Ihre eigenen Angelegenheiten«, sagte Preston.

»Wenn du eine Frau bedrohst, dann geht das alle an. In erster Linie allerdings die Polizei. Und jetzt lass deine Pfoten von ihr.«

Zu Montserrats Überraschung gehorchte Preston. »Ist ja gut, Montsy. Gehen wir.«

»Sie geht mit dir nirgends hin«, meinte Ciaran.

»Montsy, wer ist dieser Typ?«

Preston hatte sie zweimal hintereinander mit diesem Kosenamen angesprochen. Vielleicht war der Vorfall in der Garage doch ihre Schuld gewesen. »Ein Bekannter«, sagte sie.

»Ich bin ihr Freund.«

»Ist das wahr?«

»Und wenn schon? Was geht dich das an?«

»Du weißt, wo ich bin, wenn du mich brauchst«, sagte Ciaran zu Montserrat. »Ruf mich einfach an, dann komme ich. Jederzeit. Stets zu Diensten.«

Er ging durch die Hinterhausgasse davon. Montserrat folgte ihm einige Schritte, dann blieb sie stehen, während Preston das Garagentor schloss. Er versuchte, sie unterzuhaken.

»Also wirklich, gehst du etwa mit diesem Typen? Mit *dem*?«

»Früher schon. Könnte wieder sein. Jedenfalls gehe ich

jetzt heim, und vielleicht rufe ich ihn dann an. Ich brauche jemanden, der mich vor Leuten wie dir beschützt.«

»Aber Montsy, was habe ich denn getan? Wenn du in der Garage ein funktionierendes Licht gehabt hättest, hätte ich nicht das Fernlicht einschalten müssen. Dann hätte ich dich sehen können, anstatt durch den grellen Widerschein geblendet zu werden. Es war ein Unfall, das weißt du genau.«

»Du sprichst immer von Unfall. Du hast versucht, mich zu verletzen, das weiß ich genau. Jawohl, Preston. Ich behaupte nicht, dass du versucht hast, mich umzubringen, aber verletzen wolltest du mich, damit ich weiß, wer hier der Herr ist, und nicht überheblich werde. Das waren deine eigenen Worte, also musst du es auch so gemeint haben.«

Er packte sie am Arm, aber nicht liebevoll, sondern hart und schmerzhaft. »Jetzt komm, wir steigen in meinen Wagen, und dann bringe ich dich zum Medway Manor Court. Gleich um die Ecke gibt es einen netten kleinen Italiener, da gehen wir hin.«

»Nein, das tun wir nicht.« Sie schüttelte ihn ab. »Ich werde am ganzen Körper blaue Flecken bekommen. Deine netten kleinen Italiener kenne ich. Ich gehe nach Hause.«

Die Prinzessin und June waren den ganzen Tag zusammen eingesperrt und zankten sich ununterbrochen. Gussie wurde erst spazieren geführt, als Rocksana mit Pralinen und Blumen erschien und sich anbot, mit ihm Gassi zu gehen. Zu guter Letzt hatte sie sich doch noch als nettes Mädchen entpuppt. Sie gab June mit grünem Filzstift ein Autogramm auf den Gips und brachte am nächsten Tag eine Schlagersängerin mit, deren Foto in der letzten

Zeit in allen Zeitungen und Zeitschriften abgebildet war. Wenn sie ins Internet gehe, erzählte Rocksana June, dann würde sie als Erstes ein Bild mit dieser Sängerin sehen, wie sie Werbung für ihre Autobiografie macht und Tipps zum sanften Abnehmen gibt. Auch die Sängerin signierte den Gips und versprach, morgen käme ihr frischgebackener Ehemann, ein berühmter Fernsehmoderator, vorbei und würde ein Autogramm mit rosa Filzstift geben. Damit waren Junes kühnste Wünsche in Erfüllung gegangen, aber der Prinzessin ging alles gegen den Strich, und sie beklagte sich, diese vielen Besucher würden ihren ganzen Gin verputzen.

Während dieses Streits kam Thea mit Essen vom Chinesen, Dr. Kargs Knäckebrot und einem Stück Shropshire Blue vorbei. Sie bewunderte mit lauten Ahs und Ohs die Autogramme, besonders die der VIPs, und wagte eine Bitte:

»Darf ich auch signieren?«

Genau das hatte June befürchtet. »Leider nicht. Weißt du, das ist einzig und allein VIPs vorbehalten, bekannten Persönlichkeiten aus dem Fernsehen und solchen Leuten. Ja, ich weiß, die Prinzessin hat auch unterschrieben, aber *sie* ist schließlich eine Prinzessin.« Die beiden hatten ihre Differenzen beigelegt und schienen momentan beste Freundinnen zu sein. »Daher darf ich für sie doch eine Ausnahme machen, findest du nicht auch?«

Thea war anderer Meinung. Sie war tief verletzt, viel tiefer, als sie erwartet hatte, wenn sie sich diese Situation hätte vorstellen können. Trotzdem sagte sie kein Wort, sondern stand nur da und sah zu, wie die Prinzessin die verschiedenen Plastiktöpfchen mit Reis, Schweinefleisch, Huhn und Gemüse beäugte.

»Eigentlich mag ich kein chinesisches Essen.«

»Ach, das ahnte ich nicht.«

»Wir können ja die Cracker mit Käse essen«, meinte June. »Würde es dir etwas ausmachen, mit Gussie um den Block zu gehen?«

Thea sah keine Möglichkeit, Nein zu sagen. Das tat sie nur selten. Demnächst würde man sie bitten, die Prinzessin im Rollstuhl herumzuschieben. Gussie musste sein Mäntelchen umgehängt bekommen, ein Manöver, das oft dazu führte, dass sein Garderobier gebissen wurde. Thea nahm das mitgebrachte Essen wieder mit. Sie wusste genau, dass sie es selbst essen musste. Damian und Roland kamen mit Sicherheit nicht dafür infrage. Während sie den kleinen Hund bis zur Ebury Road hinauf- und wieder zurückführte, fiel ihr wenigstens etwas Angenehmes auf: Es war deutlich weniger kalt als bisher.

Im Gegensatz zu den meisten anderen Gartencentern topfte die Belgrave-Gärtnerei ihre Christbäume vor dem Liefern ein. Schon allein die bemalten Töpfe waren, laut Abram Siddiqui, wahre Wunderwerke mit Weihnachtsmännern, Rentieren, Feen in Balletträckchen, schneebedeckten Bergen im Hintergrund und einem tiefblauen Himmel mit Glitzersternen. Khalid übernahm höchstpersönlich die Lieferung, hauptsächlich um den seiner Ansicht nach schönsten Baum am Hexam Place Nummer 7 abzugeben und dabei Rabia zu sehen.

In Wahrheit bedeuteten Weihnachten und Weihnachtsbäume weder Rabia noch ihm etwas. Die Malerei auf den Töpfen mit ihren Tierporträts und, was noch schlimmer war, mit menschlichen Gestalten in verschiedenen Formen grenzte in seinen Augen fast schon an Blasphemie, auch wenn er sowohl die Begabung des Künstlers als auch den kommerziellen Erfolg bewunderte. Jedenfalls waren diese bemalten Töpfe ein großartiges Verkaufsargument und würden in der nächsten Weihnachtszeit das Bestellvolumen noch einmal vergrößern.

Rabia sah vom Kinderzimmerfenster aus draußen seinen Lieferwagen vorfahren. Sie saß in einem Sessel, der mit einem blauen Leinenstoff mit weißen Tupfen gepolstert war. Thomas stand in einem blau-weiß gestreiften Overall auf ihrem Schoß, während sie ihn zum Fenster hinaufhob. Ein hübscher Anblick. »Schau, Thomas, da ist Mr. Iqbals Lieferwagen, und da ist auch Mr. Iqbal selbst. Er steigt gerade aus, um unseren Christbaum zu liefern.«

Dieser Anblick rief große Begeisterung hervor. Thomas hüpfte wie wild auf Rabias Schenkeln herum, aber sie ließ sich nicht anmerken, dass er ihr wehgetan hatte. Seine Freude überwog bei Weitem ihren Schmerz. Der Christbaum in seinem bemalten Topf bot bereits ungeschmückt einen wunderschönen Anblick. Khalid Iqbal stieg soeben die Haustreppe hinauf. Rabia hielt es für unnötig, selbst hinunterzugehen und ihm zu öffnen. Das konnte Zinnia erledigen, und außerdem … es würde ihn zu sehr ermutigen. Trotzdem versuchte sie vergeblich, ein leises Gefühl zu unterdrücken, das in ihr aufstieg, während sie hastig ihren Kopf bedeckte, Thomas herunterhob und ihm einen höflichen Satz beibrachte, mit dem er Khalid begrüßen sollte, sobald dieser zum Kinderzimmer käme. Es war nicht direkt Aufregung, sondern eher eine Art glückliche Erwartung, dass dieser liebenswürdige, gut aussehende Mann, der sie bewunderte, ihnen einen Besuch abstattete.

Kaum ging die Tür auf, platzte Thomas, dessen Sprechfähigkeit Riesenfortschritte gemacht hatte, auch schon heraus: »Hallo, Mr. Iqbal, wie geht es Ihnen?«

Gut, meinte Khalid und bedankte sich. Er hoffe dasselbe von Thomas, aber seine ausdrucksvollen dunklen Augen hatten nur Blicke für Rabia, während er den Baum absetzte und wissen wollte, wo sie ihn hinhaben wollte. Thomas tanzte herum und deutete auf einen Punkt nach dem anderen. »Hier, hier, hier – nein, hier!«

»Mrs. Ali?«

»Ich denke, zwischen den Fenstern, Mr. Iqbal. Dann bilden die zugezogenen Vorhänge einen schönen Hintergrund dafür.«

»Sie haben recht«, sagte er in einem Tonfall, der darauf hindeutete, dass sie immer recht haben würde. »Mögen Sie den Baum? Gefällt er Ihnen?«

Es wäre ungut, ihn allzu sehr zu ermutigen. »Ich bin sicher, Mrs. Still wird sehr begeistert sein. Er entspricht genau ihren Wünschen.«

Damit musste er sich wohl zufriedengeben. Sie hob Thomas hoch und hielt ihn so, dass er mit einer Hand den obersten Tannenzweig erreichen konnte. »Dort kommt die Feenpuppe hin. Letztes Jahr bist du noch zu jung gewesen, um das zu verstehen.«

»Jetzt alt«, protestierte Thomas lautstark. »Erwachsen!«

Khalid meinte auf seine sanfte, respektvolle Art: »Meine Mutter hat Ihnen ein Kärtchen geschrieben, Mrs. Ali, und mich gebeten, es Ihnen auszuhändigen. Ich glaube, es handelt sich um eine Einladung.«

Rabia nahm den zartrosa Umschlag entgegen und spürte, wie sie dabei tief errötete. Trotz ihrer schwarzen Augen war sie hellhäutig wie eine weiße Frau. Es konnte ihm unmöglich entgangen sein, dass ihr das Blut in die blassen Wangen geschossen war. Kaum war er fort, öffnete sie den Umschlag. Die Karte enthielt eine Einladung zum Tee am nächsten Sonntag. Ihr Vater wäre auch da. Gezeichnet Khadiya Iqbal. Rabia sagte mit einem sehr höflichen Kärtchen zu. An diesem Wochenende würde Mr. Still die Kinder haben, und er wollte unbedingt, dass sie am Samstag mit ihnen nach Gallowmill Hall fuhr. Allein wurde er nicht mit ihnen fertig, dafür hatte sie natürlich Verständnis. Sie nahm ihren ganzen Mut zusammen und fragte ihn, ob es möglich wäre, am Sonntagnachmittag wieder zurück zu sein, da sie eine Einladung zum Tee habe. Sie hatte den Eindruck, als wäre Mr. Still ganz froh über eine frühe Rückkehr. Das sei kein Problem, meinte er, um die Mittagszeit wären sie wieder da. Außerdem wisse er sehr wohl, dass Rabia ihren freien Tag opfere, um sie zu begleiten.

Es blieb kalt, aber wenigstens hatte es in London nicht mehr geschneit. Nach einigen trockenen Tagen wusch ein Regentag die letzten Schneereste von den Autos und Gehsteigen. Thea mied die Oxford Street am Wochenende, nahm sich aber einen Vormittag frei, um für June und die Prinzessin Weihnachtseinkäufe zu erledigen. Dabei handelte es sich um Dinge, mit denen sie sich gegenseitig beschenken wollten: Pantöffelchen für June von der Prinzessin und eine Geschenkschatulle mit Kölnisch Wasser und Körperlotion von einer teuren Parfümmarke von June für die Prinzessin. Als Thea June den Preis für das Geschenk nannte, zog diese eine Riesenshow ab und mimte die Ungläubige. Sie bezahlte mit Zwanzig-Pfund-Scheinen, gab ihr aber nur drei statt vier, was sie hinterher bestritt.

Widerspruch war zwecklos. Also fand sich Thea damit ab, dass sie draufgezahlt hatte. Sie selbst kaufte für Jimmy einen Schal, den er nie tragen würde, da er die meiste Zeit hinter dem Steuer saß.

Nach ihrer letzten Unterrichtsstunde vor den Weihnachtsferien wagte sie sich um 19 Uhr in die Menschenmenge im West End hinaus. Sie musste unbedingt noch kleine Geschenke für Damian und Roland besorgen. Schließlich wären beide ebenfalls verpflichtet, ihr etwas zu schenken. Während sie noch in den Schaufenstern nach einer Idee suchte, geriet sie mitten in eine Teenagerhorde, die gerade aus einem Pub kam. Wie ihre früheren Quälgeister waren auch diese Jungs ganz versessen darauf, sie wegen ihrer roten Haare zu verspotten. Einer riss ihr sogar den Schal vom Kopf. Unter Tränen, die teilweise auch ihrer Erschöpfung geschuldet waren, flüchtete sich Thea in einen Bus und rief ihre Schwester an, die Friseuse. Könnte sie vorbeikommen und ihr die Haare färben, dunkelbraun oder schwarz?

»Aber du hast doch eine wunderschöne Haarfarbe.«

Thea zögerte, Chloe den wahren Grund dafür zu nennen. »Ich habe diese Farbe satt. Ich möchte mich verändern.«

Chloe würde kommen. Noch heute Abend, wenn Thea das wolle. »Trotzdem wird es nicht zu dir passen.«

Wen interessierte das schon? Wieder einmal musste sie Jimmy erklären, dass ihnen ein Abend allein guttäte.

Am Samstagmorgen trank Montserrat mit Rabia eine Tasse Tee und meinte dabei, es sei schon aberwitzig, bei diesem Wetter mit den Kids nach Gallowmill Hall zu fahren. Was sollten sie dort tun? Auf den Feldern läge sicher noch Schnee. Einen Moment hatte sie vergessen, dass sie eigentlich noch gar nicht dort gewesen sein durfte, geschweige denn, dass sie die Lage des Hauses kennen durfte, aber Rabia schien nichts aufzufallen. Rabia war gerade dabei zu packen, einen Koffer pro Kind, und wollte bis zum Eintreffen von Mr. Still um 10 Uhr unbedingt alles fertig haben.

»Ich wundere mich, warum er dich gefragt hat«, meinte Montserrat.

»Um auf die Kinder aufzupassen. Das ist meine Arbeit.«

»Vermutlich.« Insgeheim hielt sie sich für die passendere Wahl, vor allem, weil er sich seit dem Unglück mit dem Auto immer wieder entschuldigt hatte. Außerdem hatte er wiederholte Male erklärt und betont, er wisse nicht, was über ihn gekommen sei. Und wenn sich erst mal alles geklärt hätte, was es sicher tun würde, dann müssten die Kinder sie schließlich kennenlernen und umgekehrt. »Tja dann, hoffentlich erfriert ihr nicht.«

Rabia spülte ihre Tassen, schickte Montserrat höflich fort und ging dann hinunter, um die Mädchen aus Lucys Zimmer zu holen, wo sie mit dem Make-up ihrer Mutter spielten. »Ich bin ja so froh, dass ich nicht fahren muss«, meinte Lucy zum Abschied spitz.

Man hatte Beacon nachdrücklich aufgefordert, den Audi zum Medway Manor Court zu bringen und, zu seinem Leidwesen, mit dem Bus nach Hause zu fahren. Ein Großteil seiner Nachbarn glaubte, der Wagen gehöre ihm. Er selbst war zwar viel zu ehrlich, um in diesem Punkt zu lügen, aber Dorothy widersprach nicht, wenn die Leute über »euer Auto« sprachen. Mr. Still traf um 10.10 Uhr am Hexam Place Nummer 7 ein und brachte einen Picknickkorb von Harrods mit, um unterwegs nicht bei einem

Supermarkt halten zu müssen. Lächelnd meinte Rabia, das sei eine gute Idee, obwohl sie in Wahrheit befürchtete, dass es sich wahrscheinlich um höchst ungeeignetes Essen für Kinder handelte: unter anderem Wildpastete, gebratener Fasan und in Cognac eingelegte Pfirsiche. Hoffentlich hatte der Verwalter von Gallowmill Hall den Kühlschrank mit einfachen Grundnahrungsmitteln aufgefüllt.

Obwohl Thomas es sich am liebsten auf Rabias Schoß bequem gemacht hätte, musste er in seinen Kindersitz. Das sei Vorschrift, erklärte Mr. Still. Daraufhin gab es Tränen, zorniges Gebrüll und heftige Tritte gegen den Vordersitz, aber kaum waren sie losgefahren, sah und hörte Thomas ein Feuerwehrauto, das unter lautem Sirenengeheul zu einem Brand fuhr. Daraufhin beruhigte er sich und wurde allmählich vergnügt. Mr. Still war gut aufgelegt. Vielleicht tat er aber auch nur so, weniger wegen der Kinder als wegen Rabia. Vor der Abfahrt fragte er sie nach der Telefonnummer von Dex. Er habe sie zwar mal gehabt, habe sie aber verloren, und man habe ihm erzählt, dass sie ein wunderbares Zahlengedächtnis habe. So war es auch. Rabia schrieb sie ihm auf. Lächelnd bedankte er sich bei ihr und bestand darauf, dass sie neben ihm auf dem Beifahrersitz saß, obwohl Matilda als ältestes Kind diesen Platz für sich beanspruchte. Aber nein, hier müsse Rabia sitzen.

»Es ist sehr lieb von Rabia, dass sie ihren freien Tag opfert, um mit uns zu fahren«, sagte er. »Ohne sie würden wir nicht gut zurechtkommen, stimmt's?«

Beide Mädchen schmollten. Thomas rief: »Will Rab, will auf ihr sitzen«, und begann, wie ein Feuerwehrauto zu jaulen.

Es war eiskalt, aber drinnen im Auto wurde es schnell warm. Die Felder lagen unter einer Schneedecke, wie von Montserrat vorhergesagt. Rehe drängten sich unter den nackten Bäumen zusammen und rupften an Heuballen herum. Im Eingang von Gallowmill Hall brannte ein Licht, ein Zeichen, dass der Verwalter erst vor Kurzem da gewesen war, genau wie die Wärme, die ihnen wie ein Teppich entgegenrollte, als Mr. Still die Haustür öffnete. Rabia hatte erwartet, dass sie die Koffer hineintragen würde, aber Mr. Still rief nur bestimmt: »Hier, lassen Sie mich das machen!«, und verwandelte sich in einen ganz brauchbaren Gepäckträger, während sie Thomas hineintrug.

Die Still'schen Kinder gehörten nicht zu der Sorte, die gern im Schnee spielten. Vielleicht würde Thomas so etwas eines Tages tun, aber Matilda und Hero hegten gegenüber der Natur genauso viel Abneigung wie ihre Mutter. Sie blieben im Warmen, vor dem Fernseher, während Thomas verkündete, er würde Rabia in der Küche helfen. Wie erhofft, war der Kühlschrank gut gefüllt, mit Brot, Butter und Käse, mit Salat in Zellophantüten und mit in Plastik verpacktem Obst. Mr. Still war verschwunden. Aus der Ferne konnte sie es irgendwo im Haus hämmern hören. Außerdem klang es, als würde man einen schweren Gegenstand über den Boden schleifen.

Es würde früh dunkel werden. Es war kurz vor der Wintersonnenwende, die Sonne ging um 8 Uhr morgens auf und um 16 Uhr wurde es Nacht. Das alles erläuterte Mr. Still, während sie beim Mittagessen saßen. Deshalb müssten sie unbedingt an die frische Luft, solange noch helllichter Tag sei.

»Papi, warum sagt man das?«, wollte Hero wissen. »Am Tag ist es doch immer hell.«

Er wusste es nicht. »Ich habe eine Überraschung für euch.« Er lächelte. Offensichtlich mühte er sich redlich, ein liebvoller Vater zu sein. »Wir haben am Guy Fawkes Day keine Feuerwerksparty gefeiert, und ihr seid auch nicht auf eine gegangen. Ihr habt etwas verpasst, und das ist schade, deshalb habe ich mir überlegt, wir könnten hier nachfeiern, heute Nachmittag. Wir machen unser eigenes Lagerfeuer. Außerdem habe ich jede Menge Raketen mitgebracht. Na, was haltet ihr davon?«

»Ich hasse Feuerwerksraketen.« Matilda pulte ein Stück Wildpastete aus dem Mund und legte es auf den Tellerrand. »In meiner Schule ist ein Mädchen, die hat sich an einer Rakete die Hand verbrannt, und zwar so schlimm, dass man ihr den kleinen Finger amputieren musste.«

»Iiih, igitt«, rief Hero. »Ich kann nichts mehr essen, das hat mir den Appetit aufs Mittagessen verdorben. Das ist eklig.«

»Sie ist Amerikanerin, und Amerikaner nennen den kleinen Finger ›Pinkie‹, obwohl er gar nicht rosa ist. Sie hat den Doktor gefragt, ob sie den verbrannten Pinkie aufheben dürfe, aber das hat man ihr nicht erlaubt.«

Rabia hätte die Mädchen gern zurechtgewiesen, was sie aber in Gegenwart ihres Vaters nur ungern tat. Eigentlich sollte er das tun, und plötzlich tat er es auch. »Jetzt reicht's«, brüllte er. »Ich will von euch keinen Ton mehr hören, bis ihr eure Teller leer gegessen habt. Verstanden?«

Hero stand auf und verließ das Zimmer. Matilda fing zu lachen an. Daraufhin legte Thomas los, der den Großteil seines Essens auf den Boden geworfen hatte. Zum Glück handelte es sich um einen Laminatboden. »Entschuldigen Sie, bitte, Mr. Still«, sagte Rabia. »Ich werde mit ihm in die Küche gehen und ihm dort sein Mittagessen geben.«

Es gelang ihr, ihn zu füttern, ihm Gesicht und Hände zu waschen und ihn mit seinen Schwestern trotz deren mürrischen Protests auf die Wiese zu bringen und weiter durch das Tor aufs freie Feld hinaus. Dort hatten vereinzelte Sonnenstrahlen und Temperaturen knapp über dem Gefrierpunkt dafür gesorgt, dass der restliche Schnee geschmolzen war. Mr. Still, der unbedingt gute Laune versprühen wollte, hatte ein Feuer vorbereitet, das nie und nimmer brennen würde. Das erkannte Rabia auf den ersten Blick. Er hatte feuchte Äste aus dem Wald und dicke Bretter aufgetürmt, und ganz in der Nähe stand ein Kanister, der mit Sicherheit Benzin enthielt.

»Verzeihung, Mr. Still, aber ich glaube nicht, dass es so brennen wird. Darf ich versuchen, das Material ein bisschen … anders aufzuhäufen? Könnten wir vielleicht ein wenig Zeitungspapier verwenden? Was meinen Sie? Außerdem, Entschuldigung, aber wenn Sie Benzin darübergießen, könnte es sein, dass die Bäume Feuer fangen.« Und Sie auch, dachte sie, was sie aber nicht laut sagte.

Eigentlich hatte sie einen fürchterlichen Wutausbruch erwartet, stattdessen ging er weg und holte stapelweise Zeitungen und eine Plastikflasche mit Paraffin. Rabia ging in die Hocke und stapelte das Feuer neu auf, obwohl sie sich dabei die Hände schmutzig machte, aber anders ging es eben nicht. Was verbrannte er hier eigentlich außer Ästen und Scheiten? Jetzt wusste sie, was es mit dem Hämmern und dem lauten Gezerre auf sich gehabt hatte. Hier lagen jede Menge Holz- und Plastikstücke herum, von jemandem zerhackt, der vorher nur selten ein Beil in der Hand gehabt hatte. Mr. Still hatte mit voller Wucht auf einem Gegenstand herumgehackt und ihn zerspalten, den Rabia auf den ersten Blick für ein Boot hielt, bis sie ihn schließlich identifiziert hatte: Es handelte sich um eine dieser Gepäckboxen, die die Leute auf den Autodächern transportierten. Nun ja, gerne hätte sie geglaubt, dass er selbst wohl am besten wisse, was er tat, aber das konnte sie nicht. Jetzt konnte man das Feuer anzünden. Sie trat ein ganzes Stück zurück, nahm Thomas in die Arme und hielt die Mädchen in ihrer Nähe. Mr. Still schüttete das Paraffin über den Stapel und zündete ihn mit einem Streichholz an.

Schaudernd musste Rabia daran denken, was vielleicht passiert wäre, wenn sie ihn Benzin hätte benutzen lassen. Der Stapel fing gleichmäßig Feuer, die Flammen schlugen immer höher, bis sie an die lackierte Unterseite der Kiste züngelten. Mr. Still zündete die erste Feuerwerksrunde, eine grün-silberne Rakete, die wie ein smaragdgrüner Wasserfall explodierte.

»Mir ist langweilig«, sagte Matilda.

»Ich erinnere mich noch, wie sich mein Vater das Handgelenk gebrochen hat«, erklärte die Prinzessin am Sonntagmorgen. »Drei Monate hat es gedauert, bis er seine rechte Hand wieder benutzen konnte.«

»Aber das war ja auch nicht so wichtig.« June war in Betrachtung der berühmten Autogramme versunken. »Sie haben mir doch erzählt, er sei Linkshänder gewesen.«

»Er konnte beide Hände benutzen. Mein Vater war beidseitig, wie man das nennt. Ich wollte damit nur sagen, dass Sie Ihren Arm wohl nicht vor März wieder voll benutzen können. Und dass es schrecklich ist, wenn der arme Hund immer nur auf nette Besucher angewiesen ist.«

Na schön, meinte June, dann würde sie eben mit Gussie

Gassi gehen, aber wenn sie sich bei einem Sturz auch noch das andere Handgelenk bräche, solle sie nicht behaupten, sie hätte sie nicht gewarnt. Sie ließ es langsam angehen. Gussie zerrte an der Leine. Mr. Still, der ausnahmsweise am Steuer seines Wagens saß, musste plötzlich bremsen, sonst hätte er sie vor Dr. Jeffersons Haus überfahren. Die Bremsen quietschten, und obendrein hupte er, dann öffnete er das Fenster und wollte June schon etwas zurufen, aber sie kam ihm zuvor. Sie klang sauer.

»Das nächste Mal überlassen Sie lieber Beacon das Autofahren.«

Sie sah zu, wie der Wagen vor Nummer 7 parkte und seine missratenen Gören ausstiegen. Doch dann – Überraschung, Überraschung – kam Rabia. Natürlich, von Lucy keine Spur. Rabia trug Thomas. Sie vergötterte dieses Kind. Es würde hart für sie werden, wenn erst das Haus Nummer 7 verkauft war und Mr. Still das Gebäude erwerben würde, das neben dem Haus seiner Schwester zum Verkauf stand, und Lucy mit den Kindern zu ihren Eltern aufs Land zöge. Angeblich lebte Lucys eigenes Kindermädchen immer noch dort, und Rabia wäre überflüssig. June setzte ihren Weg um den Block fort. Einmal rutschte sie aus; das Herz klopfte ihr bis zum Hals, aber diesmal gab es kein Unglück.

21

Seit sie Jimmys Freundin war, rauchte Thea viel mehr. Damian und Roland hatten es bemerkt und sich über den Geruch an ihrer Kleidung beschwert.

»Hoffentlich frönst du deiner Sucht nicht«, mahnte Roland, »während du das Essen für unsere Party vorbereitest.«

»Das liegt am Stress«, erklärte Thea ihrer Schwester, während diese ihr die Haare machte. »Verlobt zu sein passt nicht zu mir!«

»Du meinst wohl, deine Verlobung mit Jimmy passt nicht zu dir«, widersprach Chloe, während sie Theas rote Haare Locke für Locke mit zäher schwarzer Farbe bestrich.

»Dagegen bin ich machtlos. Muss dieses Zeug so jucken? Ich müsste mich unbedingt am Kopf kratzen, aber das Zeug möchte ich nicht an den Fingern haben. Meinst du, dass ich darauf allergisch bin?«

»Jeder Kopf juckt, sobald Farbe darauf kommt.« Chloe gab Thea zum Kratzen einen Stielkamm. »Warum machst du nicht Schluss? Mit Jimmy, meine ich.«

»Es würde ihm schrecklich wehtun.«

»Du machst dir viel zu viele Gedanken, ob anderen Leuten etwas wehtut«, stellte Chloe fest.

»Mache ich eigentlich gar nicht. Ich mache mir nur Gedanken darüber, was sie von mir denken.«

Chloe lachte. »Stellst du heuer die Kerzen in ihr Vorderfenster?«

»Ich habe sie heute Nachmittag gekauft«, gestand Thea. »Vermutlich werde ich die neunzehn Pfund, die sie mich gekostet haben, nie wiedersehen.«

Das war inzwischen eine Weihnachtstradition, ja beinahe eine heilige Handlung, eingeführt von Lord Studleys Vater, der vor seinem Sohn in Nummer 11 gewohnt hatte. Sie war das Ergebnis eines Norwegenurlaubs, wo Lord Studley diesen Brauch in einem Dorf kennengelernt hatte. Beim Nachhausekommen brannte er förmlich darauf, etwas Ähnliches am Hexam Place einzuführen. Und so tauchten an besagtem Dezember, wenige Tage vor Weihnachten, fünf kleinere Stumpenkerzen in seinem Wohnzimmerfenster auf. Seine Nachbarn in Nummer 9 hatte er überredet, das Gleiche zu tun, und im nächsten Jahr hatte er einen Großteil der übrigen Hausbesitzer ebenfalls dazu genötigt, Kerzen in ihre Vorderfenster zu stellen. Nur die alte Mrs. Neville-Smith, die Mutter der gegenwärtigen Bewohner der unteren Wohnung im Haus Nummer 5, die Collins in Nummer 2 und die Prinzessin weigerten sich mitzumachen.

June war die einzige Hausangestellte, die diesen Brauch von Anfang an beachtete, besser gesagt, sie beobachtete mit Argusaugen, was die anderen taten. Als sie Lord Studley ins Haus bat, damit er sich mit seiner Überzeugungskraft an der Prinzessin versuchte, hatte sie sich längst entschlossen, Kerzen für Nummer 6 zu kaufen und ins Salonfenster zu stellen. Aus irgendeinem Grund ließ sich ihre Arbeitgeberin aber nicht erweichen. Nein, dabei würde sie nicht mitmachen. Gussie säße so gern auf dem Fensterbrett und würde die Kerzen nur umstoßen. Das Haus würde abbrennen. June beobachtete, wie die Nachbarn nacheinander Lord Studleys Aufforderung folgten. Im nächsten Jahr kaufte sie ein Dutzend Kerzen – die Anzahl war nicht vorgeschrieben – in garantiert feuersicheren Glasgefäßen und entzündete als Erste die Festbeleuchtung. Lord Studley kam persönlich vorbei, um ihr zu dieser Inszenierung zu gratulieren. Und die Prinzessin? Sie merkte es nie, und als sie es irgendwann um die Jahrhundertwende doch tat, bestand sie darauf, dass es sich um eine ihrer eigenen Ideen handelte, ja, dass sie sogar selbst diese Tradition ins Leben gerufen hatte.

Lord Studley war tot, sein Sohn hatte den Titel geerbt und gehörte zu jener kleinen Schar von Mitgliedern des Oberhauses mit einem erblichen Titel, die immer noch im Parlament saßen. Er und seine Frau Oceane hielten begeistert an der Kerzentradition fest. Die einzigen Haushalte, die sich nicht daran hielten, wie June beobachtete, waren die Stills von Nummer 7 und das asiatische Ehepaar in der unteren Wohnung von Nummer 4. Letzteres überraschte June ungemein, denn sie hätte erwartet, dass Hindus, und um solche handelte es sich bei dem Ehepaar doch vermutlich, ganz verrückt nach Lichtern waren. Im letzten Jahr hatte Lord Studley an Nummer 4 und Nummer 7 einen strengen Brief geschrieben und die Bewohner ermahnt, diesmal an ihre Kerzen zu denken. Inzwischen war Preston Still ausgezogen, wie der ganze Hexam Place wusste, eine Scheidung drohte, und offensichtlich hielt nur noch das Kindermädchen Rabia die Familie zusammen. Sie war es auch, der Lucy gleichgültig die Erlaubnis gab: »Ach, halten Sie es, wie Sie meinen, mir ist es egal.« Sie ging mit Thomas Kerzen und Kerzenleuchter einkaufen und stellte die Harmonie zwischen Haus Nummer 7 und den übrigen Häusern in der Straße wieder her. Das asiatische Ehepaar beachtete Lord Studleys

Brief nicht und gebärdete sich widerspenstig, indem es auf dem Fensterbrett im Wohnzimmer sieben Töpfe mit roten und weißen Weihnachtssternen aus der Belgrave-Gärtnerei aufstellte.

Simon Jefferson, der sich weder für Kerzen noch für Weihnachten überhaupt interessierte, fuhr zu seiner Schwester nach Andorra. Damit war das Haus Nummer 3 Jimmy zu treuen Händen überlassen. In seiner üblichen großzügigen Art erklärte Dr. Jefferson seinem Fahrer, er solle es sich gemütlich machen, Freunde einladen und eine Party feiern. Jimmy stellte mehr Kerzen ins Wohnzimmerfenster als alle anderen in der Straße und hätte die Vorhänge angezündet, wenn Thea nicht im letzten Moment den Kerzenleuchter weggerissen hätte. Sie hatte erwartet, Jimmy würde an ihrer neuen Haarfarbe herummeckern, aber anscheinend liebte er alles an ihr, auch wenn sich das bewunderte Merkmal dramatisch verändert hatte.

»Es sieht aus, als wärst du mit dieser Haarfarbe auf die Welt gekommen«, sagte er. »Sie wirkt natürlicher als das Rot.«

»Meine Mutter behauptet, ich hätte bei der Geburt kein einziges Haar gehabt.«

Thea bedauerte bereits das Umfärben. Montserrat hatte ihr als verfrühtes Weihnachtsgeschenk einen großen Hut von Accessorize geschenkt. Unter dieser Krempe hätte kein rotes Härchen hervorgeschaut, das renitente Jugendliche provozieren könnte.

»Was hältst du vom siebenundzwanzigsten Januar als Hochzeitstag? Dafür würde ich sogar auf das Heimspiel von Arsenal verzichten«, neckte er sie, aber er meinte es ernst. »Meine Karte kann ich leicht weiterverkaufen.«

»Ach Jimmy, da kann ich nicht. Genau an diesem Tag feiern Damian und Roland ihre Lebenspartnerschaft, und ich richte doch das Essen her.«

Bisher war es zwischen ihnen noch nie zu einem heftigen Wortwechsel gekommen. Jimmy war stets zugänglich, liebevoll und gelassen gewesen. Jetzt explodierte er. »Das glaube ich einfach nicht! Ich habe mich wohl verhört! Wir können nicht heiraten, weil du unbedingt Sandwichs für ein Paar windige warme Brüder machen musst? Deren sogenannte Ehe ist doch ein glatter Hohn, wenn du mich fragst.«

»Ich frage dich aber nicht. Benutze nie wieder solche Ausdrücke, nie wieder. Das ist abscheulich. Ich wusste nicht, dass du so ein widerlicher Schwulenhasser bist. Ich kann es nicht fassen.«

Üblicherweise legten Liebende ihren Streit bei, indem sie miteinander schliefen. Jimmy tat dazu den ersten Schritt, indem er Thea, eigentlich gegen ihren Willen, nach oben trug, in Dr. Jeffersons Himmelbett. Sie protestierte, wenn auch schwach, und gab bald nach. Über eine Hochzeit am 27. Januar fiel kein Wort mehr. Als Jimmy noch vor Weihnachten mit einem Schal beschenkt wurde, reagierte er, als hätte man ihm einen Schatz geschenkt, nach dem er sich schon sein ganzes Leben gesehnt hatte. Thea freute sich ehrlich über sein Geschenk, eine schwarze Webpelzjacke. Montserrat besaß eine ganz ähnliche, die Thea schon immer bewundert hatte.

Im Haus von Lord Studley brannten im Wohnzimmer die extravagantesten Kerzen weit und breit auf dem Fensterbrett ruhig vor sich hin. Die Kleins waren über Weihnachten nach New York geflogen, deshalb gab es im Haus am Eck keine Kerzen. Thea hatte für Nummer 6 persönlich sechs rosa Kerzen gekauft, aufgestellt und angezündet. Junes verletzter Arm ließ solche Tätigkeiten leider nicht zu. Da Thea selbst im oberen Stockwerk wohnte und im Erdgeschoss kein Fenster besaß, hatte sie auch bei Damian und Roland Kerzen ins Fenster gestellt und dafür jede Menge Kritik an der Farbe und der Form geerntet, aber kein Wort des Dankes. Im Haus Nummer 4 hatten sich Arsad Sohrab und Bibi Lambda vermutlich zum ersten Mal Lord Studleys Druck gebeugt, hatten die Weihnachtssterne entfernt und Untertassen mit zwei mickrigen Kerzen aufgestellt, die hinter den Jalousien nur matt flackerten.

In der Küche von Nummer 3 war Jimmy mit den Vorbereitungen für das Weihnachtsessen beschäftigt, das er für sich und Thea kochen wollte. Die Ente, die er am Heiligabend abholen wollte, war schon beim Metzger in der Pimlico Road bestellt. Die grünen Erbsen kamen gefroren, während ein Glas Maris-Piper-Kartoffeln nur noch darauf wartete, geschält in kaltes Wasser gelegt zu werden. Während er für die Soße Orangenzesten riss, klingelte es an der Haustür. Es war Dex. Er sagte, er wolle die Werkzeugtasche holen, die er bei seinem letzten Besuch hier habe liegen lassen. Am Abend zuvor hatte Mrs. Neville-Smith, die in Wales eingeschneit war, angerufen und Dex gebeten, vor Nummer 5 die letzten Eis- und Schneereste von der Haustreppe und vom Vorgartenweg zu kratzen, damit bei ihrer Rückkehr alles in Ordnung sei. Sie würde ihn dann am nächsten Tag bezahlen. Unmittelbar danach kam ein weiterer Anruf. Es war Peach. Die schöne Stimme klang inzwischen streng, verärgert und entschlossen. »Denk daran, du musst den bösen Geist vernichten.

Den Psychopompos. Du musst es bald tun. Jetzt, möglichst schnell.«

Jimmy war für Dex ein Fremder, sein Gesicht eine konturlose Maske wie bei fast allen Leuten, seine Stimme barsch und unkenntlich. »Ich könnte auch hier vorn draußen kehren«, sagte Dex, »wenn ich mein Werkzeug wiederhabe.«

»Ich weiß nicht recht. Dr. Jefferson ist verreist. Ich kann nicht für ihn sprechen.«

Die Maske wurde dunkler und hässlicher. »Okay, vielleicht kannst du ihn anrufen.« Zu Handys hatte Dex unbegrenztes Vertrauen. Sein Handy war das Haus seines Gottes, und das könnte auch bei anderen Leuten der Fall sein. »Vielleicht noch bevor es taut«, meinte er.

Gartenhäuschen gab es am Hexam Place nicht, nur einen Schrank im Vorplatz zum Souterrain. Jimmy schickte Dex über die Außentreppe zur Souterraintür, ging selbst von innen hinunter und fand im Schrank die Werkzeugtasche. Dex prüfte, ob alles da war, und nickte bei jedem Objekt, das er herauszog: eine Gartenschere, eine Heckenschere, eine lange Pflanzschaufel mit einer dolchartigen Spitze, eine kleine Grabgabel, eine Hippe und verschiedene andere Geräte. Den Spaten, mit dem er immer Dr. Jeffersons Garten bearbeitete, ließ er im Schrank stehen, zusammen mit einem Besen, der Grabgabel und den Scheren. Sie waren einsatzbereit für den künftigen Gebrauch, hier und vielleicht auch in anderen Gärten am Hexam Place. Jetzt war die Werkzeugtasche viel leichter.

»Ich weiß nicht, ob ich dir erlauben kann, diese Sachen hierzulassen«, meinte Jimmy. »Eigentlich hättest du sie von vornherein nicht hierlassen dürfen.«

»Dr. Jefferson hätte nichts dagegen.«

»Das werden wir noch sehen. Wenn er sagt, weg mit dem Zeug, dann hänge ich mich an die Strippe, und du musst wieder her und den ganzen Mist holen, egal, ob Weihnachten oder nicht.«

Dex ging die Straße hinauf, links und rechts von ihm blinkten kleine Lichter, weiße und rote Kerzen, und in einem Fenster hockte neben ein paar rosa Kerzen ein Hund. Hunde konnte er nicht leiden, aber Lichter mochte er. Er ging den ganzen Weg noch mal zurück und wieder hinunter.

Preston Still hatte seinen Sohn und seine Töchter besucht, allerdings nicht um ihnen ihre Weihnachtsgeschenke zu geben – Kinder durften ihre Geschenke erst am Weihnachtstag bekommen, so lautete die unumstößliche Regel –, sondern um Rabia die Päckchen anzuvertrauen. Die Geschenke waren professionell verpackt, wie Rabia erkennen konnte. Sie vermutete zu Recht, dass Preston unfähig war, ein Päckchen in Geschenkpapier zu wickeln und mit einem Glitzerband zu versehen. Nie würde sie vergessen, wie unbeholfen er mit dem Lagerfeuer umgegangen war. Sie versteckte die Geschenke außer Reichweite der Kinder, im obersten Schrankfach ihres Schlafzimmers, neben den drei von ihr vorbereiteten Strümpfen. So etwas hatte sie noch für kein Kind gemacht, aber in einer Zeitschrift hatte sie eine Anleitung dafür gelesen mit Tipps auch für den Inhalt: Süßigkeiten und kleine Spielsachen. Das war nicht schwierig gewesen. Besonders freute sie sich auf das Gesicht von Thomas, wenn er am Weihnachtsmorgen beim Aufwachen dieses glitzernde Füllhorn mit den kleinen Geschenken am Fußende seines Bettes sehen würde.

Lucy war mit den Mädchen zum Schlittschuhlaufen gegangen. Thomas hielt ein Schläfchen. Rabia beobachtete Preston aufmerksam, wie er sich über den Jungen beugte und sein schlafendes Kind beobachtete. Sein Gesicht blieb unverändert. Oft suchte sie in der Miene dieser Eltern nach Anzeichen für Zärtlichkeit und Liebe. Leider entdeckte sie selten auch nur einen Hauch der von ihr erhofften Gefühle.

»Ich komme dann am Weihnachtstag und hole sie ab«, sagte er. »Ich fahre mit ihnen zu meiner Schwester nach Chelsea. Vielleicht kommt Lucy auch mit, aber wer weiß das schon?«

Rabia ging mit ihm hinaus bis zum Ende des Flurs und sah ihm nach, wie er zuerst die eine Treppe hinunterging und dann die nächste. Fast hatte sie damit gerechnet, dass er Kurs auf das Untergeschoss und Montserrat nahm, aber er marschierte, ohne einen Blick zurück, zur Haustür und warf sie hinter sich zu, wie er es sich in den letzten Wochen angewöhnt hatte.

Letztes Jahr hatte Thea den Weihnachtstag mit Miss Grieves verbracht. Wie bei den meisten ihrer guten Werke hatte sie dazu eigentlich keine Lust gehabt, war aber ihrem vermeintlichen Pflichtgefühl unterlegen. Das war vor Jimmys Erscheinen gewesen. Als sie ihm erklärte, sie möchte für Miss Grieves und sich abends kochen und mit ihr gemeinsam essen, war er fast so wütend geworden wie beim Debakel wegen des Hochzeitstermins.

»Ich kann sie doch nicht einfach im Stich lassen.«

»Dann such dir einen Ersatz dafür. Als Nächstes willst du sie noch in unsere Flitterwochen mitnehmen.«

Der einzige Mensch, der dafür infrage käme, sich um Miss Grieves zu kümmern, war Montserrat. Am 23. Dezember, am Haupteinkaufstag des Jahres, stieg Thea um 10 Uhr die Souterraintreppe von Nummer 7 hinunter und klingelte bei ihr. Niemand meldete sich, obwohl ein schwacher Lichtschein durchs Fenster schimmerte. Deshalb klopfte Thea gegen die Scheibe und rief: »Ich bin's.«

Die Antwort war ein Stöhnen. »Was ist denn?«

»Bitte, lass mich hinein. Ich möchte dich etwas fragen.«

Wieder ein Stöhnen, und dann ging nach ziemlich langer Zeit die Tür auf. Montserrat trug eine Jogginghose und ein Sweatshirt, das Ciaran gehörte. »Komm schon rein. Allerdings habe ich die Mutter aller Kater. Damian behauptet, dass wir den Ausdruck ›die Mutter aller Dinge‹ erst benutzen, seit die ganzen Orientalen hier leben. Früher hätten wir vom ›Vater aller Dinge‹ gesprochen. Und das ist wirklich komisch, denn angeblich sind sie ja Frauenhasser.«

Während sich Thea auf Montserrats zerwühltes Bett setzte, schoss es ihr durch den Kopf, wie gerne sie solche Sätze von Jimmy hören würde. Wenn er die Leute, ihre Sprechweise und Gewohnheiten beobachten und scharfsinnige Kommentare dazu abgeben würde. Leider tat er das nicht und würde es auch nie tun. Montserrat war am äußersten Bettrand zu einem Häufchen Elend zusammengesackt.

»Soll ich uns Kaffee kochen?«

»Wenn du welchen willst. Ich will keinen.«

Thea erklärte ihr die Sache mit Miss Grieves und dem Weihnachtsessen. Sie würde die Zutaten liefern, außerdem einen Plumpudding und fertige Mince Pies.

»'Tschuldige, aber das ist ausgeschlossen. Vermutlich werde ich den Abend mit Preston verbringen. Er bringt die Kids zu seiner Schwester und danach geht er mit mir zum Lunch ins Wellesley.«

Thea glaubte ihr nicht, aber das konnte sie ihr nicht einfach ins Gesicht sagen. Sie bezweifelte, dass dieses exklusive In-Lokal am Weihnachtstag überhaupt geöffnet hatte. »Dann muss ich eben versuchen, jemand anders zu finden.«

»Warum überlässt du sie nicht sich selbst? Schließlich ist sie ja nicht behindert. Ich beobachte ganz oft, wie sie diesen Fuchs die Treppe hinaufhetzt. Außerdem muss damit sowieso Schluss sein, sobald du verheiratet bist.«

Eigentlich hatte Thea Montserrat auch fragen wollen, ob sie mit ihr zum Last-Minute-Shopping in die Oxford Street kommen möchte, aber jetzt ließ sie das lieber bleiben. Ihr Unmut würde sie zu keiner angenehmen Gesellschaft machen. Auch Montserrat blieb lieber bis zum Rendezvous mit Ciaran allein. Sie wollten abends durch die Clubs ziehen. Das Essen mit Preston war gelogen gewesen, und sie ärgerte sich selbst darüber, allerdings nicht deshalb, weil es eine Lüge war, sondern weil diese Lüge viel zu leicht durchschaut werden konnte. Und zum Shopping könnte sie sich auch noch später am Tag in das chaotische Gewimmel in der Oxford Street stürzen.

»Falls ich mich nicht aufraffen kann, könntest du zu HMV gehen und mir für Rabia eine DVD besorgen? Irgendetwas muss ich ihr schließlich schenken. Glaubst du, sie mag *Doktor Schiwago*?«

»Ich weiß es nicht«, sagte Thea, »aber ich werde sie besorgen.«

Als Dex an diesem Tag zum dritten Mal den Hexam Place entlangspazierte, um sich an den Lichtern sattzusehen, sah er im Haus Nummer 7 den bösen Geist die Souterraintreppe heraufkommen. Er blieb stehen, schaute scheinbar gedankenverloren in der Gegend herum und ließ ihr ein ganzes Stück Vorsprung. Erst dann folgte er ihr, vorbei an den flackernden Lichtern in Nummer 9, vorbei an den hell strahlenden Lichtern in Nummer 11 und weiter Richtung Sloane Square.

Von der U-Bahn wollte er sich fernhalten. Wenn sie aber doch in einen Zug stieg, würde er ihr folgen, aber nicht, um erneut das zu versuchen, was er letztes Mal getan hatte, als er versagt hatte. Sie mied den Bahnhof. Sie wollte in einen Bus steigen. Dex ließ sie etwas Wärme im Bushäuschen suchen, während er draußen stehen blieb. Er tat, was er manchmal auf der Suche nach Orientierung tat: Er tippte einige Zahlen in sein Telefon, acht Zahlen, zuerst eine Sieben. Er hoffte, die Stimme seines Gottes zu hören, aber da war nichts, nur Worte von einer Frauenstimme, die ihm sagte, dass diese Nummer unbekannt sei. Vielleicht war es der böse Geist, der da sprach, aber sicher war er sich nicht.

Der Bus kam, und er stieg ein. Der böse Geist ging aufs Oberdeck, während er sich auf die hintersten Sitzplätze verzog. Von hier aus hatte er einen guten Blick. Psychopompos hatte ihn Peach genannt – der Lotse, der böse Geister in die Hölle führt.

22

Wenn in der Oxford Street Schlussverkauf ist oder ein neuer In-Shop eröffnet oder der 23. Dezember naht, dann findet sich dort eine völlig andere Menschenmenge ein als in anderen Städten. Sie ähnelt eher riesigen Massenversammlungen, die sich für eine religiöse Zeremonie oder wegen eines politischen Aufstands zusammengefunden haben. Mit einem einzigen Unterschied: Es handelt sich hauptsächlich, wenn auch nicht ausschließlich, um Frauen, die ständig in Bewegung sind. Letzteres geschieht langsam und unregelmäßig, wird von zögerndem Verharren vor Schaufenstern und Halt an Ampeln unterbrochen. Gerade dort ist die Ungeduld hinüberzukommen besonders groß, und man riskiert Leib und Leben. Regelmäßig stürzen Menschen bei dem Versuch, bei Grün die Straße zu überqueren, und verletzen sich, und ab und zu kommt sogar jemand ums Leben, wenn er unter einen Bus gerät, aber meistens schwappt die Menge weiter, ein träger Strom von Frauen und hier und da ein Mann, der zum Tütenschleppen mitgekommen ist. Es ist unmöglich, sich vorher einen Plan zurechtzulegen oder sich Zeit zu lassen, geschweige denn, dass man die Route ändern oder sich ein anderes Geschäft aussuchen kann. Man ist klüger beraten, wenn man wegbleibt. Man schließt sich an, wo es gerade geht, und bewegt sich in einem schon vor Stunden festgelegten Tempo, immer brav hinter dem Vordermann her, und hintendrein brav alle, die danach kommen.

So war es auch für Dex. Als der böse Geist aus dem

Bus stieg, gelang es ihm, ganz dicht hinter den üppigen schwarzen Haaren und dem schwarzen Mantel zu bleiben und ihr zu folgen, als sie in den Zug der Käufer glitt, der sich Richtung Circus hinaufbewegte. Sie blickte sich nicht um. Niemand tat das, man schaute nach vorn, immer voraus, in der Hoffnung auf eine Lücke, um einen bestimmten Eingang zu erspähen, zu dem man sich, fast atemlos, unter Einsatz der Ellbogen und Rempeln einen Weg bahnen konnte. Offensichtlich hatte der böse Geist kein spezielles Geschäft im Sinn und strebte keiner Tür erkennbar zu. Dex betastete in seiner Tasche die Pflanzschaufel mit der langen Spitze und das scharfe Okuliermesser. Was nehmen, was lassen? Vielleicht war die Pflanzschaufel nicht scharf genug, während das scharfe Messer eigentlich für alles taugte.

Irgendwo vorn, vielleicht auf dem Circus, spielte eine Kapelle, jemand sang, und alles war umgeben von roten und gelben Wimpeln und großen grünen und weißen Fahnen unter silbernen Weihnachtslichtern. Viele Leute um und vor ihm hatten ihre Handys eingeschaltet und redeten und horchten und lachten und waren vergnügt. Dex tippte eine Nummer in sein Handy ein, und diesmal klingelte es. Eine Männerstimme antwortete, eine weiche Stimme, nicht die seines Gottes, aber ähnlich. Die Stimme, die nicht ganz Peach war, sagte: »Sie haben sich verwählt, aber trotzdem Frohe Weihnachten.«

Dex sagte: »Danke schön. Frohe Weihnachten.« Dabei wurde ihm klar, dass er diese zwei Worte noch nie zu jemandem gesagt und auch noch nie von jemandem gehört hatte.

Die Musik war jetzt sehr laut, die Stimme schrie und schluchzte. Dex konnte nur die Hinterköpfe sehen, besonders den schwarzen Lockenkopf vor ihm. Er zog die Werkzeugtasche hoch, bis er sie direkt vor seiner Brust hielt. Sie verhinderte, dass er dem bösen Geist zu nahe kam und ihn berührte. Mit der anderen Hand packte er das Messer. Niemand beachtete ihn, jeder konnte nur nach vorn schauen und im Rhythmus der unzähligen Schritte weiterschlurfen. Dex hob das Messer in seiner Faust und rammte es mit aller Gewalt durch den schwarzen Mantel, wieder und wieder und wieder. Der böse Geist stieß einen Laut aus, der von den Trommeln, dem Saxofon und einer CD übertönt wurde, die alle gleichzeitig spielten. Dex blieb stehen und ließ die Menge an sich vorbeiziehen, die sich jetzt um das gestürzte Mädchen drängte. Man sah nur ganz wenig Blut, der wuschelige Mantel musste es aufgesaugt haben. Der böse Geist war nun ein schwarzer Fellhaufen, der wie ein toter Bär auf dem Boden lag. Jetzt stieg ein erstickter, nicht enden wollender Schrei aus der Menge auf, und plötzlich brach auch die Musik ab. Der Gesang hörte auf, und die Kapelle auf dem Podium verstummte. Gerede, lautes Rufen und immer die gleichen Fragen ersetzten den Geräuschteppich: »Was ist passiert? Was ist hier los? Was gibt's denn?« Und dann eine Männerstimme wie ein Glockenschlag: »Jemand wurde ermordet.«

Eine Sperrung der Oxford Street am bekanntlich besten Einkaufstag des Jahres konnten sich zuerst weder die Geschäftsleute noch die Kunden vorstellen. Das war ihr Tag der Tage, der Tag für Einkäufe in der letzten Minute. Aber sie hatten keine Wahl. Die Eingänge zu den Geschäften wurden geschlossen, auch wenn einige Frauen ziemlich ungehobelt mit den Fäusten gegen die Türen trommelten und Einlass forderten. Die meisten fügten sich den Aufforderungen der Polizei, man solle sich in die Seitenstraßen verteilen und sich auf Umwegen zu den U-Bahnhöfen und Bushaltestellen begeben. Es dauerte lange, die zentrale Einkaufsgegend zu räumen.

Die Polizei konnte unmöglich ermitteln, wer sich zu dem Zeitpunkt, als die Frau erstochen wurde, in unmittelbarer Nähe der Toten bewegt hatte. Dex tastete nach der Pflanzschaufel in seiner Tasche. Er war froh, dass er sie nicht benutzt hatte. Vielleicht hätte ihn das Werkzeug angewidert, wenn er es zur Vernichtung eines bösen Geistes benützt hätte, vielleicht hätte er damit nie wieder jäten und pflanzen wollen. Das Messer hatte er am Regenmantel eines Mannes abgewischt, gegen den man ihn im allgemeinen Exodus gestoßen hatte, und danach hatte er es in eine offene Handtasche gleiten lassen. Die Besitzerin der Handtasche kannte er nicht, es war einfach nur die große rote Tasche einer Frau, die sie weit offen gelassen hatte, während sie sich mühsam vorwärtskämpfte. Dex empfand das als ganz und gar falsches Verhalten, denn so etwas ermutigte zu Verbrechen und führte böse Menschen in Versuchung, die unbedingt an Geld kommen wollten, das sie nicht verdient hatten.

Er war zufrieden mit seinem Erfolg. Wieder war die Welt von einem bösen Geschöpf befreit, und er würde dafür belohnt werden. Die Seitengassen von Mayfair waren seltsam still und leer. Warum? Darüber dachte Dex nicht nach. Er hörte Polizeisirenen und das dumpfere Jaulen der Krankenwagen und nahm an, dass irgendwo ein schwerer Unfall passiert war. In der Park Lane bestieg er einen vollen Bus, der ihn fortbrachte, Richtung Victoria.

Die Regionalnachrichten am Mittag widmeten sich fast ausschließlich der erstochenen Frau in der Oxford Street. Die Prinzessin sah die Meldungen mit Gussie im Schoß und rief June erst, als es zu spät dafür war, mehr zu sehen oder zu hören als die polizeiliche Feststellung, dass es sich um einen Mordfall handelte. Die Frau war noch nicht identifiziert worden. Man hatte die Menschenmassen, die sich an diesem besonderen Tag auf die Oxford Street konzentrierten, nur mühsam auflösen können. Fasziniert schaute June zu, wie man junge und alte Frauen scharenweise in Busse pferchte und in die U-Bahnhöfe trieb. Sie vermutete hinter dem Mörder ein Bandenmitglied. Der einzige Unterschied bestand darin, dass der Mord in einer Menschenmenge stattgefunden hatte, die im West End Weihnachtseinkäufe erledigte und nicht in Brixton oder Peckham.

Sie servierte der Prinzessin Hähnchenbrust mit Ofen-Pommes und aufgetauten Erbsen zum Lunch und zog sich mit einem Sandwich ins Esszimmer zurück, um die Tagesordnung für das Treffen der Gesellschaft der heiligen Zita heute Abend vorzubereiten, der letzten Versammlung in diesem Jahr. Es dauerte lange, nur mit der linken Hand zu tippen. Als Vorsitzende hatte sie die Absicht, allen entschlossen entgegenzutreten, die erneut die Debatte um die fraglichen Hundehäufchen aufgreifen wollten. Dieses Thema musste heute Abend ein für allemal begraben werden. Die Gesellschaft der heiligen Zita hatte ihr Möglichstes getan und war gescheitert, wie es sich manchmal eben nicht verhindern ließ. Mit Thea würde sie die Modalitäten für das Weihnachtsdinner von Miss Grieves klären und damit, wenn auch eher unterschwellig, ebenso die Modalitäten für ein passendes Festmahl für sie selbst und die Prinzessin. Gezwungenermaßen ging June ihren Entwurf noch einmal durch, um die Fehler zu korrigieren, die sie wegen ihrer ungeschickten linken Hand gemacht hatte.

Sie fügte der Tagesordnung noch die Punkte »Gartenarbeit« und »Entsorgung der Christbäume« hinzu, und dann war sie fertig. Jetzt waren die kleinen rosa Lichter an der Reihe. Eines war schneller heruntergebrannt als die anderen. Sie ersetzte dieses und auch das daneben durch neue Kerzen. Die Prinzessin war eingeschlafen. Das Tablett vom Mittagessen hing gefährlich schief auf ihrem Schoß. June hob es herunter. Dabei stellte sie fest, dass sich die Cognacflasche zu der Karaffe mit Mineralwasser gesellt hatte, das die Prinzessin nicht angerührt hatte. June gönnte sich einen kräftigen Schluck.

Die Lichter hinter den Jalousien im Haus von Arsad Sohrab und Bibi Lambda waren ausgegangen. Henry, den Lord Studley zur Kontrolle sämtlicher Kerzen geschickt hatte, klingelte bei ihnen und erinnerte sie daran, wie wichtig die Aufrechterhaltung dieser Tradition war. Arsad meinte: »Was ist daran wichtig? Klären Sie mich auf.« Doch das konnte Henry nicht. Er verfügte nicht über den logischen Verstand und die Verhandlungskünste seines Arbeitgebers. »Keine Ahnung. Machen Sie's einfach«, sagte er und ging über die Straße, wo Jimmy in Nummer 3 vergessen hatte, die Kerzen zu erneuern.

»Seine Lordschaft verlässt sich auf dich«, verkündete er streng. »Bisher hast du das doch super gemacht.«

Jimmy, der über seiner Jeans einen Schurz mit einer Grinsekatze trug, bat ihn herein und schenkte ihm aus der bereits angebrochenen Flasche Portwein ein Glas ein. »Hast du Thea gesehen?«

»Seit heute früh nicht. Sie wollte auf den letzten Drücker einkaufen gehen.«

»Es sieht ihr nicht ähnlich, dass sie nicht ans Telefon geht.«

Henry hatte selbst reichlich »Weibersorgen«, wie er es nannte.

Mit hochgezogenen Augenbrauen musterte er die Grinsekatze und sagte: »Weißt du, du kannst sie nicht für immer an deine Schürzenbänder binden.« Dann musste er über seinen eigenen Witz lachen.

Die Neville-Smiths waren wieder zurück und stellten gerade zwei Kerzen in hübschen Messingleuchtern aufs Fensterbrett, als Henry vorbeiging. Montserrat kam mit Ciaran die Souterraintreppe herauf. Beide überredeten ihn, mit ihnen einen Vorweihnachtsdrink im Dugong zu nehmen. Angesichts seines Portweins bei Jimmy tat er vielleicht gut daran, sich an Tonic Water zu halten. Schließlich sollte er gegen 14 Uhr bei Huguette sein. Alkohol kam nicht mehr infrage. Um 18 Uhr musste er Lord Studley zu einer Weihnachtsfeier der Koalition in Spencer House fahren.

Inzwischen trafen sie sich nur noch in Huguettes Wohnung in Chelsea, das war sicherer als am Hexam Place Nummer 11. Während er mit dem BMW zum Carlyle Square fuhr – ein strikter Regelverstoß –, konnte er keinen Grund erkennen, warum dieses Arrangement nicht ewig dauern sollte – na ja, wenigstens ein paar angenehme Jährchen. Es war etwas Unwahrscheinliches passiert: Sie hatte einen Job bei einer PR-Agentur bekommen, die bei der Konservativen Partei hoch im Kurs stand. Garantiert hatte Papi dabei nachgeholfen, dachte Henry.

Huguette hatte eine kleine, aber luxuriöse Wohnung,

die aus einem hübschen Schlafzimmer, einem minimalistischen Wohnzimmer, einem großzügigen Bad und einer Küche bestand, die kleiner war als die Speisekammer im Haus ihres Vaters. Henry musste seinen Anteil an der Flasche Chablis, die Huguette entkorkte, dankend ablehnen, und man begab sich direkt ins Bett. Vermutlich hatte er es seiner Abstinenz zu verdanken, dass der Sex ihm noch mehr Spaß machte als sonst, und Huguette war von seiner Leistung hingerissen. Wenn es immer so sein könnte, würde er sich nicht wehren, wenn sie wieder einmal ins Gespräch brächte, mit ihrem Vater über ihre Beziehung zu Henry und eine baldige Heirat zu reden. Wie immer, wenn Huguette der Sinn nach Kuscheln und Schmusen stand, verging die Zeit wie im Flug. Henry hätte fast der Schlag getroffen, als sein Blick zufällig auf seine Armbanduhr fiel, die auf dem Nachtschränkchen neben dem Bett lag. Es war bereits 17.21 Uhr.

»Mein Gott, ich muss weg! Dein Papa bringt mich um.«

Henry ließ sich nie so mitreißen, dass er Job und Pflicht vergaß, deshalb hatte er seine Kleidung sorgfältig über einen Stuhl gelegt, anstatt sie auf den Boden zu werfen. Während er in seine Unterhose kletterte, hörte er draußen leise den Lift quietschen und hohe Absätze über den Flur klackern. Keiner von beiden hätte sagen können, woher sie wussten, wer das sein musste, aber – sie wussten es eben. Huguette riss eine Tür zum Kleiderschrank auf, schob ihn hinein und warf seine Kleidung hinterher. Es läutete nicht. Henry hörte, wie sich die Briefklappe hob und eine vertraute Stimme rief: »Hallo, Schatz, ich bin's, Mami.«

Es wäre fast besser gewesen, wenn es sich bei dem Besucher um Lord Studley persönlich gehandelt hätte. Im

Kleiderschrank war es stickig, der Duft von Huguettes Klamotten nahm ihm fast die Luft. Von oben hingen Röcke, Hosen, Jeans, lange Schals und Tücher herunter und kitzelten ihn im Gesicht. Henry vermied es, so gut er konnte, sich allzu viel zu bewegen, damit Oceane nicht seine Geräusche hörte. Außerdem wurde ihm eines klar: Huguette hatte ihm zwar seine Klamotten gegeben, aber seine Schuhe unter dem Stuhl stehen lassen. Plötzlich fiel ihm wieder ein Film ein, den er mal gesehen hatte. Es ging um irgendeinen Herzog, der sich, wie er, während eines Besuchs bei seiner Freundin im Schrank verstecken musste, weil ihr zweiter Liebhaber kam, und ihr zweiter Liebhaber war der König. Vermutlich war das Charles II. gewesen, und vielleicht war es auch genau umgekehrt gewesen, und der König hatte beim Eintreffen des Herzogs in den Schrank flüchten müssen. Der Film war nicht besonders gut gewesen.

Er lauschte. Hoffentlich hatte Oceane weder seine Schuhe gesehen noch den BMW, der ein Stück weiter weg in der Straße parkte. Hoffentlich konnte sie nicht lange bleiben. Anscheinend hatte sie Huguettes Weihnachtsgeschenke mitgebracht, Schuhe und eine Handtasche, denn morgen wollten Mami und Papi nach Frankreich fahren. Aus dem Kurzbesuch wurde leider nichts. Zuerst hatte sich Oceane zu einer Tasse Tee einladen lassen und danach auf einen Gin Tonic, und jetzt bewunderte sie ihr Geschenk für Huguette, das inzwischen offenbar deren Füße zierte, und erklärte ihr, die Handtasche sei von Chanel. Leider war es Huguette auch nicht gelungen, Henry seine Uhr zu geben. Trotzdem konnte er abschätzen, dass es inzwischen 17.45 Uhr sein musste. Hastig schlüpfte er ungeschickt in seine Klamotten.

Oceane hatte eine klare durchdringende Stimme. Er hörte, wie sie um einen zweiten Gin Tonic bat und dann anmerkte, dass Huguettes Vater in Kürze zu einer Feier ginge. »Selbstverständlich hat man mich auch eingeladen, aber ich habe genauso selbstverständlich abgelehnt.«

»Könntest du dir vorstellen, dass wir in die Eisbar gehen, wenn ich mich jetzt anziehe?«

Oceane lachte. »Als ob es draußen nicht schon kalt genug wäre!«

Henrys nächster Gedanke zeugte von ungewöhnlicher Klarsicht: An Oceanes Vorbehalt gegen diese igluähnliche Bar, wo alles aus Eis war, zeigte sich ihr wahres Alter. Ein junger Mensch hätte nie so eine Bemerkung gemacht. »Und dann gehen wir zum Essen ins Ivy. Dort bekomme ich immer einen Tisch.«

»Ich rufe Henry an, er kann uns fahren. Papi kann auch mit dem Taxi zu seiner Feier fahren.« Huguette kam ins Schlafzimmer und flüsterte ihm zu: »Sobald ich angezogen bin, nehme ich Mami in die Küche mit. Dann kannst du hier raus. Lass dir danach zwei Minuten Zeit, und dann klingelst du an der Tür. Okay?«

Sie hatte ihm zwar nicht das Leben gerettet, aber doch den besten Teil davon. Er hörte, wie sie ihren Vater beschwichtigte und ihm erklärte, sie habe ihm ein Taxi bestellt. Ihr Einfallsreichtum überraschte ihn, und er beschloss, beim nächsten Heiratsantrag ihrerseits nachzugeben. Auch als Verheirateter würde sich am Arrangement und den angenehmen Jahren nichts ändern.

Der *Evening Standard* brachte die Story ebenso wie die Regionalnachrichten der BBC um 18 Uhr. Montserrat schaute fast nie fern, holte sich jedoch vom Laden an der

Ecke die Zeitung und betrachtete auf dem Heimweg das ganzseitige Foto auf der Titelseite. Es sah aus, als wären eine Million Menschen auf der Oxford Street gewesen und fast so viele Polizisten, während auf dem Gehsteig ein einzelner Gegenstand lag. Wegen der Dunkelheit konnte sie lediglich die Überschrift entziffern: MORD BEIM WEIHNACHTSEINKAUF.

Man hatte die Tote noch nicht identifiziert, oder die Polizei gab ihre Identität noch nicht bekannt. Mit Sicherheit war es keine ihrer Bekannten, dachte Montserrat. In ihrer Wohnung las sie eine interessante Geschichte über eine Frau, die von ihrer Hauskatze getötet worden war, ein besonders wildes Riesentier, und eine Story über ein Model, das sich in Schuhen mit zwanzig Zentimeter hohen Absätzen ein Bein gebrochen hatte. Dann schlüpfte sie für ihren Überraschungsbesuch bei Preston Still in ein Hängekleidchen mit hauchdünner Stola und zog nachträglich noch die rote Steppjacke darüber, ein Weihnachtsgeschenk von Ciaran.

June und die Prinzessin bekamen an diesem Abend kein richtiges Essen. June musste eine Dose Spaghetti Bolognese öffnen und im Gefrierschrank nach Eiscreme suchen. Sie hatte sich für die Versammlung der Gesellschaft der heiligen Zita verspätet, aber das machte gar nichts, denn Dex war das einzige Mitglied, das außer ihr noch auftauchte. Wie immer hockte er abseits vor seinem Guinness und lauschte den verschiedenen Stimmen, angenehmen wie unangenehmen, die er durch sein Herumtippen auf dem Handy heraufbeschwor.

Jimmy, der allein in Nummer 3 saß, hatte einen Kühlschrank voller Essen, aber keinen Gast. Er hatte Thea drei SMS und drei E-Mails geschickt und vier Nachrichten auf ihrer Mailbox hinterlassen und keine Antwort bekommen. Sie hatte ihn verlassen, davon war er überzeugt. Eigentlich hatte er fast schon damit gerechnet, seit sie ihm klargemacht hatte, dass ihr die Feier von Damians und Rolands Lebenspartnerschaft mehr bedeutete als ihr eigener Hochzeitstag. Doch als endlich sein Handy klingelte, waren Kummer und sämtliche Zweifel wie weggeblasen. Das war sie, er wusste es. Sie rief an, um ihm zu sagen, dass sie ihn liebe und dass sie den ganzen Tag einfach nicht zum Telefonieren gekommen sei.

Es war nicht Thea, sondern ihre Schwester Chloe.

»Sitzt du?« Ihre Stimme klang belegt, als würde sie schluchzen. »Du musst jetzt sehr gefasst sein.«

»Was ist los?« Aber irgendwie wusste er es.

»Das Mädchen, das in der Oxford Street erstochen wurde, das war Thea. Die Polizei hat mich ausfindig gemacht, um sie zu identifizieren. Meine Nummer war auf ihrem Handy und deine auch. Ich war ihre nächste Verwandte.«

23

»Du?«, rief Preston Still, als er Montserrat öffnete.

»Wer sonst? Was hast du gedacht?«

Er sah sie an, wie man ein Gespenst ansah, bevor einem klar wurde, dass es kein Gespenst sein konnte, dass es sich um ein leibhaftiges Fantasiegebilde handeln musste. Plötzlich hatte sie fürchterliche Angst. Sie dachte an das Auto und daran, wie sie mit ausgestreckten Armen und Beinen auf dem Kühlergrill gelegen hatte, und an den Stoß ins Kreuz, sodass sie beinahe auf die U-Bahn-Gleise gestürzt war. Die Vorstellung, seine Wohnung zu betreten, rief ein Zittern hervor. Er starrte sie an.

»Was hast du denn?«

Obwohl sie Angst davor hatte, wie er auf eine offene Beschuldigung reagieren würde, hielt irgendetwas sie an Ort und Stelle fest. Sie konnte weder einen Schritt zurück- noch einen vorwärtsmachen. Als sie den Mund aufmachte, stotterte sie: »Es ist Thea. Sie ist tot.« Sie fürchtete sich vor dem Satz, er habe Thea getötet.

Offensichtlich hatte er keine Ahnung, wen sie meinte. »Wer ist Thea?«

»Meine Freundin.« Inzwischen hatte sie das Gefühl, als gehöre ihre Stimme einer Fremden oder käme aus ganz weiter Ferne. »Die Rothaarige, auch wenn sie das nicht mehr ist. Sie hat jetzt dunkle Haare, wie ich.« Sie hatte diese Sätze noch nicht einmal richtig ausgesprochen, da war ihr alles klar. Sie zog weitere Parallelen. »Außerdem hatte sie eine schwarze Jacke wie ich, und sie ist so groß wie ich und wollte dahin, wo ich eigentlich hinwollte.« Es war zu viel für sie. Sie brach ab, stieß ein hysterisches Gelächter aus und weinte gleichzeitig und klammerte sich an Preston, weil sonst nichts zum Festhalten da war, und schrie ihm heulend ins Gesicht.

Als auf der anderen Seite des Flurs eine Tür aufging, zog er sie hinein und zischte sie an, sie solle aufhören – aufhören und leiser sprechen und still sein. Sie sackte zu Boden. Sie hätte nach ihm getreten, wenn er nicht rasch zur Seite gegangen wäre. Er griff zu seinem Handy, das auf dem Tisch lag. Sie erkannte die Zahlen, die er eintippte. Es war seine Kurzwahl für das Taxiunternehmen, das er benutzte. »Möglichst schnell«, sagte er. Dann fügte er hinzu, während sie sich mühsam auf die Beine rappelte und dabei vor ihm zurückwich: »Als diese Frau heute Vormittag erstochen wurde, war ich mit einem halben Dutzend anderer Leute in einer Vorstandssitzung, in meinem Büro in der Old Broad Street. Ich finde, das solltest du auch erzählen, wenn du mit der Polizei sprichst.«

Sie sagte nichts. Er brachte sie im Lift nach unten, draußen wartete schon das Taxi. Vermutlich fand der Fahrer es seltsam, dass weder sie noch Preston ein Wort sagten. Er öffnete ihr nur die Tür, machte sie hinter ihr zu und ging ohne einen Blick zurück die Treppe hinauf. Im Taxi war es kalt. Montserrat bat den Fahrer darum, die Heizung etwas höher zu stellen. Der Fahrer schien zur Sorte der fast Stummen zu gehören. Es wurde wärmer. Er schwieg immer noch. Erst als sie am Hexam Place anhielten, fragte er: »Verreisen Sie über Weihnachten?«

Montserrat schüttelte den Kopf. Dann wurde ihr klar, dass er sie nicht sehen konnte, und sie sagte: »Nein.«

Sie stieg aus, ohne auf seine Verabschiedung zu reagieren. Was hatte er gesagt? Sie hatte es nicht gehört. Sie war noch nicht im Haus, da rief sie von der Souterraintreppe aus Ciaran an. Etwas Merkwürdiges war mit ihr geschehen. Sie hatte ihre Freundin verloren, man hatte ihre Freundin versehentlich an ihrer Stelle ermordet. Sie hatte sich unendlich gefürchtet, aber als sie jetzt Ciarans Stimme hörte und mit ihm sprach, erfüllte sie ein gänzlich neues Gefühl. Sie wollte ihn nicht nur, um mit ihm ins Bett zu gehen oder um einen Mann um sich zu haben.

»Ach Ciaran«, sagte sie, »bitte, komm zu mir. Bitte, komm jetzt. Ich liebe dich so sehr.«

Heiligabend – Thea war tot, und Jimmy mochte es nicht glauben. Er hatte keine Zeitung gesehen. Er wusste nur das, was Chloe ihm erzählt hatte, und Chloe war nicht glaubwürdig. Schon früher einmal hatte sie ihm erzählt, Thea sei mit ihr im Kino gewesen, während sie in Wahrheit auf der Party Getränke serviert hatte, die Damian und Roland unbedingt zu ihrem zehnten Jahrestag hatten geben müssen. Das war eine ausgesprochene Lüge gewesen. Vielleicht war es auch diesmal so, weil Chloe unbedingt wollte, dass Thea ihre Verlobung löste. Jimmy war unsicher. Glaubte er es? Oder war Theas Tod real? Die Geschichte mit der Polizei konnte sie unmöglich erfunden haben. Oder doch? Auch nicht, dass jemand in der Oxford Street erstochen worden war. Doch, doch, so etwas könnte sie. So ungewöhnlich wäre das nicht. Eigentlich hätte er zu Mr. Choudhuris Laden gehen und eine Zeitung kaufen sollen, aber stattdessen lief er hin und her und tigerte durchs ganze Haus und schaute zu den vorderen Fenstern hinaus.

Nachdem er gestern Abend das Telefon aufgelegt hatte,

war er in Dr. Jeffersons Badezimmer gegangen und hatte eine Blisterpackung Tabletten gefunden, die er für Schlaftabletten hielt. Der Name war ihm unbekannt, er hatte ihn noch nie gehört. Trotzdem nahm er zwei Tabletten, damit er schlafen konnte und nicht mehr an das denken musste, was ihm Chloe erzählt hatte. Beim Aufwachen war es sein erster Gedanke gewesen – nachdem er sich durch dichte Nebel- und Flusenwände wie durch einen zähen Brei gekämpft und sich selbst eingeredet hatte, dass die Sache mit Theas Tod Blödsinn sei. Erst nach einer weiteren verdösten Stunde kam er so weit zu Bewusstsein, dass er sich wieder an das Telefonat und Chloes exakte Worte erinnerte. Jetzt stand er am Fenster und sah hinunter, zuerst zu Henry, der gerade vorbeiging und in den BMW stieg, und dann zu June, die mit ihrem Gipsarm in der Schlinge diesen kleinen Hund Gassi führte. Beide trugen gefütterte Steppjacken, June eine rote, der Hund eine dunkelblaue.

Die Kerzen auf dem Fensterbrett waren heruntergebrannt und erloschen. Offensichtlich war er ins Bett gegangen und wie betäubt in den Schlaf gefallen, ohne sie auszublasen. Das Haus hätte abbrennen können. Dr. Jefferson hatte einen großen Kerzenvorrat. Jimmy hätte sie nur in die Halter stecken und mit einem Streichholz anzünden müssen, aber er brachte es nicht übers Herz. Der Gedanke, morgen ein Weihnachtsessen zu kochen, war genauso entmutigend – nein, schlimmer noch, unmöglich. Er musterte die Ente. Die Orangensoße hatte er in einer Porzellanschale aufbewahrt, die Kartoffeln warteten nur noch darauf, geschält zu werden. Er legte die Ente in eine Tragetasche und trug sie in den Vorgarten hinaus. Beacon brachte gerade den Audi herüber, um vor Nummer 7 zu parken. Jimmy ging im kurzärmeligen Hemd die Straße entlang, ohne die Kälte zu spüren. Er klopfte ans Beifahrerfenster des Audi.

Beacon stieg aus und sagte: »Ganz fürchterlich, die Geschichte mit Thea. Es tut mir sehr leid.«

Dann war es also wahr. Irgendwie hatte er es immer gewusst. »Kann ich dir mit dieser Ente eine Freude machen? Ich habe jetzt keine Verwendung mehr dafür.«

»Das ist sehr nett von dir. Wir haben zwar schon eine Gans, aber Dorothee wird sich auch über diesen Vogel freuen.« Beacon räusperte sich und setzte sein Pastorengesicht auf, wie es Montserrat nannte. »Sie ist jetzt bei Gott. Wo sie ist, hat aller Schmerz ein Ende. Seufzer und Kummer schwinden für immer. Daran musst du stets denken.«

»Ja, danke«, sagte Jimmy. »Werde ich. Guten Appetit.«

Nachdenklich betrachtete June den Gips um ihren rechten Arm und meinte: »Wenn mir das im September passiert wäre, wäre dieses Zeug jetzt schon herunter, und ich könnte unser Weihnachtsessen kochen.«

Die Prinzessin versuchte, den Reißverschluss von Gussies Steppmäntelchen aufzuziehen, und war dabei schon einmal leicht gezwickt worden. »Im September hätte Ihnen das nicht passieren können, weil es im September noch kein Eis gibt, auf dem man ausrutschen könnte.« Sie knurrte Gussie an, was fast so klang wie bei dem Hund. »Du böser, böser Hund, beißt deine arme Mama.«

»Wir werden uns mit einem dieser Fertiggerichte begnügen müssen, Madam, von Waitrose oder sonst woher.« June wollte gerade wieder nach draußen und bugsierte vorsichtig ihren »steinernen Arm«, wie ihn die Prinzessin nannte, in den Ärmel ihres roten Steppmantels, da tauchte Rocksana mit einem jungen Chinesen im Schlepptau auf. Er hatte nach Ansicht der Prinzessin mehr Metallknöpfe im Gesicht als die Rückseite ihres Ledersofas. Er hieß Joe Chou, war Gitarrist und Rocksanas neuer Freund.

»Hoffentlich stört es Sie nicht«, sagte Rocksana, während sie für sich und für Joe Chou einen Gin Tonic in Empfang nahm. »Sie werden mich doch nicht für gefühllos halten, meine ich, weil Rad ja so etwas wie ein Neffe für Sie war, aber gegen Liebe kann man doch nichts machen, oder?«

»Wir hatten kein besonders enges Verhältnis«, erwiderte June und zog ihren Mantel aus.

»Und jetzt hat jemand Ihre Freundin Thea ermordet. Das muss doch derselbe Typ sein, oder? Man fragt sich nur, wie viele Leute hier unten noch den Löffel abgeben werden. Aber jetzt erzählen Sie mal, was Sie an Weihnachten machen.«

»Nix«, konstatierte die Prinzessin.

»Genau das wollte ich hören, denn Sie werden mit uns feiern. Joe und ich haben draußen ein ganzes Auto voller Fressalien. Wir werden kommen und für Sie kochen, Truthahn mit allen Schikanen. Schieß raus und hol's rein, Joe, sei ein Schatz.« Rocksana zündete sich eine Zigarette an und hielt ihr Ginglas zum Nachfüllen hin. »Die Sache ist die: Ich habe meine Wohnung am Montagu Square, die Rad gehört hat, aufgeben müssen. Ich kann sie mir nicht leisten. Und Joe hat nur ein Zimmer, deshalb würden Sie uns einen Gefallen tun, wenn wir Weihnachten hier sein dürften. Eines habe ich ganz vergessen zu erwähnen: Wenn Joe nicht Gitarre spielt, arbeitet er als Chefkoch, das heißt, Sie bekommen ein Superessen.«

Als er wieder zurück war, gab es zur Belohnung noch einen Gin. June beäugte die randvollen Tragetaschen und die Schachteln einer bekannten Patisserie. »Da kommt noch mehr«, meinte Joe und kippte auf zwei Schluck seinen Drink hinunter. »Einen Strafzettel wegen Falschparkens habe ich eh schon.«

»Macht nichts, mein Engel. Sobald du alle Blumen hereingebracht hast, sind wir auch schon wieder weg.«

Banksien und Gazanien und kunterbunte andere Sorten. Khalid Iqbal hätte sie namentlich gekannt und Dex wahrscheinlich auch. June war unsicher, ob sie genug Vasen hatten, um alle unterzubringen, deshalb verstaute sie erst einmal die Essenssachen.

Nachdem Beacon die Ente zu Dorothee nach Hause gebracht hatte, holte er um 15 Uhr Mr. Still vom Büro ab, das er bis zum 28. Dezember nicht mehr betreten würde, und fuhr ihn nicht zum Medway Manour Court, sondern zum Hexam Place. Seine Frau, berichtete ihm Rabia, sei soeben in einem Leihwagen in die Cotswolds gefahren, zu ihren Eltern. Zuvor hatte sie sich noch ins Kinderzimmer gesetzt und Rabia, die sich nur widerwillig in ihre Zuhörerrolle fügte, ihr Herz ausgeschüttet. Die Mädchen schauten eine DVD an, Thomas schlief.

»Meine Ehe ist am Ende«, sagte Lucy. »Preston hat jetzt einen Makler mit dem Verkauf des Hauses beauftragt, auch wenn das bisher noch niemand wissen soll. Ich werde am Boden zerstört sein, wenn ich hier ausziehen muss. Ich kann mit den Kids nicht allein leben. Natürlich werden wir das während der Weihnachtstage besprechen, aber es sieht ganz so aus, als würde ich mit ihnen in mein Elternhaus ziehen. Es ist ein Riesenhaus mit einer großen Einliegerwohnung. Na ja, eigentlich handelt es sich um einen ganzen Wohnflügel. Dort werden wir wohnen.«

Rabia sagte nichts. Sie versuchte, aufmunternd zu lächeln, aber es gelang ihr nicht. Ihre Lippen waren so steif, als hätte sie beim Zahnarzt eine Spritze bekommen.

»Dort lebt auch meine alte Nanny. Sie ist fast achtzig, aber sie liebt Kinder über alles. Sie wird mir eine echte Hilfe sein. Da ich weiß, dass ich Sie nicht aus London weglotsen könnte, wäre dieses kleine Problem damit gelöst. Preston wird noch mit Ihnen darüber sprechen. Sie haben doch keinen Vertrag, oder?«

Rabia wusste es nicht. Sie konnte sich nicht erinnern, dass sie irgendetwas unterschrieben hatte, und Verträge waren nun mal Papiere, die man unterschreiben musste. Sie war froh, dass Thomas außer Sichtweite war und schlief, während Lucy redete und all diese Sätze sagte.

»Es wird mir unendlich schwerfallen, Sie gehen lassen zu müssen.«

Bei Mr. Stills Ankunft waren die Kinder reisefertig und ihre Koffer gepackt. Mr. Still sagte keinen Ton über Verträge beziehungsweise darüber, dass sie gehen müsse. Er sprach kaum mit Matilda und Hero, und mit Thomas kein einziges Wort. Zum ersten Mal wollte er nicht wissen, ob es sich bei dem Fleck auf Heros Wange um Windpocken handelte oder warum Thomas so blass sei. Nachdem alle fort waren, war Rabia allein im Haus, jedenfalls glaubte sie das, bis sie sich oben auf der Galerie übers Geländer beugte und dabei plötzlich aus Montserrats Wohnung lautes Gelächter hörte. Gedankenversunken stand sie da und dachte daran, dass sie wieder hinaufmusste, um das Kinderzimmer aufzuräumen und sämtliche Betten abzuziehen. Da tauchte auf der unteren Treppe Montserrat so eng umschlungen mit einem jungen Mann auf, wie Rabia sie vermutlich noch nie gesehen hatte. Beide blickten lachend nach oben und riefen ihr »Fröhliche Weihnachten« zu.

Rabia fand, es stünde ihr nicht an, mit demselben Wunsch zu antworten, und deshalb bedankte sie sich nur.

An diesem Abend ging sie mit ihrem Vater in die Moschee, wo sie selbstverständlich bei den Frauen saß. Sie trug ihren langen schwarzen Rock und einen neuen schwarzen Mantel und hatte den Kopf mit einem goldbestickten Hijab bedeckt. Ihre Gedanken schweiften unbotmäßig ab: zu Thomas im Haus seiner Tante in Chelsea. Mit Sicherheit war es ein großes Haus mit allem, was man für Geld kaufen konnte. Würde sie nett und liebevoll mit ihm umgehen? Würde sie ihm sein Lieblingsessen geben und ihn loben, wenn er brav aß? Sie durfte nicht mehr dauernd an ihn denken, das wusste Rabia. Sie musste sich ihn aus dem Kopf schlagen und sich bereit machen, ihn zu vergessen. Sie musste sich auf die Zukunft freuen und auf neue Beziehungen, auf neue Bindungen.

Es war bitterkalt, die Windschutzscheiben froren schon zu, und auf Hecken und Ziegelmauern lag Reif. Stumm ging sie mit Abram Siddiqui eine Weile dahin, bis sie das Schweigen mit der Bemerkung brach, es sei unsinnig, wenn sie wieder in das leere Haus am Hexam Place ginge. Könnte sie bei ihm bleiben?

»Selbstverständlich, meine Tochter«, sagte er. »Am liebsten hätte ich dich immer bei mir, das weißt du.«

Aber sie wartete, bis sie angekommen waren und die Straße in Acton entlanggingen, wo viele Häuser Leuten gehörten, die ebenfalls pakistanischer Herkunft waren. Trotzdem hatten einige Christbäume im Fenster stehen und Ilexkränze an ihren Türklopfern hängen. Erst jetzt schnitt sie das Thema an, das sie mit ihm besprechen wollte.

»Vater, ich möchte dir etwas Wichtiges mitteilen.«

Er sperrte auf und half ihr aus dem Mantel. »Rabia, möchtest du Tee für uns kochen?«

In dem hübschen Häuschen war es warm. Mit verständlichem Stolz betonte Abram oft, er würde es sich hoffentlich jetzt immer leisten können, während des bitterkalten englischen Winters nicht mehr im Haus frieren zu müssen. Als ob eine Raumtemperatur von weit über zwanzig Grad noch nicht genügte, heizte er noch einmal zehn Grad höher, indem er den Gasofen andrehte, dessen Flammen wie ein echtes Feuer an künstlichen Kohlen leckten. Rabia brachte den Tee herein, gab ihm seine Tasse und setzte sich auf einen niedrigen Sessel. Ihr schwarzer Rock bedeckte ihre Füße in den zierlichen schwarzen Pumps.

»Vater, wenn du damit einverstanden bist und es dir gefällt«, sagte sie, »dann hätte ich gern, dass du Mr. und Mrs. Iqbal einen Besuch abstattest und ihnen sagst, ich wäre bereit, ihren Sohn, Mr. Khalid Iqbal, zu heiraten. Würdest du das tun?«

»Liebe Rabia«, rief er.

Wenn es sich bei einem Mordopfer um eine Frau handelte, verdächtigte die Polizei in erster Linie deren Ehemann, Verlobten, Lebenspartner, Liebhaber oder Freund. Zeitungsleser und Fernsehzuschauer wussten das aus den Nachrichten. Gierig warteten sie auf eine Verhaftung und fühlten sich enttäuscht, wenn gerade dieser Mann für unschuldig erklärt wurde und jetzt als Zeuge dastand und nicht als möglicher Mörder. Jimmy wusste das, obwohl er darüber nie viel nachgedacht hatte. Nie hätte er sich träumen lassen, selbst in die Lage eines solchen Mannes zu kommen. Nie hatte er sich überlegt, wie ein Unschuldiger, der bereits seine Trauer zu bewältigen hatte, sich fühlen musste, wenn man ihn der Untat verdächtigte, die ihn ins Elend gestürzt hatte. Bis zu dem Zeitpunkt, als die beiden Polizeibeamten an Heiligabend bei Dr. Jefferson klingelten, wäre er nie darauf gekommen, dass so etwas möglich sei. Alle wussten, dass er in Thea verliebt gewesen war, dass er mit ihr verlobt gewesen war und sie bald geheiratet hätte. Das wussten auch Detective Sergeant Freud und Detective Constable Rickards, dessen rote Haare Jimmy an Theas frühere Haarfarbe erinnerten.

Sie fragten ihn, wo er am 23. Dezember vormittags gewesen sei, und er sagte ihnen, dass er hier gewesen sei, in diesem Haus. Nein, er sei nicht fort gewesen. Er habe das Weihnachtsessen mit seiner Verlobten vorbereitet. Sie wollten wissen, ob das jemand bestätigen könne, und er musste sagen, dass er allein gewesen sei. Er habe zwar vom Fenster aus verschiedene Bewohner des Hexam Place gesehen, glaube aber nicht, dass sie ihn gesehen hatten.

»Was ist mit Rad Sothern?«, meinte Freud. »Kannten Sie ihn?«

»Solche Leute kenne ich nicht.« Jimmy konnte nicht verstehen, warum sie jetzt damit kamen. »Das ist doch Monate her.«

»Eigentlich nur sieben Wochen«, sagte Rickards.

Besonders rätselhaft erschien ihnen die Tatsache, dass und warum sich Jimmy überhaupt in Dr. Jeffersons Haus aufhielt. Schön und gut, Jimmy sei sein Fahrer und hüte das Haus in Abwesenheit seines Arbeitgebers, aber hier zu *wohnen,* seine Freundin hier zu haben und für sie beide ein Weihnachtsessen zu kochen?

»Sie lassen sich's ganz schön gut gehen, ja?« Freud musterte die Ginflasche auf dem Büfett, die halb leere Flasche Scotch und die noch nicht entkorkten Weinflaschen. »Sie ertränken Ihren Kummer auf Kosten von Dr. Jefferson, stimmt's?«

Auf diese Bemerkung hin hätte Jimmy am liebsten losgeheult, aber es gelang ihm, die Tränen zu unterdrücken wie ein Kind, das seine nachsichtigen Eltern vermisst. Er erzählte Freud und Rickards, was er am Freitagvormittag während seines Aufenthalts im Haus vom Fenster aus gesehen hatte: June in ihrem roten Mantel, die den Hund in seinem blauen Mantel Gassi führte, Henry am Steuer des BMW, Bibi Lambda auf dem Fahrrad und Rabia, die den kleinen Still im Buggy spazieren schob. Sie meinten, sie würden sich noch mal mit ihm unterhalten.

»An Weihnachten kommt alles zum Stillstand, nicht wahr?« Jimmy versuchte, sich beliebt zu machen.

»Unsere Arbeit nicht«, erwiderte Freud kühl.

24

Letztes Jahr hatte Dex den Weihnachtstag in einem Gemeindesaal in der Nähe von Chelsea Creek verbracht. Junge Frauen kümmerten sich freiwillig um die Leute, die dorthin zum Essen kamen, bedienten sie und brachten ihnen ihre Teller. Der Sozialarbeiter, der ab und zu bei ihm vorbeikam, hatte ihm erklärt, dass es auch heuer so sein würde, und so war es auch. Nicht alle waren obdachlos, einige wohnten wie Dex ohne Frau oder Kinder allein in einem einzigen Zimmer. Auf drei Männer kam eine Frau. Zuerst bekamen alle einen Becher Tee, dann schauten sie fern, und um 12.30 Uhr wurde an einer langen Tafel mit roter Papierdecke das Weihnachtsessen serviert. Es gab Truthahn mit Bratenfüllung und Würstchen, Bratkartoffeln und Kraut, und zum Schluss Plumpudding mit Vanillesoße. Eine der Frauen meinte, die Füllung käme abgepackt aus einer Schachtel und die Vanillesoße aus der Dose. Dex war das egal. So gut hatte er im ganzen Jahr nicht gegessen. Ein großes Glas Guinness hätte es perfekt gemacht, aber so etwas gab es nicht, selbstverständlich nicht. Es war ihm nicht wirklich wichtig.

Nach dem Festmahl schlief er, wie alle anderen, ein bisschen in einem Sessel mit hölzernen Armlehnen und einem Mickey-Mouse-Kissen. Zur Ansprache der Königin wachten sie auf, und danach ging Dex heim. In seinem stickigen Zimmer roch es nach ungewaschener Kleidung und Mottenkugeln. Er schaltete den Fernseher ein und setzte sich davor. Eine Frau berichtete in einem Fünf-

Minuten-Bulletin, wie sie sein Messer in ihrer Handtasche gefunden hatte. Er hatte damit eine gute Tat begangen und die Welt zu einem besseren Ort gemacht. Was wäre, wenn er noch einen bösen Geist vernichten müsste? Diebstahl war eine Sünde, das wusste er nur allzu gut, aber vielleicht müsste er dieses Gebot ein einziges Mal brechen und ein Messer aus Dr. Jeffersons Küche entwenden, falls ihn Peach noch einmal brauchen würde.

Trotz Theas Tod und gelegentlicher Polizeibesuche am Hexam Place brannten die kleinen Kerzen in den Wohnzimmerfenstern weiter. Sogar Damian und Roland – sie hatten sich erlaubt, ihre Kerzen ausgehen zu lassen, bevor sie am Freitagabend zu einem Besuch bei Rolands Mutter aufbrachen – zündeten sie wieder an, als sie am Abend des Weihnachtstags zurückkamen. Aus Respekt für Thea, behaupteten freundliche Mitmenschen. Zehn Minuten später tauchten DS Freud und DC Rickards, unter den wachsamen Augen von Montserrat, mit fadenscheinigen Entschuldigungen für sogenannte Routinerecherchen vor ihrer Tür auf. Montserrat und Ciaran hatten das Weihnachtsessen mit Ciarans Schwester und mehreren Freunden genossen, wobei wenig gegessen und ziemlich viel getrunken worden war, und hatten nach ihrer Rückkehr festgestellt, dass sie in Nummer 7 sturmfreie Bude hatten. Die Familie war fort, und Rabia auch. Eine Weile schliefen sie sich auf den Wohnzimmersofas aus. Anschließend braute Montserrat einen Erholungstrunk aus Wein, Wasser und löslichen Aspirintabletten. So gestärkt machten sie es sich an dem großen Fenster gemütlich, um die große Welt im Vorübergehen zu beobachten oder, besser gesagt, jenen Teil der Welt, der sich am Hexam Place herumtrieb.

In Rickards roten Haaren und Freuds glatt polierten Schuhen schimmerte eher der Schein der Straßenlampen als das Kerzenlicht, während sie die Treppe zu Damians und Rolands Haustür hinaufgingen.

»Das wird den beiden schön stinken«, sagte Montserrat. »Wo sie doch eben erst von ihren Mamas zurück sind, oder von einer ihrer Mamas.«

»Schätzungsweise ist es eine reine Formsache, und sie werden diesen Fahrer verhaften.«

»Jimmy kann es gar nicht gewesen sein. Ich habe Jimmy zum Zeitpunkt der Tat im Haus von Jefferson gesehen.«

»Echt?«, rief Ciaran. »Wau, das musst du ihnen sagen.«

»Jaja, weiß ich doch. Ich dachte nur, ich warte noch ein bisschen. Ciaran, ich muss dir noch was sagen. Keine Ahnung, was du davon hältst.«

Sie schauten noch eine Weile aus dem Fenster. Ciaran hatte den Arm um Montserrats Schulter gelegt. Im Haus Nummer 8 kam Miss Grieves, mit einem schwarzen Plastiksack im Schlepptau, ganz langsam die Souterraintreppe heraufgetappt.

»Den wird die Gemeinde nicht mitnehmen«, konstatierte Montserrat, »nicht an einem Weihnachtsfeiertag. Garantiert nicht. Weißt du was? Die Bullen sollten mit ihr reden. Die sieht alles, was hier abläuft. Hallo, schau dir das an.«

Was sollte Ciaran sich ansehen? Gerade war Henry aus der Lower Sloane Street aufgetaucht, Hand in Hand mit dem Ehrenwerten Fräulein Huguette.

»Ich glaub's nicht. Gehen die etwa zur Nummer 11?«

»Ich kann's von hier aus nicht sehen. Übrigens, wer ist das eigentlich?«

»Wenn ich für Märchen etwas übrighätte, würde ich

sagen, die Prinzessin und der Schweinehirte, aber in Wahrheit handelt es sich um Lord Studleys Tochter und Lord Studleys Chauffeur. Wie klingt das?«

Ciaran meinte: »Du hast gemeint, du müsstest mir noch was sagen. Und was?«

»Lass uns erst noch was trinken. In dem komischen Schrank dort steht Whisky.«

Während sie über den Barschrank herfielen, tauchte der Fuchs aus dem Vorgarten der Prinzessin auf und machte sich daran, den Müllsack von Miss Grieves aufzureißen. Er schnappte sich eine Truthahnkeule. Miss Grieves beobachtete den Vorfall vom Souterrain aus. Ohnmächtig stand sie schreiend am Fuß der Treppe und schüttelte die Faust. Der Fuchs trollte sich mit seiner Beute auf demselben Weg, auf dem er gekommen war.

Ausdrücke wie »einen Braten in der Röhre haben«, »gefülltes Törtchen« und »angestochen« kannte Henry, aber die Terminologie, die Huguette vorgestern in ihrer SMS benutzt hatte, die hatte er noch nie gehört. *Gutr Hoffng! Alles OK. xxx H.* Er musste sie erst anrufen und nachfragen. Dabei erfuhr er, dass sie mindestens im dritten Monat schwanger war und ihr Vater ihn unbedingt sehen wolle. Henry wäre beinahe ohnmächtig geworden.

»Nein, alles wird gut. Dass er hellauf begeistert ist, würde ich nicht behaupten, aber du glaubst nicht, was er gesagt hat: ›Wenigstens ist er ein gut aussehendes männliches Exemplar. Es wird ein hübsches Kind.‹ Ist das nicht zum Kringeln?«

»Und er lässt uns tatsächlich heiraten?«

»Er zwingt uns sogar dazu. Du glaubst nicht, was er gesagt hat: ›Meine Tochter wird nicht eine von diesen allein erziehenden Müttern. Denk immer daran, ich bin Konservativer.‹«

Also hatte sich Henry auf den Weg zu Lord Studley in Nummer 11 gemacht und war die elegante Treppenflucht zu dessen Arbeitszimmer im zweiten Stock hinaufgestiegen. Das Abgeordnetenhaus tagte derzeit nicht, und auch die Minister wurden in ihren Ressorts nicht gebraucht. Also durfte der auf Hochglanz polierte BMW in der Garage bleiben. Lord Studleys Verhalten hatte vermutlich große Ähnlichkeit mit dem Benehmen seines Urgroßvaters gegenüber einem nicht standesgemäßen Freier, der sich bereits mehr als die Hand seiner Tochter genommen hatte. Nach einer heftigen Standpauke folgte ein Kommentar zu den wenigen tröstlichen Punkten, an die man sich halten müsse: Henry sei jung und gesund, er sei noch nie verheiratet gewesen, sei der Familie nicht unbekannt, und Huguette würde ihn anscheinend vergöttern. Anschließend – an diesem Tag standen keine Fahrten mehr an – wurde Sherry angeboten und dankend angenommen, und beide kamen überein, dass die Hochzeit möglichst bald stattfinden solle.

Von Oceane war weit und breit nichts zu sehen.

Ciaran erfuhr die ganze Story von Rad Sothern und Lucy: wie Preston Still vorzeitig nach Hause gekommen war, wie er auf Rad losgegangen war, wie Rad die Treppe hinuntergestürzt und unten zu Tode gekommen war. Danach erzählte ihm Montserrat von der Dachträgerbox, der Fahrt nach Gallowmill Hall, und wie man sich anschließend der Leiche entledigt hatte.

Ciaran wirkte unbeeindruckt. Wenn überhaupt, dann bewunderte er die ganze Sache. »Wenn du denen das alles erzählst, kannst du ihnen nicht sagen, dass du Jimmy am Donnerstagvormittag gesehen hast.«

»Warum nicht?«

»Montsy, komm auf den Teppich. Denk nach. Man wird dir nicht glauben. Eine Geschichte nimmt man dir vielleicht ab, aber nicht zwei. Was sollen sie dir glauben? Jimmy oder Rad Sothern? Du musst dich entscheiden.«

»Glaubst du mir nicht?«

Ciaran schwieg eine Minute. »Okay, ja, ich glaube dir, aber du bist schließlich meine Frau. Natürlich glaube ich es.«

»Was soll ich dann tun?«

»Eines ist klar: Du kannst nicht zulassen, dass Jimmy wegen Mordes vor Gericht kommt. Du hast ihn im Haus des Doktors gesehen, während Thea in der Oxford Street ermordet wurde. Stimmt doch, oder?«

»Ciaran, du hast gesagt, du glaubst mir. Selbstverständlich habe ich das.«

»Dann erzählst du ihnen das. Und dann schreibst du der Polizei einen anonymen Brief wegen Rad Sothern und deinem Mr. Still und der Box und dem Reifen und so weiter und so weiter. Schreib diesem Freud.«

»Meinst du, er wird den Brief überhaupt beachten?«

»Er wird sich nicht trauen, so etwas links liegen zu lassen.«

Mehrere Frauen in der Moschee und auch Familienmitglieder gingen stillschweigend davon aus, Rabia habe ihren Ehemann Nummer zwei über eine muslimische Heiratsagentur gefunden. Das stritt sie entschieden ab. In ihren Augen wirkten solche Transaktionen unanständig, ja sogar vulgär, auch wenn man so etwas innerhalb der Gemeinde billigte. Derartige Modalitäten sollten über die Eltern laufen oder, wenn das nicht möglich war, über Onkel und Tanten.

Jetzt war alles besiegelt, und Khadiya Iqbal schmiedete bereits Hochzeitspläne. Rabia freute sich auf ihr künftiges Leben wie auf einen exotischen Urlaub in weiter Ferne, der die kühnste Fantasie überstieg. Eines Tages würde dieses unendlich fremde Ereignis eintreten, und jeder Tag wäre voll unbekannter Dinge und Erfahrungen. Noch einmal würde sie für immer einen Gefährten an ihrer Seite haben, der kein Kind war und doch ein ganz anderer Mensch als sie selbst. Könnte sie diesen Menschen lieben? Sie würde es versuchen und ihr Bestes geben, aber noch während dieser Überlegung kam ihr Thomas in den Sinn, und sie malte sich das Wiedersehen mit ihm nach Weihnachten aus. Wie der kleine Junge fragend die Stirn runzeln würde, bis er sie auf der anderen Zimmerseite entdecken und in ihre Arme hüpfen würde.

Die Familie Still sollte am Dienstag nach Weihnachten wieder nach Hause kommen, während Rabia bereits am Montagnachmittag kam. Das Haus hatte leer gestanden, das wusste Rabia, vielleicht mit Ausnahme von Montserrat in der Souterrainwohnung. Sie klopfte dort, aber niemand öffnete. Droben, im ersten Stock, schaute sie ins Wohnzimmer und bekam einen heftigen Schreck. Zuerst dachte sie, dieses Durcheinander sei die Hinterlassenschaft von Einbrechern: Überall standen leere und halb leere Flaschen, Gläser, Becher und Tassen herum, Möbel waren verschoben, und vor dem Fernseher lagen offene DVD-Hüllen auf dem Boden. Vermutlich ginge alles eher auf das Konto von Montserrat, die mit ihrem Freund oder Freunden Weihnachten gefeiert hatte. Zinnia käme morgen wieder, aber dann würden auch Mr. Still und die Kinder kommen. Rabia holt ein Tablett und begann, Geschirr und Gläser aufzusammeln. Vater und jetzt auch Khalid behaupten, ich sei ein guter Mensch, dachte sie, aber ich möchte gar nicht zu gut sein. Das ist nicht mein Job, und wenn jetzt irgendjemand sagt, wie gut ich sei, dann werde ich böse. Aber das werden sie nicht tun, nein, natürlich nicht. Es ist nicht mehr wichtig, denn bald werde ich weg sein, und damit ist dann Schluss.

Thomas hüpfte tatsächlich, wie vorhergesagt, in ihre Arme. Dabei verspürte sie urplötzlich eine an Erregung grenzende Freude, die ihr den Atem nahm. Tränen stiegen ihr in die Augen. Sie musste sie gewaltsam unterdrücken und versuchte zu lächeln.

»Sag Schatzilein«, rief Thomas.

Die Polizei hätte Jimmy erklären können, dass man ihn nicht verhaften und anklagen würde, dass er aus dem Schneider sei. Aber das geschah nicht. Sie sagten ihm nicht, dass Montserrat Tresser, Hexam Place 7, ihn zum fraglichen Zeitpunkt im Haus Nummer 3 durchs Fenster gesehen hatte. Man sagte ihm gar nichts. Sie kamen einfach nicht wieder. Er aber wartete nervös und vermisste Thea. Manchmal spekulierte er über ihren möglichen Mörder, manchmal fühlte er sich ganz unten. Als Simon Jefferson am Mittwoch nach Weihnachten aus Andorra zurückkam, bekundete er in angemessener Weise sein tiefes Mitgefühl, nachdem ihm Jimmy von Theas Unglück berichtet hatte.

»Nehmen Sie doch bis nach Neujahr Urlaub.«

»Auf keinen Fall«, meinte Jimmy. »Es ist besser, wenn ich etwas zu tun habe und keine Zeit zum Grübeln bleibt.«

Kein Mitglied der Gesellschaft der heiligen Zita wusste genau, was zwischen der Polizei und Preston Still ablief, aber jeder spekulierte und erging sich in Theorien. Alles begann an Silvester, als am frühen Morgen Freuds kleiner Honda vor dem Haus Nummer 7 auftauchte. Unter den Blicken von June, die gerade Gussie ausführte, stiegen Freud und Rickards zur Haustür hinauf, sprachen mit Zinnia und kamen unverzüglich wieder herunter. June erkundigte sich, wen sie denn suchten. Als keine Antwort kam, meinte sie, Mrs. Still sei in Chipping Campden, und Mr. Still wohne inzwischen im Medway Manor Court.

Der Wagen verschwand in der Lower Sloane Street. Im Laufe des Tages brachte ein Radiosender als Erster die Nachricht über einen Verdächtigen im Mordfall Rad Sothern. Die Polizei nenne zwar keinen Namen, habe aber einen Mann verhaftet, der momentan verhört würde. Henry, der nach seiner Verlobungsparty nach eigenen Aussagen im siebten Himmel schwebte, erzählte Sondra, die dabei die Getränke serviert hatte, Beacon habe ihm erzählt, dass es sich bei dem Mann um Mr. Still handle. Sondra, die sich dazu bisher noch mit keinem Wort geäußert hatte, meinte, Zinnia habe ihr erzählt, daran sei Rad Sotherns Affäre mit Lucy schuld. Dies verwundere sie nicht sonderlich, denn ihrer Ansicht nach habe Lucy schon öfter nichts anbrennen lassen. Beacon sei zutiefst schockiert und denke ernsthaft über seine Kündigung nach, auch wenn er bisher noch nichts Konkretes unternommen habe.

Das angehende glückliche Paar holte Jimmy von Dr. Jefferson ab, wo er sich eingeigelt hatte, und schleppte ihn ins Dugong, um ihn aufzuheitern. Jimmy wusste vom Hörensagen, dass die Polizei mit einem Durchsuchungsbeschluss in Gallowmill Hall gewesen war und nach einer Dachträgerbox gesucht, aber bisher nichts gefunden hatte.

»Das wird meine Box sein, die ich Montsy verkauft habe«, rief Henry. »Na ja, nicht direkt verkauft – eher geschenkt.«

»In dieser Box befand sich Rad Sotherns Leiche«, berichtete Jimmy. »Ich glaube, ich nehme noch 'ne Cola mit Rum. Schließlich ist Silvester, und ich muss nicht Auto fahren. Jedenfalls hat man das Ding nicht gefunden. Noch etwas: Sie haben mit einem Mann vom RAC gesprochen, der in der fraglichen Nacht an Mr. Stills Wagen einen Reifen gewechselt hat. Man möchte doch meinen, dass ein so großer und angeblich intelligenter Typ wie der einen Reifen wechseln kann. Meint ihr nicht auch?«

»Ich glaube kein Wort davon«, sagte Ciaran, der gerade hereingekommen war.

Montserrat hakte sich bei ihm ein. »Ich auch nicht.«

»Dr. Jefferson sagt, man würde Mr. Still die ganze Nacht verhören. Er regt sich schrecklich darüber auf, das kann ich euch sagen. Schließlich ist er mit ihm befreundet. Er sagt, man könnte ihn dort sechsunddreißig Stunden festhalten. Mich beschäftigt nur ein Gedanke: Wenn doch nur Thea da wäre – für sie wäre das ein richtiges Drama. Meint ihr nicht auch?«

»Vielleicht hat er auch sie umgebracht«, sagte Huguette, allerdings erst, als sie mit Henry im Freien war, auf dem Weg zu einer anderen Feier, diesmal in Soho.

25

Damian und Roland wollten zwar nicht herzlos erscheinen, sagten aber dennoch in Hörweite von Zinnia zueinander, an ihrem Lebensstil würde sich trotz Theas schockierender Ermordung kaum etwas ändern. Vielleicht hätten sie deshalb sogar einen Vorteil, weil sie jetzt das oberste Stockwerk teurer vermieten könnten. Zinnia belauschte Rolands Telefonat mit der Maklerin. Die Antworten dieser Frau konnte sie zwar nicht ganz erraten, aber die Enttäuschung in Rolands Stimme war unüberhörbar. Zweifelsohne war er mit seinen Erwartungen von einer Wochenmiete von über tausend Pfund weit übers Ziel hinausgeschossen, und das noch vor der Wohnungsbesichtigung durch die Maklerin. Und was Theas Beitrag zu ihren häuslichen Gepflogenheiten betraf, so hatten sie offensichtlich ihre Tätigkeiten unterschätzt. Zinnia hätte ihnen erzählen können, was Thea, ohne ein Dankeschön und einen Penny, alles in einer Person gewesen war: Sekretärin, Haushälterin, Gärtnerin und gelegentlich Partyservice. Aber Zinnia sagte nichts. Die beiden sollten sich nicht einbilden, dass sie, Zinnia, dieses Defizit ausgleichen würde, höchstens vielleicht gegen Bezahlung.

Bisher war diesbezüglich noch keine Silbe gefallen. Damian und Roland meckerten nur ständig herum, weil die Seife, die Mülltüten und die Glühbirnen ausgegangen waren, weil die Hauspflanzen verdursteten und sie ihre Getränke selbst einkaufen und servieren mussten.

Wer würde jetzt den Partyservice bei der Feier ihrer Lebenspartnerschaft übernehmen?

Zinnia meinte zu June, sie sei vor Lachen fast gestorben, als sie hörte, wie sich Damian am Telefon vorsichtig bei seiner Mutter erkundigte, ob sie mit seiner Tante, die manchmal für Dinnerpartys in Belgravia kochte, am 27. Januar für 119 Gäste im Hexam Place Nummer 8 einen Lunch vorbereiten könnte. Dieses Telefonat verlief noch komischer als das Gespräch mit der Immobilienmaklerin. Zinnia erzählte June alles haarklein, besonders den Aufschrei: »Damian, du spinnst doch!«, den man durchs ganze Haus hören konnte, wenn nicht sogar am ganzen Hexam Place.

»Ich wusste genau, was passieren würde«, meinte sie zu June, »und ich hatte recht. Sie mussten sämtlichen Gästen eine Karte mit der Entschuldigung schicken, dass die Hochzeit nicht stattfände. Selbstverständlich findet sie statt. Es wird nur eine ganz stille Sache werden, und die zwei werden mit ihren Müttern und Lucy Still und Lord und Lady Studley ins Ivy zum Mittagessen gehen.«

»Und mit ihrem nicht schwulen Freund, diesem Martin Gifford«, sagte June. »Damit es nicht zu viele Frauen sind.«

Die Bevölkerung kehrte am ersten Dienstag im Januar mehr oder weniger zur Normalität zurück. An diesem Tag hatte Jimmy Geburtstag, ein trauriger Tag. Wenn Thea kein so schreckliches Schicksal getroffen hätte, wären sie gemeinsam essen gegangen, hätten gefeiert und Hochzeitspläne geschmiedet. Jedenfalls redete sich Jimmy das ein, während er mit Tränen in den Augen Dr. Jefferson die Fondtür zum Lexus aufhielt. Dieser Anblick rührte den

Kinderarzt zutiefst. Als er herausfand, dass sein Chauffeur Geburtstag hatte, bat er Jimmy, »eine Sekunde« zu warten, während er noch einmal ins Haus ging. Er kam mit einem Umschlag zurück, in dem Jimmy später einen Scheck über zweihundert Pfund entdeckte.

Heute hatte Dex seinen ersten Arbeitstag. Er traf um 9.30 Uhr mit seiner großen Stofftasche ein, in der sich die spitze Pflanzschaufel, die Handharke, die Gartenschere und die Heckenschere befanden. In dem Moment kam Jimmy vom Great Ormond Street Hospital zurück. Jimmy wechselte kaum ein Wort mit ihm, sondern ging rasch ins Haus. Es sei viel zu kalt, und der Wind sei viel zu eisig, um länger draußen zu bleiben als unbedingt nötig, redete er sich ein.

Dex war an Kälte gewöhnt. Als Kind hatte ihn seine Mutter oft in der Außentoilette eingesperrt, manchmal stundenlang, allerdings nur im Winter. Im Sommer wäre es zwecklos gewesen. Sie brachte einen seiner Stiefväter dazu, extra für diesen Zweck von außen einen Riegel anzuschrauben. Deshalb machte ihm die Kälte nichts aus, solange er einen warmen Mantel und diese Stretchhandschuhe hatte, die man auf dem Markt für ein Pfund kaufen konnte. Der Boden war nicht gefroren, aber das sollte sich bald ändern, wenn man den Bildern im Fernsehen trauen durfte. Auf dem Grau und dem Grün rieselten kleine weiße Kügelchen herum. Eigentlich hatte er Anfang Dezember die Pflanzen zurückschneiden wollen, aber der Frost und der darauf folgende Schnee hatten fast alles verhindert. Dex begann, den Flieder zu trimmen und den Pfeifenstrauch, wobei er sich daran erinnerte, dass er bei Letzterem vorsichtig sein musste. Alle gestutzten Äste würden in diesem Jahr keine Blüten tragen. Das

Schnittgut verstaute er in einem großen Plastiksack. Besser wäre es gewesen, wenn er die grünen Taschen hätte verwenden können, deren Inhalt man recyceln konnte, aber wegen des Schnittguts hatte die Stadtverwaltung von Westminster die kostenlose Lieferung eingestellt. Damit alles ordentlich aussah, schnipselte er jeden Ast und jeden Zweig in kleine Stücke.

Er wollte gerade mit dem Hartriegel anfangen, als sein Handy zu klingeln begann. Das kam nicht oft vor, und wenn doch, dann hoffte Dex immer darauf, dass es vielleicht Peach war. Seit Weihnachten war es ein oder zweimal passiert. Allerdings wollte niemand mit ihm reden. Es waren nur getippte Nachrichten, die Dex, wie er glaubte, tolle Sachen über sein Handy erzählten, Sachen, die ihm sparen helfen würden. Dieser Anruf kam nicht von Peach, sondern von Mrs. Neville-Smith. Ob er nebenan vorbeikommen könne, um sein Geld abzuholen, weil er den Weg zu ihrem Haus und den Gehsteig geräumt hatte? Und ob er, wenn er schon mal da sei, auch die Hecke schneiden könne? Dex sagte immer Ja. Während er Dr. Jefferson sehr gernhatte, konnte er Mrs. Neville-Smith nicht ausstehen, obwohl sie nett zu ihm gewesen war. Daran war ihr Name schuld. Sein zweiter oder dritter Stiefvater – er hatte den Riegel an die Toilette geschraubt – hatte Smith geheißen, Brad Smith. Er war der erste böse Geist gewesen, mit dem Dex Bekanntschaft gemacht hatte. Damals hatte Dex nicht gewusst, dass es seine Lebensaufgabe war, böse Geister zu vernichten. Und so war Brad Smith immer noch auf der Welt und machte schlimme Sachen. Er sagte zu Mrs. Neville-Smith wegen des Geldes Ja.

Er arbeitete, bis die Ziffern auf seinem Telefon 11.30 Uhr anzeigten, dann klopfte er an die Hintertür, um

Jimmy zu erklären, dass er fertig sei, und um sein Geld zu bitten. Manchmal wunderte er sich, warum Jimmy, der auch nur Fahrer war und damit ein Arbeiter wie er, bei Dr. Jefferson im Haus wohnte und aß und vor dem Fernseher saß und in einem Bett schlief. Aber fragen würde Dex nie. Ab und zu hatte ihm Jimmy in der Vergangenheit eine Tasse Tee oder einen Becher Kakao – etwas ganz Besonderes – gemacht, wenn er gerade selbst welchen trank. Heute Vormittag gab es nichts dergleichen.

Jimmy händigte ihm das Geld aus. »Dr. Jefferson ruft dich an, wenn er dich wieder braucht.«

»Donnerstags hat er gesagt.«

»Bist du sicher? Ich werde mich bei ihm erkundigen. Rechne nicht damit, bis du von mir hörst.«

Vielleicht tat er es absichtlich, damit Dex im Ungewissen darüber blieb, wann er das nächste Pfund würde verdienen können. Er nahm sein Werkzeug mit nach nebenan, zu Mrs. Neville-Smith. Jimmy setzte sich vor den Fernseher und legte die Füße auf den Couchtisch. Es gab viel zu tun: Er musste in seine eigene Wohnung fahren und nachsehen, ob alles in Ordnung war, und dort ein bisschen putzen, der Lexus musste gewaschen und poliert werden, der Papierkram, den ihm Dr. Jefferson überließ, musste erledigt werden, die Zulassungsplakette musste erneuert werden, und außerdem musste er prüfen, ob die Anwohnerparkerlaubnis nicht demnächst ablief. Aber nicht an seinem Geburtstag, nicht wenn er todtraurig war. Er war der Hinterbliebene, war praktisch Witwer und musste sich unbedingt um sich selbst kümmern, mindestens bis zum Wochenende, vielleicht sogar bis Montag. Selbstverständlich musste er Dr. Jefferson vom Great Ormond Street Hospital abholen, aber sonst war heute ein Ruhetag. Mit der Fernbedienung in der Hand wechselte er auf den Kanal mit dem Mittagsquiz am Dienstag und lehnte sich in die Kissen zurück.

Montserrat bedauerte den anonymen Brief – es war der erste, den sie seit fünf Jahren geschrieben hatte – nicht direkt, aber sie war nervös. Heutzutage blieb praktisch nichts mehr geheim. So war es nicht immer gewesen, das wusste sie irgendwie, aber jetzt war es eben so. Abstammung oder Herkunft, Wohnsitz, Kontakte, Kleidung, Notizen, Päckchen, Zugreisender oder Busfahrer – die Liste war endlos. Kannte die Polizei also den Absender dieses Briefes? Aber wenn ja, wäre man dann nicht gekommen, um sie zu verhaften?

»Hör auf, dir den Kopf zu zerbrechen«, sagte Ciaran. »Was kann man dir tun? Neunzigtausend Leute sitzen im Knast, und die Gefängnisse platzen aus allen Nähten. Komm auf den Teppich, Montsy.«

Sie wollte Preston Still weder sehen noch anrufen. Vielleicht hörte die Polizei sein Telefon ab und würde schon an ihrer Stimme erkennen, dass sie den anonymen Brief verfasst hatte. Vielleicht befand er sich immer noch auf der Polizeistation, vielleicht hatte man ihn aber auch wieder nach Medway Manor Court gelassen. Eines stand jedoch fest: Wenn die Polizei ihrem Brief die nötige Beachtung schenkte, käme Preston *nie wieder* dorthin zurück.

Lucy war in einem Leihwagen heimgekommen. Zinnia hatte Montserrat erzählt, Beacon habe sich wegen ihres unmoralischen Lebenswandels geweigert, sie zu fahren, aber Montserrat fragte sich, ob nicht Preston es ihm untersagt hatte. In den Zeitungen stand, laut Ciaran, nichts über Preston. Montserrat hatte Angst, selbst nachzusehen. Man hatte ihn doch garantiert verhört, und mit Sicherheit hatte die Polizei einen Durchsuchungsbeschluss für Gallowmill Hall und den Gepäckraum erwirkt. Den Reifenwechsel an ihrem Auto hatte sie unterschlagen, denn eine genaue Bezeichnung ihres Autos hätte die Polizei direkt auf ihre Spur gelenkt. Auch den Mann vom RAC hatte sie mit keinem Wort erwähnt. Die Dachträgerbox müsste doch genügen. Rad Sotherns Haare, seine DNA – alles Spuren, die heutzutage eindeutig halfen, Verbrecher wie Preston ihrer gerechten Strafe zuzuführen. Mit Sicherheit würde die Polizei einen Durchsuchungsbeschluss bekommen. Inzwischen müsste es schon so weit sein, aber was war dabei herausgekommen? Wenn sie nur nicht so schreckliche Angst davor gehabt hätte nachzufragen.

Das Haus Nummer 6 am Hexam Place gehörte der Prinzessin, nicht June, wie Erstere meist nachdrücklich betonte, wenn sie sich zankten. »Sie sollten stets bedenken«, meinte sie dann, »dass dieses Haus mir gehört.« Oder: »Ich bin die Herrin dieses Hauses.« Es bestand keine Gefahr, dass June dies vergaß, denn ab und zu öffnete sie, sobald die Prinzessin eingeschlafen war, im Salon die oberste Schublade des Sekretärs und las das Testament der Prinzessin – beziehungsweise die Kopie davon, denn das Original befand sich im Büro von Mr. Brookmeadow in der Northumberland Avenue. Gemäß diesem Testament, bezeugt von Damian Philemon und Zinnia St. Charles, fiel »mein gesamter Besitz zum Zeitpunkt meines Todes« an June Eileen Caldwell. Es war unterzeichnet mit Susan Geraldine Angelotti, bekannt unter dem Namen Habsburg, und trug das Datum vom 14. Oktober 1999.

June hatte es oft gesehen, aber nie mit Erlaubnis. Offensichtlich hatte man Damian und Zinnia – ein seltsames Pärchen – buchstäblich dazu vergattert, wie es June insgeheim nannte, als Zeugen zur Verfügung zu stehen, während sie, June, mit Gussies Vorgänger einen jener langen Spaziergänge bis zum Park hinauf und rundherum unternommen hatte, die ein Labrador nun mal so brauchte. Zinnia hatte ihr von der Existenz dieses Testaments erzählt oder, besser gesagt, davon, dass es sich dabei um das allerneueste Testament handelte. In der ersten Januarwoche begutachtete June eines Abends wieder einmal das Testament, nachdem die Prinzessin früh zu Bett gegangen war. Es handelte sich um das jüngste einer ganzen Reihe von Testamenten, die im Laufe der Jahre entstanden waren, und jedes hatte ihr diese Erbschaft gesichert. In all den Jahren, die sie und die Prinzessin miteinander verbracht hatten, hatte es nie ernsthafte Anwärter auf den Nießbrauch gegeben, trotz mehrerer Liebhaber auf beiden Seiten, trotz einer kurzfristigen Damenfreundschaft und italienischen Verwandten, die zu schmarotzen versucht hatten. Jetzt sah alles anders aus.

Vor wenigen Stunden hatte June nach einem Spaziergang mit Gussie Rocksana dabei ertappt, wie sie die Prinzessin als Vorbereitung für einen Ausflug zu Harrods vorsichtig in ihren Rollstuhl bugsierte. June hatte nichts gesagt, aber als sich die Prinzessin später auf ihr Zimmer zurückgezogen hatte, war sie mit einem Becher Kakao und einem kleinen irischen Whisky auf einem Tablett aufgetaucht und hatte Rocksana dabei ertappt, wie sie auf dem Bett saß und die Hand der Prinzessin hielt. Dieser Anblick hatte sie zu einer Überprüfung des Testaments veranlasst. Rocksana hatte davon gesprochen, sie würde nach Weihnachten nach Hause gehen, was auch immer man sich darunter momentan vorzustellen hatte. Dann hieß es, sie würde nach Neujahr heimgehen, aber jetzt war – laut Roland – bereits Dreikönig vorbei, und sie war immer noch da.

Junes Empörung hatte nichts mit Zuneigung oder Abneigung zu tun, denn eigentlich war ihr Rocksana herzlich egal. Aber diese junge Frau, dieses Model, diese Schauspielerin – was war sie eigentlich? – hatte mit der Prinzessin nichts zu tun. Sie hatte höchstens zu June eine familiäre Beziehung, wenn auch keine verwandtschaftliche. Heutzutage war man ja praktisch verheiratet, sobald man sich verlobte. Wenn der arme Rad noch leben würde, wären die beiden inzwischen wahrscheinlich verheiratet, und sie, June, wäre Rocksanas Schwiegergroßtante. Anderntags erzählte ihr Zinnia, sie habe Rocksana mit einem Maßband ertappt, als sie in den zweiten Stock ging, um dort mal »eine kurze Runde mit 'nem Staubwedel zu drehen«.

»Offen gestanden«, meinte June, »bin ich überrascht, dass sie weiß, was ein Maßband ist.«

»Es ist erstaunlich, was man alles weiß, wenn es um Zaster geht.«

»Wohl wahr.«

June war dabei, das Protokoll zur letzten Versammlung der Gesellschaft der heiligen Zita zu verfassen und den Themenkatalog für die nächste vorzubereiten. Eine gewisse Zeit müsste man unbedingt dem Gedenken an Thea widmen. Man würde Jimmy bitten, ein paar Worte zu sagen, aber vielleicht würde er sich dazu nicht imstande fühlen. Beacon könnte die klügere Wahl sein, solange er nicht zu viel religiöses Gedankengut einbrächte.

June wurde von Rocksana unterbrochen. Sie wollte wissen, ob es ihr etwas ausmache, wenn sie mit Gussie Gassi ginge. Es sei ein Vorschlag der Prinzessin gewesen – angeblich, dachte June –, und sie, Rocksana, würde June liebend gern etwas abnehmen.

Bei June schrillten die Alarmglocken, als die Prinzessin sie zwei Tage später fragte, ob sie mit dem kleinen Hund einen deutlich längeren Spaziergang machen würde als gewöhnlich. Dabei rief sie ihr einen Rat des Tierarztes ins Gedächtnis, dass der Hund nicht noch mehr zunehmen solle. Mr. Brookmeadow käme zum Tee. Nein, nichts Wichtiges, nur eine notarielle Beurkundung, und Mrs. Neville-Smith wäre auch dabei. Ob sie etwas Besonderes zum Tee haben möchte? Rocksana würde sich um alles kümmern und einen Kuchen aus der Patisserie Valerie holen. June war überzeugt, dass ein neues Testament aufgesetzt wurde, und zwar zugunsten von Rocksana. Am anderen Morgen besserte sich ihre Laune etwas, obwohl Rocksana ihr erzählte, sie würde in die beiden oberen Stockwerke einziehen. Denn die Prinzessin bestand auf einem befristeten Mietvertrag, der nach Ablauf eines halben Jahres erneuert werden müsste.

Die Versammlung der Gesellschaft der heiligen Zita war gut besucht. Beacon, der an diesem Tag nicht arbeitete, kam eigens ins Dugong, bedankte sich ausdrücklich bei Jimmy für die exzellente Ente und hielt eine bewegende Rede über Theas noblen Charakter. Offensichtlich hatte sie ihm anvertraut, sie wolle kirchlich heiraten, und hatte ihn gebeten, die Rolle des Brautführers zu übernehmen. Jimmy weinte ein bisschen und spendierte ihm einen Drambuie. Da Beacon nur selten Alkohol trank, wurde das als gutes Omen gewertet. Dex saß wieder allein an einem Tisch in der Ecke, horchte in sein Handy hinein und las eingegangene Nachrichten. Jimmy, der aus der Versammlung einen Leichenschmaus machte, spendierte ihm ein Guinness, meinte aber später, Dex habe sich mit einem Lächeln bedankt, bei dem ihm »das Blut in den Adern gefroren« sei.

Zu diesem Zeitpunkt war Dex bereits fort. Der Ablauf der Versammlung hatte ihn verwirrt. Anscheinend ging es um eine Frau, die gestorben war, aber er hatte keine Ahnung, wer das war, wo sie zu Tode gekommen war und warum es diese Menschen berührte. Eines stand fest: Sie alle waren Menschen und keine bösen Geister. Das Guinness war nett gewesen, und er hatte sich zum Dank ein Lächeln abgerungen, obwohl er das normalerweise nicht tat, dazu hatte er kaum Gelegenheit. Wenn eine Pflanze, die er gesetzt hatte, zum Blühen kam und sie eine schöne Farbe oder eine hübsche Form hatte, dann lächelte er manchmal, aber so etwas konnte nur ein Sommerereignis sein und nie während dieser bitterkalten Jahreszeit vorkommen. Im Januar und Februar erinnerte er sich wieder nur allzu genau daran, wie man ihn an diesem kalten Ort eingesperrt und die Tür hinter ihm verriegelt hatte.

Auf dem Heimweg holte er sich zum Abendessen eine Büchse Sardinen und eine Packung Kartoffelchips. Sein Zimmer war kalt, und er stellte den elektrischen Heizlüfter an, obwohl er sich das nicht leisten konnte. Die alte Dame unter ihm bekam eine sogenannte Heizzulage von zweihundert Pfund. Dex konnte nicht begreifen, warum er so etwas nicht bekam, aber auf seine Frage hin sagte man ihm, dazu sei er nicht alt genug. Und das begriff er noch weniger. Warum war es besser, alt zu sein, als jung? Er drehte den Fernseher an. Wieder einmal redete die Frau, die sein Messer in ihrer Tasche gefunden hatte, und danach erzählte ein Polizist von Tests, die man mit seinem Messer gemacht hatte. Mit ihren schwarzen Haaren und dem Plüschmantel erinnerte ihn diese Frau an den bösen Geist, den er vernichtet hatte, aber genau deshalb hatte er jetzt keine Angst mehr und war auch nicht mehr zornig.

Er wollte sich gerade fürs Bett fertig machen, da gab sein Handy eine leise Melodie von sich, zwei kurze Noten und dann noch eine. Bei einem Blick auf den Bildschirm sah er mit wachsender Begeisterung, dass er eine Nachricht von Peach bekommen hatte.

Als kleines Dankeschön, las er, *freuen wir uns, Ihnen als Peach-Kunde zehn kostenlose Anrufe schenken zu dürfen.*

Dex war hocherfreut, weniger über die Ersparnis als vielmehr über die ihm erwiesene Fürsorge. In dieser Welt hatten nicht viele Menschen für ihn gesorgt, vielleicht Dr. Mettage. Und Dr. Jefferson war gut zu ihm gewesen. Aber Peach kümmerte sich wirklich um ihn, das spürte er. Schließlich hatte Dex um diese Nachrichten, um diese Freundlichkeit, nicht gebeten. Sie war einfach gekommen, nach dieser kleinen Melodie. Peach liebte ihn.

Joe Chou half Rocksana beim Einzug und blieb über Nacht, hatte aber offensichtlich nicht die Absicht, bei ihr einzuziehen.

»Das würde die Prinzessin sowieso nicht dulden«, erklärte June. Ihre Arbeitgeberin hatte zwar nie irgendeinen moralischen Standpunkt bezogen, trotzdem schadete es nicht, der neuen Mieterin die von ihr höchstpersönlich formulierten Hausregeln mitzuteilen. »Andernfalls würde sich die Miete um fünfzig Prozent erhöhen«, fügte sie noch hinzu.

»Joe hat eben erst eine Wohnung über dem Restaurant bekommen. Die möchte er nicht aufgeben.«

Um 2 Uhr nachts stand June auf, um das Testament zu überprüfen. Die Prinzessin lag schon seit fünf Stunden im Bett, Rocksana vielleicht eine. Im Viertelstundentakt war June, deren rechter Arm sich immer noch bleischwer anfühlte, ins Dachgeschoss hinaufgeschlichen und hatte gehofft, der Lichtstrahl unter Rocksanas Schlafzimmertür würde endlich verschwinden. Dreimal hatte sie diese Tour unternommen, bis sie völlige Dunkelheit vorfand. Als sie endlich den Salon betrat, um nach dem Testament zu suchen, war es fast 3 Uhr. Sie hatte entweder mit der alten Version gerechnet oder mit einer neuen, aber stattdessen fand sie gar kein Testament. Sie konnte einfach nicht feststellen, ob man ein neues Testament aufgesetzt hatte. Möglich wäre es gewesen. Vielleicht hatte Mr. Brookmeadow es mitgenommen, um eine Abschrift erstellen zu lassen. Eventuell träfe eine Abschrift hier ein. Aber vielleicht war das alte Testament gar nicht erloschen, und June war immer noch die Erbberechtigte. Vielleicht hatte Mr. Brookmeadow nur gemeint, es sei unklug, das Testament hier, am Hexam Place Nummer 6, zu behalten, wo es doch bei seinem Pendant im Safe in der Northumberland Avenue viel sicherer wäre. Nichts war gewiss.

Angenommen, es gäbe ein neues Testament, dann wäre Mrs. Neville-Smith eine der Zeugen gewesen. Wer aber war der andere Zeuge? Mit Sicherheit nicht Zinnia. Sie war schon lange weg und hätte beim Eintreffen von Mr. Brookmeadow bereits für Sohrab und Lambda in Haus

Nummer 4 geputzt. Möglicherweise wäre June in einem neuen Testament nicht mehr Alleinerbin. Vielleicht hatte man Rocksana und möglicherweise sogar Zinnia ebenfalls darin bedacht. Stress und Sorge hatten June demütig gemacht. Deshalb dachte sie, eigentlich habe sie gar keine großen Einwände und sei nicht gänzlich abgeneigt zu teilen. Das würde sie ertragen können. Ziemlich resigniert begab sie sich wieder ins Bett.

Obwohl Dr. Jefferson Kinderarzt war und neunundneunzig Prozent seiner Patienten keine zehn Jahre alt waren, wandten sich die meisten Bewohner des Hexam Place an ihn, sobald sie ärztliche Hilfe benötigten. Er wohnte in derselben Straße, war Arzt und nach Meinung aller ein sehr netter Mensch. Preston Still hatte vor der Trennung von seiner Frau regelmäßig bei ihm geläutet oder jemanden damit beauftragt, sobald eines seiner Kinder Fieber oder einen Ausschlag hatte. Damian Philemon rief an, wenn er oder Roland Halskratzen hatte, und Bibi Lambda bat regelmäßig um ein Rezept für ihre Antibabypille. Letzteres entlockte sogar dem überaus sanftmütigen Simon Jefferson gegenüber Jimmy die Bemerkung, das sei ein bisschen zu viel.

Er sagte nie Nein und hätte nicht im Traum daran gedacht, sich zu verweigern, als June an seiner Haustür erschien und ihm erzählte, sie habe die Prinzessin bewusstlos auf dem Fußboden im Bad vorgefunden. Dr. Jefferson ging mit ihr zurück zu Nummer 6, wo ihm Rocksana zur allgemeinen Überraschung erklärte, sie habe versucht, den FAST-Test für Schlaganfälle zu machen. Sie habe überprüft, ob die Prinzessin ein verzogenes Gesicht hatte, habe versucht, sie zum Heben des Arms und zum Sprechen zu bringen. Alles ohne Ergebnis.

»Wir sollten unbedingt einen Krankenwagen rufen. Alles deutet auf einen Schlaganfall hin, und dabei zählt jede Minute.«

26

Die Prinzessin kam nie wieder zu Bewusstsein. June hielt Besuche für wenig sinnvoll, wenn die Prinzessin gar nicht wisse, ob jemand da sei oder nicht, aber Rocksana war anderer Ansicht.

»Irgendwie wissen sie, dass man da ist«, sagte sie zu Zinnia, »auch wenn sie weder hören noch sprechen können.«

Sie ging jeden Tag ins Krankenhaus und saß am Bett der Prinzessin. June bekam ein äußerst ungutes Gefühl. Sie durchwühlte den Medizinschrank im Bad der Prinzessin, weil sie glaubte, sich an ein Fläschchen mit Schlaftabletten zu erinnern, das dort mindestens zwanzig Jahre lang gestanden hatte. Jetzt war es weg. Eine Durchsuchung von Rocksanas Wohnung förderte weder die Tabletten noch das Fläschchen zutage, was June allerdings auf Rocksanas Hinterlist zurückführte. Drei Tage nach der Einlieferung ins Krankenhaus erlitt die Prinzessin einen zweiten Schlaganfall und starb. Da es immer noch bitterkalt war, zog June den Nerzmantel der Prinzessin und eine Pelzkappe aus weniger kostbarem Fell an und machte sich auf den Weg zum Haus Nummer 3.

Dieser Gang erforderte ziemlich viel Mut. Nur das Bewusstsein, dass ein Vermögen auf dem Spiel stehen könnte, ließ June nicht schwankend werden. Dr. Jefferson war Arzt, er wohnte in derselben Straße und war für seine freundliche und unkomplizierte Art berühmt. Er würde zuhören. Trotzdem hatte sie Angst. Sie bekam eine trockene Kehle, als sie an der Haustür klingelte. Am Randstein parkte der buttergelbe Lexus, also gab es kein Entrinnen mehr. Er war daheim.

Auch Jimmy war da und öffnete. Er erkundigte sich nicht direkt nach dem Grund ihres Kommens, sondern umschrieb die Frage etwas.

»Ach, hallo, June. Was führt dich denn her?«

»Das ist nur für Dr. Jeffersons Ohren bestimmt«, erwiderte sie stocksteif, aber heiser.

»Klingt, als wärst du böse erkältet. Vielleicht solltest du nicht ins Freie gehen.«

June gab keine Antwort. Sie war zum ersten Mal in diesem Haus. Durch die halb offene Wohnzimmertür konnte sie erkennen, dass es sich um einen hochelegant möblierten Raum handelte. Ohne zu warten, bis Jimmy ihr den Weg zeigte, ging sie hinein und setzte sich auf einen mit roter Seide gepolsterten Sessel mit geschwungenen vergoldeten Armlehnen und Beinen. Vermutlich französisch, dachte sie. Ihr Verhalten war mehr als nur eine Trotzgeste gegenüber Jimmy. Sie befürchtete, aus Nervosität würden ihr die Beine den Dienst versagen.

Dr. Jefferson ließ sie nur zwei Minuten warten. Mit mitfühlender Miene und einem sanften leisen Lächeln sagte er: »Der Tod der Prinzessin hat mir sehr leidgetan. Ich befürchte, es hat Sie tief getroffen.«

»Ja, nun ja – ja, selbstverständlich hat es das. Wir waren sechzig Jahre zusammen.«

»Oje, oje, das ist eine lange Zeit. Nun, was kann ich für Sie tun?«

June kam unverblümt zur Sache, sonst hätte sie es nicht fertiggebracht. »Ich möchte wissen, ob man möglicherweise eine Obduktion durchführen lassen könnte.«

»Eine Obduktion? Und warum möchten Sie das?«

June, die in schwierigen Situationen immer gern ins Dramatische abrutschte, sagte: »Ich hege einen Verdacht auf Fremdeinwirkung.«

»Das möchte ich nicht gehört haben«, erwiderte Dr. Jefferson mit eisiger Stimme.

Draußen vor der halb offenen Tür hörte Jimmy, wie sie sich über das Fläschchen mit den Tabletten erging, wie gesund die Prinzessin bis zu der Minute gewesen war, als man sie auf dem Boden liegend fand, wie Rocksana in Nummer 6 aufgetaucht und sich »die Gunst der Prinzessin erschlichen« hatte.

»Ich gehe davon aus, dass sie die Prinzessin zu einer Testamentsänderung überredet hat. Warum wäre Mr. Brookmeadow sonst zum Tee gekommen? Und die Änderung dürfte garantiert zugunsten von Miss Castelli ausgefallen sein. Sie werden es schon sehen.«

June hätte noch mehr zu sagen gehabt, aber ihre Stimme versagte. Ihre linke Hand fuhr zum Mund, denn Dr. Jeffersons Gesicht hatte sich verändert, bei jedem Wort, bis er wie ein ganz anderer Mensch wirkte. Jetzt war er nicht mehr jener freundliche und warmherzige Mann, der Liebling aller Mütter im Great Ormond Street Hospital, den ihre Kinder scheinbar den eigenen Vätern vorzogen, sondern nur noch der gerechte Richter, streng und unnachgiebig. Zwischen seinen Augenbrauen hatten sich parallel zwei tiefe Falten gebildet. Seine schmalen Lippen stülpten sich nach vorn. Jimmy, der zwar alles hören, aber nicht durch die Tür und die Wand sehen konnte, wartete jede Sekunde auf die Explosion. Nichts geschah.

Ganz leise sagte Dr. Jefferson: »June, in Ihrem Sinne gehen wir am besten davon aus, dass es im Zweifel für den

Angeklagten steht. Sie haben Ihre Arbeitgeberin und eine nahe Freundin verloren und sind offensichtlich nicht ganz Sie selbst. Als Arzt rate ich Ihnen, nach Hause zu gehen, sich ins Bett zu legen und lange zu schlafen. Und dann kein Wort mehr von diesem Unsinn.«

Damit musste sich Jimmy zufriedengeben. Die Hälfte war nicht zu verstehen gewesen. Zum passenden Zeitpunkt erschien er, um June hinauszubegleiten. Als er sie unsicher durch den Vorgarten tappen sah, meinte er: »Habe ich dir nicht gesagt, dass du mit deiner Erkältung nicht ins Freie gehen sollst?«

Hinten in der Küche wartete Dex geduldig, bis Jimmy zurückkam, um ihm sein Geld zu geben. Jimmy hatte den Umschlag gedankenverloren in die Tasche gesteckt. Er zog ihn heraus und gab ihn Dex. Zu seiner großen Erleichterung bedankte der sich nicht auch noch mit seinem typischen Lächeln, bei dem es einem eiskalt über den Rücken lief. Sorgfältig versperrte Jimmy die Hintertür, bevor er das Haus verließ, um Dr. Jefferson ins Great Ormond Street Hospital zu fahren. Nach einer knappen Viertelstunde war er wieder zurück. Obwohl es fürs Mittagessen noch zu früh war, hatte Jimmy das Bedürfnis nach einem Snack. Der Messerblock hatte sechs Schlitze, das Brotmesser steckte im obersten linken. Der Schlitz rechts davon war leer. Normalerweise steckte darin ein kleineres, sehr scharfes Obstmesser. Seltsam, dachte Jimmy. Vermutlich gingen ihm die Fernsehauftritte dieser Frau an die Nieren, die in ihrer Handtasche das Messer gefunden hatte, mit dem man Thea umgebracht hatte. Könnte es sich dabei um das fehlende Messer handeln? Unmöglich, oder doch? Nein, mit Sicherheit war gestern der Schlitz noch nicht leer gewesen.

Er schnitt eine Brotscheibe ab, bestrich sie mit Butter und legte eine dicke Scheibe Cheddar darauf. Das Essen verscheuchte die Frage nach dem Messer aus seinem Kopf. Stattdessen konzentrierte er sich auf den Verlust, den er durch Theas Tod erlitten hatte.

Nachdem Rabia ihre Kündigung von Tag zu Tag aufgeschoben hatte, fasste sie einen Entschluss: Sie durfte nicht länger zögern, diesen Brief zu schreiben. Mr. Still hatte damals das Vorstellungsgespräch mit ihr geführt und sie eingestellt, aber Mr. Still war fort, und demnächst stand eine Scheidung an. Offensichtlich war jetzt nur noch Lucy ihre Arbeitgeberin, auch wenn Rabia an diesem Punkt ein wenig unsicher war. Trotzdem müsste sie ihre Mitteilung garantiert Lucy aushändigen. Mr. Still wohnte irgendwo anders, und sie hatte keine Ahnung, wie sie seinen Wohnsitz herausfinden sollte. Lucy würde es selbstverständlich wissen, aber Lucy würde auch den Grund für ihre Frage erfahren wollen. Montserrat könnte es auch wissen, doch Rabia zögerte, sie zu fragen. Und so verschob sie es von Tag zu Tag.

Dieser Aufschub hatte noch einen anderen Grund, das war ihr klar. Solange sie keinem Mitglied der Familie Still erzählte, dass sie gehen würde, war sie immer noch das Kindermädchen von Thomas und stand ihm so nahe wie eh und je. Insgeheim konnte sie sich weiter einreden, dass sie für Thomas das Allerliebste sei, dass er sie von allen Menschen in seiner Welt am meisten liebte. Und das war die Wahrheit, das wusste sie genau. Wenn sie gegangen wäre, wenn sie erst einmal angekündigt hätte, dass sie gehen wolle, würde diese Tatsache immer weniger der Wahrheit entsprechen. Das müsste so sein, schon allein

Thomas zuliebe. Ihr Weggehen durfte ihn nicht unglücklich machen. Die Tatsache, dass sie ihn verließ, durfte ihn möglichst wenig verstören. Noch während sie diese Gedanken formulierte, aber nur für sich und ganz im Stillen, fing sie, zu ihrer eigenen Überraschung, zu weinen an. Rabia hatte fest geglaubt, ihre Tränen über den Tod Nasreens seien die letzten ihres Lebens gewesen. Und so war es auch gewesen – bis jetzt.

Sie weinte um ein Kind, das nicht tot war, das erst als alter, alter Mann sterben würde, ein Kind, das nicht ihres war. Sie musste ihn verlieren, das ließ sich nicht vermeiden. Sie musste ihn verlieren, musste Khalid heiraten und vielleicht selbst Kinder bekommen. Sie trocknete ihre Tränen, holte aus der Schublade der Frisierkommode in ihrem Schlafzimmer den Schreibblock, den sie extra für diesen Zweck gekauft hatte, und den Briefumschlag, auf dem bereits eine Sonderbriefmarke klebte, und setzte sich, um Lucy ihre Kündigung mitzuteilen. Sie brauchte sehr lange dazu. Alle drei Kinder schliefen. Rabia schrieb einen Entwurf nach dem anderen, ehe sie zufrieden war.

Nachdem der Brief im Umschlag steckte – allerdings würde er noch einige Tage auf ihrer Frisierkommode liegen, bis sie ihn Lucy gab –, ging sie zu Thomas ins Zimmer, saß lange an seinem Bett und sah dem schlafenden Kind zu.

Auch June weinte. Es sei nur natürlich, redete sie sich zwischen Weinkrämpfen ein, dass sie wegen der Prinzessin weine, ihrer langjährigen Arbeitgeberin und gleichzeitig ihrer liebsten Freundin. Sie waren unzertrennlich gewesen, hatten einander alles anvertraut und sich gegenseitig in- und auswendig gekannt. Auch Gussie weinte, oder, besser gesagt, er jaulte und suchte im ganzen Haus nach seinem Frauchen, obwohl sich die Prinzessin zu Lebzeiten nur selten in anderen Räumen aufgehalten hatte als in ihrem Schlafgemach und im Fernsehzimmer. Er suchte und tapste fiepend herum. Es tröstetet ihn wenig, als ihn June mit der Bemerkung umarmte: »Weißt du, für mich ist es genauso schlimm.«

Aber so war es nicht. Nach einem Tag mit solchen Anwandlungen gestand sich June ein, dass sie nicht ihren Verlust beweinte, sondern die Tatsache, dass Dr. Jefferson sie zurechtgewiesen hatte. Wäre dieser Tadel von einem Mann gekommen, der für seine rüde Art und sein aufbrausendes Wesen bekannt war, hätte sie sich kaum darum gekümmert, aber dies von einem Menschen, der weit und breit wegen seiner Güte und seiner selbstverständlichen Freundlichkeit berühmt war – das war schier unerträglich. Und deshalb weinte sie. Ihr einziger Trost war das Mitgefühl, das ihre Nachbarn ihr zuteilwerden ließen. Sie kamen vorbei, um June ihr Beileid auszusprechen, und werteten ihre geschwollenen Augen und die tränenüberströmten Wangen als Zeichen echter Trauer.

27

Zuerst kam die Beerdigung, danach versammelten sich alle Teilnehmer im Salon, und Mr. Brookmeadow verlas das Testament. Von diesem Ablauf war June durch ihre gelegentliche Lektüre von Kitschromanen felsenfest überzeugt. Die Beerdigung war auf den ersten Februar festgesetzt, und June machte schon im Voraus Pläne. Das Speisezimmer wäre für den Advokaten reserviert, der am Kopfende der Tafel sitzen würde, während auf den Längsseiten alle in dieser Situation wichtigen Personen Platz nähmen. June dachte dabei an Rocksana Castelli und Zinnia St. Charles. Müssten auch Zeugen dabei sein? Vielleicht könnte sie Damian einladen, aber würde er auch kommen? Höchst unwahrscheinlich. Zwei Tage später sollte seine eigene Feier zur Lebenspartnerschaft stattfinden, was die Teilnahme an der Beerdigung einer Nachbarin zwar kaum ausschloss, aber im Falle eines Falles würde er sich vermutlich mit dem Hinweis auf dringende persönliche Angelegenheiten entschuldigen, wofür ihm sicher Verständnis entgegengebracht würde.

Dr. Jeffersons ungeahnter Gefühlsausbruch auf ihre Andeutung hin, es könnte sich vonseiten Rocksanas um Mord handeln, ja, eigentlich von jeder x-beliebigen Seite, hatte sie in ihrem Innersten erschüttert. Und zwar so sehr, dass sie es in den Knochen spürte. Als sie nun, wie vereinbart, zur Gipsabnahme erschien, fragte sie den Arzt, ob die Schmerzen, die sie am ganzen Körper hatte, auf eine beginnende Arthritis hindeuteten.

»In Ihrem Alter hat jeder Arthritis«, lautete seine ziemlich unfreundliche Antwort.

Es war nett, dass sie ihren Arm wieder benutzen konnte, aber es genügte nicht, um sie Dr. Jeffersons Verhalten vergessen zu lassen. Seine Explosion hatte ihr mehr Angst eingejagt, als die meisten Wutausbrüche es je gekonnt hätten. Inzwischen erkannte sie, dass ihr früherer Verdacht ein Irrtum gewesen war, die natürliche Konsequenz eines Trauerfalls. Aus diesem Grund lud sie auch Rocksana zur Testamentseröffnung ein. Ihr Entschluss stand fest: Sollte Rads Freundin jetzt das Haus und das Vermögen der Prinzessin erben, würde sie das Testament nicht anfechten.

Die These von Robert Burns, »der beste Plan, ob Maus, ob Mann, geht oftmals ganz daneben«, wird normalerweise so interpretiert, dass der Plan gut ist, aber die Durchführung scheitert. Bei June war genau das Gegenteil der Fall. Am Vormittag der Beerdigung bekam sie einen Brief. Darin stand, dass laut dem Letzten Willen IKH Prinzessin Susan Angelotti, bekannt als Habsburg, mit Ausnahme kleinerer Legate an Mrs. Zinnia St. Charles und an ihre Patentochter, Miss Matilda Still, ihr restlicher Besitz, bestehend aus dem Haus Hexam Place Nummer 6, London SW1, und der Summe von vier Millionen sechshundertzweiundfünfzig Pfund, hauptsächlich in Aktien und Obligationen, an sie übergehe, an June Eileen Caldwell. Danach folgten einige zurückhaltende Glückwünsche und der Ausdruck seiner Freude trotz der traurigen Umstände, und damit verbleibe er hochachtungsvoll John Brookmeadow.

June las den Brief noch einmal. Es war kein Traum, keine Halluzination. Man hatte das Testament nur aus der Schublade genommen, um Zinnias Namen und den von Matilda Still, dieses kleinen Biests, einzufügen. Und irgendein Unbekannter hatte alles bezeugt. Zum ersten Mal seit vielen Jahren, mit Sicherheit zum ersten Mal seit dem Tod der Prinzessin, verspürte June Zuneigung für sie, ja sogar etwas wie Liebe. Und dieses Gefühl trieb ihr Tränen in die Augen. Sie war froh, dass sie ein Riesenbukett weißer Blumen bestellt hatte – Lilien, Freesien, Narzissen und Schleierkraut. Allerdings nur um den Nachbarn zu imponieren und um nicht als Geizhals dazustehen. Dieses Gebinde lieferte der Florist, als sie Mr. Brookmeadows Brief zum dritten Mal las. Es wurde zu dem Blumenberg gelegt, der sich bereits in der Eingangshalle türmte. June, die immer noch im Morgenmantel war, ging nach oben in ihr Schlafzimmer und zog die schwärzesten Kleidungsstücke an, die sie besaß. Als Mantel entschied sie sich für den Nerz der Prinzessin. Schließlich gehörte er jetzt ihr, genau wie alles andere.

Matilda bekam wenig Post. Seit Mr. Still fortgegangen war, war Rabia im Haus Nummer 7 zum persönlichen Postboten geworden, und so brachte sie auch den Brief von Mr. Brookmeadows nach oben. Matilda aß gerade im Kinderzimmer mit Hero Coco Pops.

»Du kannst ihn lesen.«

»Bitte, Rabia, würdest du mir diesen Brief vorlesen?«, korrigierte Rabia sie. »Genau das musst du sagen, wenn du möchtest, dass ich ihn für dich lese.«

»Ach okay. Rabia, würdest du mir den Brief vorlesen?«

Ein Anwalt schrieb und teilte Matilda mit, dass ihr die Prinzessin fünftausend Pfund vermacht habe. Wenn Rabia jemals den Spruch gehört hatte: »Denn wer da hat, dem wird gegeben«, dann wäre er ihr jetzt absolut passend und wahr erschienen. Leider stammte er aus dem falschen Heiligen Buch, und sie bemühte sich redlich, missgünstige oder neidische Gedanken zu vermeiden.

»Ich wusste gar nicht, dass sie meine Patentante ist«, war alles, was Matilda fünf Minuten lang sagte. Dann: »Das kommt in meine Ausreißerkasse. Wahrscheinlich habe ich jetzt genug und kann anfangen zu packen.«

Rabia sagte nichts. Sie glaubte nicht an den Ausreißerplan. Außerdem waren Matildas Chancen, eine so große Summe ausgehändigt zu bekommen, gleich null. Mit Thomas an der Hand brachte sie die Mädchen nach unten, um auf den Schulbus zu warten. Es war deutlich milder, wieder ein bleicher grauer Tag. Der Bus kam zur selben Zeit wie Mr. Stills Wagen. »Papi, Papi!«, schrie Hero laut. Während das kleine Mädchen zu ihm rannte, staunte Rabia nicht zum ersten Mal darüber, dass Kinder schlechte Väter genauso liebten wie gute. Sie sehnen sich einfach unendlich nach ihren Eltern.

Mr. Still stieg, mit Thomas an der Hand, missmutig die Haustreppe hinauf. Kaum hatte Rabia die Mädchen in den Bus verfrachtet, ging sie ebenfalls zurück zum Haus. Während sie die Tür aufhielt, erkundigte sie sich bei Mr. Still, ob er den Brief bekommen habe, den sie schließlich doch abgeschickt hatte. Sein Achselzucken und Kopfschütteln sagte ihr, dass er ihn nicht bekommen hatte. Vermutlich war er verloren gegangen. Sie müsste ihn noch mal schreiben und erneut kündigen. Sollte sie ihm vom Legat der Prinzessin erzählen? Vielleicht.

»Die Prinzessin hat Matilda etwas Geld vererbt.«

»Tatsächlich? Ich wusste gar nicht, dass sie Matilda gekannt hat.«

»Sie ist ihre Patentante gewesen«, erklärte Rabia, obwohl sie kaum wusste, was das bedeutete. Droben, im Kinderzimmer, zeigte sie Mr. Still das Schreiben des Anwalts.

»Mein Güte«, rief er unter erneutem Kopfschütteln, »darum kann ich mich jetzt nicht kümmern. Ich muss wichtige Dokumente heraussuchen.« Flüchtig streifte sein Blick seinen kleinen Sohn. »Was hat er da auf der Stirn? Einen blauen Fleck?«

Rabia verriet nicht, dass ihm seine Schwester Hero einen Zahnputzbecher nachgeworfen hatte. Es war überflüssig, neue Probleme zu schaffen, wenn sie mit den bereits vorhandenen umgehen konnte. Jedenfalls würde sie in Kürze fort sein. Mit Thomas auf dem Knie schaute sie vom Fenster aus Mr. Still nach, als er mit einem Papierberg im Arm zum Audi lief. Auf der anderen Straßenseite wurde er von diesem Gartengehilfen namens Dex beobachtet, der manchmal ins Gartencenter kam.

»Jetzt werden wir einen schönen Spaziergang machen«, sagte sie zu Thomas. »Wir werden *meinen* Papa besuchen und Hallo zu Mr. Iqbal sagen. Sollen wir?«

»Ja, ja, sofort!«, schrie Thomas aus voller Kehle. Rabia legte lächelnd ihren Finger auf die Lippen.

Die Zeremonie der Lebenspartnerschaft fand in aller Stille statt. Der kleine feierliche Lunch war ein Erfolg; zumindest war June dieser Ansicht. Sie hatte beobachtet, wie Damian und Roland in einem ganz normalen schwarzen Taxi abgefahren waren und nachmittags im BMW von Lord Studley zurückkamen. Am Steuer saß Henry, und das war in mehr als einer Hinsicht ein historischer Moment. Zum letzten Mal in absehbarer Zukunft hatte Henry ein fremdes Auto chauffiert. Zwei Tage später sollte ihm Huguette zur Hochzeit einen Prius schenken. Als Henry seiner zukünftigen Schwiegermutter die Wagentür öffnete, redete er sie genüsslich mit »Gnädigste« an, auch das zum letzten Mal. In Zukunft hieße es dann »Mama«. Er hatte sich für dieselbe Anrede wie Huguette entschieden, denn »Mami« wäre denn doch leicht übertrieben gewesen.

Weitere Veränderungen bahnten sich an. Als Zinnia ihr Erbe zu ihren Ersparnissen addierte, entdeckte sie, dass sie jetzt genug Geld hatte, um sich einen Lebenstraum zu erfüllen: zurück nach Antigua zu gehen und an einem mondänen Strand eine Bar zu eröffnen. Sie hatte für Samstag einen Flug gebucht, sehr zum Leidwesen des halben Hexam Place, dessen Bewohner von nun an keine Putzfrau mehr hatten. »Keine Sorge«, meinte Jimmy zu Dr. Jefferson, in Nummer 3 würde er putzen. Vielleicht könnte er Zinnia auch in Nummer 6, Nummer 7 und Nummer 8 ersetzen. Möglich wäre es, seitdem er in Haus Nummer 3 eingezogen und damit sozusagen an Ort und Stelle war. Das alles musste sich Dr. Jefferson anhören, der keinen Versuch machte zu widersprechen, sondern nur resigniert lächelte. Die Sache mit dem fehlenden Messer hatte Jimmy komplett vergessen.

Montserrat pflichtete Ciaran bei, dass sie von Preston Still besessen war. Nicht in sexueller Hinsicht, wie sie ihm versicherte. Sie könne ihn nicht mehr ausstehen. Trotzdem wollte sie unbedingt wissen, was zwischen ihm und der Polizei vorgefallen war. Hatte man ihm die Sache mit ihrem Brief erzählt? Hatte er erraten, dass er von ihr war, und es den Beamten erzählt? Was würde die Polizei mit ihm machen, wenn überhaupt etwas geschähe? Sie sah ihn kaum. Ab und zu hielt der Audi vor Nummer 7, und man konnte ihn die Haustreppe hinaufrennen sehen. Nie sprach er auch nur ein Wort mit ihr. Offensichtlich bemerkte er sie nicht einmal, obwohl er in ihre Richtung schaute. Dabei verdrehte er die Augen und wurde rot im Gesicht.

Ciaran wollte unbedingt, dass sie bei ihm einzog. Sein Mitbewohner war ausgezogen, und er war auf das Geld von Untervermietungen nicht angewiesen.

»Oder wir könnten dorthin ziehen, wo es nicht grau und nass ist.«

»Nach Spanien«, sagte Montserrat und dachte dabei an Barcelona. »Ich werde es mir überlegen.«

Dazu würde auch gehören, dass sie den Mut zu einer Unterredung mit Preston aufbrachte. Und das hieße, nach Medway Manor Court zu fahren. Aber was, wenn er sich weigerte, sie einzulassen? So etwas müsste ganz spontan geschehen: ihn sehen, zu ihm hingehen, reden. Leider sah sie ihn nie. Wenn er nach Nummer 7 kam – das tat er, wie sie von Rabia wusste –, dann am frühen Morgen, bevor sie aufgestanden war. Wie oft müsste sie morgens um 7.30 Uhr wach sein, um mit ihm zu reden?

Auch Lucy sah sie nie. Als Ersatz für Zinnia waren drei Frauen gekommen. Sie hießen Merrie Maids und kamen jeden Vormittag. Damit war auch für Lucys Frühstück gesorgt. Montserrat verbrachte viel Zeit mit Rabia. Die Frage des Kindermädchens, ob sie heute Vormittag unterwegs sei und diesen Brief an Lucy einwerfen würde, erregte ihre Neugier. Eigentlich könnte Rabia den Brief genauso gut ihrer Arbeitgeberin direkt aushändigen, aber das konnte Montserrat schlecht sagen, genauso wenig wie sie nach dem Inhalt des Briefes fragen konnte. Auf ihre fragenden Blicke hin lächelte Rabia nur. Montserrats Au-pair-Gehalt, für das sie inzwischen nichts tat, ging weiterhin auf ihrem Konto ein.

Als Montserrat am Abend desselben Tages den Brief einwerfen wollte und mit ihm in der Hand die Souterraintreppe hinaufstieg, um sich mit Ciaran zu treffen, stieß sie auf Preston Still, der gerade aus seinem Wagen stieg. Es war genau so, wie sie es vorhergesagt hatte – ganz spontan. Und sie waren unter vier Augen.

»Hallo«, sagte sie. »Lange nicht mehr gesehen.«

»Wie ist es gelaufen?« Es klang frostig.

»Supergut. Was hat die Polizei mit dir vor? Wenn du's mir nicht sagst, gehe ich hin und frage nach.«

Wenn sie nicht auf der Straße gestanden und dieser schräge Gärtnertyp jede ihrer Bewegungen beobachtet hätte, hätte er sie vermutlich geschlagen.

»Nichts«, erwiderte er. »*Natürlich* nichts. Wie oft muss ich dir noch erklären, dass es ein Unfall war?«

»Lass mich raten. Die Polizei ist nach Gallowmill Hall gefahren, hat nach der Dachträgerbox gesucht, aber nichts gefunden, weil du sie fortgeschafft und irgendwo weggeworfen hast. Oder du hast sie verbrannt oder zerhackt.«

»Ich konnte alles zufriedenstellend erklären. Wenn du mich jetzt entschuldigen würdest, ich bin ziemlich in Eile.« Er drehte sich um und trampelte die Haustreppe hinauf. Montserrat ging zum Dugong hinunter und setzte sich draußen auf einen Stuhl. Preston Still war ganze fünf Minuten in Nummer 7 gewesen, dann trabte er die Treppe schon wieder herunter und stieg in den Wagen.

Es war zu kalt, um hier noch länger sitzen zu bleiben, kalt und zwecklos. Montserrat ging ins Pub und kaufte sich zur Abwechslung ein Glas Rotwein. Vielleicht war sie das letzte Mal hier drinnen. Es war Zeit für sie zu gehen, Zeit, um den Staub dieses Ortes von ihren Füßen zu schütteln, um einen Lieblingsausdruck ihres Vaters zu gebrauchen. Lucy müsste sich ein neues Au-pair-Mädchen suchen.

Mitte Februar kündigten sich die ersten Vorboten des Frühlings an. Für die Tulpen und Hyazinthen, die Khalid Iqbal im Haus Nummer 7 für Thea gesetzt hatte, war es noch zu früh, aber die Schneeglöckchen waren gekommen und schon wieder verblüht, und lila und gelbe Krokusse spitzten heraus. In jenen Vorgärten, wo im mittleren Beet ein blühender Baum oder Busch stand, waren die Mandelbäumchen zwar noch nicht aufgeblüht, trugen aber schon Knospen, und bei einer gelben Mahonie zeigten sich Blütenrispen zwischen den stacheligen Blättern. All diese hübschen Sachen registrierte Dex mit Vergnügen. Sie waren eine Labsal von dem hässlichen Wesen, das er oft beobachtete, vom bösen Geist. Es gab nur ein Problem: Der böse Geist war nie allein, höchstens eine oder zwei Minuten, und außerdem ging er nie zu Fuß.

Dex hegte nicht den geringsten Zweifel, dass es sich um einen bösen Geist handelte, obwohl er allein zu diesem Schluss gekommen war. Peach war stumm. Er hinterließ freundliche und fürsorgliche Nachrichten, aber er sagte nie ein Wort. Die Vernichtung des bösen Geistes könnte lange dauern, das war Dex klar. Er würde wachsam sein und warten.

Drei Tage hatte Gussie um die Prinzessin gejault und sich geweigert, Gassi zu gehen, obwohl June versucht hatte, ihn dazu zu bewegen. Dann war seine Trauerphase urplötzlich zu Ende. Er hatte begonnen, wieder zu fressen, und hatte June gebissen, als sie versuchte, ihm sein Mäntelchen anzuziehen. Da Thea tot und beerdigt war, Henry als verheirateter Mann in einem hübschen Häuschen in Chelsea wohnte, das sein Schwiegervater für ihn und Huguette gemietet hatte, und Zinnia in E-Mails aus Antigua ihr neu eröffnetes Restaurant beschrieb und damit kein Dienstbote mehr war, löste June die Gesellschaft der heiligen Zita auf. Sie war eine gute Sache gewesen, solange sie gehalten hatte, ungefähr sieben Monate, auch wenn es June nicht entgangen war, dass sie stets mit Begeisterung dabei gewesen war, während die anderen nur selten das Ihre beigetragen hatten. Jetzt benötigte sie einen freien Kopf, um sich auf ihr Projekt zu konzentrieren: die Renovierung des Hauses Nummer 6 von oben bis unten und den Einbau einer neuen Zentralheizung. Warum auch nicht? Schließlich hatte sie endlich ihr eigenes Haus. Nachbarn schlugen vor, sie solle es verkaufen und sich eine hübsche kleine Wohnung mit einem zweiten Schlafzimmer kaufen, für den Fall, dass Freunde zu Besuch kämen. June schüttelte es. Sie hatte keine Freunde. Die Einzige, die auch nur annähernd in diese Kategorie fiel, war Rocksana Castelli, und die musste sie auf der Stelle loswerden, das war June klar, auch wenn sie damit gegen den Mietvertrag verstoßen würde, aber an Mut hatte es ihr nie gefehlt.

Sie machte sich auf den Weg nach oben. Wieder taten ihr alle Knochen weh, und sie wiederholte noch einmal die Sätze, die sie zu Rocksana sagen wollte, aber als sie völlig außer Atem auf dem obersten Treppenabsatz angelangt war, tauchte Rads ehemalige Freundin aus ihrem Schlafzimmer auf. »Ach June, genau dich wollte ich treffen. Hoffentlich hasst du mich nicht dafür, aber ich ziehe aus. Ich weiß, es gibt einen Mietvertrag, aber vielleicht bist du ein Engel und lässt mich gehen, ja? Weißt du, ich habe diesen wunderbaren Mann kennengelernt, und er möchte unbedingt …«

Den Rest hörte June nicht mehr. Sie staunte über ihr Glück. Mut brauchte sie nicht mehr, vielleicht sogar nie mehr. Noch heute Nachmittag würde sie intensiv nach einem Bauunternehmer suchen. Aber erst musste sie sich um Miss Grieves kümmern. Während June lernte, dass man als reicher Mensch viel leichter großzügig und nett sein kann, entdeckte sie, dass es nicht nur wohltätig war, wenn sie für die hochbetagte Mieterin im Souterrain von Nummer 8 den Engel spielte, sondern auch ihr selbst große Freude machte. Ihr war sogar etwas gelungen, was vor ihr noch nie ein Bewohner vom Hexam Place geschafft hatte: Sie hatte Miss Grieves ihren Vornamen entlockt und sprach sie damit an, ohne dass die alte Dame wütend wurde.

»Guten Morgen, Gertrude.« Kein Wunder, dass sie darüber den Mantel des Schweigens gebreitet hatte! »In einer Minute springe ich zu Waitrose und wollte wissen, was Sie gerne zum Abendessen hätten.« Die Wohnung war verschmutzt und roch abscheulich. »Was würden Sie davon halten, wenn ich die Merrie Maids frage, ob sie diese Woche noch einen Tag hier herunterspringen und die Wohnung auf Hochglanz bringen?« Also wirklich, sie müsste endlich aufhören, im Zusammenhang mit sich und anderen das Wort »springen« zu verwenden. »Sagen wir Mittwochvormittag?«

Miss Grieves widersprach nicht und meinte nur, sie hätte gern ein Curry zum Abendessen.

»Gute Idee. Vielleicht nehme ich das Gleiche. Außerdem werde ich Ihnen eine abschließbare Mülltonne besorgen, damit der Fuchs das Nachsehen hat. Heute Nachmittag springe ... ich meine ... komme ich damit vorbei.«

Für Jimmy war es ein Zeichen der Zeit, dass sich Lord Studleys neuer Chauffeur als Frau entpuppte. Sie hieß Rosamund. Einen Familiennamen dürfte sie auch gehabt haben, aber den kannte keiner. Solche Anhängsel schienen heutzutage unnötig zu sein, zumindest beim Personal. Beim Arbeitgeber natürlich nicht. Es wäre doch als ziemlich verwegen angekommen, wenn man sie dabei ertappt hätte, wie sie Lord Studley Cliff nannte. Jimmy hatte nach einem langen Abend im Dugong das äußerst kühne Experiment gewagt, Dr. Jefferson mit »Si« anzusprechen, und keinen Tadel eingeheimst. Allerdings hatte der Kinderarzt zu diesem Zeitpunkt vor dem Fernseher schon fast geschlafen und es vielleicht nicht gehört.

Mit Interesse hatte Jimmy Junes Aufstieg zur Millionärin und Hausbesitzerin verfolgt. Und was für ein Haus! Kein winziges Reihenhäuschen an einer Ausfallstraße in Acton, ganz praktisch neben einer Bushaltestelle gelegen. Das wäre das Optimum gewesen, das sie sich aus eigener Kraft hätte leisten können. Nein, ein Palast in einer der besten Wohngegenden im Vereinigten Königreich, wenn nicht sogar auf der ganzen Welt. Leider war Si Jefferson, wie er ihn mittlerweile innerlich nannte, höchstens zehn Jahre älter als er, wenn überhaupt. Dennoch begann Jimmys Beharrlichkeit sich auszuzahlen. Er war von dem engen Zimmerchen im Souterrain in ein großes Schlafzimmer im ersten Stock aufgestiegen und hatte Si von seinen erstklassigen Kochkünsten überzeugt. Inzwischen aßen sie nicht nur dieselben Gerichte, sie taten es auch gemeinsam, und hinterher trödelte Jimmy noch herum und sah im Wohnzimmer fern. Thea hatte er fast vergessen. Nur wenn er eine rothaarige Frau sah, erinnerte er sich noch vage an sie.

Niemand versuchte, ihr den Wegzug auszureden. An einem schönen Samstag – in den Blumenkästen, die Thea zum Entzücken von Damian und Roland hergerichtet hatte, erblühten die ersten Tulpen – stopfte Montserrat ihre Kleidung und ihre Kosmetika – sehr viel mehr besaß sie nicht – in den Kofferraum des VW und schüttelte für immer den Staub des Hexam Place von ihren Füßen, wie es Beacon und ihr Vater formuliert hätten. Rabia kam herunter, um sich von ihr zu verabschieden, während Lucy keine Notiz von ihrer Abreise nahm. Sie hatte ihr lediglich einen Umschlag mit hundert Pfund unter der Zimmertür durchgeschoben. Montserrat hatte mit einer Nachricht auf Lucys Mailbox gekündigt.

»Hoffentlich wirst du sehr glücklich«, sagte Rabia, als würde Montserrat heiraten.

»Sollte ich das nicht zu dir sagen?«

»Vielleicht.« Rabia lachte. »Wir werden es einfach wörtlich nehmen.«

Montserrat war gerade bis zur Kreuzung Lower Sloane Street gekommen, da fiel ihr ein, dass sie in einer Badezimmerschublade ihr Jo-Malone-Parfüm und die Hautcreme vergessen hatte. Ciaran hatte ihr den Red-Roses-Duft zum Valentinstag geschenkt und würde sicher merken, wenn sie das Parfüm nicht nutzte. Kaum hatte sie das Auto noch einmal vor dem Haus Nummer 7 geparkt und stand schon oben an der Souterraintreppe, da hörte sie eine vertraute Stimme lachen und drehte sich um. Preston und Lucy kamen die Haustreppe herunter. Preston hielt sie fest an der Hand, als sei er entschlossen, sie nicht gehen zu lassen. Lucys Miene war angespannt, ihr Mund verkniffen. Sie sah dünner aus als je.

Montserrat hörte ihn sagen: »Jeden Morgen joggst du für mich, mein Schatz. Wenn du dadurch schlank bleibst, muss ich es dir wohl nachmachen.«

Und Lucy erwiderte: »Das möchte ich erleben.«

Also waren sie wieder beisammen. Montserrat war nicht im Geringsten überrascht. Nie hätte sie, wie ursprünglich geplant, vier Jahre bei ihm ausgehalten. Von ihr aus konnte Lucy ihn haben, auch wenn die es anscheinend als Strafe empfand.

28

Normalerweise stellte Dex das Verhalten von bösen Geistern nicht infrage. Ihre Regeln waren nicht die von anderen Menschen. Sicher, sie aßen und tranken, wie er es noch von Brad Smith kannte, und gingen nachts ins Bett. Und manchmal gingen sie zur Arbeit, aber was sie sonst taten, war ein Geheimnis. Deshalb war das regelmäßige, wenn auch nicht tägliche Auftauchen des bösen Geistes, der sich im Haus Nummer 7 am Hexam Place eingenistet hatte und wild entschlossen die Straße hinaufjoggte und ungefähr eine halbe Stunde später wieder zurückkam, ein Rätsel, allerdings keines, das man unbedingt lösen musste.

Der böse Geist verhielt sich in vielerlei Hinsicht wie ein menschliches Wesen. Er müsse ein Banker sein, dachte Dex, der Banker im Fernsehen gesehen hatte. Einmal zog er während des Joggens ein Handy aus der Tasche und redete hinein. Dex vermutete, dass er mit Orange oder Apple sprach. Wenn er nach dem Laufen frisch umgekleidet die Treppe herunterkam, wurde er von Beacon gefahren, und Beacon sagte, er heiße Mr. Still. Dex wusste es besser. Sein Name war Beelzebub oder Moloch.

Rabias Kündigungsbrief war unbeantwortet geblieben. Von Lucy war bekannt, dass sie Briefe nicht beantwortete, ja, nicht einmal zur Kenntnis nahm. Aber Mann und Frau waren wieder ein Paar. Beacon hatte Mr. Stills Koffer in Lucys Schlafzimmer hinaufgetragen, und Rabia hatte vom darüberliegenden Stockwerk aus gesehen, dass

Mr. Still morgens aus dem Schlafzimmer kam. Damit war der Ehebruch wohl Vergangenheit, und Lucys Verhalten schien verziehen. Aber was war mit Rabia und ihrer Zukunft? Vielleicht war ihr Brief angekommen, vielleicht hatte Lucy ihn gelesen und Mr. Still gezeigt, aber keiner hatte daran gedacht, es ihr zu sagen. Ende März wäre vermutlich ihr letzter Arbeitstag, an dem sie bis zur Hochzeit wieder zu ihrem Vater ziehen würde.

Die Hochzeit. Binnen einem Jahr hätte sie vielleicht ein Baby. Ich kann das nicht noch einmal durchmachen, sagte sie laut im Kinderzimmer, während Thomas schlief. Vielleicht haben Nazir und ich keine schlechten Gene gehabt, vielleicht bin ich allein daran schuld gewesen, vielleicht würde jedes meiner Kinder krank werden und sterben. Ich kann das nicht noch einmal durchmachen. Aber welche Wahl habe ich? Mit Sicherheit hatte man inzwischen ein neues Kindermädchen als Ersatz für sie gefunden. Eines Tages würde diese neue Frau hier hereinspazieren und sich vorstellen. Ich muss es wissen, dachte Rabia, ich darf nicht zulassen, dass Thomas so etwas ohne Vorwarnung passiert. Ich muss allen Mut zusammennehmen, zu Lucy gehen und es in Erfahrung bringen.

Sie machte mit Thomas keinen Ausflug mehr in die andere Kinderstube. Dort war Khalid, der nette, gut aussehende, rücksichtsvolle Khalid, mit dem sie ihr restliches Leben verbringen müsste. Und ihr Vater, der inzwischen nur noch ein Gesprächsthema kannte: die Hochzeit und die Familie Iqbal. Rabia merkte, wie sie ihm aus dem Weg ging. Stattdessen schob sie Thomas in seinem Luxusbuggy in den Hyde Park oder hinüber in den Green Park und manchmal in den St James's Park zu den Pelikanen. Als sie eines schönen Vormittags wieder in Nummer 7 eintraf, entdeckte sie, dass sich Mr. Stills Mutter einquartiert hatte. Zu ihrem Entsetzen hörte sie, die gewohnt war, dass Mütter, Tanten und alle älteren Leute mit größtem Respekt behandelt wurden, wie Lucy die alte Mrs. Still anbrüllte. Thomas reagierte wie immer, wenn sich in diesem Haus Erwachsene lautstark stritten: Er riss die Augen auf, seine Unterlippe zitterte, und nach kurzer Stille fing er zu wimmern an, und Tränen rollten ihm über die Wangen.

Als ein zweiter Streit ausbrach, diesmal zwischen Mann und Frau, stachelte der Anblick des leidenden Kindes ihren Mut an. Seit Mr. Still wieder in Nummer 7 wohnte, hatte er sich angewöhnt, früher nach Hause zu kommen, aber seit Mr. Stills Mutter im Haus wohnte, gerieten sich die beiden noch mehr in die Haare. Rabia ging ins Wohnzimmer hinunter, wurde aber lediglich von der alten Mrs. Still mit der Bemerkung abgefertigt, ihre Schwiegertochter sei außerstande, jemanden zu empfangen. Andererseits hatte Mr. Stills Mutter Rabia viel zu sagen.

Soweit sie wisse, wolle sich Thomas' Kindermädchen verehelichen. Das sei gut, da sie hier nicht länger gebraucht werde. »Mein Sohn überlegt, für Thomas eine Norland Nanny zu engagieren, falls Sie wissen, was das ist. Meine Tochter ist von dieser Idee ganz begeistert. Während der Weihnachtstage wurde darüber gesprochen. *Sie*« – ein langer Gichtfinger deutete in Richtung Wohnzimmer – »hat natürlich Einwände, aber das ist belanglos, seit er wieder in diesem Hause wohnt, was er hoffentlich mindestens so lange tun wird, bis die Kinder groß sind. Für die Mädchen wäre ein auswärtiges Pensionat am besten. Schließlich muss etwas geschehen, um ihr Benehmen zu verbessern.«

»Wann soll ich gehen?«

»Dazu müssen Sie meinen Sohn befragen. Lucy, wie sie sich meines Wissens von Ihnen nennen lässt, dürfte diesbezüglich nichts zu sagen haben. Es kann sich nur noch um Wochen handeln.«

Rabia musste mehr wissen. Sie nahm ihren ganzen Mut zusammen, um Lucy zur Rede zu stellen, notfalls sogar in deren Schlafzimmer. Dazu kam es, als Lucy persönlich im Kinderzimmer erschien, eine dünne erschöpfte Frau, der man ihre siebenunddreißig Jahre und noch zehn mehr ansah.

»Meine Liebe, ich möchte auf keinen Fall, dass Sie gehen. Preston war über Ihre Kündigung hocherfreut. Damit kann er das Kindermädchen einstellen, das seine schreckliche Schwester empfahl. Er bildet sich ein, sie würde strenger mit Thomas umgehen.« Lucy seufzte schwer. »Wenn er nicht da wäre, könnten Sie ewig bleiben. Ich möchte Sie nicht gehen lassen. Warum ist er bloß zurückgekommen?«

Diese Frage konnte Rabia nicht beantworten. Sie ging ins Zimmer der Mädchen, wo Thomas mit ihnen vor dem Fernseher saß. »Sei lieb zu Mami«, sagte sie zu ihm. »Setz dich auf Mamis Schoß.«

Und das tat Thomas. Lucy war so überrascht und eindeutig gerührt, dass sie ihn umarmte und ihm einen Kuss auf seine dicke rosa Wange gab. Rabia kochte für sich und Lucy eine Tasse Tee und gab Thomas einen Schokokeks. Sie konnte hören, wie Mrs. Still senior mit lauter heiserer Greisinnenstimme nach Lucy rief, und sagte so höflich, wie sie nur konnte: »Sie müssen jetzt gehen. Ihre Schwiegermutter wünscht etwas von Ihnen.«

Lucy ging, aber vorher gab sie Thomas noch einen Kuss

und betonte nochmals, wie glücklich alle sein könnten, wenn Preston und seine Mutter ausziehen und sie mit Rabia und den Kindern allein lassen würden.

Die erste dieser sehnlichst herbeigewünschten Abreisen fand statt, und June wurde Zeugin der Szene, während sie Gussie mit seinem Dog Walker bekannt machte, der in einem schwarzen Van mit dem Bild einer Dänischen Dogge eingetroffen war. Ein Taxi hatte vor Nummer 7 gehalten. Eine alte Frau im Pelzmantel kam die Treppe herunter und begann sofort lautstark zu zetern. June liebte solche Szenen über alles und lauschte entzückt, während die alte Dame den Taxifahrer beschimpfte, weil er es war, der sie mit dem Taxi abholte, und nicht Beacon mit dem Audi. Hinterdrein kam Rabia mit zwei Koffern. Vermutlich war sonst keiner da. Der Dog Walker trollte sich mit Gussie, und das Taxi fuhr mit der alten Frau davon. Wie schön, Geld zu haben und nie wieder mit Gussie Gassi gehen zu müssen, dachte June.

Sie begab sich wieder in den rückwärtigen Garten, wo Dex schon den zweiten Tag arbeitete, und sah anerkennend zu, wie er die Blumenrabatte umgrub, die er vorher gewissenhaft von Löwenzahn, Eschensetzlingen und Kreuzkraut befreit hatte. Er wirkte vergnügt, und sie wusste ja aus eigener Erfahrung, dass man alles besser macht, wenn man es gern macht. Zehn Pfund pro Stunde müsse sie, laut Jimmy, bezahlen, der sich anscheinend zu Dex' Agenten ernannt hatte. Diese Summe erschien ihr exorbitant, andererseits konnte sie es sich leisten.

Dex war dem bösen Geist heute Morgen schon gefolgt. Er war nicht sicher, ob Moloch, wie er ihn inzwischen nannte, täglich dieselbe Route wählte, geschweige denn, ob er täglich joggte. Nur eines stand fest: Wenn er zurückkam, würde er als Banker arbeiten gehen, im niederträchtigsten und gemeinsten Job, den es gab. Zumindest hatte Dex das oft im Fernsehen und von fast allen Leuten gehört, mit denen er redete. Mit Sicherheit war er viel schlimmer, als es Brad Smith je gewesen war.

Moloch war die Lower Sloane Street entlanggerannt, weiter über die Pimlico Road, die Ebury Street, hinauf zur Eaton Terrace und wieder nach Hause. Nicht sehr weit. Dex fragte sich, warum er das tat, aber das ließ sich nicht ergründen. Böse Geister hatten ein seltsames Verhalten. Am liebsten wäre es ihm gewesen, wenn Moloch in die Anlage des Royal Hospitals gelaufen wäre. Dorthin würde er ihm folgen.

Morgen würde er für Mrs. Neville-Smith arbeiten. Die Sache mit ihrem Namen war schade, aber er hatte beschlossen, dass der »Neville«-Teil das Böse von »Smith« tilgte. Die Blumenzwiebeln, die er in Mr. Jeffersons Garten gepflanzt hatte, spitzten nicht nur aus der Erde, sondern standen kurz vor der Blüte, zuerst die Narzissen, dottergelb und zartgelb und einige mit goldenen Kronblättern und weißen Glocken. Er genoss es, dass die Zwiebeln, die er tief in die Erde gesteckt hatte, schöner dastanden als alle, die dieser Mann von der Belgrave-Gärtnerei in Tröge gepflanzt hatte.

Das Personal am Hexam Place änderte sich. Jimmy war zwar immer noch Dr. Jeffersons Chauffeur, wohnte aber inzwischen im Haus Nummer 3. Und einmal hatte man sogar gehört, wie er sich selbst als »Hausgenosse« des Doktors bezeichnete. Montserrat war fort und wohnte angeblich mit Ciaran O'Hara in einer Wohnung in der

Alderney Street. Und im Haus Nummer 7 hatte Preston Still ein neues Au-pair-Mädchen eingestellt. Pauline, die umgänglichste der Merrie Maids, hatte June erzählt, es handle sich um eine Dänin namens Inge. Sie halte sie für einen Albino, so blond sei sie.

»Hat sie rote Augen?«, fragte June.

Pauline war schockiert. »Vielleicht liegt es an Ihrem Alter, aber so ein Ausdruck ist politisch nicht korrekt.«

June ging ins Haus. Sie machte sich gedanklich einen Knoten. Sie würde die Merrie Maids nicht weiter beschäftigen und stattdessen die Frau von einem der Bauarbeiter anstellen. Sie war gerade dabei, etwas Neues zu entdecken: Wer viel Geld hat, kann sich mit solchen Dingen selbst einen Gefallen erweisen. Außerdem war es sowieso sinnlos, in Nummer 6 eine Putzfrau zu haben. Im ganzen Haus wimmelte es von Bauarbeitern, die Wände einrissen und Böden aufstemmten. Alle waren Polen, sprachen nur schlecht Englisch, hatten aber ausgezeichnete Manieren und sagten »Madam« zu ihr, so wie sie früher die Prinzessin angesprochen hatte. So glücklich war June schon seit Jahren nicht mehr gewesen. Sie genoss sogar den Lärm der Hammer und Bohrer, und als sich Roland über den Krach beschwerte, erklärte sie ihm, in ganz London könne man Baulärm hören.

Nicht lange danach lernte sie Inge kennen, die wesentlich besser Englisch sprach als die Polen. Obendrein hatte sie nachtblaue Augen. June lud sie auf einen Drink ins Dugong ein, und Inge meinte, sie hätte gerne einen Aquavit, aber den hatten sie nicht. Stattdessen tranken sie Gin. Inge vertraute ihr an, sie liebe die Souterrainwohnung in Nummer 7, und Lucy und die Kinder seien Engel, aber Mr. Still könne sie absolut nicht ausstehen, er fauche sie bei jeder Begegnung an. Für Lucy täte sie alles, meinte sie, aber für ihn rühre sie keinen Finger.

»Das kann ich Ihnen nicht übel nehmen«, meinte June.

»Nein, aber er schon. Heute Morgen kam er vom Joggen zurück und tat, als sei ich schuld daran, dass er kein heißes Wasser zum Duschen hatte. Was verstehe ich schon vom heißen Wasser? Ich habe einen Klempner angerufen, und als der Mann sagte, er könne erst morgen kommen, wurde Mr. Still richtig fies.«

»Ach, lassen Sie ihn einfach links liegen«, riet June.

»Das Kindermädchen ist so nett. Wir haben in Dänemark nicht viele Muslime, aber sie ist wirklich sehr nett.«

Rabia fand auch Inge sehr nett. Sie war ruhig, hatte gute Manieren und betete Thomas förmlich an. Nachdem Mr. Still mehrere Wochen lang früher nach Hause gekommen war, verließ er inzwischen wieder um 8 Uhr morgens das Haus Nummer 7 und kam oft nicht vor 22 Uhr zurück. Wenigstens gab es jetzt keinen Rad Sothern zum Fremdgehen mehr, dachte Rabia. Nun ja, es war sicher falsch, sich über den Tod eines Menschen zu freuen. Es tat ihr ja leid, trotzdem konnte sie gegen ihre Gefühle nichts machen.

Mr. Still ging weiter joggen, allerdings nur noch jeden zweiten Tag, und im April joggte er nur noch samstags und sonntags. Vielleicht hatte er die Motivation verloren, weil er, soweit Rabia das beurteilen konnte, nicht abgenommen hatte.

»Zum Abnehmen müsste man täglich von hier bis nach – ach, ich kenne doch die Namen nicht! – rennen«, behauptete Inge, die als Skandinavierin im Dugong als Fitnessexpertin galt.

»Von hier bis John o' Groats«, rief Jimmy.

Inge meinte, sie wisse nicht, wo das liege. Mr. Still käme heute Abend erst sehr spät – es war Freitag –, und sie müsse für Lucy noch etwas erledigen. Als Lucy sie zum ersten Mal darum gebeten hatte, hatte sie Bedenken gehabt, aber angesichts der Tatsache, dass sie Lucy mochte und Mr. Still nicht ausstehen konnte, hatte sie sich darüber hinweggesetzt und Ja gesagt. Der Mann, den sie ins Haus Nummer 7 einlassen und nach oben, in Lucys Schlafzimmer, bringen sollte, gönnte sich inzwischen noch bei Damian und Roland in Haus Nummer 8 einen Drink. Inge beobachtete ihn, wie er über die Straße ging und die Souterraintreppe herunterkam. Sieht toll aus, dachte sie, wirklich eine Verbesserung gegenüber Mr. Still.

»Martin Gifford«, stellte er sich vor, als sie ihn hereinließ.

Dr. Jefferson hatte eine Riesenküche. Der Gasherd stand neben dem Aga am hinteren Ende, Richtung Garten. Dex hatte, auf Anweisung des Kinderarztes, am neun Meter entfernten Esstisch Platz genommen, während Jimmy ihm, ebenfalls auf Dr. Jeffersons Anweisung beziehungsweise Bitte, eine Tasse heiße Schokolade machte. Wenn Jimmy die Milch auch nur eine Sekunde aus den Augen ließe, würde sie überkochen. Dex nutzte es aus, dass er ihm den Rücken zudrehte, schnappte sich ein scharfes Obstmesser und ließ es in seine Werkzeugtasche gleiten.

»Das macht er aus reiner Herzensgüte.« Jimmy stellte den Becher Kakao unsanft ab. Ein Tropfen schwappte auf den Tisch. »Na, Vorsicht damit«, rief er, als hätte Dex den Kakao verschüttet.

»Danke schön«, sagte Dex höflich.

»Dr. Jefferson ist ein Heiliger in Menschengestalt.«

Während Moloch ein Dämon in Menschengestalt sei, dachte Dex. Heute hatte er im Garten nichts zu tun. Er war nur gekommen, um sein Geld abzuholen. Die heiße Schokolade war eine Überraschung gewesen. Jetzt sollte er besser gehen, denn jede Minute müsste Moloch aus dem Haus Nummer 7 auftauchen, und heute war der Tag, der für seine Vernichtung bestimmt war. Mr. Neville-Smith stand in seinem Vorgarten und stellte einen gelben Sack hinaus, den niemand vor nächsten Dienstag einsammeln würde. Das wusste Dex. Er ließ sich ein bisschen zurückfallen, um nicht gesehen zu werden, war aber trotzdem nahe genug, um zu hören, wie Moloch fröhlich »Guten Morgen, Ivor« rief.

Es war Peachs Stimme, vornehm, weich und tief. Aber von so etwas ließ sich Dex nicht täuschen. Böse Geister konnten nach Belieben jede Stimme annehmen, genauso wie sie menschliche Gestalt annehmen konnten. »Wie geht's, Preston?«, antwortete Mr. Neville-Smith und ging wieder ins Haus, ohne auf eine Antwort zu warten. Moloch joggte los, gefolgt von Dex, der jünger und schlanker war als er und gut Schritt halten konnte.

Rabia hatte zu ihrer Bestürzung die Stimme von Lucys neuem Geliebten gehört. Die Kinder, dachte sie, wie würde sich das auf die Kinder auswirken? Wenn Mr. Still fortgeblieben wäre, wenn es zur Scheidung gekommen wäre, wenn er aus irgendeinem Grund nie wieder zurückgekommen wäre, wäre es wenigstens kein Ehebruch mehr gewesen. Vielleicht hätte Lucy sogar wieder jemanden geheiratet, den sie liebte und dem sie treu bleiben konnte. Doch nun stand Rabia selbst kurz davor zu gehen, und damit hatte auch das wenige ein Ende, was sie vielleicht zum Schutz der Kinder hätte tun können.

Denn eines wusste sie: In Abwesenheit von Mr. Still würde Lucy sie behalten, und sie wäre in der Lage, Khalid zu erklären, dass sie ihn nicht heiraten könne. Sie müsse bei Thomas und den Mädchen bleiben. Ach, wenn es doch nur so wäre. Andererseits war es schon schlimm genug, dass sie über Rad Sotherns Tod froh war, ohne dass sie auch noch Mr. Still dasselbe wünschte. Rabia betete im Stillen um ein Ende ihrer sündigen Gedanken, und während sie mit gesenktem Kopf und geschlossenen Augen dasaß, kletterte Thomas auf ihren Schoß, legte ihr die Arme um den Hals und sagte: »Sag Schatzilein.«

Kein Jogger schaut je zurück. Diese Wahrheit hatte Dex erkannt, und auch dieser Moloch rannte weiter und starrte unverwandt nach vorn. Er hatte nicht die geringste Ahnung, dass er verfolgt wurde, dass ihm einer folgte, der genau wusste, wie gut es wäre, die Welt von ihm zu befreien. Und Moloch war dabei, genau das zu tun, worauf Dex während seiner wochenlangen Verfolgungsjagd gehofft hatte. Er bog gerade in die Gärten des Royal Hospitals ein und erwies Dex einen weiteren Gefallen, indem er einen Pfad zwischen Büschen und Bäumen einschlug, die gerade neue Blätter bekamen. Es duftete süß und frisch nach Frühling, und eine blasse Sonne ging auf.

Dex tastete nach dem Messer in seiner Tasche. In dem Moment blieb Moloch stehen. Er bückte sich, um seinen Schnürsenkel zu binden, der aufgegangen war. Stumm und unerbittlich kam Dex näher, das Messer, das er aus Dr. Jeffersons Küche gestohlen hatte, fest in der Hand.